DAS BUCH:

»Aus den pommerschen Quints ist nach der Flucht doch nichts Rechtes mehr geworden.« Dieser Satz, bei der Einweihung des Burg-Hotels Eyckel im Fränkischen Anfang der siebziger Jahre geäußert, könnte als Leitgedanke vor diesem dritten und letzten Teil der *Poenichen*-Romane stehen. Wie in *Jauche und Levkojen* (UB 20077) und *Nirgend-wo ist Poenichen* (UB 20181) steht Maximiliane Quint, geborene von Quindt, im Mittelpunkt: als Erbin von Poenichen in Hinterpommern aufgewachsen, eine Kriegswaise des Ersten, eine Kriegerwitwe des Zweiten Weltkriegs. 1945 ist sie mit ihren Kindern auf die Flucht ge-gangen, ist nicht wieder seßhaft geworden. Die Kinder haben die Un-ruhe der Mutter geerbt, sie erweisen sich als Aussteiger, als Umsteiger, auch als Aufsteiger. Doch so unterschiedlich sie sind, eines haben sie gemeinsam: Sie suchen nach neuen Lebensformen. Poenichen ist nur noch eine Metapher für Heimat. Jenes Land jenseits von Oder und Neiße.

DIE AUTORIN:

Christine Brückner, am 10. 12. 1921 in einem waldeckischen Pfarrhaus geboren, am 21. 12. 1996 in Kassel gestorben. Nach Abitur, Kriegsein-satz, Studium, häufigem Berufs- und Ortswechsel wurde sie in Kassel seßhaft. 1954 erhielt sie für ihren ersten Roman einen ersten Preis und war seitdem eine hauptberufliche Schriftstellerin, schrieb Romane, Erzählungen, Kommentare, Essays, Schauspiele, auch Jugend- und Bilderbücher. Von 1980–1984 war sie Vizepräsidentin des deutschen PEN; 1982 wurde sie mit der Goethe-Plakette des Landes Hessen aus-gezeichnet, 1990 mit dem Hessischen Verdienstorden, 1991 mit dem Bundesverdienstkreuz 1. Klasse. Christine Brückner war Ehrenbürge-rin der Stadt Kassel und stiftete 1984, zusammen mit ihrem Ehemann Otto Heinrich Kühner, den »Kasseler Literaturpreis für grotesken Humor«.

Christine Brückner

Die Quints

Roman

Ullstein

Ullstein Taschenbuchverlag 2000
Der Ullstein Taschenbuchverlag ist ein
Unternehmen der Econ Ullstein List
Verlag GmbH & Co. KG, München
12. Auflage
© 2000 by Econ Ullstein List Verlag
GmbH & Co. KG, München
Umschlagkonzept: Werbeagentur Lohmüller
GmbH & Co. KG, Berlin
Umschlaggestaltung: Morian & Bayer-Eynck, Coesfeld
Titelabbildung: Archiv für Kunst und Geschichte, Berlin
Gesamtherstellung: Clausen & Bosse, Leck
Printed in Germany
ISBN 3-548-20951-6

Heide M. Sauer gewidmet,
die 1945, nach der Flucht
aus Pommern, geboren wurde.

1

›Ich geh kaputt, gehst du mit?‹
Sponti der achtziger Jahre

Maximiliane lehnte sich fest gegen die Sandsteinmauer. Ihr Bedürfnis, sich anzulehnen, hatte sich verstärkt. Sie suchte Halt, besaß seit langem niemanden mehr, an den sie sich anlehnen konnte. Hatte sie überhaupt jemals wieder einen Halt gehabt, seit sie sich als Kind gegen das Knie des Großvaters, des alten Quindt, gedrückt hatte? Niemand fragte sie danach, auch sie sich nicht. Man hatte nie mehr gesehen, daß sie einen Baumstamm umarmte, wohl aber, daß sie sich mit dem Rücken an den Stamm eines Baumes lehnte. Joachim, ihr ältester Sohn, hatte einmal gesagt: »Der Baum fällt nicht um, du mußt ihn nicht abstützen!« Daraufhin hatte sie den Kopf in den Nacken gelegt, in die Krone des Baumes geblickt und gefragt: »Bist du sicher?« Sie hatten sich in dem schönen Einverständnis, das zwischen ihnen herrschte, zugelacht, und Maximiliane hatte gefragt: »Versprichst du mir das?« Woraufhin ihr Sohn den Baum prüfend betrachtet hatte, von Bäumen verstand er etwas. »Das verspreche ich dir!« Vertraute Spiele. ›Bist du sicher?‹ – ›Versprichst du mir das?‹

Um mit ihrer Tochter Viktoria zu reden, mußte Maximiliane einen anderen Ton finden. Mutter und Tochter hatten sich auf den höchsten Punkt des Burg-Hotels Eyckel, den Burgfried, zurückgezogen; man hatte, im Zug der nostalgischen Welle, die mittelalterlichen Bezeichnungen beibehalten, als der vom Verfall bedrohte Eyckel in ein Hotel umgebaut worden war. Hier würde niemand sie stören, hier würden sie miteinander reden können. Vorerst schwiegen allerdings beide. Maximiliane in einem Trachtenkleid, blau in blau, der Ausschnitt nicht mehr so tief, die Ellenbogen von den Ärmeln bedeckt, immer noch ein erfreulicher Anblick. Viktoria mit hochgezogenen Knien auf der breiten Brüstung in drei Meter Entfernung, ein Stoffbündel, einen unförmigen Beutel neben sich. Maximiliane unterdrückte das Bedürfnis, die junge Frau in die Arme zu nehmen, weil sie fürchtete, zurückgewiesen zu werden. Sie wartete ab. Diese abwartende Haltung hatte sie sich gegenüber ihren Kindern angewöhnt. Viktoria kaute an ihren Fingernägeln. Alles vererbt sich. Maximiliane hat diese Gewohnheit abgelegt, niemandem ist es aufgefallen. Aber man erinnert sich vielleicht noch: Auf einem der drei bemoosten Säulenstümpfe der ehemaligen Vorhalle von Poenichen, das heute im polnischen Pomorze liegt und Peniczyn heißt, im Dickicht des ehemaligen Parks hat sie zum letzten Mal an ihren Nägeln gekaut. Danach nie wieder. Seit jener Reise ins ehemalige Hinterpommern hat sie sich verändert. Sie lebt im festen Angestelltenverhältnis im Burg-Hotel Eyckel, dem ehemaligen Stammsitz der Quindts; kein Wort wäre so oft zu benutzen wie das Wort ehemalig, aber es wird nicht von ihr benutzt.

Eigentümer des Hotels ist nach wie vor die Brauerei Brandes, der Name Quindt taucht weder in der adligen noch in der bürgerlichen Fassung im Prospekt auf, trotzdem kennen ihn die Stammgäste. Als ›guten Geist des Hauses‹ hat Herr Brandes Maximiliane Quint, geborene von Quindt, bei der Einweihung des Hotels engagiert.

Seit sechs Uhr früh auf den Beinen, ist Maximiliane jetzt, am späten Nachmittag, ermüdet. »Bist du gekommen, um mir mitzuteilen, daß wieder etwas kaputtgegangen ist?« fragt sie schließlich die Tochter.

»Um dir zu sagen, daß ich es versucht habe«, antwortet Viktoria. »Du hast früher immer gesagt: ›Ich kann es ja mal versuchen‹, und du hast es dann geschafft. Ich habe es auch versucht und habe es nicht geschafft. Das ist der Sachverhalt, und das ist der Unterschied zwischen dir und mir. Ich bin ausgestiegen.«

»Warst du nicht gerade erst eingestiegen?«

»Deinetwegen habe ich das getan!«

»Ich habe dich nie beeinflußt. Du gehst deinen Weg, allerdings im Zickzack.«

»Willst du wissen, wie ich überhaupt in den Scheißladen hineingeraten konnte?«

Maximiliane blickt ihrer Tochter abwartend ins Gesicht, mit Schonung hat sie nicht zu rechnen; diese Tochter, die man von klein auf geschont hatte, weil sie dünnhäutig war, schont niemanden, noch immer sieht sie aus wie ein altgewordenes Hippiemädchen, ein Aprilkind, auf das viele Tränen gefallen sind. Irgendwas muß sie bei der Erziehung falsch gemacht haben, aber dasselbe hat sie auch bei ihren anderen Kindern schon gedacht.

Viktoria sagt, nachdem sie wieder eine Weile geschwiegen hat: »Bei eurem Familientag, als ihr diese Absteige für die Reichen eingeweiht habt und du uns mit deinem kategorischen ›Komm!‹ hierher beordert hattest, da stand ich zufällig neben jemandem, der nicht wußte, daß ich zum Clan gehöre. Er hat gesagt: ›Aus den pommerschen Quints ist nach der Flucht doch nichts Rechtes mehr geworden, aus keinem.‹«

»Hat er das so gesagt?«

»Willst du wissen, wer?«

»Nein! Ich weiß ja nicht einmal genau, was das ist: etwas Rechtes.«

»Ich auch nicht! Aber irgendwie hast du mir plötzlich leid getan. Am selben Abend habe ich das Angebot in der Industrie angenommen. Die Leute meinen doch alle nur Stellung und Besitz, sonst zählt doch nichts.«

»Von mir hast du das nie gehört.«

»Du hast zu uns gesagt: ›Stehlen ist besser als betteln . . .‹«

»Habe ich das gesagt?«

Viktoria zeigt ins Tal, wo man am Ufer der Pegnitz ein paar Dächer erkennen kann. »Unten im Dorf, als wir Äpfel geklaut hatten.«

»Damals ist nicht heute, Tora!«

»Ich stehle ja auch nicht. Aber ich will nicht mitmachen. Ich will nur weg.«

»Weißt du denn auch, wohin?«

»Der kommt am weitesten, der nicht weiß, wohin er geht.«

»Ich weiß nicht, wo das steht, Tora, aber es ist nicht von dir.«

»Von Nietzsche oder Sokrates. Ich weiß es nicht. Sokrates wäre besser! Er lebte in freiwilliger Armut. Diogenes und seine Schüler lebten wie Bettler.«

»Wo gebettelt wird, muß es auch jemanden geben, bei dem etwas zu erbetteln ist.«

»Du stehst auf der falschen Seite!«

»Das Leben hat nicht nur zwei Seiten, Tora, es ist sehr vielseitig.«

Als ihre Tochter nicht antwortet, fährt sie fort: »Die Stelle in diesem Werk, ich weiß nicht mehr, wie es hieß, entsprach doch genau deiner Ausbildung?«

»Ich wollte für das Wohlergehen der Betriebsangehörigen arbeiten. Aber der Besitzer meinte das Wohlergehen seines Betriebes!«

»Deckt sich das nicht? Wenn es dem Betrieb ›wohlergeht‹, wie du es nennst, geht es doch auch den Betriebsangehörigen gut. Und umgekehrt. Das ist in diesem Betrieb hier genauso, nur daß es auch noch den Gästen wohlergehen soll.«

Es lag nicht in Viktorias Absicht, über das Wohlergehen des Hotels zu reden. »Du stehst auf der falschen Seite!«

»Das hast du schon einmal gesagt.«

»Du begreifst es nur nicht! Du denkst immer noch in alten Schablonen!«

Hätte Maximiliane sagen sollen, daß ihre Tochter die alten Schablonen gegen neue ausgetauscht hatte?

Sie sagt es nicht, sondern wechselt das Thema.

»Was ist mit deinem Freund?«

»Manfred? Er ist nicht mehr mein Freund. In der ersten Firma hat er seinen eigenen Posten wegsaniert. Das passiert ihm nicht ein zweites Mal. Als er nichts fand, habe ich ihm die Hälfte meiner Stelle abgetreten. Er hat der Betriebsleitung bewiesen, daß er tüchtiger ist als ich. Er hat bereitwillig eingesehen, daß die Firma im Sinne der Arbeitsplatzerhaltung Rüstungsaufträge annehmen mußte. Ich habe das nicht eingesehen. Die Firma hat mir gekündigt, und Manfred hat mir auch gekündigt. Ich bin fünf Jahre älter als er. Solche Verhältnisse haben den Vorzug, daß man sich nicht scheiden lassen muß. Unsere Abmachungen waren jederzeit kündbar. Eine dokumentenfreie Partnerschaft, du kannst es auch eine unlizensierte Beziehungskiste nennen. Er wollte mir übrigens eine Analyse bezahlen. Er hält mich für verkorkst.«

»Hat er verkorkst gesagt?«

»Er hat noch ganz andere Ausdrücke benutzt. Bei einer Analyse wären alle Fehler, die du bei meiner Aufzucht gemacht hast, herausgekommen. Er hat sich bei einem Psychoanalytiker einen Kostenvoranschlag machen lassen, mit Altersangabe und Background des Patienten. Genau den Betrag habe ich bei mir.« Sie stößt mit dem Fuß gegen den Beutel.

»In bar?«

»Geld kann gar nicht bar genug sein, das hast du doch immer behauptet.«

Maximiliane versucht, sich zusammenzunehmen, umspannt mit der rechten Hand den linken Ellenbogen, mit der linken Hand den rechten, hält sich an sich selber fest, um nicht wieder in Versuchung zu geraten, ihr Kind in die Arme zu nehmen; sie würde sich sträuben, sie ließ sich nicht anfassen, schon gar nicht von ihrer Mutter.

»Der Satz stammte vom alten Quindt«, sagt sie und, auf den Beutel zeigend: »Ist das alles, was du besitzt?«

»Man muß Ballast abwerfen, das stammt von dir, das kann ja nicht vom alten Quindt stammen. Ein paar Klamotten, mehr braucht man doch nicht.«

Viktoria blickt hinunter auf den Parkplatz, sie taxiert die Wagen. »Ich wundere mich, daß du es hier aushältst.«

»Ich wundere mich auch, aber ich bin sechzig. Irgendwo muß ich doch bleiben.«

»Früher hast du gesagt: ›Wer kein Zuhause hat, kann überall hin.‹«

»Früher.«

»Das sind doch alles Mittelklasse-Wagen und drüber.«

»Von hier oben sehen sie alle klein aus, Tora. Es kommt auf den nötigen Abstand an.«

»Wodurch sind diese Individuen, die hier absteigen, denn reich geworden?«

»Vermutlich durch Arbeit.« Maximilianes Antwort klingt wenig überzeugend.

»Glaubst du etwa, daß sie glücklich sind?«

»Einige. Geld macht ja nicht unglücklich und Armut nicht glücklich. Erinnerst du dich, als wir im Winter 1945 hier gelandet sind? Strandgut, aus dem großen Strom der Flüchtlinge und der Vertriebenen. Damals glich der Eyckel einer mittelalterlichen Fliehburg. Wir haben zu sechst in einem Raum gehaust, dessen Wände feucht waren. Ihr wart ständig erkältet, Mirkas Windeln trockneten nicht. In allen bewohnbaren Räumen hausten Quindts, adlig und bürgerlich, mit und ohne ›d‹, aus Schlesien, aus Pommern, aus Ostpreußen, aus Mecklenburg. Alle waren arm, wenn auch nicht gleich arm.«

»Aber du hast damals auf dem Dachboden getanzt!«

»Ja, das habe ich. Mit Anna Hieronimi, die aus der Lausitz stammte. Und irgendein Quint hat Jazztrompete gespielt. ›Let me stay in your eyes –‹«

Maximiliane bricht ab. Viktoria sieht sie an: »Woran denkst du?«

»Ach, Kind.«

»Das war keine Antwort, das war ein Seufzer.«

»Habe ich geseufzt? Ich bin nicht gewohnt, über mich zu sprechen.«

»Dafür bist du doch hier, um mit den Gästen zu reden.«

»Sie reden, und ich höre zu. Morgens erkundige ich mich bei

ihnen, ob sie geträumt haben. Oft bekomme ich die Träume schlafwarm erzählt. Und dann gieße ich noch eigenhändig eine Tasse Kaffee ein und gehe an den nächsten Tisch. Morgens haben alle ein gutes Wort nötig.«

»Das Wort zum Sonntag!«

»Zu jedem Tag, Tora. Die Woche hat sieben Tage, der Monat in der Regel dreißig und das Jahr 365 Tage. Für mein Dasein werde ich bezahlt. Die Gäste würden mich vermissen. Auf gewisse Weise bin ich hier unabkömmlich.«

»Legst du darauf Wert?«

»Es kommt doch nicht darauf an, ob ich Wert darauf lege. Mein Büro ist eine Beschwerdestelle. Bei mir beklagt man sich, wenn ein Fensterladen klappert, wenn der Blütensaft der Linden aufs Autodach tropft, wenn die Wespen den Genuß am Pflaumenkuchen beeinträchtigen.«

»Du nimmst das nicht ernst!«

»Doch! Ich sage, daß ich ein paar Worte mit dem Wind reden werde, und wenn eine Wespe wirklich einmal zusticht, hole ich eine Zwiebel aus der Küche und behandele den Einstich eigenhändig.«

Beide Frauen blicken in die Tiefe, wo, von schattenspendenden Linden fast verdeckt, die Wagen der Hotelgäste parken; es sind nicht viele.

»Gibt es Leute, die mit einem R 4 hierher kommen?«

»Es ist meine Karre.«

»Sagst du noch immer ›Karre‹? Du bist ein Snob, weißt du das?«

»Ich versuche, mich zu unterscheiden. Ich muß mich unterscheiden, auch im Wagentyp. Frau Brandes gehört zu einer anderen Klasse, und der Ober gehört auch zu einer anderen Klasse. An ihrem Auto sollt ihr sie erkennen.«

»Fühlst du dich eigentlich wohl hier?« fragt Viktoria nach einer Pause.

»Ach, Kind!« antwortet Maximiliane.

»Laß uns jetzt nicht wieder das Mutter-Kind-Spiel spielen!

13

Ich sage nicht mehr ›Mama‹ und auch nicht ›Mutter‹, ich werde Maximiliane sagen, oder einfach ›M‹, was du unter deine Briefe schreibst.«

»Du spielst ein neues Spiel in alter Besetzung. Du hast gefragt, ob ich mich wohl fühle.«

Ein Wagen biegt auf den Parkplatz, Maximiliane unterbricht sich. »Es kommen neue Gäste, ich muß zur Begrüßung auf der Treppe stehen. Willst du zu Abend essen?«

»Im Jagdzimmer etwa?«

»Die ehemalige Kapelle dient jetzt als Restaurant.«

Viktoria lacht auf. »Typisch! Mir wird übel, wenn ich nur zusehe, was die Leute alles in sich hineinschlingen.«

»Hast du wieder deine Gastritis? Willst du ein paar Tage hierbleiben und ausspannen? Zum Ausspannen ist der Eyckel besonders gut geeignet, steht im Prospekt. Ausspannen! Früher hat man die Pferde ausgespannt.«

»Ich bin Menschen so leid!«

»Ich auch, Tora. Aber ich frage mich nicht ab, ob ich mich wohl fühle, es gibt hier so viele, die viel Geld dafür ausgeben und viel Geld dafür bekommen, ich meine für ihr Wohlbefinden, und dafür bin ich zuständig. Aber ich habe es nicht studiert wie du.«

»Beklagst du dich?«

»Nein. Bei wem sollte ich mich denn beklagen?«

»Ich denke, du glaubst an Gott.«

»Der hat es gut mit mir gemeint, nur die Zeiten waren manchmal schlecht. Der alte Quindt hielt es mit den Bäumen, und seine Frau hielt es mit den Hunden. Alles vererbt sich.«

»Ich mache mir nichts aus Tieren.«

»Das habe ich vermutet. Du bist als Kind zu oft umgetopft worden.«

»Ich bin keine Blume.«

»Nein. Du blühst nicht. Wir reden später weiter, ich muß die Gäste begrüßen, es kann spät werden.«

»Spät, später, das hast du auch früher schon zu uns gesagt!«

Um die Wendeltreppe rascher hinunterlaufen zu können, zieht Maximiliane die Schuhe aus und nimmt sie in die Hand. Die Gäste blicken ihr bereits entgegen; sie entschuldigt sich lachend. »Ich hatte mir meine bequemsten Schuhe angezogen!« Sie schlüpft in die Schuhe und damit wieder in ihre Rolle. Sie erkundigt sich, ob die Herrschaften eine angenehme Fahrt hatten. Keine Staus auf der Autobahn? Unmittelbar aus Duisburg?

Sie wird verbessert. Aus Lippstadt! Sie hat Punkte verloren, muß in der Kartei blättern und nach dem Namen suchen, der ihr entfallen ist. Zur Strafe hat dann auch der Herr aus Lippstadt ihren Namen vergessen, aber seine Frau sagt: »Bemühen Sie sich nicht, Frau Baronin, wir kennen den Weg zum Zimmer.«

Frau Quint lächelt und verspricht, den gewohnten Platz im Speisesaal reservieren zu lassen. »Die Abende sind noch kühl, obwohl diese Junitage doch unvergleichlich . . .« Sie bricht ab und sagt: »Ich werde Feuer im Kamin machen. Eigenhändig.« Sie wirft einen Blick auf die Uhr.

Eine Stunde war vergangen, seit sie die Stimme von Frau Brandes gehört hatte, die mit Schärfe sagte: »Sie haben sich wohl in der Hotelkategorie geirrt!« Die Antwort hierauf hatte sie nicht verstanden, hatte es aber für ratsam gehalten, einzugreifen. Sie hatte die Schwingtür zur Eingangshalle mit dem Fuß aufgestoßen und für einen Augenblick ihre Tochter erkannt, die Tür angehalten und den Atem angehalten und hatte sich erst dann eingemischt und die Frauen, die im gleichen Alter waren, miteinander bekannt gemacht. »Frau Brandes, es handelt sich um meine Tochter, Dr. Viktoria Quint«, sagte sie, und zu dieser: »Frau Brandes ist hier die Chefin.« Sie hatte sich zur Treppe gewandt und zu Viktoria gesagt: »Komm mit, Tora!«, aber Frau Brandes hatte unmißverständlich auf die Uhr geblickt, was besagen sollte: »Es ist siebzehn Uhr, Frau Quint. Sie sind im Dienst. Sie können nicht einfach fortgehen.«

Und Maximiliane hatte ihrerseits unmißverständlich gesagt: »Ich habe jetzt keine Zeit, ich werde sie mir nehmen müssen. Entschuldigen Sie mich, Frau Brandes!«

Während sie mit Viktoria den Hof durchquerte, sagte diese: »Du scheinst hier unentbehrlich zu sein.«

»Ich weiß nicht, ob ich unentbehrlich bin. Ich bin unerwünscht, aber die ›Baronin‹ und der Name Quint, die sind nicht zu entbehren. Das Recht der freien Meinungsäußerung steht im Grundgesetz. Dieses Gesetz muß auch hier gelten. Darauf bestehe ich. Aber es strengt mich an.«

Inzwischen hatten sie die Treppe erreicht, und Maximiliane fügte hinzu: »Mehr als die Treppen. Aber die Treppen strengen mich auch an. Ich wiege zehn Pfund zuviel. Ich muß hier manches schlucken. ›Besser den Hecht als den Ärger runterschlucken‹, hieß es auf Poenichen. Unter vier Augen sagt Frau Brandes ›Quint‹ zu mir, und wenn Gäste anwesend sind: ›Frau Baronin‹. In beiden Fällen antworte ich mit: ›Gern, Frau Brandes.‹ Du bist die Ausnahme, die ich mir selten leiste. Es kommt nicht oft vor, daß einer von euch hier auftaucht.«

»Sie könnte deine Tochter sein. Mit welchem Recht behandelt sie dich so?«

»Mit dem Recht der Witwe Brandes. Der alte Brandes hatte vorgehabt, mit neunzig Jahren zu sterben. Eine Vorausberechnung, die nicht aufgegangen ist. Seine zweite Frau sollte ihn verjüngen, statt dessen hat sie ihn rasch altern lassen und ihm den Spaß an seinem Burg-Hotel verdorben. Vermutlich hat sie ihm das Sterben leichter gemacht als das Leben. Jetzt regiert sie hier. Sie hat das Erbe mit dem Preis ihrer Jugend bezahlt. Sie findet den Preis zu hoch.«

»Nimmst du wirklich an, daß ich hierher gekommen bin, um über diese Frau Brandes zu reden?«

Maximiliane beantwortete die Frage nicht, sie brauchte den Atem für die letzten Stufen der Treppe.

Als sie die Treppe zum zweiten Mal hinaufstieg, noch langsamer als beim ersten Mal, waren zwei weitere Stunden vergangen. Sie hatte zusätzlich an dem Tablett, auf dem eine kleine Mahlzeit für ihre Tochter stand, zu tragen.

Viktoria hatte sich in eine Jacke gewickelt und sich auf der Mauer ausgestreckt. Sie blickte der Mutter entgegen. »Ich esse keinen Bissen!« sagte sie, als sie das Tablett sah.

»Ich habe frische Pellkartoffeln gekocht. Es gibt nichts Besseres als Kartoffeln bei einer Magenverstimmung. Und bei anderen Verstimmungen. ›Pommerns Trost‹, sagte der alte Quindt, und der hatte es von Bismarck. Lassen wir uns doch trösten. Salz habe ich mitgebracht und zwei Flaschen Brandes-Bier.«

»Ich habe keine Magenverstimmung. Ich habe eine Magersucht. Eine in der Kindheit erworbene Magersucht. Du hast mich immer gelobt, weil ich so leicht war.«

»Ich mußte dich auf den Karren heben und war schwanger.«

»Ja! Du warst schwanger! Das Urrecht der Schwangeren! ›Tora braucht am wenigsten Platz am Tisch!‹«

»Wir mußten zu sechst am Tisch Platz haben, und dann kam noch Maleen, Golos Freundin, dazu...«

Sie brach ab. Sobald sie an Golo erinnert wurde, drohte sie die Fassung zu verlieren.

»Ich hätte ein Glasgesicht, habt ihr gesagt. Man könnte durch mich hindurchgucken.«

»Das kann man nicht mehr. Das Glas ist trübe geworden.«

Maximiliane wechselte den Ton, pellte derweil die Kartoffeln.

»Was hast du noch aufzuzählen?«

»›Pflegeleicht ist diese Tochter nicht.‹«

»Habe ich das gesagt? Dann wird es gestimmt haben.«

»Warum habt ihr mich Tora genannt? ›Mein törichtes kleines Mädchen.‹«

»Du hast dir den Namen selbst gegeben, als du Viktoria noch nicht hast aussprechen können. Ich wollte deinem Vater eine Freude machen, deshalb solltest du heißen wie er. Es war

Krieg. Das erste, was du gehört hast, war eine Siegesmeldung. Golo hatte im Büro das Radio auf volle Lautstärke gestellt. Das hat sonst immer Martha Riepe getan, wenn Sondermeldungen durchgegeben wurden. Deutsche U-Boote hatten 38 000 Bruttoregistertonnen versenkt. Ich erinnere mich genau an diese Zahl.«

»Bruttoregistertonnen wovon? Waffen? Munition, Lebensmittel, Menschen?«

»Ich habe nicht danach gefragt.«

»Das habt ihr offenbar nie getan.«

»Und dann wurde das Bruttoregistertonnenlied im Radio gespielt. So nannte es der alte Quindt. ›Denn wir fahren gegen Engelland –‹. Da schriest du bereits.«

»Was soll das alles? Warum redest du davon?«

»Wie an dem Tag, der dich der Welt verliehen –. Du bist in eine Welt hineingeboren, in der alles zerstört wurde. Ich habe alle meine Kinder in den Krieg hineingeboren.«

Während Maximiliane eine Kartoffel nach der anderen mit Salz bestreute und ihrer Tochter reichte und auch selber davon aß, suchten ihre Gedanken die Nachkriegszeit ab, und ein Erlebnis aus den Marburger Jahren fiel ihr ein.

»Als man Golo und dich auf dem Schwarzmarkt am Bahnhof erwischt hat und du sagen solltest, wie du heißt, hast du gesagt: ›Tora Flüchtling.‹«

»Weil du uns immer ermahnt hast: Seid leise, wir sind nur Flüchtlinge! Tora Flüchtling! Darüber haben immer alle gelacht, auf meine Kosten.«

»Man lacht immer auf Kosten anderer, man lebt auf Kosten anderer«, sagte Maximiliane.

Tora lachte auf. »Deine Maxime! Du wirst hier doch ausgebeutet«, sagte sie, »wie viele Stunden arbeitest du denn am Tag?«

»So leicht läßt sich ein Pommer nicht ausbeuten.«

»Pommern. In jedem zweiten Satz sprichst du von Pommern.«

»Nur heute abend.«

»Als ich das letzte Mal hier war, hast du zu mir gesagt: ›Sackgassen sind nach oben hin offen.‹«

»Stimmt das etwa nicht?«

»Für dich vielleicht.«

»Ich habe immer geglaubt...« Maximiliane brach ab.

»Das ist es! Das meine ich! Du hast immer geglaubt.«

Es war über dem Gespräch dunkel geworden. Beide Frauen schwiegen. Dann sagte Maximiliane: »Damals, nach dem Krieg, gab es einen Schlager: ›Und über uns der Himmel / läßt uns nicht untergehen.‹ Das habe ich gesungen wie ein Gebet. Spürst du davon nichts, wenn du hochblickst?«

»Ich habe seit Jahren keinen Sternenhimmel mehr über mir gehabt. Bei dir ist alles einfach: oben der Himmel, unten die Erde.«

»So muß es auch bleiben. Sonst schaffe ich es nicht.«

In diesem Augenblick leuchteten die Scheinwerfer auf, mit denen das Gebäude angestrahlt wurde, die schadhaften Stellen des Fachwerks wurden sichtbar. Maximiliane blickte auf die Uhr.

Viktoria erkundigte sich: »Langweile ich dich?«

»Die Scheinwerfer müssen eine Viertelstunde früher eingeschaltet werden.«

Mitternacht war vorüber, als Maximiliane ihre Tochter in eines der Erkerzimmer brachte. Sie sagte, was sie zu allen Gästen sagte, die sie dorthin begleitete: »Gleich unter den Vögeln!« Aber diesmal fügte sie hinzu: »Damals haben ›die weißen Tanten‹ hier gewohnt. Erinnerst du dich?«

»Nein.«

»Schade. Das einzige Vermögen, das ich mir erworben habe, ist das Erinnerungsvermögen, und das will keiner von euch erben.«

»Was war mit den weißen Tanten? Etwas Besonderes?«

»Eben nicht. Sie hatten keine Kinder. Sie sind völlig in Vergessenheit geraten. Vielleicht gibt es noch ein paar weiße Leinendecken, die sie gestickt haben. Mecklenburger Frivolitäten.«

»Du gehst hier durch die Gänge, als gehörte dir dieses Gemäuer seit Jahrhunderten.«

»Der Eyckel hat Jahrhunderte lang den Quindts gehört, das kann man nicht durch einen Kaufvertrag ändern. Die Erkerzimmer sind bei unseren Gästen beliebt. Sie sind romantisch. Bei Mondlicht kann man im Tal die Pegnitz sehen, manchmal hört man den Nachtkauz rufen.« Inzwischen hatte sie einen der Fensterflügel aufgestoßen und atmete tief. Blütenduft drang herein.

»Was ist das für ein Geruch?« fragte Viktoria.

»Die Sommerlinden blühen. Man schläft gut unterm Lindenduft.«

»Sagst du das zu allen Gästen?«

»Nur, wenn die Linden blühen. In den übrigen Jahreszeiten muß ich mir etwas anderes einfallen lassen. Im Herbst, wenn der Wind die Blätter am Fenster vorbeischickt, sage ich, daß es Laubvögel seien. Die Leute können nichts beim Namen nennen.«

Mutter und Tochter blickten sich an. Maximiliane legte nun doch den Arm um ihr Kind und erschrak über die knochigen Schultern.

»Ich brauche etwas«, sagte Viktoria, »etwas, das mir gehört, zu mir gehört! Du hast immer nur gesagt: Das brauchen wir nicht. Und nun stehe ich da, bin Mitte Dreißig und weiß nicht: Was braucht man?«

Und wieder schwieg Maximiliane; die Antwort mußte von allein gefunden werden. Statt dessen legte sie den Arm fester um Viktoria, die es zuließ, die Umarmung aber nicht erwiderte. Diese Tochter fragte nur danach, was sie selber brauchte, nicht aber, was der andere vielleicht brauchte. ›Das bringt mir nichts‹ als Maxime.

Die Mutter schlug die Bettdecke zurück, das tat sie auch bei anderen Gästen, eigenhändig, sagte: »Gute Nacht!« und ließ Viktoria allein. Sie hörte noch, wie die Fensterflügel heftig geschlossen wurden.

Als Maximiliane am Ende des langen Tages in ihr Zimmer kam, fand sie auf der Fensterbank eine Botschaft vor. Jemand hatte ein großes ›M.‹ aus Walderdbeeren auf das weißgestrichene Holz gelegt. Sie aß eine Beere nach der anderen, ließ nur den Punkt hinter dem ›M‹ übrig, öffnete dann beide Fensterflügel und atmete den Lindenblütenduft ein. An wie vielen Plätzen hatten ihr schon die Linden geblüht, als wären ihr die Lindenbäume gefolgt, von Poenichen über Hermannswerder, zum Eyckel, nach Marburg, nach Kassel, nach Paris. Die Stationen ihres Lebenswegs gerieten ihr durcheinander.

2

›Was jemand tut, ist wichtig! Was jemand sagt, ist wichtig! Aber genauso wichtig ist, was jemand nicht sagt und was er nicht tut. Das zählt auch.‹

Der alte Quindt

›Jeder Einarmige ist mein Vater. Jeder, der eine Uniform trägt, ist mein Vater. Jeder Deutsche ist mein Vater. Jeder Mann. Jedermann.‹

Die Aufzählung brach an dieser Stelle ab. Lange Zeit kam Mosche Quint nicht über die ersten wortarmen Sätze hinaus. Trotzdem hatte er mit seinem Verleger in München die Herausgabe des Buches bereits besprochen, sogar der Vertrag war schon gemacht und eine Vorauszahlung geleistet worden. Das Vater-Sohn-Thema wurde von den deutschsprachigen Autoren aus der Luft gegriffen, in der es in den siebziger Jahren lag. Wo

21

warst du? fragten stellvertretend für jene, die diese Frage nicht öffentlich stellen konnten, die schreibenden Söhne ihre Väter, die das Dritte Reich und den Zweiten Weltkrieg mitgemacht, nicht verhindert und zumeist auch überlebt hatten. Letzteres war bei Mosche Quints Vater nicht der Fall. Dieser Sohn stellte seine Frage einem toten, ihm weitgehend unbekannten Mann. Sein ›Vaterländisches Gedicht‹, das in einigen Schullesebüchern steht, wird im Deutschunterricht gern mit einem Gedicht ähnlichen Inhalts von Hans Magnus Enzensberger verglichen, das den Titel ›Landessprache‹ trägt. Die Zeilen ›Deutschland, mein Land, unheilig Herz der Völker‹ gleichen fast wörtlich einer Zeile aus Mosche Quints Gedicht, das von Schülern und Lehrern bevorzugt wird, weil es wesentlich kürzer als das Enzensbergersche ist. Die beiden Gedichte waren etwa zur gleichen Zeit entstanden, Quint war allerdings fast zehn Jahre jünger.

Woher rührte der Name ›Mosche‹ für den erstgeborenen Quint auf Poenichen? Getauft wurde das Kind 1938 auf den Namen Joachim nach seinem Urgroßvater, dem legendären ›alten Quindt‹, Freiherr und Gutsherr auf Poenichen in Hinterpommern. Zunächst benutzte seine Mutter ›Mosche‹ als Kosename, später diente er ihm als Künstlername. Er selbst wußte nichts von der rührenden Liebesgeschichte, die sich im letzten Sommer vor Ausbruch des Zweiten Weltkriegs am Großen Poenicher See abgespielt hatte. Er hatte nie etwas von seinem Lebensretter erfahren, jenem Leutnant, der zu Schießübungen auf den Truppenübungsplatz ›Poenicher Heide‹ kommandiert worden war und in den Mittagsstunden zum See ritt, um zu schwimmen, mit der gleichen Absicht wie Maximiliane, die mit dem Fahrrad kam, den kleinen Sohn in einem Korb auf dem Gepäckträger, dazu einige Windeln für ihn, für sich selbst Äpfel und Bücher. Der Leutnant, dessen Name nicht bekannt ist, hatte ein Wimmern gehört, war ihm nachgegangen und hatte einen Weidenkorb auf dem Wasser treibend entdeckt und darin das Kind. Moses im Körbchen – Mosche. Eine Augustwoche lang hatte er mittags sein Pferd an einen Baumstamm gebunden, Maximiliane hatte ihr Fahrrad ins Gras gelegt; sie hatten sich gemeinsam über Rilkes ›Cornet‹ gebeugt, aber auch über die ›Keuschheitslegende‹ von Binding. Sie hatten miteinander gebadet, und keiner hatte nach dem Namen des anderen gefragt. Mosche in seinem Weidenkörbchen war immer dabei, und sein Vater war in Berlin unabkömmlich.

Später wurde Mosche Quint gelegentlich gefragt: Woher der jüdische Vorname? Er hatte sich bei seiner Mutter erkundigt, und sie hatte seufzend gelacht oder lachend geseufzt und »Ach, Mosche!« gesagt. Diese Liebesgeschichte war nicht groß genug gewesen, als daß man sie mit einem anderen hätte teilen können. Maximiliane war verschwiegen, leidenschaftlich verschwiegen, wie es ihre Großmutter Sophie Charlotte gewesen war, die aus Königsberg stammte und ebenfalls als junge Frau eine Affäre gehabt hatte, ebenfalls mit einem Leutnant, allerdings einem polnischen. In den Dünen von Zoppot. Eine Affäre, die ihre Folgen hatte. Längst ist über diese Geschichte Gras gewachsen, niemand lebt mehr, der auch nur entfernt davon etwas ahnte, daß sich ins deutsche Blut der pommerschen Quindts polnisches Blut gemischt hatte. Alte Geschichten der alten deutsch-polnischen Geschichte! Für Mosche Quint ist der Poenicher See eine Sehnsucht, die er von der Mutter geerbt hat, keine Erinnerung. Er hat Gedichte mit der Muttermilch zu sich genommen, das weiß er, darüber hat er ein paar Verse gemacht, die so verständlich sind, daß sie aus Anlaß des Muttertags in den Zeitungen gelegentlich als Lückenfüller abgedruckt werden können. Die wenigen Kritiker, die sich bisher mit seiner Lyrik befaßt haben, vergleichen ihn mit Wilhelm Lehmann, sprechen von Naturlyrik und beachten die engagierten Töne, die es von Anfang an gegeben hat, zuwenig.

Joachim Quint, Mosche Quint, aber auch Jocke Quint. Eine junge Schwedin, Stina Bonde, hat ihn so genannt. »Jocke!« rief sie. »Kom hit, Jocke!« Ein Klang wie Unkenruf; und sie schwamm ihm davon. Er hat diese blonde Stina nicht halten können, vielleicht auch nicht halten wollen. Sie liebten dasselbe, sie liebten beide Dalarna. Einer der Irrtümer, zu denken, es genüge, wenn man das gleiche liebt. Ihretwegen hatte er Deutschland verlassen und war nach Schweden gegangen. In den kurzen biographischen Abrissen, die auf der Rückseite seiner Gedichtbände standen, las es sich anders, da stand, daß er seines Vaters wegen sein Vaterland verlassen habe, auch das stimmte. Der dritte Grund war, daß er damals gerade Larsgårda geerbt hatte, einen kleinen Besitz in Dalarna, der dem schwedischen Zweig der Quindts gehörte; niemandem sonst war an den halbzerfallenen Holzhäusern und -hütten gelegen und an den paar Hektar Wald. Es gehörte ein Stück Seeufer dazu, was allerdings in Schweden nicht zu den Besonderheiten zählt. Quint konnte als Ausländer zeitlich unbegrenzt und unbehelligt dort leben, alle fünf Jahre mußte er einen Fragebogen ausfüllen, woraufhin seine Aufenthaltsgenehmigung verlängert wurde; eine Arbeitserlaubnis benötigte er nicht, schreiben durfte jeder. Er nahm als Deutscher an den Gemeindewahlen teil, nicht aber an den Reichstagswahlen. Er war mit der schwedischen Außenpolitik einverstanden, Unabhängigkeit von den Machtblöcken. Neuerdings wählte er die ›Miljöpartiet‹, eine kleine Partei, die er im Gespräch mit seinem Nachbarn Anders Brolund als ›Unzufriedenheitspartei‹ bezeichnete, was dem Sachverhalt nahe kam.

Larsgårda ließ sich mit Poenichen nicht vergleichen. Oder doch? Ein Stück Land, ein Seeufer, Waldwege, Bäume. Nichts war eingezäunt, Quint konnte sich frei bewegen. Das Gefühl für Eigentum war ihm nicht angeboren und nicht anerzogen. Als Kind hatte er einmal zu seiner Mutter gesagt, daß er am liebsten ein Baum sein wolle, mitten im Wald; dieser Wunsch hatte sich nur insofern geändert, als er, des besseren Überblicks wegen, heute lieber am Waldrand stehen würde. Später, wenn das Interesse an seiner Biographie wächst, wird er solche Gedanken gelegentlich zum besten geben. Man erwartet dann von einem Mann wie Joachim Quint Originalität.

Besonderer eigener Erinnerungen wegen hatte seine Mutter das Märchen vom ›Fischer un syner Fru‹ geliebt. Anna Riepe, die Köchin, hatte es ihr am Küchenherd erzählt, und sie selbst hatte es zwei Jahrzehnte später ihren Kindern, die in einem Schloß, zumindest in einem pommerschen Herrenhaus, geboren waren, weitererzählt. Joachim, der schon als Kind immer lange nachdachte, bevor er etwas fragte, hatte seine Mutter eines Abends gefragt: »Was muß man sich wünschen, wenn man schon ein Schloß hat?« Seine Mutter hatte ihn angesehen, »Ach, Mosche!« gesagt und ihn in die Arme geschlossen; sie fand immer die richtige Antwort für dieses Kind. Vieles war auch in Pommern schon abzusehen, und wenn nicht von Maximiliane, so doch vom alten Quindt. Larsgårda glich der Fischerhütte aus dem Märchen, dem ›Pißputt‹. Joachim wünschte sich nichts anderes. »Hej du!« hatte Stina gesagt, bevor sie endgültig davonfuhr. Längst besaß sie eine Villa in den Schären von Stockholm und verbrachte die Wintermonate auf Lanzarote. Er war an eine Ilsebill geraten, die einen geschäftstüchtigen Verlagsleiter geheiratet hatte. Ein Band Gedichte, das immerhin, war übriggeblieben: ›Stina vergessen‹. Er hatte sich nicht entschließen können, einen anderen Namen für den Titel zu wählen. Wer kannte in Deutschland eine Stina? Wer las schon Gedichte? Wäre er ein Maler gewesen, hätte er Stina gemalt, immer wieder gemalt, noch besser: ihr ein Denkmal errichtet.

Der Junge denkt zuviel, hatte bereits der alte Preißing gesagt, Preißing aus Berlin-Pankow, der leibliche Großvater seiner Halbschwester Edda. Die Familienverhältnisse der Quints mit und ohne ›d‹ mußten Außenstehenden immer wieder erklärt werden, was aber keiner tat, man ließ es dabei: ›Opa Preißing aus Berlin-Pankow‹; allenfalls der Ausspruch der Mutter: ›Kinder können gar nicht genug Großväter haben!‹ wurde gelegentlich erwähnt. Mit dem Satz ›Die meisten Menschen denken zu wenig‹ hatte Maximiliane damals ihren Ältesten verteidigt. Beim Nachdenken war es lange Zeit geblieben, ein nachdenklicher Junge, ein nachdenklicher Student, ein nachdenklicher Schriftsteller, der mehr dachte als schrieb. Andere handeln unbedacht, verschieben das Nachdenken auf später, auch darin unterschied sich Joachim von seinen Altersgenossen. Er war ein Beobachter. Er hatte selten selbst geangelt, wußte aber über das Angeln mehr als ein Angler, ebenso über die Jagd, über die Forstwirtschaft. Die Umweltprobleme.

Es muß bei dieser Gelegenheit an die Taufrede erinnert werden, die ihm sein Urgroßvater gehalten hatte. Der alte Quindt sprach bereits 1938 von einer ›Vorkriegszeit‹. Es wurde, vor allem von Adolf Hitler, was nach seiner Ansicht immer ein schlechtes Zeichen war, zuviel vom Frieden geredet. Er sagte wörtlich: ›Die Quindts‹ – viele Generationen durch Anhängung eines Schluß-s zusammenfassend – ›konnten immer reden, trinken und schießen, aber sie konnten es auch lassen! Wir wollen darauf trinken, daß dieses Kind es im rechten Augenblick ebenfalls können wird. Auf das Tun und Lassen kommt es an!‹

Bisher, und dieses ›bisher‹ umfaßt Jahrzehnte, hat Joachim Quint das meiste gelassen. Er ist fast vierzig.

Er ist ein ängstliches Kind gewesen, das Vertröstungen brauchte. Ein Flüchtlingskind. Ein Traum kehrt ihm immer wieder: Er hört Pferde wiehern und hört Motorengeräusch, das sich entfernt, offenbar ein allgemeiner Aufbruch, aber er kann nicht wach werden, kann nicht aufspringen von seinem Bett. Als er dann vor dem Bett steht und Schuhe und Schreibzeug und Bücher zusammenrafft, ist es draußen längst still geworden, alle sind fortgezogen, und er ist allein. Aber das Alleinsein erschreckt ihn nicht mehr, auch im Traum nicht; er stellt sich ans Fenster, blickt über den See und beruhigt sich. Er hat die Angst überwunden, er wird damit fertig, sie gehört zum Leben. In Larsgårda gibt es niemanden mehr, der ihn verlassen könnte, nachdem Stina ihn verlassen hat. Er lebt allein, über lange Zeit allerdings mit seinem toten Vater, der ihm niemals im Traum erschienen ist.

Zunächst hatte er die geplante Abrechnung mit seinem Vater, der ein Nazi gewesen war, ›Umwege zu einem Vater‹ genannt, mit dem unbestimmten Artikel seine Einstellung bereits kennzeichnend. Im Laufe des weiteren Nachdenkens und Nachforschens änderte er seine Einstellung und hielt schließlich den Titel ›Annäherung an den Vater‹ für passender. Jetzt also mit dem bestimmten Artikel, wenn auch immer noch nicht mit dem besitzanzeigenden ›meinen‹. Daß der Vater seinerseits eine Beziehung zu ihm gehabt haben könnte, hielt er für unwahrscheinlich, obwohl er der Stammhalter, der Erstgeborene war, der Namensträger. Der Höhenunterschied war groß. Ein Kind blickt zu seinem Vater auf. Aber blickt ein Vater auf sein Kind herab, wenn er so Großes im Sinn hatte wie jener Viktor Quint: die Besiedelung des deutschen Ostens? Ein Vorsatz, dem alle seine Kinder ihr Dasein zu verdanken hatten. Nicht zu vergessen, daß er den Blick nur selten von seinem Führer Adolf Hitler abgewandt hatte.

Die Überlegung, daß sein Vater ebenfalls der Sohn eines Vaters gewesen war, wurde von Joachim Quint nicht angestellt. Die Herkunft des Vaters erschien ihm nicht wichtig, obwohl doch die Antwort auf die Frage, was an Viktor Quint das Schlesische gewesen sein mochte, wichtig hätte sein können. Der Vater war das älteste einer Reihe von vaterlosen Kindern gewesen, genau wie er selbst, vieles hatte sich wiederholt, auch wenn der Erste Weltkrieg mit dem Zweiten nur bedingt zu vergleichen war, allenfalls in der knappen Formel: Krieg ist Krieg. Die beiden Mütter: beide kinderreich, beide junge Kriegswitwen. Aber konnte man die karge, übelnehmerische, zu kurz gekommene Beamtenwitwe aus Breslau, diese Pensionsempfängerin, mit Maximiliane aus Poenichen vergleichen? Mit seiner Mutter? Wie viele Vergünstigungen hatte diese von Anfang an gehabt.

Kein Satz über Breslau, kein Satz über die Schulzeit des Vaters, nichts über seinen raschen Aufstieg beim Reichsarbeitsdienst zur Zeit der großen Arbeitslosigkeit. Joachim setzte dort an, wo seine eigenen Erinnerungen einsetzten, in Poenichen. In seinen Augen war Viktor Quint ein bürgerlicher, mittelloser Quint ohne ›d‹ im Namen, dessen Vorzug es war, das Goldene Parteiabzeichen der Nationalsozialistischen Deutschen Arbeiterpartei zu tragen und – er verwandte eine Formulierung des alten Quindt, die er als Kind gehört hatte – sein Parteibuch schützend über Poenichen zu halten. Ein Buch, das man schützend über die Welt halten konnte! Damals bestand die Welt für ihn, Joachim, ebenso wie für seine Mutter aus Poenichen.

Mit jahrzehntelanger Verspätung dachte er nun über diesen Satz nach. Ein Parteibuch hatte er nie zu sehen bekommen, auch ein Goldenes Parteiabzeichen nicht, beides war verschollen wie der Vater, mit dem Vater. Er ging davon aus, daß sein Vater den Grund gekannt hatte, dem er die Ehe mit der Erbin von Poenichen verdankte. Bei seinen langen Überlegungen, warum seine Mutter sich als Siebzehnjährige ausgerechnet diesen Viktor Quint ausgesucht und bald darauf geheiratet hatte, war er zu dem Ergebnis gekommen, daß sie Poenichen nicht hatte verlassen wollen und daß Viktor Quint in Berlin am Reichssippenamt unabkömmlich war. Daß sie ihn und nicht seine Abwesenheit geliebt haben könnte, blieb ihm ebenso unvorstellbar wie allen anderen, die weniger lange darüber nachgedacht hatten. Würde er sich bei seiner Mutter nach dem Grund dieser Eheschließung erkundigen, würde sie vermutlich mit ›Ach, Mosche!‹ antworten; er unterließ die Frage nach den Gefühlen, sie schien ihm im übrigen nicht allzu wichtig zu sein. Damals pflegten die Menschen zu heiraten und sich fortzupflanzen, es war allgemein üblich; wer es nicht tat, galt als alte Jungfer oder als Hagestolz, beides komisch und bemitleidenswert. Er selbst brachte Liebe und Ehe nicht miteinander in Verbindung, er lebte als Single.

Sein Vater war ein eingeheirateter Quindt, von dieser Voraussetzung ging er aus. Um ein richtiger Quindt zu sein, fehlte ihm mehr als das ›d‹ im Namen und der Adelstitel. Er tauchte auf Poenichen auf und verschwand wieder, trug eine Uniform, trug Reitstiefel, häufig auch eine Reitgerte; ein Mann, bei dessen Anblick er gezittert und gestottert hatte. Steh still! Sieh mich an! Stottere nicht! Und er, dieses Kind, an Befehle nicht gewöhnt, hatte gezittert und hatte gestottert, sobald er vor seinen Vater kommandiert wurde. Er hatte den Anforderungen, die der Vater an seinen erstgeborenen Sohn stellte, nur in den rassischen Merkmalen entsprochen, er war großgewachsen, schlank, dazu blond und blauäugig, wie es den Idealen der Zeit entsprach: nordisch. Inzwischen hatte er das Blonde und Blauäugige weitgehend verloren, das Haar war nachgedunkelt, die Augen eher grau, aber mit diesem weiten Blick, den man bei Nordländern oft wahrnimmt. Im Gegensatz zu seiner Mutter war er laut schreiend zur Welt gekommen, dazu mit geballten Fäusten; in Augenblicken der Erregung ballt er auch jetzt noch die Hände zu Fäusten, zumindest darin seinem Vater ähnlich. Er war ein furchtsames Kind, auch dies im Gegensatz zu seiner Mutter, die im Urvertrauen zu Poenichen und zu dem alten Quindt aufgewachsen war. Von dem kindlichen Stottern ist eine kleine Sprachhemmung zurückgeblieben. Sie wird nur selten wahrgenommen, da sie sich allenfalls in einer zögernden Sprechweise äußert. Die Pausen zwischen Rede und Gegenrede fallen etwas länger aus, daher wirkt das, was er sagt, besonnen. Einer jener glücklichen Fälle, wo eine Fehlentwicklung der Kindheit sich später als Vorteil erweist. Auch diese Erkenntnis kommt ihm beim Nachdenken.

Als Kind hat er vor dem, was ihm fremd war, zunächst die Augen verschlossen. Eine Angewohnheit, die vom Vater beanstandet wurde. Mach die Augen auf! Woraufhin das Kind die Lider mit aller Kraft gehoben und den Vater mit aller Kraft so lange unverwandt angeblickt hatte, bis dieser als erster den Blick wegnahm. Auch davon ist etwas zurückgeblieben. Er sitzt oft mit gesenkten Lidern, um dann plötzlich den Blick mit verstärkter Aufmerksamkeit auf sein Gegenüber zu richten, womit er häufig Unsicherheit verursacht.

Auch nach der Ankunft seiner Geschwister blieb der Vater vornehmlich an dem Stammhalter interessiert. Das Wort ›Ankunft‹ muß hier benutzt werden, weil es sich nur in zwei Fällen um die natürliche Geburt von Geschwistern gehandelt hatte: zunächst Golo, sein ungestümer Bruder, der mit siebzehn Jahren tödlich verunglückte, dann, plötzlich und unerwartet, die bereits dreijährige Edda, die auf nie erklärte Weise ›Kuckuck‹ gerufen wurde; für diese Schwester hatte er sich nie interessiert, über ihre illegitime Herkunft wußte er nichts. Dann Viktoria, die Schwester, die ihm am nächsten stand, die mehrere Monate bei ihm in Larsgårda gelebt und ihre Dissertation über die Glückseligkeit geschrieben hatte. Die Kenntnis, daß seine jüngste Schwester Mirka einen Soldaten der sowjetischen Armee zum Vater hatte, verdankte er nicht etwa seiner Mutter, sondern der Bildunterschrift in einer illustrierten Zeitung, die Edda ihm voller Empörung – ›Hätte Mutter uns darüber nicht aufklären müssen?‹ – zugeschickt hatte.

In einem umfassenden Sinne waren alle fünf Kinder unter den Fittichen ihrer Mutter aufgewachsen, unterschiedslos; nur dann, wenn sie Bevorzugung für richtig hielt, hatte sie ihre ganze Liebe dem bedürftigsten Kind zugeteilt.

Mach die Augen auf! Sieh mich an! Dreißig Jahre nach seinem Tod haben die väterlichen Befehle noch Gewalt über den Sohn. An die eine Wand seines Zimmers hat er die Vergrößerung eines Fotos seines Vaters gehängt, an die gegenüberliegende Wand in gleicher Größe eine Fotografie Adolf Hitlers, beide in Uniform. Der Führer und der Verführte. Zwischen den beiden geht Joachim Quint hin und her, vier Schritte jeweils, der Raum ist klein. Einmal Auge in Auge mit dem Vater, das andere Mal Auge in Auge mit Hitler. Einen ganzen schwedischen Winter lang. Durch die starke Vergrößerung der Fotografien haben sich die Konturen aufgelöst, die Gesichter wirken verschwommen. Daran änderte sich auch dann nichts, als er nach Falun fuhr, zwei Atelierlampen kaufte und deren Scheinwerfer auf die beiden furcht-erregenden Gesichter richtete.

Diese erste Phase des Hineinsehens wurde abgelöst von einer langen Phase des Nachforschens, bis er sich dann endlich auf den Vater einschrieb, wie man sich auf ein Ziel einschießt.

Für seine Nachforschungen stand ihm zunächst nichts weiter zur Verfügung als das sogenannte ›Kästchen‹. Dieses Kästchen mit den Reliquien! In Poenichen hatte es auf dem Kaminsims gestanden und war ihm überantwortet worden, als sie auf die Flucht gingen. Ein Ausdruck, der allgemein üblich ist: auf die Flucht gehen, obwohl die Poenicher Gutsleute doch mit Trek-kern, Pferde- und Ochsengespannen aufgebrochen waren. In diesem Elfenbeinkästchen hatte man zunächst die Hinterlas-senschaft von Achim von Quindt aufbewahrt, die seinen Eltern und der jungen Witwe Vera 1918 von der Front zugeschickt wor-den war. Orden und Ehrenzeichen, soweit ein Leutnant sie er-werben konnte, der bereits mit zwanzig Jahren den, wie es hieß, Heldentod gestorben war – Achim von Quindt, der Großvater. Von dem Vater, Träger des Deutschen Kreuzes in Gold, waren keine Orden und Ehrenzeichen erhalten, nichts war an die Witwe des Vermißten, der später für tot hatte erklärt werden müssen, geschickt worden. Wohin auch, an wen? Namenlos sollte er irgendwo in Berlin, nicht weit vom Führerbunker ent-fernt, verscharrt worden sein.

Ein Kinderbild seiner Mutter befand sich ebenfalls in dem Kästchen: die dreijährige Maximiliane vor einer der weißen Säulen der Poenicher Vorhalle, fotografiert von ihrer Mutter Vera, die später eine namhafte Fotoreporterin in Berlin ge-worden war. Dann die Vermählungsanzeige eben dieser Vera von Quindt, geborene von Jadow, mit Dr. Daniel Grün, alias Dr. Green, beide inzwischen verstorben, aber nicht vergessen: Seine Bücher über Verhaltensforschung haben hohe Auflagen als Taschenbücher erreicht, eine der stetig fließenden Einnah-mequellen Maximilianes. Dr. Green hatte aus den Verhaltens-weisen der Kinder, mit denen Maximiliane in Kalifornien zu

Besuch gewesen war, am Abend vor der Abreise Zukunftsprognosen gestellt. Und Joachim hatte sich das ihn betreffende Gutachten aufschreiben lassen, schon als Kind hatte er immer alles schriftlich haben wollen. Auch dieser handschriftliche Zettel lag in dem Kästchen. ›Ein Sitzer. Er geht nur, um sich hinzusetzen, er wird früh seßhaft werden, zu Stuhle kommen. Er eckt nirgendwo an, er geht aus dem Wege. Er steht am Rande, ein Beobachter.‹ Einiges davon mochte zutreffen, im wesentlichen stimmte das Zukunftsbild nicht mit der Gegenwart überein. ›Zu Stuhle‹, dies zumindest stimmte, ein paar Holzstühle mit Strohgeflecht und hohen Lehnen, blaugestrichen, in Dalarna-Stil bemalt, zu einem Sessel hatte er es bisher nicht gebracht. Er war ein Geher, ein Waldgänger. Es gab einen Weg, den er täglich ging, eine Schneise im Wald, vierhundert Schritte hin, vierhundert zurück, sein Meditierweg.

In Poenichen hatte man alle Erinnerungsstücke, für die man keinen passenden Aufbewahrungsort fand, in dieses Elfenbeinkästchen gelegt. ›Leg es ins Kästchen!‹ Die Fotografie seines Vaters, nach der er die Vergrößerung hatte anfertigen lassen, stammte ebenfalls aus dem Kästchen. Den linken Arm zum Hitlergruß erhoben, der rechte Ärmel des Uniformrocks steckte leer in der Rocktasche. ›Er hat den Arm im Krieg verloren.‹ Wenn Joachim sich konzentrierte, konnte er diesen Satz der Mutter noch heute hören, und auch die Stimme der Urgroßmutter Sophie Charlotte, die fragte: ›Welchen Arm?‹ Erst sehr viel später hatte er seine Mutter gefragt, ob man den Arm nicht suchen könnte. Die Erinnerung an den Fünfjährigen, der solche Fragen gestellt hatte, rührte ihn und auch der Gedanke an seine Mutter, die seine Frage mit: ›Im Krieg verliert man alles‹ beantwortet, der unverständlichen Antwort nur noch ihr ›Ach, Mosche!‹ angefügt und ihn fest in die Arme geschlossen hatte. Als ob damit alles gesagt sei. Sie hatten beide geweint, ohne daß er gewußt hätte, warum. Die Mutter, die die Feldpostbriefe des Vaters vorlas: ›Ich liege jetzt —‹ Warum lag der Vater? War er krank? Wenn man krank war, lag man doch im Bett; aber die Mutter sagte: ›Euer Vater liegt jetzt an einem Fluß, der mit D anfängt.‹

Martha Riepe, der Gutssekretärin, war es zu danken, daß die Feldpostbriefe gerettet worden waren. Sie war es, die einen Schuhkarton mit blauem Samt beklebt, die Briefe darin aufbewahrt und mit auf die Flucht genommen hatte. Erst nach mehrfacher Aufforderung hatte sie sich davon getrennt; lebenslang hat sie Viktor Quint und Adolf Hitler die Treue bewahrt. Sie hätte gewußt, welcher Fluß gemeint war, der mit D anfängt; sie hatte die Wehrmachtsberichte verfolgt und hätte jederzeit angeben können, in welchem Frontabschnitt sich Leutnant Quint befand.

Graphologische Kenntnisse hatte Joachim Quint nicht, hielt von Hilfswissenschaften auch wenig; immerhin konnte er den Feldpostbriefen seines Vaters ansehen, unter welchen Umständen sie geschrieben worden waren. Eines der ersten Wörter, das ihm auffiel, war das Wort ›unabkömmlich‹; es tauchte mehrfach auf. Ein Vater, der unabkömmlich gewesen war. Ein Schlüsselwort. Zu keiner Zeit und für keinen Menschen war er, Joachim, je unabkömmlich gewesen. Er skandierte das Wort ›un-ab-kömm-lich‹ immer wieder; er hatte sich angewöhnt, laut zu sprechen. Wer entschied über die Abkömmlichkeit und die Unabkömmlichkeit eines Menschen?

Auf seinen langen Waldgängen dachte er darüber nach. Im Sommer war er mit Turnschuhen, im Winter mit Skiern unterwegs, ein paar wortkarge Nachbarn als Gesprächspartner, eine Box mit der Nummer 72, in der mit eintägiger Verspätung regelmäßig drei Zeitungen steckten, eine schwedische, eine englische und eine deutsche, in denen er die Kommentare, nicht die Meldungen las. Er war in weltpolitischen, auch in wirtschafts- und kulturpolitischen Fragen gut orientiert. Die Box Nr. 72, ein grauer Holzkasten, war mehr als einen Kilometer entfernt an einem Pfahl neben der Straße angebracht. Einen coop-Laden konnte er mit dem

Fahrrad in zwanzig Minuten erreichen, das Auto stand weitgehend ungenutzt in einem der Holzhäuser, die zu Larsgårda gehörten.

Er hat sich eine Europakarte mit den Grenzen des Jahres 1937 an eine der noch leeren Wände seines Zimmers gehängt und bemüht sich, dem Lebensweg seines Vaters zu folgen. Er sucht nach den Flüssen in Rußland, vermutet, daß es sich bei dem ›D‹ um den Don handelt, womit er sich irrt, es war der Dnjepr. Er liest von ›eingefleischten Kerlen‹, liest ›ohne Rücksicht auf Verluste‹, lernt das Vokabular des Dritten Reiches wie Vokabeln einer fremden Sprache. Liest Kriegsschule Döberitz und entdeckt den Ortsnamen nicht weit von Berlin; liest Oranienburg und meint sich zu erinnern, das Wort als Kind gehört zu haben, geflüstert, bringt es mit dem Kutscher Riepe in Zusammenhang, fragt brieflich seine Mutter: »Was war mit Oranienburg?« und erfährt nach Wochen, als die Antwort ihn bereits nicht mehr interessiert, daß der Sohn von Otto Riepe – »Erinnerst Du Dich an den Willem, der im Inspektorhaus am Poenicher See gehaust hat?« – im Konzentrationslager gesessen hat, in Oranienburg. Im nächsten Brief stellt er die unvermeidliche Frage: »Was habt Ihr davon gewußt?« Und sie antwortet, wieder nach wochenlanger Verspätung: »Der alte Quindt hat immer gesagt, was man nicht weiß, kann man nicht verschweigen. Ich habe nie viel gefragt. Später bin ich ausgefragt worden. Wer selbst nicht fragt, der muß sich fragen lassen. Erwarte keine Antworten von mir, nichts, was Deinen Vater angeht. Du willst ihn abschreiben, Mosche. Ich habe das alles abgelebt. Und noch etwas, das hat der alte Quindt von Deinem Vater gesagt: Er ist ein Mann von Idealen und Grundsätzen, und das ist besser als einer, der von nichts überzeugt ist. So ähnlich hat er gesagt. Aber er hat sich geirrt, selbst er hat sich geirrt. Und nun laß es gut sein.« Wie immer stand ein großes M unter dem Brief, was sowohl Mutter als auch Maximiliane heißen konnte. Dem Brief lag ein Foto bei. Joachim konnte sich nicht erinnern, daß seine Mutter ihm je ein Foto geschickt hatte. Er erkannte darauf den sogenannten ›Steinernen Saal‹ des Burg-Hotels Eyckel. Neben einem Stutzflügel, an den er sich nicht erinnerte, standen zwei Frauen, die Schultern leicht aneinandergelegt, beide heiter, wie Schwestern, obwohl die zweite weitaus jünger war und dunkler als seine Mutter. Auf der Rückseite stand: »Wir singen manchmal zusammen.« Nichts weiter. Vor den Hotelgästen etwa? Als er einige Wochen später eine kurze Antwort schrieb, diesmal ohne Fragen nach dem Vater, setzte er als Nachschrift darunter: »Wer ist die Schöne?« Als ›die Schöne‹ tauchte die junge Frau von nun an in den Briefen auf, wurde gegrüßt, ließ Grüße ausrichten. »Eine warme Altstimme«, schrieb die Mutter. In einem späteren Brief: »Sie gehört ins Haus, eigentlich gehört ihr dieses Haus. Sie ist auf unübersichtliche Weise sogar mit uns verwandt.« Irgendwann schrieb er dann: »Hat die Schöne auch einen Namen?« Eine Frage, die nicht beantwortet wurde. Der Briefwechsel, der zwischen dem Eyckel und Larsgårda hin- und herging, wurde spärlicher; je mehr sich Mosche dem Vater näherte, desto mehr entfernte er sich von seiner Mutter. Beide spürten und bedauerten es, erwähnten es aber nicht. Die Zeit würde es ausweisen, ob der Sohn zu ihr zurückfand, zumindest war das die nicht formulierte Ansicht Maximilianes. Am Telefon sagte Mosche zu ihr: »Erwarte jetzt nicht, daß ich . . .«, und sie unterbrach ihn: »Ich erwarte nichts, ich warte es ab.«

»Grüß die Schöne!« sagte Joachim, bevor er den Telefonhörer auflegte.

Der Name Hitler tauchte in den Briefen seines Vaters nicht auf, obwohl ständig von ihm die Rede war. In Großbuchstaben ER und IHM und SEIN und: »Ich werde IHM auch mit einem Arm dienen können.«

Mosche Quint hatte sich einige Standardwerke über den Zweiten Weltkrieg angeschafft, groß war seine Bibliothek nicht, er wollte sich seine Unbefangenheit möglichst bewahren. Er las ein Buch über die Invasion in englischer Sprache, stand währenddessen immer wieder vor der Europakarte und betrachtete die Normandie. Wo verlief der Atlantikwall? Er suchte die Calvados-Küste. Irgendwo mußte der Arm seines Vaters begraben liegen. Er versuchte, sich ein Feldlazarett vorzustellen, amputierte Gliedmaßen. Dieser Gedanke wurde zur fixen Idee: der Arm seines Vaters.

Gegen seinen Willen entstand während dieser Zeit des Nachforschens etwas wie Mitgefühl und Verständnis für den Angeklagten. Der Abstand verringerte sich; im gleichen Maße wuchs der Abstand zu seiner Mutter, zu allen Frauen, deren Ahnungslosigkeit und Gutwilligkeit ihm unbegreiflich, ja sträflich erschienen. Sie hatten nichts verhindert, waren immer nur darauf bedacht zu retten, was zu retten war. Eine Zeitlang sah es so aus, als würde sein Buch zu einer Anklage gegen die Frauen werden, die mitmachten, die die Kriege ermöglichten, weil sie in die Bresche sprangen und nur darauf warteten, die Plätze der Männer einzunehmen, später dann aber weniger Schuld zu tragen hatten. Er konnte sich nicht erinnern, auf den Anklagebänken im Nürnberger Kriegsverbrecherprozeß Frauen gesehen zu haben.

3

›Niemand vermag seine Träume zu vererben.‹
Klaus von Quindt, ehem. Gut Lettow, Ostpr.

Das Personal trug eine Art altfränkischer Arbeitskleidung, Maximiliane ebenfalls, allerdings ohne Schürze; der gekrauste Rock gab Bewegungsfreiheit, das Mieder sorgte dafür, daß die Bluse nicht aus dem Rock rutschte. Mercedes, das Stubenmädchen, sah aus, als trüge sie eine spanische Nationaltracht, was daran lag, daß sie den Rock schürzte, meist barfuß lief und die großen Ohrringe auch bei der Arbeit nicht ablegte.

Als Herr Brandes Maximiliane zunächst vorläufig und versuchsweise im Burg-Hotel Eyckel einstellte, hatte er geäußert, daß eine Baronin auf dem Stammsitz der Quindts durch ihre bloße Anwesenheit wirken würde. Inzwischen hatte sich diese bloße Anwesenheit in eine ständige Tätigkeit verwandelt.

Maximiliane Quint, nun wieder ›die Baronin‹, war weder durch eine Ehe verwöhnt noch unselbständig gemacht worden. Sie hatte immer im richtigen Augenblick gelächelt oder im richtigen Augenblick Tränen produziert und hatte damit zumeist auch erreicht, was mit unsachlichen Mitteln im Umgang mit Behörden, Kontrollstellen und Vorgesetzten zu erreichen war; dieselben Mittel setzte sie auch jetzt noch ein. Eine Altersgrenze, jenseits derer ein Lächeln nichts mehr bewirkte, gab es nach ihren Erfahrungen nicht. Außerdem hatte sie beizeiten gelernt, mit zwei Händen zu arbeiten. Man erinnert sich: Wenn sie auf Poenichen halbe Tage lang Himbeeren pflückte, sagten die Leute im Dorf: ›Die scharwenkt mit beiden Händen.‹

Viele Nachtstunden verbrachte sie damit, passende Wochensprüche für die Speisekarte zu finden. Es gab Gäste, die kein Buch und keine Zeitung zur Hand nahmen, dafür aber die Speisekarte mehrfach und sorgfältig lasen; für diese Gäste waren die Sprüche gedacht. ›Angst haben ist schlimm. Angst machen ist schlimmer.‹ Sie verwandte dabei öfter aus ihrer reichen Lebenserfahrung geschöpfte Gedanken, aber oft auch Sprüche ihres Großvaters, die sogenannten Quindt-Essenzen.

Hin und wieder schrieben sich Gäste, weibliche vor allem, die Sätze ab, als handele es sich um Losungsworte. Maximiliane benutzte zwar Zitatzeichen, gab aber die Quellen nicht an, war auch auf Genauigkeit der Zitate nicht bedacht. Eines Morgens, als sie durch das Frühstückszimmer ging, um hier und da Kaffee nachzugießen, eigenhändig, wurde sie von einer ehemaligen Bibliotheksleiterin, Frau Roth aus Heilbronn, gefragt: »Wo steht das?«

Maximiliane wußte es nicht, legte aber vor der nächsten Mahlzeit Flauberts ›Reisebilder aus Ägypten‹ neben das

Gedeck; zwei Mahlzeiten später war der betreffende Satz auf sämtlichen Speisekarten in der Handschrift von Frau Roth korrigiert und mit Quellenangabe versehen. Der Satz hatte an Genauigkeit gewonnen, an Verständlichkeit nicht. Wer war gemeint? Um wen handelte es sich? Um Frauen? Die kleine Unterhaltung zwischen Frau Roth und Maximiliane, die am Fuß der Treppe stattfand, hätte Anlaß zu Heiterkeit geben können; beide Frauen litten an Hexenschuß, beide stützten mit der Hand den schmerzenden Rücken. Der Satz, um den es ging, lautete: ›Bisweilen werfen sie sich vollständig auf den Rücken zu Boden, und sie stehen mit einer Bewegung des Kreuzes wieder auf, ähnlich der eines Baumes, der sich aufrichtet, wenn der Wind vorüber ist.‹

Maximiliane beauftragte Mercedes, Frau Roth eine Wärmflasche aufs Zimmer zu bringen. »Wenn der Wind vorüber ist!« sagte sie statt: »Gute Besserung.«

Sätze wie dieser waren es, die bewirkten, daß die meisten Gäste wiederkamen. Maximiliane sagte den Satz auch zu sich selbst, um sich das Bleiben zu erleichtern: Wenn der Wind vorüber ist. Gemeint war damit Frau Brandes, die oft abwesend war, auf kostspieligen Reisen, deren Anwesenheit dem Hotel aber noch mehr schadete. Das Verhältnis der beiden Frauen hatte sich verschlechtert, seit Maximiliane, eine Frühaufsteherin, Frau Brandes im Morgengrauen begegnet war, als diese aus dem Zimmer eines Gastes kam. Maximiliane hatte verständnisvoll zu ihr gesagt, daß sie selber ebenfalls in jungen Jahren verwitwet sei. Die Gemeinsamkeit der beiden Frauenschicksale war nicht groß, das ist richtig, trotzdem hätte die Reaktion der Betroffenen nicht aus einem eiskalten ›Baronin!‹ bestehen müssen. Maximiliane war errötet; sie hat sich oft für andere schämen müssen.

Herr Brandes hatte seine zweite Frau gelegentlich als eine angebrütete Architektin bezeichnet. Der Altersunterschied war groß und das Verhältnis der Eheleute nicht so, daß es ein ständiges Beieinandersein wünschenswert gemacht hätte. Er hatte in Bamberg gelebt, sie auf dem Eyckel. Mit Energie und Kunstverstand hatte sie vor Jahren den Ausbau der baufälligen Burg zum Hotel geleitet und war auf Stilreinheit bedacht gewesen. Es gab im Burghof keine alten Mühlräder wie anderswo und auch keine mit Blumen bepflanzten Schweinetröge; er wirkte daher dunkler und karger als andere Burggasthöfe. Nach der Fertigstellung des Hotels war die junge Frau Brandes unterbeschäftigt. Das Hotelfach interessierte sie nicht. Sie fand weder im Umgang mit dem Personal noch im Umgang mit den Gästen den rechten Ton; das eine Mal hielt sie zu sehr auf Distanz, das andere Mal zuwenig.

Herr Brandes war im Zorn gestorben. Maximiliane war sogar der Ansicht, daß er vor Zorn gestorben sei. An dem betreffenden Tag war er von Bamberg zum Eyckel gefahren mit der Absicht, seine Frau zu überraschen. Statt dessen war er es, der überrascht wurde. Seine Frau war bereits vor Tagen weggefahren. »Ich gehe auf Reisen«, hatte sie dem Geschäftsführer, Herrn Kilian, erklärt, ohne die Dauer und das Ziel der Reise zu nennen. Herr Brandes beschloß, trotz der Abwesenheit seiner Frau in deren Appartement zu übernachten, was er selten tat, da er sich in Bamberg für unabkömmlich hielt. Nach wie vor leitete er die Brauerei persönlich und auch erfolgreich.

Er hatte mit dem Oberkellner, Herrn Röthel, ein längeres Gespräch geführt über die Unterschiede des Rauchbiers aus seiner eigenen Brauerei zu dem ebenfalls obergärigen Bier, dem Dampfbier, das ein Hotelgast in Bayreuth kennengelernt hatte und offenbar mehr schätzte, dann hatte er sich an die Hotelbar gesetzt mit der Absicht, ›sich vollaufen zu lassen‹. Da weder Wein noch Bier für ihn unter alkoholische Getränke fielen, trank er Schnaps, Obstbranntwein, wie im Fränkischen gern und reichlich getrunken wird. Nach einiger Zeit hatte Maximiliane sich zu ihm gesetzt, hatte ebenfalls den einen und anderen Schnaps getrunken in der Meinung, daß der Schnaps, den sie selbst trank, von ihm nicht getrunken werden könne, eine verbreitete, aber törichte Auffassung im Umgang mit Trinkern.

»Maximiliane!« hatte er gesagt und sie zum ersten Mal bei ihrem Vornamen genannt. Er hatte dabei seine Hand auf ihren Schenkel gelegt. »Hat man dir mal gesagt...?« Sie räumte seine Hand weg: »Es gibt nichts, was man hier an der Bar nicht schon zu mir gesagt hätte. Da ich an der Bar sitze, werde ich mit Recht behandelt wie eine Frau, die an der Bar sitzt.« Sie hatte ihr Glas umgedreht und ihn aufgefordert, dasselbe zu tun. Vermutlich habe er Fieber, sein Kopf glühe. Er hatte widersprochen, er neigte zum Widerspruch, und hatte weitergetrunken, bis tief in die Nacht, hatte Herrn Röthel mit den Worten »Machens sich fort!« nach Hause geschickt und war seinerseits sitzen geblieben.

Morgens war das spanische Stubenmädchen, erst seit wenigen Tagen eingestellt und der deutschen Sprache kaum mächtig, laut rufend und gestikulierend die Treppe hinuntergelaufen und hatte mit den Fingern die Zimmernummer ›7‹ angezeigt – es handelte sich um das Appartement von Frau Brandes –, woraufhin Maximiliane und Herr Kilian in das betreffende Zimmer geeilt waren. Herr Brandes lag vollständig bekleidet auf dem Bett, er war ohne Besinnung, sein Atem ging keuchend. Es wurde nach dem Arzt telefoniert. Maximiliane hatte sich an sein Bett gesetzt, hatte seine Hand fest in ihre Hand genommen und eine Strophe des Chorals ›Jesu geh voran auf der Lebensbahn‹ gesungen, der zum Quindtschen Familienbesitz gehörte, aber seit Golos Tod nicht mehr gesungen worden war. Der Marburger Pfarrer hatte damals in seiner Ansprache die Lebensbahn in Todesbahn abgewandelt. Maximiliane hatte sich in ihren Gedanken weit von dem Hotelbett, das nun ein Sterbebett wurde, entfernt, weit weg vom Eyckel, unter die hohen Bäume des Friedhofs an der Ockershäuser Allee in Marburg. Sie schreckte auf, als das Keuchen abbrach. Herr Brandes hatte die freie Hand hochgehoben und auf den Tisch gezeigt. Maximiliane sah, daß dort ein Brief lag, und nickte.

Dann sagte Herr Brandes, ohne den Blick von Maximiliane zu nehmen: »Ich habe das falsche Schwein geschlachtet.«

Als Dr. Beisser eintraf, konnte er nur noch den Tod feststellen. ›Herzinfarkt‹ setzte er als Todesursache auf dem Totenschein dort ein, wo ›Zorn‹ hätte stehen müssen.

Frau Brandes war zehn Tage später zurückgekehrt. Die Beisetzung hatte inzwischen stattgefunden, in Bamberg, an der Seite seiner ersten Frau, jener geborenen Quint. Der Brief, auf dem ›Neues Testament‹ stand, war dem Notar bereits ausgehändigt worden. Es bestand kein Anlaß, die Rechtsgültigkeit anzuzweifeln; Herr Brandes hatte seinen letzten Willen handschriftlich zu Papier gebracht und mit seinem vollen Namen unterzeichnet. Er hatte Ort und Zeit angegeben und das frühere Testament, das er unmittelbar nach seiner zweiten Eheschließung abgefaßt hatte, für ungültig erklärt. In dem ›Neuen Testament‹ – der gleichnishaften Bezüglichkeit dieser Bezeichnung wird er sich nicht bewußt gewesen sein – hatte er seiner zweiten Frau das Nutzungsrecht am Burg-Hotel Eyckel, mit gewissen Einschränkungen, für weitere drei Jahre nach seinem Tod zugestanden. Ein Zeitpunkt, bis zu dem sie ihr Leben neu geordnet haben würde. Nach Ablauf der gesetzten Frist sollte seine Nichte, die ihre Ausbildung im Hotelfach dann nach Lage der Dinge abgeschlossen haben würde, die Leitung des Hotels übernehmen. Sie war von ihm als ›Erbin des Hotels‹ eingesetzt worden. Die Brauerei, in die er vor Jahrzehnten eingeheiratet hatte, fiel an die Angehörigen seiner ersten Frau zurück.

Die junge Frau Brandes war zur ›zweiten Frau Brandes‹ deklassiert, ihre Anwesenheiten und Abwesenheiten waren seither absehbar. Wenn der Wind vorüber ist. Sie hatte sich nach der Todesstunde ihres Mannes erkundigt und erfahren, daß die Baronin ›bis zuletzt‹ bei ihm gewesen sei. Auf ihre Frage, ob er noch etwas gesagt habe, hatte Maximiliane geantwortet: »Ich erinnere mich, daß er am Nachmittag ausführlich mit Herrn Röthel über obergäriges Bier gesprochen hat.« Eine Auskunft, die seine Witwe befriedigte. Die Mitteilung, daß er als letztes etwas ›Unverständliches‹ gesagt habe – was übrigens der Wahrheit sehr nahe kam –, beunruhigte sie nicht weiter.

Das Buch, das an jenem Morgen auf dem Nachttisch lag, hatte Maximiliane an sich genommen. Es handelte sich um die Tagebücher Churchills; wer hätte bei diesem Brauereibesitzer eine solche Lektüre vermutet! Erst einige Wochen später kam Maximiliane dazu, in dem Band zu blättern. Dabei entdeckte sie zufällig jenen berühmt gewordenen Satz, den Churchill am Ende des Zweiten Weltkriegs im Zusammenhang mit dem Pakt der Alliierten, der damals noch Rußland einschloß, geäußert hatte: ›Wir haben das falsche Schwein geschlachtet.‹

Inga Brandes, die Nichte und Erbin, war mit den Quints auf weitläufige oder, wie Maximiliane sagte, auf unübersichtliche Weise verwandt. Bei der Einweihung des Burg-Hotels hatte sie zwar zu den Gästen gehört, war aber nicht beachtet worden. Vera Green, die attraktive Mutter Maximilianes, mehr Amerikanerin als Berlinerin, aber auch die schöne Tochter Mirka aus Paris und Edda von Quinten mit den vielen Kindern – ›die Holsteiner‹ genannt – hatten die Aufmerksamkeit der Festgesellschaft auf sich gezogen. Inga Brandes schien sich im Hintergrund gehalten zu haben, auf keinem der zahlreichen Fotos, die damals gemacht worden waren, konnte man dieses Halbkind entdecken. Die Eltern hatten es im Gedenken an jenen Ingo Brandes, der als Jagdflieger im Zweiten Weltkrieg gefallen war, Inga genannt, möglicherweise in der Hoffnung, dem Erbonkel in Bamberg damit einen Gefallen zu tun, eine Voraussicht, die sich aus unglücklichem Anlaß nun aufs glücklichste erfüllte.

Inga Brandes war es, die jene Botschaften auf die Fensterbank in Maximilianes Zimmer legte. Inga – als ›die Schöne‹ wird sie hin und wieder auftauchen, vorerst noch in Nebensätzen, vorerst noch keine Hauptperson.

Nach ihrer Rückkehr aus Peniczyn, wohin sie als Heimwehtouristin Mitte der siebziger Jahre mit einer Reisegruppe gefahren

war, hatte Maximiliane Quint mit Herrn Brandes einen unbe-
fristeten Angestelltenvertrag unterzeichnet und gleich darauf
eine mehrtägige Studienreise angetreten, um sich in jenen
Hotels umzusehen, die dem Hotel-Ring ›Gast im Schloß‹ ange-
hörten. Sie war entlang der ›Bocksbeutel-Straße‹ gefahren,
war also im Fränkischen und im Vergleichbaren geblieben,
hatte hier gegessen, dort übernachtet, hatte sich umgesehen
und umgehört und trotzdem nicht herausfinden können, wie
man aus Zufallsgästen Stammgäste machte und wie ein zweitä-
giger Besuch in einem Schloßhotel – laut Prospekt – zu ›unver-
geßlichen Tagen‹ werden konnte.

Nach ihrer Rückkehr wußte sie aber, was auf dem Eyckel
möglich war und was nicht. Konkurrenzfähig war das Burg-
Hotel nicht, ein Hotel von internationalem Rang konnte man
daraus nicht machen, selbst dann nicht, wenn der Eigentümer
zu weiteren Investitionen in der Lage und gewillt gewesen
wäre. Die Gäste waren nationaler, das Personal internationaler
Herkunft. Die nächste Autobahnabfahrt befand sich bei Gra-
fenwöhr; die Fahrt zum Eyckel war landschaftlich zwar reizvoll, für eilige Gäste aber zu lang. Für ältere Herrschaften war
das Gelände zu bergig; sie kamen meist mit der Bahn, die sie
mit Seniorenpässen verbilligt benutzen konnten, und wurden
von der Baronin persönlich am Bahnhof in Empfang genommen. Dazu mußte sie sich den Wagen des Geschäftsführers
ausleihen, da ihr eigenes Auto – die Karre – hierfür nicht
geeignet war. Bereits bei der Anfahrt stellten die Gäste fest,
wie bergig es dort war, wo sie geruhsame Spaziergänge machen
wollten. Vorbeugend zitierte Maximiliane den Dichter Jean
Paul, der behauptet hatte, daß man in dieser Landschaft von
einem Paradies ins andere wandere; aber die älteren Gäste
wollten von Paradies nichts hören, sie waren ins Fränkische
gereist. Ein Blick genügte, und Maximiliane sah, daß es keinen
Zweck hatte, darauf hinzuweisen, daß, bedingt durch das
undurchlässige Juragestein, unterirdische Bäche hinunter zur
Pegnitz flossen.

Nur selten gab es ein Gesicht, in das sie sagen konnte: »Nachts ist es bei uns so still, daß man das Rauschen der Wasser im Berg hören kann!« Man suchte zwar Stille, aber doch nicht diese absolute Stille, und dann noch der Käuzchenruf, der bekanntlich Unheil ankündigte und der sich der Kontrolle der Baronin entzog.

Die Beschwerden der Gäste, es sei zu weit zur Autobahnzufahrt, wurden von ihr mit dem Hinweis auf die mangelnde Voraussicht ihrer Vorfahren beantwortet, die an die Weiterverwendbarkeit der mittelalterlichen Raubritterburg in der Neuzeit nicht gedacht hätten. Sie gab die Antwort sachlich, aber man konnte doch die Ironie heraushören, schließlich war sie die Enkelin des alten Quindt. Die Frage, ob man ›Baronin‹ oder ›Frau Baronin‹ zu ihr sagen sollte, wurde von ihr mit dem Satz »Wo der Gast König ist, zählt ein Freiherrntitel nicht viel« beantwortet, auch dies eine sachlich richtige Antwort. Kein Swimming-pool? Kein Tennis- oder Golfplatz? So lauteten die Fragen, und Maximiliane antwortete, aus Gründen, die in die Erdzeitalter zurückgingen, sei es unmöglich, dem ohnehin schmalen Bergrücken einen Tennis- oder Golfplatz abzugewinnen. Das Kiefernwäldchen, das als einziger Grundbesitz noch zum Eyckel gehörte, war zu klein, um darin einen Wildpark oder auch nur einen Kinder-Zoo anzulegen. Immerhin war Jogging auf den Waldwegen, die allerdings sehr steinig waren, möglich. Bevor die Überlegungen, ob sich ein Trimmpfad lohne, abgeschlossen waren, hatte man anderen Orts bereits die Erfahrung gemacht, daß die Begeisterung für Trimmpfade ebenso rasch nachgelassen hatte wie das Interesse an Waldlehrpfaden. Kein Burggespenst. Keine Folterkammer. Von Hexenverbrennungen im Mittelalter war nichts bekannt, obwohl sich der innere Burghof dazu angeboten hätte. Als Tagungsort war der Eyckel ebenfalls nicht geeignet, da nicht alle Zimmer Telefonanschluß besaßen, nicht alle Zimmer eine eigene Dusche, eine eigene Toilette. In anderen historischen Herbergen standen die ›pots de chambre‹, mit Strohblumen gefüllt, zweckentfremdet auf steinernen Simsen, hier standen sie zweckgebunden im vorgesehenen Nachtschränkchen.

Hin und wieder tauchten ergraute Herren auf, die ihren Frauen jene Jugendherberge zeigen wollten, in der sie als Jungvolk-Pimpfe oder Hitlerjungen gehaust hatten. Andere Gäste, ebenfalls ergraut, stiegen für eine Nacht auf dem Eyckel ab, weil sie während des Krieges als Evakuierte oder später als Flüchtlinge hier Unterschlupf gefunden hatten. Zum Unterschlüpfen war das neue Burg-Hotel sowenig geeignet wie zum Darinhausen; für beides war es zu kostspielig. Jene Gäste waren über die baulichen Verbesserungen und Verschönerungen eher enttäuscht als erfreut; sie hatten eine verfallene Ritterburg vorzeigen wollen und nicht ein neuzeitliches Hotel.

Für romantische Hochzeiten wäre der Eyckel geeignet gewesen, aber es wurde von Jahr zu Jahr weniger geheiratet. Außerdem hatte der zuständige Ortspfarrer mit dem Hinweis, an der Umsatzsteigerung des Hotels nicht beteiligt sein zu wollen, seine Einwilligung verweigert, Trauungen in der ehemaligen Burgkapelle vorzunehmen. Der alte Quindt hatte seinerzeit das Vorhaben, die einzige Enkelin Maximiliane im Herrenhaus von Poenichen und nicht in der entfernten kalten Dorfkirche taufen zu lassen, durch die Stiftung einer Heizung durchsetzen können, aber er hatte einen verhandlungswilligen Pfarrer Merzin als Gesprächspartner und nicht eine junge Pfarrerin als Gegner. Diese hatte mehr das Diesseits als das Jenseits im Sinn, mehr das Heil der Gesellschaft als das der Seele, und wollte mit Maximiliane bei deren Besuch diese Themen durchdiskutieren. Zwei Frauengenerationen waren aufeinandergestoßen. Maximiliane unterbrach den grundsätzlichen Diskurs sehr bald und fragte: »Besteht Aussicht, daß Sie Ihre Meinung ändern?« Ein kategorisches Nein war die Antwort. Maximiliane sah damit das Gespräch als beendet an, bekam aber noch einige Sätze über den überholten elitären Feudalismus zu hören, stieg wieder in ihre feudale Karre, sagte nicht ›auf Wiedersehen‹, sondern: »Die Zeit wird es ausweisen.« Den alten katholischen Pfarrer Seitz hat sie nicht aufgesucht; dieser hätte vermutlich gegen eine Trauung in der Kapelle nichts einzuwenden gehabt.

Das ›Tristan-und-Isolde-Zimmer‹ war von Herrn Brandes, der damals noch in seine junge Frau verliebt war, als Brautgemach gedacht gewesen. Es gab aber nicht viele Paare, die in einem Brautgemach übernachten wollten. Der Name des Zimmers erwies sich als hinderlich, zumal ältere Ehepaare nur ungern unter einer gemeinsamen Decke schliefen. Tristan und Isolde schienen auch zu hohe Vorbilder zu sein. Und Besucher der Bayreuther Festspiele übernachteten nur selten auf dem Eyckel, obwohl Bayreuth nicht weit entfernt lag. Als doch einmal ein Festspielbesucher, Dr. Schaeffer, Zeitungsverleger aus München, auf dem Eyckel übernachtete, sagte er, mit dem Blick auf den Burghof und auf das spanische Stubenmädchen in altfränkischer Tracht, daß es sich um eine grandiose Wagner-Kulisse handele. Er hatte recht. Auch in Bayreuth waren die Meistersinger von Nürnberg nicht fränkischer Herkunft; die Eva wurde in jenem Sommer von einer südamerikanischen Sopranistin gesungen. An der Burgmauer war der Flieder verblüht, aber der Gast hatte die berühmte Arie noch im Ohr und auf den Lippen: ›Was duftet doch der Flieder‹. Maximiliane machte auf den entscheidenden Unterschied zum Bayreuther Festspielhaus aufmerksam: Hier wurde ganzjährig gespielt, täglich, rund um die Uhr. Jener Dr. Schaeffer überraschte Maximiliane damit, daß er ihr eine Karte für die Oper ›Lohengrin‹ besorgte. Auf die Frage, wie das möglich gewesen sei, legte er den Finger auf die Lippen und summte: ›Nie sollst du mich befragen‹. »Immerhin: ich bin Träger des Bayerischen Verdienstordens und der Goldenen Feder der Freiheit des Internationalen Zeitungsverleger-Verbandes.«

Es war das einzige Mal, daß Maximiliane eine Aufführung der Bayreuther Festspiele besuchte. Als sie vor dem Festspielhaus Frauen sah, die ein Pappschild hochhielten, griff sie nach dem Arm ihres Begleiters. Dr. Schaeffer bezog ihre Erregung auf Richard Wagner, in Wirklichkeit aber hatte Maximiliane jene Schilder wieder vor Augen, die sie in Berlin und später in Marburg ihren Kindern um den Hals gehängt hatte: ›Wir suchen unseren Vater.‹ Hier suchte man nicht nach vermißten Vätern, sondern auf dieselbe Art nach Eintrittskarten für ›Lohengrin‹. Es war viel Zeit vergangen. Zeit, die sich dehnte, Zeit, die sich zusammenzog.

Die Mehrzahl der Gäste fuhr von einer Ruine zur nächsten Burg, von einer stillgelegten Mühle zur nächsten, von einer Tropfsteinhöhle zur anderen und bevorzugte jene Höhlen, in denen man, auf gesicherten Wegen und bei wirkungsvoller Ausleuchtung, Stalagmiten von Meterhöhe und versteinerte Bärengerippe besichtigen konnte; die Dachshöhle, nahe beim Eyckel gelegen, konnte mit alledem nicht aufwarten. Bis vor kurzem hatte man sie noch auf eigene Gefahr betreten dürfen, jetzt war sie aus Sicherheitsgründen gesperrt worden. Kein geologischer Lehrpfad führte am Hotel vorüber, trotzdem verirrten sich paläontologisch interessierte Touristen auf den Eyckel, suchten geduldig auf den steinigen Äckern nach Zeugnissen der Kreidezeit, klopften in dem nahen Steinbruch Steinplatten nach Ammoniten ab, von denen sie dann das eine oder andere Stück der Baronin zum Abschied überreichten. Noch in Gegenwart des Spenders gab sie den Steinen einen wirkungsvollen Platz auf einem Fenstersims. Ein holländisches Omnibusunternehmen, das einen Übernachtungsvertrag mit dem Hotel Eyckel geschlossen hatte, veranstaltete mehrtägige Kunstfahrten durch Franken. Auf dem Programm standen Baedeker-Sehenswürdigkeiten wie die Ruine Neideck, die Wallfahrtskirche von Gößweinstein, Pottenstein mit dem berühmten Felsenbad. Maximiliane hatte die ohnehin knapp kalkulierten Übernachtungspreise der anderen Hotels unterbieten können, die Gäste trafen gegen Abend übermüdet ein, tranken wenig und aßen die Gerichte der kleinen Karte, legten sich früh schlafen.

Wenn die Baronin abends in das sogenannte ›Jagdzimmer‹ ging, wo die Gäste die Abende verbrachten, einen Fidibus faltete und damit das von dem Hausburschen vorbereitete Feuer anzündete, hatten die Gäste den Eindruck, daß sie eigenhändig Feuer machte. Wieder einmal spielte das ›Eigenhändige‹ eine große Rolle. Im Laufe des Abends legte sie dann ein Scheit Holz nach, manchmal auch einen Zweig vom Wacholder, der am Berghang reichlich wuchs. Sie füllte hin und wieder einem Gast eigenhändig das Glas und sagte, mit dem Blick auf seine Begleiterin: »Sieht sie im Kerzenlicht nicht wunderschön aus?« Ihre Sätze wiederholten sich und wurden wiedererkannt, was zum Vertrautsein beitrug. Manchmal setzte sie sich zu alleinreisenden Gästen und hörte sich ihre Lebensgeschichten an. Sie war eine Frau, die zuhören konnte, aber am nächsten Morgen nicht mehr wußte, was man ihr abends erzählt hatte. Ihr Gedächtnis reagierte mit Abwehr auf ›Schicksäler‹, ein Wort, das sie von Anna Riepe, der Köchin auf Poenichen, übernommen hatte.

Früher hatte Maximiliane vieles verschlafen, hatte sich in den Schlaf gerettet, jetzt schien sie ausgeschlafen zu sein. Nachts streifte sie durch die Gänge, des Quindtschen Rheumas wegen nicht mehr barfuß, sondern mit Wollsocken an den Füßen, eine Decke umgehängt, noch nicht so alt wie ihre Urahnin Maximiliane, die vor Jahrzehnten ebenfalls durch diese Gänge gegeistert war, aber ihr doch schon ähnlich. Nach einem vergilbten Foto hatte ein ebenfalls vergilbter Künstler, der die Urahnin noch gekannt hatte, ein Ölbild gemalt, das im sogenannten ›Steinernen Saal‹ zwischen den hohen Fenstern hing. Daß sich der Geist der alten Maximiliane, Freiin von Quindt, Schwester des alten Quindt, unter dem Einfluß nationalsozialistischer Ideen verirrt und später verwirrt hatte, wußte niemand mehr, und wer es im Dorf noch wußte, hatte eigene Verirrungen zu vergessen.

Als die Übernachtungszahlen rückläufig wurden, hatte Frau

Brandes gesagt: »Lassens sich was einfallen, Baronin!« Es war von Anfang an ein schlechtes Zeichen gewesen, wenn sie ›Baronin‹ sagte. Maximiliane hatte daraufhin in Nürnberg Bücher eingekauft und im ›Jagdzimmer‹ eine Leseecke eingerichtet. Sie hatte sich bei der Auswahl von ihrer eigenen Leselust leiten lassen. Ihr literarischer Geschmack hatte sich weiterentwickelt, vermutlich zu weit. Was hatte sie sich bei einem Gedichtband von Bert Brecht gedacht? Anspruchsvolle Hotelgäste waren noch keine anspruchsvollen Leser. Nur selten gelang es ihr, das richtige Buch auf den richtigen Nachttisch zu legen, noch seltener ergab sich dann beim Frühstück ein literarisches Gespräch. Sie hatte die Lyrikbände ihres Sohnes in die kleine Bibliothek eingeordnet; es kam vor, daß ein Gast einen der schmalen Bände in die Hand nahm und fragte: »Ist dieser Mosche Quint mit Ihnen verwandt?« Dann sagte sie: »Ja, sehr.« Oder man fragte: »Verstehen Sie das?« Dann sagte sie: »Ich verstehe den Hersteller.« Sie übte die Tätigkeit eines ›Animateurs‹ aus, ohne allerdings das Wort je gehört zu haben. Sie las abends am Kamin den Gästen vor, Erzählungen und vor allem Balladen. Natürlich konnte sie nicht bei jeder Zeile auf die Gefühle der Zuhörer achten. So wählte sie eines Abends Brechts ›Lied von der belebenden Wirkung des Geldes‹ aus; es gehörte nicht zu dessen stärksten Gedichten, aber Maximiliane legte mehr Wert auf den Inhalt als auf die Form. ›Aber wenn der Gute etwas Geld hat, hat er, was er doch zum Gutsein braucht.‹ Sie klappte das Buch zu, blickte in die Runde. Bei denen, die der Text anging, hatte sich Langeweile ausgebreitet, bei den anderen Unbehagen. Maximiliane verzichtete darauf, auch die ›Legende von der Entstehung des Buches Taoteking auf dem Weg des Laotse in die Emigration‹ zu lesen.

Als Mosche am Abend ihres Geburtstages aus Schweden anrief, sagte sie: »Wieder ein Jahr dazu, wieder ein Kilo dazu, wo soll das enden?« Die anderen Kinder hatten das Datum vergessen. Die unruhigen Kulleraugen, die ihr ein unbekannter polnischer Leutnant vererbt hatte, waren zur Ruhe gekommen, das ganze Gesicht, die ganze Frau war zur Ruhe gekommen. Ein Zug von Nachdenklichkeit lag in ihren Augen. Vieles erschien ihr fraglich, ohne daß sie jemanden fragen würde. Noch immer sagte sie: ›Ich kann es versuchen.‹ Alles erschien ihr als ein Versuch, aber jeder Versuch lohnte sich; nichts war endgültig, alles konnte sich ändern. Wenn man sie fragte, ob sie etwa noch an eine Wiedervereinigung der beiden deutschen Staaten glaube, sagte sie: »Die Zeit wird es ausweisen.« Vorstellen konnte sie es sich nicht, aber sie konnte sich vieles nicht vorstellen, ihr Vorstellungsvermögen war begrenzt. Sie war eine Realistin. Aber mußte etwas unmöglich sein, nur weil man es sich nicht vorstellen konnte?

In der Adventszeit backte sie – eigenhändig – in der Halle Zimtwaffeln; die wenigen Gäste saßen in der Nähe des Kamins. Warmer Zimtgeruch zog durch die Flure, in den Wandleuchtern brannten Kerzen, von der Baronin eigenhändig angezündet, Kandiszucker knisterte im Tee, Wohlbehagen breitete sich aus. Maximiliane hantierte geschickt mit dem Waffeleisen; vor dreißig Jahren hatte sie in Marburg Bratheringe hergestellt. Auch sie hatte sich verbessert: Zimtwaffeln statt Heringen, ein elektrisches Waffeleisen und kein schwelendes Feuer aus Kohlengrus. Sie stand nicht mehr unter freiem Himmel, sondern unter einer getäfelten Holzdecke. Sie mußte nicht mehr für fünf Kinder sorgen. Sie verfügte über ein regelmäßiges Einkommen und war sozialversichert. Aber es kam kein Martin Valentin mehr, um sie in die Arme zu schließen; alleinstehend zu sein hatte sie gelernt, allein liegen zu müssen fiel ihr oft noch schwer. Alles hat seinen Preis, auch die Sicherheit.

Sie hielt eine Mozart-Sinfonie nicht für zu schade als Hintergrundmusik im Restaurant, war sich darin mit jenem Publikum einig, für das Mozart seinerzeit die Musik komponiert hatte. Sie taxierte die Hotelgäste nach klassischer Musik oder Dixieland, irrte sich nur selten. Ihr Blick war geschult. An den meisten Abenden nahm ihr das Fernsehprogramm die Unterhaltung der Gäste ab. Sobald sie bei einem Gast musikalische

Kennerschaft feststellte, bat sie ihn, die Auswahl der Platten zu übernehmen.

Wenn die Gäste eine Flasche Wein bestellten, fragten sie gewöhnlich die Baronin, welche Sorte sie empfehle, worauf sie antwortete: »Mich dürfen Sie nicht fragen, ich komme aus Pommern!« Sie winkte dann dem Ober, stellte ihn namentlich vor: »Herr Röthel versteht etwas von Frankenweinen, er stammt selbst von einem Weingut.« Herr Röthel hatte als Junge bei einem Weinbauern geholfen, ganz ohne Korrekturen kam Maximiliane nicht aus, sie mußte sich oft mit der halben Wahrheit begnügen.

An den Wochenenden zog sie sich einen langen Rock an, tauschte die Leinenbluse gegen eine Seidenbluse, legte sich das Collier ihrer Großmutter Sophie Charlotte an und fragte: »Ist das nicht ein Abend, an dem getanzt werden sollte?« Sie bückte sich, um eigenhändig einen Teppich aufzurollen; meist sprang einer der Herren hinzu, um ihr behilflich zu sein. »Versteht hier jemand mehr von Tanzmusik als ich?« fragte sie, und es fand sich jemand, der nach geeigneten Platten suchte. Mit ihren halberwachsenen Söhnen hatte sie in Marburg bisweilen Twist getanzt. Jetzt tanzte sie noch immer gern, tanzend konnte sie einem Menschen nah sein, ohne reden zu müssen, ohne zuhören zu müssen; sie ließ sich leicht führen, wenn der Partner danach war, und übernahm die Führung, wenn es not tat.

Wenn solche Tanzabende vorüber waren, streifte sie schon auf der Treppe die Schuhe ab, zog ihre Zimmertür hinter sich zu, blickte in den Spiegel und sagte: »Alter Tanzbär!« Auch in ihren Selbstgesprächen war sie wortkarg. Aber sie sagte nicht mehr: »Was soll ich hier? Ich bin doch aus Poenichen.«

Die meisten Gäste erwarteten, in ihren Zimmern mittelalterliche Truhen vorzufinden und möglichst auch noch einen gotischen Betstuhl, einen Barockengel oder eine wurmstichige Pietà. Aber die alten Möbelstücke waren im Krieg von den Evakuierten verheizt worden, soweit es sich nicht schon damals um eiserne Bettgestelle aus der Jugendherbergs-Epoche des

Eyckels gehandelt hatte. Manchmal kam beim Betreten des Zimmers ein Kuckuck zu Hilfe, dann öffnete Maximiliane das kleine Fenster und lenkte die Aufmerksamkeit des Gastes vom Tisch aus Kiefernholz auf den Frühling; allerdings kam mitsamt dem Kuckucksruf meist auch ein kühler Luftzug ins Zimmer.

Von früh bis spät war Maximiliane damit beschäftigt, aus Mängeln Vorzüge zu machen. Sie wußte, wo die ersten Märzbecher blühten, man mußte nur einen sonnigen und windstillen Tag abwarten. Mittags verkündigte sie dann den Hausgästen: »Die Märzbecherwiese blüht!«, und dann brach man gemeinsam auf. Die gehbehinderten Gäste veranlaßte sie, in ihrer Karre mitzufahren. Ein kleiner Ausflug, kaum eine Viertelstunde Fahrt, aber ein Frühlingsbeweis. Wer kennt schon Märzenbecher? Man kehrte angeregt zurück, trank den Kaffee gemeinsam, hatte sich kennengelernt; abends konnte man bereits zwei Tische aneinanderrücken. Maximiliane verfügte über viele Mitarbeiter, einmal hießen sie Märzbecher, das andere Mal Maigewitter. Vom Auto aus hatte sie den ersten Steinpilz gesehen; noch am selben Nachmittag trug ein älterer Gast ein paar Maronen in die Küche, und der italienische Koch rief: »Funghi! Funghi!« und roch daran, und der Gast, ein alter Lateiner, sagte befriedigt: »Fungus!« Man konnte sich mit diesen Leuten besser verständigen, als er gedacht hatte; am Abend bekam er seine Pilze in einem Pfännchen serviert. Wildpilze in Rahmsauce mit Knödeln! Gegrillte Steinpilze, ein Geheimtip der Baronin; ein Gericht, das auch in pilzreichen Sommern nicht auf der Speisekarte erschien.

»Lassens sich was einfallen!« Man hatte nicht oft in Befehlsform mit Maximiliane gesprochen. ›Wer nehmen will, muß geben können‹, schrieb sie als Wochenspruch auf die Speisekarte.

Noch immer stiegen Männer ihretwegen morgens um sechs Uhr auf die Leiter. Franc Brod, der aus der Nähe von Zadar stammte, Hausbursche und für alle Außenarbeiten zuständig,

vor allem für die Gärten, sägte einen Zweig vom Apfelbaum
ab, dessen Blütenknospen sich innerhalb der nächsten Tage
auftun würden, und stellte ihn in ein altes Sauerkrautfaß.
»Dobar!« sagte Maximiliane, es klang ähnlich wie im Polnischen, das sie aus Kindertagen noch im Ohr hatte. Wenn sie
Franc suchte und nirgendwo fand, ging sie in den Holzschuppen, in den er sich manchmal zurückzog. »Nostalgija?« fragte
sie dann, und er nickte. Sie bestätigte sein Nicken, und er
wußte: Auch sie hatte Heimweh. Die Frau des Jugoslawen war
vor einigen Jahren gestorben, sein Sohn war verunglückt, der
kleine Bauernhof hatte verkauft werden müssen. Sollte er etwa
nach Zadar ziehen? In die Stadt? Über das alles konnte er nicht
reden, nicht auf deutsch, nicht in seiner Sprache, da sie keiner
verstand; er faßte sein Schicksal in ›Takav je život!‹ zusammen.
Maximiliane hatte sein Lebensresümee übernommen, immer
häufiger sagte sie zu sich und zu anderen: ›Takav je život‹, so ist
das Leben.

Auch am Sonntag, wenn es an Kaminholz fehlte, ließ Maximiliane ihn den Holzkorb mit Kiefernscheiten füllen, half ihm
aber beim Tragen, er war fast so alt wie sie. Franc Brod fühlte
sich unabkömmlich. Diese pommersche Baronin war eine Aus-
beuterin! Sie hatte den Umgang mit Personal schon als Kind
gelernt; wer etwas haben wollte, mußte geben können. Franc
Brod durfte sich ein paar Kaninchen halten. Die Kinder der
Gäste durften ihm im Holzschuppen und im Garten helfen. In
der Dämmerung führte er die Hunde der Gäste aus, wofür es
mehr Trinkgeld gab als für die Beaufsichtigung der Kinder;
›Kinder und Hunde willkommen‹ stand im Hotelprospekt. Da
Franc an Rheuma litt, brachte die Baronin ihm hin und wieder
eine Flasche Schnaps. Das würde ihm guttun, innerlich oder
äußerlich. »Das wird auch wieder.« Den Satz verstand er.
Unter seinen Händen hatte der stilvoll angelegte Burggarten
im Laufe der Jahre ein ländliches Aussehen bekommen.

Der italienische Koch befestigte an den eisernen Haken, an
denen früher die Pferde angeleint worden waren, Wäschelei-

nen, trocknete daran Küchentücher, aber auch seine Hemden und Unterhosen. Warum nicht? Wäsche brauchte Sonne und Wind. Durch die Geschenke der Gäste erhielt das Hotel im Laufe der Jahre mehr an fränkischer Romantik, als seinem Aus- und Ansehen guttat. Ein Gartenzwerg hatte sich unter Farnkraut leidlich verstecken lassen, schwieriger war es mit den Kunststoffkissen, die der Inhaber einer kleinen Schaumstofffabrik gestiftet hatte, weil nach seiner Ansicht die Steinbänke im Burghof zu hart und zu kalt seien. Als dieser Herr Reischle im nächsten Jahr wiederkam, war die Baronin nicht aufmerksam genug, die Kissen rechtzeitig vor seinem Eintreffen aus dem Verschlag zu holen. Ein Blick ins Gesicht des Gastes machte sie auf das Versäumnis aufmerksam; sie schickte einen zweiten Blick zum Himmel und sagte: »Wir setzen Ihre hübschen Kissen nicht gern der prallen Sonne aus, natürlich auch nicht dem Regen!«

Auf der Fahrt zur Märzbecherwiese waren ihr die ebenfalls blühenden Schwarzdornhecken aufgefallen, die den Berghang in schöngeordnete Etagen aufteilten, zunächst nichts weiter als ein erfreulicher Anblick, dann aber auch ein vielversprechender: im Herbst würde es Schlehen geben! Als dann Anfang Oktober der erste Reif gefallen war, konnte eine kleine Schnapsbrennerei in Betrieb genommen werden. Der Eyckel besaß seit Jahrhunderten das Brennrecht für Obstschnaps, das genauso lange nicht wahrgenommen worden war. Im Keller hatten sich alte Eichenfässer gefunden, die von Franc Brod in Ordnung gebracht wurden. Er hatte Erfahrung im Schnapsbrennen, zu Hause hatte er unerlaubt Slibowitz gebrannt. Aber vorerst saßen die Schlehen noch am Strauch, die Baronin benötigte Pflücker. Sie fuhr ins Dorf und suchte nach willigen Helfern; Kinderhände, zumal die von Dorfkindern, konnten leichter ins dornige Gesträuch fassen. Mittag für Mittag fuhr sie die kleine Pflückertruppe mit ihrem Auto auf den Berg und holte sie nach drei Stunden wieder ab; es wurde im Akkord gepflückt und bar gezahlt. Die Ausbeute an Schnaps war nicht groß.

Dafür war er kostbar, sogar unbezahlbar. Die Baronin schenkte ihn aus Steinkrügen aus, das eine Mal zur Begrüßung, das andere Mal zum Abschied. Sie goß die Gläser randvoll und sagte: »In Poenichen trank man den Schnaps zweietagig.« Ein Gast fand den passenden Namen für den Schnaps und schrieb ihn auch ins Gästebuch: ›Pönichen dry – unbezahlbar!‹ Woher sollte er wissen, daß er Poenichen mit oe hätte schreiben müssen.

›Lassens sich was einfallen!‹ In einem der ungenutzten Kellerräume ließ sich eine Sauna einrichten, mit deren Ausbau Frau Brandes geraume Zeit beschäftigt und abgelenkt war. Die Steine stammten aus dem Flußbett der Pegnitz, Bänke und Holzverkleidung hatte der Dorfschreiner Arnold aus heimischem Kiefernholz hergestellt, die Tauchkübel hatte die Brauerei in Bamberg gestiftet; eine Sitzecke, in der man ein frisches Brandes-Bier in Selbstbedienung trinken konnte, war nicht vergessen worden. Aber der Besuch der Sauna mußte eine Stunde vorher an der Rezeption angemeldet werden, und der nächste Friseursalon war zehn Kilometer entfernt. Eine Trennung nach Geschlechtern war nicht vorgesehen, was von den Gästen als Freizügigkeit, aber auch als Verletzung des Schamgefühls ausgelegt wurde; man befand sich schließlich in Bayern und nicht auf Sylt. An kühlen Regentagen verkündete die Baronin, daß in der Sauna Hochsommer sei. Sie selbst war mit ihren sechzig Jahren auch in der Sauna noch immer ein erfreulicher Anblick. Ihre Tochter Mirka hatte in einem Pariser Modesalon vor Jahren einmal festgestellt: ›Je mehr du dich ausziehst, desto besser siehst du aus.‹ Das galt noch immer. Aber weder ihr Arbeitstag noch die Widerstandsfähigkeit ihres Körpers ließen es zu, daß sie mehr als einmal wöchentlich die Sauna aufsuchte. Sie übernahm es selbst, wohlduftende Essenzen aus Sandelholz oder Latschenkiefern auf die heißen Steine zu gießen, womit man den muffigen Kellergeruch überdecken konnte und mußte. Doch der Buchhalter, Herr Bräutigam, legte ihr regelmäßig die Stromrechnungen vor und kalkulierte die Kosten eines Saunabesuchs. Daraufhin unterließ es die Baronin, bei den Gästen für die Sauna zu werben, sie tauchte nur noch in den bebilderten Prospekten auf. Frau Brandes erklärte: »Sie ruinieren mir den Betrieb, Baronin!«

Keiner der Köche hatte sich bisher auch nur eine einzige Kochmütze für die ›Reiseführer durch Franken‹ verdient. Nach jedem Wechsel sagte Maximiliane zu den Gästen: »Wir haben einen neuen Koch!« und weckte mit dieser sachlichen Mitteilung übertriebene Erwartungen. In der Regel handelte es sich aber nur um einen Bruder, einen Onkel oder einen Vetter des bisherigen Kochs; sie hießen Carlo, Bruno, Piero, stammten sämtlich aus der Emilia, was eine Gewähr für ihre Kochkünste hätte bedeuten können. Keiner von ihnen hielt die Kündigungsfrist ein, jeder sorgte aber dafür, daß rechtzeitig ein weiteres Familienmitglied zur Ablösung eintraf, und machte seinerseits ein ›Da Bruno‹, ›San Marco‹ oder eine ›Pizzeria Piero‹ in Bayreuth oder Nürnberg auf. Das Programm des neuen Kochs ähnelte dem des Vorgängers, war nicht einmal schlecht, gegen die ›Zuppa Pavese‹ war nichts einzuwenden, die ›Spaghetti carbonara‹ waren vorzüglich, nur eben nicht für die Speisekarte eines Burg-Hotels im Fränkischen geeignet. Die Baronin bestand darauf, daß auf der Speisekarte Kartoffeln erschienen, und das bedeutete für einen Italiener Pommes frites. Der Geruch nach heißem Fett durchzog alle Flure und benutzte die Treppenaufgänge. Maximiliane erschien in der Küche, nicht viel anders, als der alte Quindt seinerzeit im Souterrain des Herrenhauses von Poenichen erschienen war, als es ebenfalls um Kartoffeln ging – die einzige Mahlzeit am Tag, die für die russischen Kriegsgefangenen gekocht und von dem alten Quindt als Viehfutter bezeichnet wurde.

»Patata!« sagte sie. »Wir sind in Deutschland!« Der Gesichtsausdruck des neuen Kochs besagte: Peccato! Schade! Der Kartoffelkrieg entbrannte immer aufs neue im Souterrain. ›Patata!‹ – ›Peccato!‹ wurde zum Schlachtruf. Natürlich lag es am Geld. Ein guter Koch war nicht zu bezahlen. Frau Ferber, die aus dem Dorf stammte und jeden Abend von Maximiliane mit dem Auto nach Hause gebracht werden mußte, konnte einen Speckpfannkuchen backen, der gut schmeckte, dafür aber den Koch verärgerte. Es kam vor, daß ein Gast auf die Frage, ob er mit dem Essen zufrieden gewesen sei, antwortete: »Der Spruch ist immer noch das Beste auf Ihrer Karte, Baronin!« In der Regel unterließ sie deshalb die Frage.

Aus dem Pommes-frites-Krieg war Maximiliane erfolgreich hervorgegangen. Der nächste Küchenkrieg wurde mit Kartoffelklößen ausgetragen. In Franken gehören bekanntlich Kartoffelklöße auf jede Speisekarte. Der Koch, diesmal ein Antonio, der Onkel des vorigen Kochs, hatte sich bereits geweigert, eine angedickte Sauce zum Schweinebraten herzustellen. Nun also auch noch Klöße aus rohen Kartoffeln! Er rollte die Augen und warf Blicke zum Himmel, steckte dann aber doch seine Hände in einen Teig aus geriebenen Kartoffeln, hielt die verklebten Hände hoch und rief: »Catastrofico!«

Maximiliane versuchte Antonio klarzumachen, daß es sich um Kugeln handele, die man allenfalls zur Verteidigung der Burg verwenden könne; da er sie nicht verstand, warf sie demonstrativ einen der Klöße gegen die Wand. Daraufhin nahm Antonio ebenfalls einen Kloß und warf ihn hinterher, Maximiliane nahm den dritten und zielte gut. Die Schlacht stand unentschieden. Sie lachten. Auch Maximiliane hielt die Verarbeitung einer guten Speisekartoffel zu Klößen für unnötig, aber gute Speisekartoffeln waren ohnedies nicht zu beschaffen. Die Klöße, die seither auf dem Eyckel nach Anweisung von Frau Ferber serviert wurden, waren nicht schlechter, allerdings auch nicht besser als die Kartoffelklöße in anderen Gasthöfen der Umgebung.

Antonio legte im Garten ein Kräuterbeet an, was ebenso geduldet wurde wie die Kaninchenställe des Hausburschen Brod. Als der erste frische Salbei gewachsen war, erschien ›Saltimbocca‹ auf der Speisekarte. Antonios Fähigkeiten blieben begrenzt; wären sie größer gewesen, hätte er nicht hier, sondern in München in einem Spezialitätenrestaurant gekocht. Er blieb lange, wesentlich länger als die übrigen Mitglieder der Familie Pino aus Parma. Das lag an der verwitweten Frau Ferber, die ihm in der Küche zur Hand ging und bei der er sich nach kurzer Zeit einquartierte. Die beiden schafften sich ein Auto an, womit das Transportproblem der Küchenhilfe gelöst war; andere Probleme ebenfalls, zumindest so lange, bis Margherita Pino angereist kam. Wenn je ein ›Mamma mia!‹ überzeugend geklungen hat, dann jenes aus Antonios Mund, als seine Margherita die Küche betrat, sich umsah und Bescheid wußte. Sie packte Frau Ferber am Arm und jagte sie aus der Küche, für immer.

Margherita hatte sich die fünfzehnjährige Tochter Anna als Verstärkung mitgebracht; in dem Alter brauchte ein Mädchen den Vater, das sah jeder ein, das sah auch Antonio ein. Die Familie Pino mußte zusammenbleiben. Auf dem Eyckel war das möglich, Arbeit in der Küche gab es für alle drei, eine Unterkunft gab es auch, und ein Verschlag für ein paar Hühner ließ sich an der Gartenmauer ebenfalls noch anbringen. Wenn es im Restaurant an Bedienung fehlte, steckte man Anna in einen fränkischen Trachtenrock, sie hatte die Gastronomie bald begriffen, sogar ihre Feinheiten: mußte eine Spesenrechnung für Speisen und Getränke ausgestellt werden, reichte sie dem Gast den Block, damit er den passenden Betrag und das passende Datum selbst eintrüge, ein Entgegenkommen, das von dem rechtschaffenen Ober Röthel nicht zu erwarten war.

Von der Speisekarte verschwand der Speckpfannkuchen, statt dessen tauchte ein ›Insalata Emilia‹ auf. Weiterhin bevorzugten die Gäste die Karte ›Bloß a weng‹, auf der man Preßsack mit Essig und Öl, Bratwürste mit Brot und ›Parsifal bleu‹ fand, ein Schimmelkäse, der in einer nahe gelegenen Käserei herangereift war. Und dann natürlich ›Poenicher Wildpastete‹, aus der Dose, im Sommer und Herbst mit einigen Blättern vom wilden Wein angerichtet, der an der Nordseite die Mauern überwucherte. Fragte ein Gast, ob es sich um eine hausgemachte Pastete handele, so hieß es, daß die Weinblätter vor fünf Minuten gepflückt worden seien.

Herr Bräutigam, früher als Buchhalter in der Bamberger Brauerei beschäftigt, war noch von Herrn Brandes eingestellt worden; was diesen dazu bewogen haben konnte, wurde nie geklärt. Herr Bräutigam ließ sich im Restaurant und im Hotel selten sehen, vermutlich seiner Hasenscharte wegen. Er blickte oft lange aus dem Fenster in die Landschaft oder auch in das Gesicht eines weiblichen Gastes und gab dabei den klassischen Ausspruch von sich: »Was schöi is, is halt schöi!« Er hielt sich an seine Dienststunden, stieg um siebzehn Uhr in sein Auto und sagte, wenn gerade ein Omnibus auf dem Parkplatz ankam, zuversichtlich zur Baronin: »Sie werns packen!« Er war ortsansässig, aber nicht ortskundig. Wenn ihn ein Gast etwas fragte, antwortete er mit dem Satz: »Nix gewiß woaß man net.« Verlangte ein Gast von ihm, auf den Turm geführt zu werden, so ging er voraus, sagte: »Schauns halt!« und mahnte auf der Treppe: »A weng den Kupf einziehng!« Genau das tat Maximiliane den ganzen Tag über. Sie zog den Kopf ein wenig ein, wurde kleiner. Wenn der Wind vorüber ist.

Jener Satz des Buchhalters Bräutigam: ›Was schöi is, is halt schöi!‹ tauchte, mit Anführungsstrichen versehen, dreimal im Gästebuch auf, wo der hinterpommersche Charme der Baronin gelobt wurde, die blühenden Linden, der Käuzchenruf, die Zimtwaffeln. Die Gäste brachten ihr Feldblumensträuße mit, die sie in Zinnkrügen auf die Fensterbänke stellte; in drei Jahreszeiten sorgten die Gäste für den Blumenschmuck. Wenn eine Weinsorte auf der Weinkarte noch vermerkt, inzwischen aber ausgegangen war, schrieb sie dahinter: ›ausgetrunken‹; hatte die Küche keinen Hirschgulasch mehr, schrieb sie: ›aufgegessen‹ dahinter, was die Gäste erheiterte. Die Improvisationen von Stunde zu Stunde strengten sie an.

Es fehlten dem Eyckel die Renommiergäste. Aber im Laufe der Jahre wurde das mit leichter Hand geführte Hotel immerhin zum Geheimtip für kleine Wandergruppen, die ihren Fußmarsch über die Fränkische Alb und durch die fränkische Kultur für eine oder zwei Übernachtungen unterbrachen. In den ersten Jahren waren, nach vorheriger Anmeldung, Omnibusse mit katholischen, seltener mit evangelischen Frauenverbänden gekommen, um auf dem Weg von Muggendorf nach Gößweinstein auf einer mittelalterlichen Burg eine Kaffeepause zu machen; aber nachdem die Nürnberger, Erlanger und Fürther Omnibusfahrer die Schwierigkeiten der Auffahrt kannten, lehnten sie die Einkehr auf dem Eyckel ab.

Wenn Herr Bräutigam ihr die monatliche Bilanz vorlegte, weil Frau Brandes gerade abwesend war, sagte Maximiliane: »Es kann doch auch gutgehn!« Einmal mehr, einmal weniger überzeugt und folglich auch mehr oder weniger überzeugend. Sie nickte ihm zu und sagte in seinem Tonfall: »Schauns halt!«

Neben jenem Satz, daß Hunde und Kinder willkommen seien, hatte sie auch in den Hotelprospekt aufnehmen lassen, daß wer allein schlafen müsse, dafür keine Strafe zahlen solle. Sie selbst vertraute der Werbekraft von Prospekten nicht, sie war eine Realistin und sorgte dafür, daß die Gäste, die bereits da waren, sich wohl fühlten und das kleine Burg-Hotel, in dem eine echte Baronin eigenhändig unbezahlbaren Schlehengeist einschenkte, nicht so rasch wieder vergaßen. Das Wort Eyckel prägte sich ein, aber auch der Name Quindt. Da auch im Sommer die Betten bei feuchtem Wetter klamm wurden, ließ sie sie mit kupfernen Wärmflaschen anwärmen. Zu den alleinreisenden Gästen im Seniorenalter sagte sie: »Eine Wärmflasche ist besser als ein Himbeereis. Alles zu seiner Zeit!« Ihre Altersweisheiten wurden allerdings nicht immer verstanden.

Waren in den ersten Jahren die Schwierigkeiten, Personal zu bekommen, größer als die Schwierigkeiten, Gäste auf den Eyckel zu locken, so änderte sich das, als die Arbeitslosenzahlen stiegen und die Übernachtungszahlen sanken. Die Zeichen standen nicht günstig für das Burg-Hotel Eyckel. Herr Brandes hatte bei dessen glanzvoller Eröffnung die 600jährige Geschichte der Burg mit den Worten ›Vom Adelsnest zum

Rattennest‹ zusammengefaßt und wohl gehofft, daß der Eyckel dank seiner adligen Vergangenheit und der adligen Anwesenheit der Baronin wieder zu einem Adelsnest, wenn auch einem Geldadelsnest werden würde. Diese Hoffnung hatte sich bisher nicht erfüllt. Es ging hier nur noch ums Durchkommen und ums Überleben. Gelegentlich hörte man in der Dämmerung Schüsse, obwohl die Jagd noch nicht offen war, wie ein kundiger Gast meinte. »Ich wundere mich auch«, sagte die Baronin, obwohl sie wußte, daß der Hausbursche Brod sich auf Rattenjagd begeben hatte; und Erschießen war besser als Vergiften.

Eines Tages traf ein Brief aus Polen ein. Anja hatte geschrieben, auf deutsch, eine Nachbarin hatte ihr bei der Übersetzung geholfen. Anja war inzwischen verwitwet, die Kinder waren erwachsen. Sie lebte in Lodz, wo sie geboren war. ›Besser arm zuhaus als reich in Fremde.‹ Im Krieg hatte man sie nach Deutschland deportiert, sie hatte auf Poenichen als Hausmädchen gearbeitet, war bei Kriegsende mit Claude, einem französischen Kriegsgefangenen, der als Gärtner auf Poenichen gearbeitet hatte, nach Frankreich geflohen und hatte es dort vor Heimweh nicht ausgehalten. »Der alte gnädige Herr hat guten Morgen gesagt, nicht Heil Hitler und hat Fräulein gesagt. Gnädige Frau soll kommen, soll sehen wie leben in Polen. Bin alte Frau geworden. Immer noch Not und immer noch Angst.« Dann erkundigte sie sich, was aus den Kindern geworden sei, zählte jeden einzelnen Namen auf. »Alle schön? Alle reich?«

Maximiliane suchte nach Fotografien ihrer Kinder, suchte nach Kleidern für Anja und schickte ein Paket. Schon auf Poenichen hatte Anja ihre abgelegten Kleider getragen. Hatte sich denn nichts geändert?

Ihre Kusine Roswitha, jetzt Äbtissin einer Benediktinerinnenabtei, schrieb in einem Brief: »Wir Quindts bekommen immer die Führungsrollen, ist Dir das schon aufgefallen?«

Die Schöne tauchte manchmal für ein paar Stunden oder sogar für ein paar Tage auf und machte wieder gut, was Frau Brandes in Wochen angerichtet hatte.

4

›Nichtstun vermehrt den Frieden der Welt.‹

Friedrich Georg Jünger

Schönheit und Reichtum wirken anziehend aufeinander. Als jener Monsieur Villemain aus Paris das Auto, in dem Maximiliane mit ihrer Tochter Mirka zu dem deutschen Soldatenfriedhof von Sailly-sur-la-Lys fuhr, aus dem Straßengraben gezogen hatte, war er bereits ein Mann von über fünfzig Jahren; Mirka war nicht einmal halb so alt. Die erste Ehe des Monsieur Villemain war kurz zuvor wegen Kinderlosigkeit geschieden worden. Ein Erbe für die Firma Villemain & Fils wurde dringend benötigt. Henri Villemain erkannte in Mirka die gute Rasse und nahm ihre Mutter als Garantie für eine erfreuliche Weiterentwicklung der schönen jungen Frau. Warum also nicht ein deutsch-französisches Bündnis, mit dem Schwergewicht auf Frankreich? Beide Vaterländer gehörten der NATO an, in Frankreich OTAN genannt; um ein Kampfbündnis würde es sich nicht handeln bei zwei ausgeglichenen Temperamenten, eher um eine Europäische Gemeinschaft, eine EG, in Frankreich CE genannt.

Bei der Firma Villemain & Fils handelte es sich um einen mittleren Betrieb der metallverarbeitenden Industrie; man hätte von einem Rüstungsbetrieb sprechen können, was man im übrigen auch unvoreingenommen tat, man befand sich in Frankreich, nicht in der Bundesrepublik Deutschland. Maurice Villemain, der ältere Bruder von Henri Villemain, war 1944 bei den Kämpfen in der Normandie gefallen, er war der tüchtigere der beiden Brüder gewesen. Seit drei Jahrzehnten war Henri Villemain diesem Vergleich nun nicht mehr ausgesetzt, was ihm, aber nicht der Firma, gutgetan hatte. Hergestellt wurden Fußbodenbleche, Halterungen für Funkgeräte, auch Halterungen für Munition, Lafettierungen für Zusatz-Maschinengewehre, alles für den AMX 30, einen Kampfpanzer, der nicht in seiner Technik, wohl aber in seiner taktischen Verwendung dem Leopard I vergleichbar wäre, bei Gesprächen auf NATO-OTAN-Ebene auch immer wieder mit diesem verglichen wurde.

Es ist anzunehmen, daß Mirka weder die Chiffren des französischen noch der Name des deutschen Panzers geläufig waren. Sie zeigte wenig Interesse für die Firma.

Niemand hatte erwartet, daß ein Mannequin einen Haushalt führen könne, ihr Mann nicht und sie selbst auch nicht. Dafür war Louisa da, eine schwarzhäutige Frau aus Marokko, freundlich, gutmütig, eine gute Köchin, wie man es von dunkelhäutigem Personal erwarten konnte. Zum französisch-deutschen Haushalt gehörte außerdem ein jährlich wechselndes Au-pair-Mädchen, von dem die Kinder frühzeitig ein wenig Deutsch lernten. An Partygespräche gewöhnt, gab Mirka, befragt, welche Blumen sie liebe, Orchideen an und fügte hinzu, daß ihre Großmutter, damals im südlichen Kalifornien zu Hause, Orchideen gezüchtet habe. Sie wertete ihre Biographie durch solche Anmerkungen auf, und sie wertete sie auch aus, was ihre Mutter, allerdings in Notzeiten, ebenfalls getan hatte. Mit jener Großmutter, Vera Green, die von sich und ihrer Ehe gesagt hatte: »I do my own thing«, hatte Mirka übrigens eine gewisse Ähnlichkeit.

Sie habe in Deutschland die mittlere Reife erworben, äußerte sie gelegentlich, wendete dabei den langgestreckten Nacken und veränderte die Stellung der Beine; es mußte nicht hinzugefügt werden, daß man keine mittlere deutsche Reife, sondern eine volle französische Reife vor sich hatte. Man hätte sie für oberflächlich halten können. Aber was für eine Oberfläche war das! Die Schönheit, die sich bei den Quindts bisher auf mehrere Generationen verteilt hatte, konzentrierte sich nun auf Mirka. Das Kirgisische, dieser asiatische Einschlag, muß außer acht gelassen werden, darüber wissen wir so gut wie nichts. Das kräftige pommersch-blonde Haar der Mutter, die schöngeschwungenen Wimpern der Großmutter Vera, und natürlich die Augen! Augen wie Taubenaugen, darauf hatte man sich, den Prediger Salomon zitierend, inzwischen geeinigt. Auch im Winter behielt ihre Haut die lehmbraune Tönung, sie mußte nicht die Tortur auf sich nehmen, stundenlang auf einer Sonnenbank zu liegen. Es wäre zwecklos, sie um die gleichmäßige Tönung ihrer makellosen Haut zu beneiden, die meisten bewunderten sie, außer Viktoria, die glasgesichtige Schwester, die von der Natur nachlässiger behandelt worden war. Mirka verzichtete auf jeden Schmuck, der nur die Aufmerksamkeit der Bewunderer von ihr abgelenkt hätte. Die Farbe ihrer Augen war heller als die Farbe ihrer Haut; darin bestand, nach Ansicht von Kennern weiblicher Schönheit, der Reiz des Gesichtes, das, ebenfalls nach Ansicht von Kennern, ausdrucksarm war.

Die Rolle der jungen und wohlhabenden Madame Villemain war auf diesen schönen Körper zugeschnitten. Mirka, das jüngste der Quintschen Kinder, hatte nicht in der pommerschen Familienwiege gelegen, aber gesungen wurde auch an der Kartoffelkiste, in der Mirka die ersten Lebensmonate verbracht hatte. Ein Kellerkind, in einem Luftschutzbunker an einem unbekannten Ort östlich der Oder von einem Soldaten der Sowjetarmee gezeugt. Ein Akt der Vergewaltigung. ›Njet plakatje!‹ hatte er zu der deutschen Frau gesagt, das immerhin, und Brot und Schnaps hatte er ihr und ihren Kindern gegeben. ›Nicht weinen!‹ Ein Kirgise vom Balchasch-See, der vermutlich dem Kind diesen starken Lebenstrieb vererbt hat, der Maximiliane, die von der monatelangen Flucht geschwächt war, die Geburt erleichterte; das einzige der Kinder, das auf dem Eyckel geboren worden war, auch aus diesem Grund von der Mutter als ein Quindt-Kind angesehen. Anna Hieronimi aus Schlesien hatte Hebammendienste geleistet. Sie hatte Maximiliane mit Maria, der Gottesmutter, verglichen und behauptet, daß jedes Kind als ein Gotteskind geboren würde. Im Dezember 1945 konnte man so etwas sagen, da hatten die Herzen dünne Wände. War Mirka ein Gotteskind? Richtete sie jemals den Blick nach innen? Oder war alles nur schönes Äußeres, nur Haut und Haar? War in diese Seele kein Samenkorn gefallen? Maximiliane hatte dem Kind Stutenmilch zu trinken gegeben, hatte heimlich bei Nacht eine Stute auf der Weide gemolken, das Gesicht an den Pferdeleib gelehnt. Sie hatte sich ihren Erinnerungen ausgeliefert. ›O du Falada, da du hangest!‹ Trotz der Stutenmilch war aus Mirka kein wildes und ungebärdiges, sondern ein anpassungsfähiges Kind geworden.

Verleiht Schönheit Selbstbewußtsein? Mirka hat nie an sich und ihrer Wirkung auf andere gezweifelt. Als sie, dreijährig, ein Mäntelchen aus umgeschneiderten Soldatenröcken tragen mußte, sah sie aus wie ein winziger Landsknecht, fiel auf, und das wollte sie: beachtet und bewundert werden. Sie setzte sich in Szene, brauchte Publikum. Wenn sie in der Ballettschule nicht beachtet wurde, stellte sie den linken Fuß auf das rechte Knie, reckte den schöngebogenen Hals in die Höhe: ein Kranichvogel. In dieser Haltung stand sie ausdauernd und geduldig. Geduld vom Poenicher See oder vom Balchasch-See?

Bis zu ihrer Eheschließung hatte sie wie eine unabhängige Frau gelebt. Sie kam und blieb und ging, wann es ihr paßte; sie ließ sich beschenken, ließ sich helfen, aber wer sie beschenkte und wer ihr half, hatte keine Belohnung zu erwarten, hatte mit nichts zu rechnen außer mit ihrer Unberechenbarkeit. Sie hatte ihre Partner häufig, aber nicht unüberlegt gewechselt. In einem der bebilderten Interviews, das veröffentlicht wurde, als sie ein vielbeschäftigtes Mannequin und Fotomodell war, stand zu lesen: ›Eine Schützin mit hoher Abschußquote‹.

Diese Frau war weder auf Selbstfindung noch auf Selbstverwirklichung bedacht; sie war einverstanden mit sich, mit ihrer Herkunft und mit ihren Lebensumständen, die zu diesem Zeitpunkt beneidenswert waren. Die Epoche, in der ein Quindt, ob männlich oder weiblich, seine Pflicht tat und nicht Karriere machte, war vorbei. In der Generation, um die es jetzt geht, gibt es auch bei den Quindts Aussteiger und Aufsteiger und Umsteiger. Mirka zählte zu den Aufsteigern.

Es fehlte ihr das Tragische, aber sie wußte es nicht. Keine Feministin der Welt hätte ihr zu diesem Zeitpunkt einreden können, daß sie sich verkauft habe. Sie besaß, wonach andere Frauen lange und meist vergeblich suchen: Identität. Sie war Mirka. Sie kannte ihren Wert. Als Madame Villemain hatte sie Pflichten und hatte Rechte; die Pflichten erfüllte sie zur Zufriedenheit ihres Mannes, die Rechte erfüllte er zu ihrer Zufriedenheit. Bei dem Grundsatzgespräch, das ihrer Eheschließung vorausgegangen war, hatte er gesagt: »Zwei Söhne! Die Firma braucht zwei Söhne, einen für die Produktion, den anderen für die kaufmännische Leitung.« Mirka hatte sich an diese Abmachung gehalten: zwei Söhne. Man ist versucht zu sagen: auf Anhieb. Nach der Geburt von Pierre, dem zweiten Sohn, hatte man einvernehmlich auf jedes weitere eheliche Beieinander verzichtet.

Es ist ein Unterschied, ob eine Frau ihr sexuelles Leben mit der Eheschließung beginnt und dann weitgehend mit demselben Partner weiterführt oder ob sie, wie in Mirkas Fall, vom sechzehnten Lebensjahr an mit wechselnden Partnern zu tun hatte, folglich Vergleiche ziehen kann; auch Frauen benoten. Es ist übrigens bei jener einzigen dringlichen Reise nach London geblieben, die von Maximiliane finanziert werden mußte. Die Verhütungsmaßnahmen haben sich seither verbessert, die Schwierigkeiten der Frauen haben sich zumindest verändert. Monsieur Villemain läßt seiner Frau alle Freiheiten, aber seine Frau nutzt sie nicht aus, nimmt sie nicht einmal wahr. Auf Abwechslung ist sie nicht erpicht, reagiert eher gelangweilt. Nach ihren Erfahrungen ist es im wesentlichen immer dasselbe, tout la même chose. Vorspiele und Nachspiele ermüden sie, sie hat kein leidenschaftliches Temperament, in Frankreich nennt man solche Frauen immer noch frigide, in Deutschland sagt man inzwischen cool.

Gelegentlich begleitet Monsieur Villemain seine Frau zu den Modeschauen der führenden Couturiers; ein gutaussehendes Paar, was ihm an Jugend fehlt, gleicht er durch Wohlhabenheit aus, der Altersunterschied ist nicht unüblich. Wenn sich die Mannequins wie kostbare, wohldressierte Raubtiere auf dem Laufsteg anschleichen, stellt er fest, daß er sich das beste Exemplar ausgesucht hat. Mirka beobachtet ihre ehemaligen Kolleginnen aufmerksam und wird ebenfalls aufmerksam beobachtet; sie ist der lebende Beweis dafür, daß es möglich ist, eines Tages ebenfalls eine Kundin zu werden, eine Madame Villemain. Reichtum, Eleganz und Jugend waren bei diesen Veranstaltungen unter sich. Hat es je eine Mai-Revolution in Paris gegeben? An den Villemains ist sie vorübergegangen.

An jedem 14. Juli bekommen Philippe und Pierre ein blau-weiß-rotes Fähnchen in die Hand gedrückt, und die ganze Familie Villemain begibt sich auf die Champs-Elysées, ein Fußweg von fünf Minuten. Man hatte sich entschlossen, die Villa in Meudon zugunsten einer Etagenwohnung aufzugeben. Paris gedenkt an jenem Tage der großen Revolution, à la Bastille ce soir, mit Feuerwerk für Freiheit, Gleichheit, Brüderlichkeit. Mirka ist die Mutter von zwei kleinen Franzosen. Sie hat nie versucht, zwei Deutschfranzosen aufzuziehen. Obwohl sie finanziell von ihrem Mann abhängig ist, lebt sie wie eine unabhängige junge Frau; gelegentlich erwähnt sie, daß sie die Tochter einer deutschen Baronin sei. Der kirgisische Soldat war im Laufe der Jahrzehnte zu einem Offizier der sowjetischen Armee aufgestiegen, was vermutlich den Tatsachen entsprach, auch sein Leben wird weitergegangen sein. Daß er nach Beendigung des Krieges in sein Dorf am Balchasch-See zurückkehrte, ist unwahrscheinlich, ebenso unwahrscheinlich ist es, daß er bei den letzten Gefechten im Frühjahr 1945 noch gefallen sein könnte.

Ohne ein Zeichen von Ungeduld hat Madame Villemain bei gutem Wetter im Park des Musée Rodin gesessen und zunächst Philippe, dann zwei Jahre lang Philippe und den kleinen Pierre, später dann, als Philippe bereits zur Schule ging, nur noch Pierre beaufsichtigt. Kein Strickzeug, kein Buch, auch kein Journal als Ablenkung und nur selten ein kleines Gespräch mit einer anderen jungen Mutter. Immer Rodins berühmten ›Denker‹ vor Augen, ein Anblick, der sie nicht zum Denken und schon gar nicht zum Nachdenken veranlaßt hat. Philippe hatte als Fünfjähriger die Mutter gefragt: »Was tut der Mann dort?«, und sie hatte geantwortet: »Er sitzt und stützt den Kopf in die Hand.« Sie hatte nur die Körperhaltung gesehen, ihre Bedeutung nicht erkannt, hatte aber erklärend hinzugefügt: »Das ist ein Denkmal«, ausnahmsweise auf deutsch, und der nachdenkliche kleine Philippe hatte es als ›Denk mal!‹, als Aufforderung verstanden. Sie berichtigte sich, sagte »un statue«, wurde diesmal von Philippe verbessert: »Une statue, Maman!« Sie wiederholte: »Une statue«, sagte: »Merci«, bedankte sich für die Belehrung, hatte sich ja von klein auf immer für alles und jedes bedankt. Ihre Grundhaltung dem Leben gegenüber war Dankbarkeit, wenn man überhaupt einen Versuch wagen will, Mirkas Wesen zu deuten. Noch immer, nach jahrelangem Aufenthalt in Paris, sagte sie ›le Seine‹, verwechselte die Artikel der Wörter, eine Todsünde an der französischen Sprache. Ein aufmerksamer Beobachter könnte wahrnehmen und daraus Rückschlüsse ziehen, daß sie nahezu alle Wörter mit männlichem Artikel versieht. Den Gebrauch des Konjunktivs hat sie nie gelernt, was aber nicht weiter auffällt, weil ihre Sätze keine ungesicherten Mitteilungen enthalten. Die meisten Fragen beantwortet sie mit einem nachdenklichen Stellungswechsel ihrer schönen Beine. Auf die besorgte Frage der Marburger Lehrerin, warum dieses Kind nicht zum Sprechen zu bewegen sei, hatte Maximiliane die Vermutung geäußert, daß es nichts zu sagen habe. Später, als Mirka bereits die Ballettstunde besuchte, hieß es: Das Kind hat es in den Beinen.

Die kleinen Söhne Villemain waren wohlerzogen und wohlgekleidet wie ihre Mutter. »Madame Villemain hat immer das zum Kleid passende Kind bei sich«, eine Äußerung der Chefsekretärin von Villemain & Fils. Einmal im Monat holte Madame in Begleitung der Söhne ihren Mann in der Firma ab; alle drei begrüßten höflich den Portier, ebenso höflich die Angestellten und Arbeiter, wenn sie das Fabrikgelände durchquerten. Der Auftritt der künftigen Firmeninhaber wurde geprobt und wurde bestanden, besonders vom kleinen Pierre.

Beide Kinder wurden von ihrer Mutter auf gleiche Weise erzogen, sie bevorzugte keinen. In dem ihr zur Verfügung stehenden Maße liebte sie ihre Kinder sogar. Trotz der gleichen Behandlung gediehen sie unterschiedlich. Als der dreijährige Pierre bei Tisch seinen Teller ein zweites Mal gefüllt haben wollte, sagte seine Mutter ruhig und bestimmt: »Nur arme Kinder haben Hunger.« Sie mußte es wissen, sie war lange ein hungriges Nachkriegskind gewesen. Aber sie gab keine näheren Auskünfte, beschränkte sich auf ja und nein. Darf ich –? Ja. Darf ich –? Nein! Die Kinder wußten, woran sie waren. In Frankreich ist diese Erziehungsmethode noch verbreitet, in Deutschland gilt sie als autoritär; kaum dreijährig, ging Pierre wie ein kleiner Chef durch den Betrieb. Philippe betrachtete sich schon früh als Partner seiner Mutter. Als sie am Telefon verlangt wurde und er sah, daß sie gerade ihre Fingernägel lackierte, sagte er, sie sei beschäftigt und sie habe Probleme. »Der Nagel des Mittelfingers an der rechten Hand macht ihr Probleme, Monsieur!«

Eines Tages fuhr Mirka mit ihren beiden Söhnen am Arc de Triomphe vorbei und wurde von Philippe gefragt: »Was ist das?«

Sie folgte seinem Finger und sagte: »Ein Tor!«

»Warum steht da ein Soldat?«

»Er bewacht das Tor.«

Unbefriedigende Antworten für einen wißbegierigen Jungen. Er äußerte den Wunsch, den Soldaten selbst fragen zu dürfen. Aber die Mutter erklärte, daß sie hier unmöglich anhalten könne. Das war richtig. Dabei hätte sie doch Gründe genug gehabt, das Grabmal des Unbekannten Soldaten aufzusuchen.

Im Mittelpunkt der Familie Villemain standen aber weder die Kinder noch Mirka, sondern Coco, ein Rosenkakadu, das Hochzeitsgeschenk des Couturiers Jean-Louis Laroche, mit dem Mirka vor ihrer Ehe zusammengearbeitet und zeitweise auch zusammengelebt hatte. Cocos Gefieder war grau und rosarot, Farben, die von Mirka bevorzugt wurden. Der Vogel lebte bei geöffneter Tür in einem geräumigen vergoldeten Käfig. Der vorige Besitzer hatte ihm einen kleinen Wortschatz als Mitgift mitgegeben. Sobald Mirka den Raum betrat, rief Coco, der seinen Namen der berühmten Coco Chanel verdankte, ihr entgegen: »Ma belle!« Sehnsüchtig verlangte er: »Baiser! Baiser!« und gab nicht eher Ruhe, bis Mirka mit ihren Fingerspitzen zunächst ihre Lippen und dann seinen Schnabel berührt hatte, woraufhin er einen kleinen Freudentanz auf seiner Stange vollführte. Wenn Monsieur Villemain nach der Rückkehr aus der Firma seine Frau begrüßte, ahmte er den Papagei nach und rief: »Ma belle! Ma belle!«, und zum Entzükken der kleinen Söhne küßte auch er die eigenen Fingerspitzen und warf den Kuß seiner Frau zu und rief krächzend: »Baiser! Baiser!« Woraufhin Mirka die Kußhand erwiderte, allerdings aus einiger Entfernung.

Zum geringen Wortschatz des Kakadus gehörte auch das Wort ›merde‹, das er krächzte, wenn er sich zu wenig beachtet fühlte. Sobald er ›merde‹ rief, lachte Mirka hell auf. Kein Wunder, daß Philippe und Pierre ebenfalls ›merde‹ riefen, um die Aufmerksamkeit ihrer Mutter zu wecken. »Ihr seid nicht Coco!« sagte sie dann. »Es ist Cocos Wort.« Sie zupfte die Beeren von einer Weintraube, hielt sie dem Vogel hin, der mit seiner Greifhand danach faßte, sie manierlich verspeiste und sich durch kleine Verbeugungen bedankte.

Mirkas Bedürfnis nach Zwiesprache und Zärtlichkeit war durch einen Kakadu zu befriedigen, eine Erkenntnis, die ihren Mann zunächst befremdete, später dann aber beruhigte. Bei den Autofahrten von Paris nach Südfrankreich, wo die Familie in den Sommermonaten ein Landhaus bewohnte, klammerte sich Coco mit den Krallen an Mirkas ausgestrecktem Zeigefinger fest: er genoß die Reise. Mirka flüsterte mit ihm. Monsieur Villemain saß am Steuer, die Söhne spielten artig auf den Rücksitzen. Auf die Frage: ›Wie war die Reise?‹ lautete gewöhnlich die Antwort: »Er hat sich fabelhaft benommen!« – womit man Coco meinte. »Er hat sich nicht von Mamas Hand entfernt!« Kein Lob für Monsieur Villemain, den die langen Autoreisen anstrengten, auch kein Lob für die Söhne. Die bewundernden Blicke galten dem exotischen Vogel und seiner exotischen Besitzerin.

Kaum konnte Philippe lesen, wünschte er, auch deutsche Bücher zu lesen; Ute, das Au-pair-Mädchen – Üte genannt –, sprach deutsch mit ihm, auch die ›Grandmaman‹ in Deutschland sprach mit ihm deutsch. Mirka gab ihrem Sohn wahllos Bücher in deutscher Sprache, Geschenke Maximilianes, die sich nicht vorstellen konnte, daß eines ihrer Kinder ohne Bücher, ohne Gedichte leben konnte. Rilke-Gedichte, zum Beispiel. Das nahe gelegene Rodin-Museum, Rilkes Aufenthalt in Paris, ihre eigenen Pariser Jahre – Maximiliane wird also nicht zufällig Rilke-Gedichte ausgewählt und geschickt haben. Mirka feilte die Nägel, lackierte sie, bürstete ihr Haar, und Philippe las vor. ›Ich möchte einer werden so wie die / Die durch die Nacht mit wilden Pferden fahren...‹ Was verstand er? Vermutlich mehr als seine Mutter, die gar nicht hinhörte. ›...ereignislos ging Jahr um Jahr...‹ Nicht einmal diese Zeile, die ja zutraf, erreichte sie. Coco krächzte ›merde!‹ und beendete das Gedicht vorzeitig. Mirka bedankte sich bei Philippe und warf ihm eine Kußhand zu, warf aber auch Coco eine Kußhand zu. Nur ein einziges Mal hatte Philippe versucht, als seine Mutter nicht im Zimmer war, den Vogel zu fangen, mit der Absicht, ihn umzubringen. Aber Coco war auf eine Gardinenstange geflogen und hatte »Ma belle! Ma belle!« geschrien. Mirka, Unheil witternd, war zurückgekommen und hatte ihrem Sohn die verdiente Ohrfeige gegeben, die einzige, die er jemals bekommen und die er dem Vogel nie verziehen hat.

Philippe! Die Augen des legendären polnischen Leutnants hatten sich nun bereits in der vierten Generation vererbt.

»Grandmaman, erzähl!« Er wünschte immer wieder, die aben-
teuerliche Geschichte von der Bootsfahrt über den Fluß zu
hören, als der Mond schien und ein kleiner Junge mit Namen
Mirko den Mond unter seiner Jacke versteckt hatte, damit die
Soldaten das Boot im Mondlicht nicht entdeckten. Erzähl von
Poenichen! Er konnte das schwierige Wort ohne Akzent aussprechen. Zweimal hatte er seine Großmutter auf dem Eyckel
besuchen dürfen. Die Geschichten aus Poenichen fingen alle
mit dem Satz an: »Es war einmal ein kleines Mädchen, das
hatte keinen Vater und keine Mutter, aber es hatte einen
Großvater, der hieß der alte Quindt...«

»Grandmaman erzählt wieder Märchen!« berichtete Philippe seinem Vater am Telefon.

5

›Irren mag menschlich sein, aber zweifeln ist menschlicher.‹
Ernst Bloch

Mosche Quint wartete noch den Frühling ab, der in Dalarna
spät kam, dann begab er sich auf Spurensuche. Zu seinem
Nachbarn Anders Brolund sagte er, daß er sich in Europa
umsehen wolle. Mit Anders Brolund, der in der Kommunalpolitik tätig war, redete er gelegentlich; der eine sprach über die
Probleme in Larsgårda, die Regulierung des Västerdalälven,
den Bau eines weiteren Kraftwerks und das Fischsterben; der
andere über das Weltgeschehen, von dem er in den Zeitungen
las. Die Probleme im kleinen waren übertragbar auf die Probleme im großen und umgekehrt, eine Erfahrung, die beide
Männer überraschte und befriedigte, aber auch davon über-
zeugte, daß sie weder im kleinen noch im großen leicht zu lösen
waren.

Nach den Spuren seines Vaters auch in Rußland zu suchen

hatte er nicht in Erwägung gezogen, nicht einmal Pommern kam ihm in den Sinn. Das Kapitel Poenichen war auch für ihn abgeschlossen. Maximiliane hatte, als sie von ihrer Reise nach Pomorze zurückgekehrt war, ihren Kindern mitgeteilt: ›Nïe ma!‹, mehr nicht, gibt es nicht, nimmermehr: ›Nïe ma.‹ Er war vor der Abreise noch einmal an der Poststelle vorbeigefahren, um seine Mutter telefonisch davon zu unterrichten, daß er jetzt soweit sei. Er werde sich die Lebensschauplätze seines Vaters ansehen.

»Du nimmst dich mit, wohin du gehst, Mosche!« hatte sie gesagt.

Überrascht hatte er zurückgefragt: »Hast du Ernst Bloch gelesen?« Und, als er feststellte, daß sie den Namen nicht kannte, hinzugefügt: »Du bist eine Philosophin und weißt es nicht einmal! Grüß die Schöne!«

Erstes Ziel seiner Reise war die Normandie. Auf der Fahrt dorthin genoß er das Wohlwollen, das Tankwarte und Kellner den schwedischen Touristen entgegenbringen; er gab sich auch dann nicht als Deutscher zu erkennen, wenn man ihn für sein akzentfreies Deutsch lobte. Viele der entgegenkommenden Autofahrer machten ihn mit der Lichthupe darauf aufmerksam, daß er am hellen Tag mit Licht fuhr; aber bei den schwedischen Wagen waren Zündung und Scheinwerfer miteinander gekoppelt, so grüßte er mit der Lichthupe zurück, was bedeuten sollte, er habe den Hinweis verstanden. Diese Erfahrung, etwas zu verstehen, es nicht ändern zu können, aber doch Blinkzeichen zu geben, war die erste Notiz in seinem Tagebuch. Er benutzte auf dieser Reise zwei Notizbücher, eines für das Vater-Buch, außerdem ein Reisetagebuch.

Alle Straßen, alle Routen führen in Frankreich nach Paris. Wie alle Reisenden geriet er in das Magnetfeld von Paris, aber ihm gelang, was anderen Autofahrern in der Regel nicht gelingt, er konnte sich auf der Périphérique, der Autoringstraße, halten; er leistete der Anziehungskraft der Stadt Widerstand, ordnete sich mit seinem roten Saab immer wieder zurück auf die äußerste rechte Fahrspur und erreichte schließlich die Ausfahrt zur Autobahn nach Rouen. Er fuhr, wie er es von Schweden her gewohnt war, mit der schwedischen Richtgeschwindigkeit von 90 Kilometern in der Stunde und behinderte damit den Verkehr, genoß seinerseits aber die Ausblicke auf die Seine, fuhr hin und wieder auf einen Parkplatz, um sich einen Satz zu notieren, etwa diesen, daß man andere behindert, wenn man selbst etwas genießen will. Er fuhr nordwärts. Zu beiden Seiten Weiden, die durch Hecken und Steinmauern in gleichmäßige Quadrate aufgeteilt waren. Kleine Bodenerhebungen ermöglichten ihm einen Überblick über das waldlose Land. Er sah, was sein Vater in den Feldpostbriefen beschrieben hatte, Apfelgärten, Weiden voller Lämmerherden. ›Calvados und Camembert‹.

Auf einem Hinweisschild las er den Ortsnamen Roignet und fuhr weiter, der Name sagte ihm nichts, er war in den Feldpostbriefen nicht aufgetaucht. Keiner erinnert sich mehr, daß in Roignet zur Zeit der Occupation eine junge Lehrerin mit Namen Marie Blanc gelebt hatte? Marie Blanc und Viktor Quint, eine Liebe in Frankreich, eine verbotene Liebe, eine bestrafte Liebe. Die junge Lehrerin hatte nicht nur die Feldpostpäckchen mit pommerscher Gänsebrust geliebt; sie hatte den deutschen Leutnant geliebt. Das Kind, das sie im Januar 45 unter jammervollen Umständen zur Welt gebracht hatte, trug seinen Namen, allerdings nicht mit k, sondern mit c geschrieben: Victor. Man hatte sie nach der Befreiung Frankreichs an den Pranger gestellt, mit Dreck beworfen und ihr die Haare geschoren. Ihre Eltern hatten sie wochenlang im Keller verborgen gehalten, um ihr wenigstens das Leben zu retten, man hätte sonst die Lehrerin vermutlich gelyncht, die sechs- bis achtjährige französische Mädchen unterrichten sollte und sich mit einem deutschen Offizier eingelassen hatte. Auch über diese Affäre ist längst Gras gewachsen. Das Kind mit dem Namen Victor ist von den Großeltern erzogen worden und in den Lehrberuf gegangen wie seine Mutter, die ihren Beruf mehrere

Jahre lang nicht hatte ausüben dürfen. Victor Blanc unterrichtete an einem Lycée in Lisieux Schüler beiderlei Geschlechts in englischer, seit einiger Zeit auch in deutscher Sprache, seiner ›Vater-Sprache‹, wie er den Schülern erklärte. »Ich bin ein halber Deutscher«, pflegte er zu sagen, »vielleicht bekommt ihr heraus, welche Hälfte deutsch und welche französisch ist!« Dieser Victor Blanc hatte sich trotz seiner verbrecherischen Herkunft und trotz der Anfeindungen, denen er als Besatzungskind ausgesetzt gewesen war, aufs glücklichste entwickelt. Er war ein heiterer, versöhnlicher Mann. Eines Tages war er mit seinen beiden Töchtern nach Paris gereist, hatte ihnen Blumensträuße gekauft und war mit ihnen die Champs-Elysées hinaufgegangen. Am Grabmal des Unbekannten Soldaten hatte er den Kindern erklärt, daß dieses Denkmal auch für die unbekannten Väter des Zweiten Weltkriegs errichtet worden sei. »Votre grandpère inconnu!« Die kleinen Mädchen hatten gekichert. Dann hatte der Vater ihnen den Unterschied von ›pour‹ und ›par la patrie‹ erklärt: »Hier steht: Mort pour la patrie! Es müßte heißen: Mort par la patrie! Nicht für das Vaterland gestorben, sondern durch das Vaterland! Merkt euch das!« Und die kleinen Mädchen hatten ihre Sträußchen am Grab zu den anderen Sträußen gelegt und geknickst und den Satz vergessen. Philippe hätte ihn verstanden! Es ist fast unmöglich, die richtigen Menschen zusammenzubringen, am schwersten innerhalb einer Sippe.

Möglich wäre auch gewesen, daß man in Lisieux Joachim Quint mit seinem jüngeren Halbbruder Victor Blanc verwechselt hätte: keines seiner Geschwister sah ihm so ähnlich wie dieser Franzose. Aber es war Mittag, die Straßen der Stadt waren leer, Joachim sah nichts, was einen längeren Aufenthalt gelohnt hätte. 1944 war die Stadt zerstört worden; die Neubauten alterten bereits wieder. Er fuhr weiter. Keine Begegnung. Keine Verwechslung.

Nicht einen Augenblick lang hat Mosche Quint daran gedacht, daß sein Vater eine Liebesbeziehung zu einer Fran-

zösin gehabt haben könnte. Er brachte ihn mit Pflicht, Ordnung, Treue zum Führer in Verbindung, aber nicht mit einer
Gefühlsregung, mit Untreue gegenüber seiner Frau und, was
schwerer wog, Untreue gegenüber Deutschland.

Sein Ziel hieß Arromanches. Er hatte das Datum seiner
Ankunft nicht zufällig gewählt, der 5. Juni, der Vorabend der
Invasion, hier allerdings ›Débarquement‹, von den Alliierten
›D-Day‹ genannt. Er hatte ein bedeutungsvolles Datum
gewählt, aber nicht damit gerechnet, in ein Volksfest zu geraten. Er fand nur mit Mühe einen Parkplatz, ging zu Fuß weiter,
ließ sich von der Menschenmenge mittragen, geriet dann irgendwann an die Küste und sah übers Meer, Richtung England.
›Auf einer Breite von achtzig Kilometern greifen die Alliierten
am 6. Juni '44 an.‹

Die See war an diesem Tag so stürmisch wie an jenem Tag.
Unter Mosches Blicken verwandelten sich die Öllachen auf dem
Strand in Blutlachen. ›Gib mir deine Hand, deine weiße Hand /
Denn wir fahren gegen Engelland‹, das hatte er gelesen, das
kannte er auswendig. Jetzt, an Ort und Stelle, erinnerte er sich,
daß man auch in Poenichen ›Engelland‹ sagte, mit einer Betonung, die witzig sein sollte. Er begriff den Witz noch immer
nicht. ›Das Bruttoregistertonnenlied‹, wie seine Mutter es
genannt hatte, ebenfalls mit einer Betonung, deren Sinn ihm
unverständlich geblieben war. Er versuchte, sich auf seinen Vater zu konzentrieren und zu empfinden, was dieser damals empfunden haben mochte, als er auf vorgeschobenem Posten stand,
in Erwartung des Feindes. ›Stand‹ und nicht ›lag‹, wie es sonst
in seinen Briefen hieß. ›Wir halten den Blick nach vorn gerichtet, zum Feind.‹ Obwohl es Juni war, blies der Wind hart von
Norden. Mosche reagierte empfindlich auf die Windstöße,
fühlte sich den Elementen wehrlos preisgegeben, war an den
Schutz der Wälder gewöhnt.

Auf den Stufen, die in einen der gesprengten Bunker des
Atlantikwalls führten, saß im Windschatten des schmalen Auf-
gangs ein altes Ehepaar beim Picknick. Efeu und Brombeer-

ranken tarnten den Beton, durch die Schießscharten flogen Vögel ein und aus und fütterten zwischen rostigem Eisengestänge ihre Jungen in den Nestern. Der alte Mann hob seinen Plastikbecher, rief »Santé!«, und Mosche antwortete mit: »Hej!« Später besichtigte er das Kriegsmuseum in Arromanches, stand lange vor einem lebensgroßen ausgestopften uniformierten Deutschen. ›Les nazis.‹ Er erkannte auch in ihm seinen Vater, diesmal in Luftwaffenuniform, der Uniformrock hing schlapp von den Schultern, der Pappmachékopf war auf die Brust gesunken, auch Puppen altern. Quint wurde gestoßen und vorwärts geschoben, ein Kind beschmierte ihn mit Eis, die Mutter entschuldigte sich, »sorry«. Er antwortete mit »sorry«. Man sprach mehr Englisch als Französisch. Alle anderen Besucher waren zu zweit oder in Gruppen, wirkten heiter, gesprächig und schienen zu genießen, daß sie zu den Überlebenden gehörten. Einsamkeit überfiel ihn, die er nicht kannte, wenn er mit sich allein war.

In den Schaufenstern lagen zu Feuerzeugen umgearbeitete Handgranaten, Kriegserinnerungen, die man käuflich erwerben konnte. Viele taten es. Bistros, Straßen und Plätze trugen keine französischen, sondern englische, amerikanische und kanadische Namen. Auf der Pegasus-Bridge notierte er in sein Reisetagebuch: »Hier, an der Calvados-Küste, haben die Amerikaner ihre Sprache verloren und zurückgelassen.« Nichts fiel ihm ein, das im Zusammenhang mit seinem Vater stehen könnte. Er sah Amerikaner, die so alt sein mochten wie er selbst. Was suchten sie hier? Ihre toten Väter? Man blickte auch ihn prüfend an. Mein Vater war ein Nazi.

Einem geschäftstüchtigen Franzosen war der Einfall gekommen, für die ausländischen Besucher Sand von der normannischen Küste in Säckchen zu füllen. 250 Gramm Kriegsschauplatz für fünf Francs, die Säckchen in den Nationalfarben Blau-Weiß-Rot. Mosche erwarb eines davon, er brauchte Beweismaterial vom Schauplatz des Überlebens, wog es in der Hand und warf es später in den Gepäckraum seines Autos.

Gegen Abend suchte er ein Restaurant auf. An den Nachbartischen wurden Austern geschlürft, zur Feier des Tages. Mosche entsann sich, vor kurzem über Austernvergiftungen in Neapel gelesen zu haben – es könnten auch Muscheln gewesen sein, Muscheln, die sich vor allem dort ansetzten und groß und fett wurden, wo man die Fäkalien ins Meer leitete. Die Zahlen der beim Débarquement ertrunkenen und nie wieder aufgetauchten Soldaten hörten auf, Zahlen zu sein, wurden zu Leichen. Es erfaßte ihn Abscheu und Ekel bis zur Übelkeit. Er verließ das Restaurant, noch bevor er die Speisekarte zu Ende gelesen hatte, setzte sich in sein Auto und fuhr weiter auf der Route des Alliés, am Meer entlang, wo er sich spät abends in einem kleinen Hotel einquartierte. Er sprach englisch und gab seine Nationalität mit ›schwedisch‹ an. Er trug die Segeltuchtasche in sein Zimmer, packte die Bücher aus. Historische Kriegsdarstellungen: Invasion, D-Day, Débarquement, drei Sichtweisen zum selben Ereignis.

Er trinkt Calvados zum Essen, nach dem dritten Glas läßt er sich die Flasche aushändigen und nimmt sie mit in sein Zimmer. Er wählt als erstes ein Buch in französischer Sprache. Beim Blättern bleibt sein Blick auf einem Gedicht hängen. ›Chanson d'automne‹. Das berühmte Herbstgedicht von Verlaine, das den Alliierten als Code gedient hatte. Niemand, keine Feindaufklärung, hatte wahrgenommen, daß Anfang Juni mehrere Zeilen eines Herbstgedichtes im Rundfunk zitiert worden waren. Zum ersten Mal erlebt Mosche Quint so etwas wie ein historisches Gefühl. Er, der ›abgebrochene Historiker‹, entdeckt, was vor ihm keiner herausgefunden zu haben scheint. Er gießt sich einen weiteren Calvados ein, spürt, wie ihn das hochprozentige Getränk klärt und reinigt. Er geht rezitierend auf und ab: ›Les sanglots longs / Des violons / De l'automne / Blessent mon coeur...‹

In der nächsten Stunde stellt er eine neue, weitere Übersetzung des vielfach übersetzten Gedichtes her: ›Seufzen, lang / Geigenklang / Der Herbst kommt schwer...‹

Eintönig bang. Er steht am weit geöffneten Fenster, hört in der Ferne das Meeresrauschen, ist betrunken und ahnt nicht, wie nah er jetzt seinem Vater ist, der am Abend jenes historischen Tages ebenfalls betrunken vom Calvados war. Vielleicht – sicher ist auch das nicht – hätte er in dieser einen Stunde seinen Vater besser verstanden, der ein paar Wochen lang mit Mademoiselle Blanc glücklich und pflichtvergessen gewesen war. Statt dessen verläßt er sich auf Fakten, und die Fakten sind: ein verlorener Arm und ein deutsches Kreuz in Gold, verloren und gewonnen am Tag der Invasion.

Bevor er sich auf sein Bett fallen läßt, streicht er das Code-Wort ›Overlord‹ auf der Titelseite des Buches mehrfach mit Filzstift durch und schreibt darunter: »O my lord! O my lord!«

Am nächsten Morgen wacht er mit dumpfem Kopf auf, verläßt das Hotel, ohne zu frühstücken, fährt sein Auto nahe an den Strand, wirft die Kleider ab und läuft, an die niedrigen Wassertemperaturen der schwedischen Seen gewöhnt, ins kalte Meer hinaus, wirft sich den Wellen entgegen, die stärker sind als er und ihn zurückwerfen. Er singt aus vollem Halse: »Engelland! Engelland!«, bis ihm die Wellen über den Kopf branden und mit ihm machen, was sie wollen. Eine Weile liegt er betäubt am Strand, dann rafft er sich auf. Was erreicht werden sollte, ist erreicht: Ernüchterung. Er fährt weiter. Als er ein Hinweisschild nach Bayeux liest, biegt er ab und steht zur Öffnungszeit vor dem Museum, um den berühmten Teppich von Bayeux zu besichtigen, gestickt angeblich im Auftrag des Bischofs Odo von Bayeux; eine Frontberichterstattung des 11. Jahrhunderts. Er schreitet die Schlacht von Hastings ab, benötigt zwei Stunden für die siebzig Meter, dann weiß er Bescheid. Er traut den von Nonnen gestickten Berichten mehr als den Bilddokumenten und Filmen des Embarquement im zwanzigsten Jahrhundert. Die Rechtfertigung der Eroberung Englands durch die Normannen, fünffarbig auf weißes Leinen gestickt. Ein Kunstwerk, das ›Baedeker‹ und ›Guide bleu‹ mit zwei Sternen versehen haben. ›1066, Schlacht von Hastings‹, das hat er in der Schule gelernt, eine der wenigen Geschichtszahlen, die sich ihm eingeprägt hatten. Eine Schlacht, die nur einen Tag lang dauerte; am Abend desselben Tages war der Weg nach London freigekämpft.

Wilhelm gab Harold Waffen! Vor dieser Szene verweilt er lange. Was für Kriege, was für Zeiten, als die Könige mit in die Schlacht zogen! Wo befanden sich Roosevelt, Churchill und Hitler an jenem 6. Juni 1944? Je länger er sich in die historischen Schlachtenbilder vertieft, desto mehr verdecken sie die Fotografien der Invasion. Die Ausschiffung der normannischen Pferde an der englischen Küste: es kommt ihm wie Rückkehr vor, mit tausendjähriger Verspätung. Er betrachtet die Kettenhemden der Krieger, die aus Eisenringen zusammengeschmiedet sind, hält sie für nützlicher als die Kampfanzüge der modernen Truppen; Bogen, Pfeile, Köcher, Schwerter und Schilder scheinen ihm geeignetere Waffen als Maschinen- und Schnellfeuergewehre. Die Anweisung, Schlachten nicht im Winter und nicht bei Nacht oder Regen zu schlagen, leuchtet ihm ebenso ein wie die Anweisung, die Gefangenen nicht zu töten, sondern Lösegeld für sie zu fordern. Der Sieger schreibt die Geschichte; man kann sie auch sticken. Geschichtsschreibung als Rechtfertigung der Geschichte. Der Teppich von Bayeux als politisches Weißbuch.

Mosche macht sich einige Notizen, fühlt sich an Asterix-Hefte erinnert, Sprechblasen mit lateinischen Texten: HIC DOMUS INCENDITUR, hier wird ein Haus in Brand gesteckt; Flammen schlagen aus dem Dachstuhl, eine Frau, ihr Kind an der Hand, stürzt aus dem Haus. Von dieser Szene hätte er gern eine Ansichtskarte erworben, um sie seiner Mutter zu schicken, findet aber keine, wählt statt dessen eine aus, auf der als Erklärung steht: ›The ships bear the party across the English Channel.‹ Schiffe vom Typ der Wikingerschiffe, ein Rahsegel in der Mitte. Falken, Hunde, Weinschläuche: eine Party auf hoher See. Er adressiert die Karte und schreibt quer darüber: »Denn wir fahren gegen Engelland«, ohne Unterschrift. Er kann damit rechnen, daß seine Mutter das Bild und den Satz lange genug betrachten wird, um beides zu verstehen. Die einzige schriftliche Nachricht übrigens, die Maximiliane von seiner Reise erhalten hat. In sein Notizbuch schreibt er: »Picassos Guernica zum Vergleich heranziehen!« Und: »Wo sind die Frauen, die den Teppich des D-Day sticken?«

Beinahe wäre das historische Datum des 6. Juni auch ein wichtiges Datum im Lebenslauf des Mosche Quint geworden. Alle Anzeichen sprachen dafür, daß ihm zustieß, was seinem Vater in der Normandie zugestoßen war. Diesmal handelte es sich allerdings nicht um eine Französin, sondern um eine Kanadierin, von der Mosche aufs Korn genommen wurde, anders läßt es sich nicht ausdrücken: aufs Korn genommen. Embarquement! Invasion! Eroberung lag in der Luft.

Mosche war in der Hotelhalle mit einem Mann ins Gespräch gekommen, einem Kanadier aus Quebec, Mister Svenson, der seine Biographie in einem einzigen Satz zusammenfassen konnte: vom Holzfäller zum Inhaber eines holzverarbeitenden Betriebes. Dem Aussehen nach ein Holzfäller, dem Auftreten nach ein Fabrikant. Sein Großvater, so erzählte er, stammte aus Skandinavien, genauer aus Schweden, noch genauer aus einem kleinen Nest in einer Gegend, die Dalarna hieß oder so ähnlich, Borlänge. Joachim korrigierte die Aussprache des å und des ä im Schwedischen.

Die Männer saßen nebeneinander an der Bar. Borlänge war die nächstgelegene Eisenbahnstation von Larsgårda; der kanadische Enkel übte, das Wort auszusprechen. Eine Einladung nach Schweden war fällig und wurde mit einer Einladung nach Kanada erwidert.

»Schießen Sie?«

Die Frage wurde verneint.

»Fischen Sie?«

»Ich werfe die Angel aus.«

»Verstehen Sie was von Holz?«

»Von Bäumen verstehe ich etwas.«

Woraufhin der Kanadier ihm seine schwere Holzfällerhand auf die Schulter legte. Mehrmals fiel das Wort ›Occupation‹ von beiden Seiten. Mosches Vater hatte Frankreich besetzt, der Kanadier hatte ebenfalls Frankreich besetzt. Daß es sich dabei um verschiedene Perioden des Zweiten Weltkriegs handelte, ging im Calvados unter; aus einer Reihe von Mißverständnissen entstand ein weltumfassendes Einverständnis. Aus einem nationalen Feiertag war ein internationales Festival geworden. Die Freizeitkleidung der Festteilnehmer verstärkte den Eindruck eines Kostümfestes. Das Bekenntnis ›I like Ohio‹ auf einem T-Shirt besagte nicht, daß der Träger des T-Shirts aus Ohio stammte. Eine Jazzband spielte Tanzmusik der Kriegsjahre. ›J'attendrai, le jour et la nuit, j'attendrai toujours‹, das hatte im Krieg gepaßt, das paßte im Frieden, das paßte immer. ›We are hanging our washing on the Siegfried-line‹ konnten nur die älteren Männer mitsingen. Das Lied der Lili Marleen, die vor der Kaserne vor dem großen Tor wartete, wurde mehrsprachig gesungen, auch gegrölt. ›War is over, over war.‹ Versöhnung über den Gräbern. Wären NATO und OTAN nicht längst gegründet, hätte man sie an diesem Abend an der ehemaligen Calvados-Front gründen können. Der Krieg hatte seine Schrecken verloren. Ein konventioneller Krieg schreckte, gemessen an der Vision eines nuklearen Krieges, niemanden mehr.

Mosche Quint hatte sich in der Hotelhalle auf einem Sofa niedergelassen und seine Pfeife in Brand gesteckt. Vom Calvados erwärmt, hatte er seine Sprachlosigkeit endlich überwunden. Er fühlte sich zugehörig, ohne sich Rechenschaft darüber ablegen zu können, wozu. Der Augenblick zum Angriff war gut gewählt. Susan, die Tochter von Mister Svenson, setzte sich neben ihn, weniger auf Tuchfühlung als auf Hautfühlung bedacht, sie war leicht bekleidet. Sie bat um Feuer, fragte, was er da in seinem Glas habe, ob sie probieren dürfe, und strich, bevor sie trank, mit ihrer Zunge über den Rand des Glases.

In den Stunden bis Mitternacht hätte man annehmen können, daß Mosche endlich die Frau fürs Leben gefunden hatte, eine zweite Stina, diesmal mit Namen Susan und um einige Grade wärmer. Auf der Veranda wurde getanzt, Susan war eine gute Tänzerin, auch beim Tanz auf Körperkontakte bedacht. Mosche war bereit, sich führen, auch verführen zu lassen. An der Bar wurde weitergetrunken, und Susan erwies sich als trinkfest.

»Was tust du?« fragte sie.

Er fragte zurück: »Hier?«

»Ja.«

»Schreiben.«

»Und sonst?«

»Schreiben, überall schreiben, über alles schreiben.«

»Und wovon lebst du?«

»Von dem, was ich nicht brauche.«

Die Antwort kennt man. Mosche hatte sie von seiner Mutter übernommen. Susan kannte sie noch nicht. Mag sein, daß der Satz auf französisch anders klang, als er gemeint war, er übte jedenfalls keine abschreckende Wirkung aus. Susan lachte mit weit geöffnetem Mund und sagte, Triumph in den Augen: »Ich kann mir jeden Mann leisten!« Mosche konnte den Satz in seiner vollen Bedeutung nicht erfaßt haben, denn er lachte zurück in dieses lebensprühende Gesicht.

Die Räume waren in den französischen Nationalfarben geschmückt, Luftschlangen und Luftballons in Blau und Weiß und Rot. Blau-weiß-rote Papierhütchen wurden verkauft und auf amerikanische, französische und auch auf deutsche Köpfe gesetzt. Susans Vater bestellte eine Flasche ›Veuve Cliquot‹ für die jungen Leute und zog sich an die Bar zurück, wo er inzwischen die Bekanntschaft einer ›veuve attractive‹ gemacht hatte. Die Flasche Champagner war noch nicht geleert, Mosche zitierte gerade Verlaines Herbstgedicht und berichtete, daß es den Alliierten im Juni als Code gedient habe. Er wurde nicht gewahr, daß dies nicht der richtige Augenblick für

Belehrungen war, noch weniger für das Rezitieren von Gedichten. Er war bis ›longueur monotone‹ gekommen, als Susan ihn beiseite schob und aufsprang. Sie war betrunken, sie schwankte, war weder an Calvados noch an Champagner gewöhnt, das konnte zu ihrer Entschuldigung dienen, aber nicht zum Verständnis. Sie hatte rasch getrunken, ausgelassen getanzt und sich verliebt, hatte eben noch ihr erhitztes Gesicht an Mosches bärtiges Gesicht gelehnt, und jetzt ging sie zielstrebig, wenn auch nicht geradeaus, auf einen der Luftballonsträuße zu, die an den Säulen befestigt waren. Sie stellte sich auf die Fußspitzen, reckte sich hoch und hielt ihre glühende Zigarette an einen der Luftballons, der daraufhin mit lautem Knall explodierte, dann der nächste und der übernächste, an die sie ihre Zigarette hielt. Eine Explosion folgte der anderen. Susan ließ keinen Luftballon aus. Die Musik machte gerade eine Pause. Die Gäste, ebenfalls angetrunken, klatschten Beifall, klatschten im Takt, zählten bei jedem Knall mit: »Trois – quatre – cinq – six –«

Mosche hatte sich das Einmaleins auf französisch nicht bis zu Ende angehört. Er sah Zerstörungslust in dem Gesicht, das eben noch vor Lebenslust geleuchtet hatte, stand auf, überließ die Begleichung der Rechnung Susans Vater, der sich ihn nun nicht leisten mußte. Er verließ das Hotel, lief noch zwei Stunden am Strand entlang. Der Mond spiegelte sich in den Wasserlachen. Ebbe.

In der Frühe reiste er zu einer Stunde ab, als alle noch schliefen, auch Susan, die nicht begriffen haben wird, warum ihr dieser Schwede abhanden gekommen war.

Mosche beendete seine Tour de Normandie bereits am dritten Tag. Auf der Rückfahrt fielen ihm die Hinweisschilder auf, die zu Soldatenfriedhöfen führten. Einem der Schilder folgte er. Der Parkplatz war leer, Mosche war der einzige Besucher an diesem Morgen. Er ging über ein Gräberfeld. Zehntausend Tote. Irgendwo mußte der rechte Arm seines Vaters bestattet sein, beigesetzt, so hatte er es gelesen: Die abgetrennten Gliedmaßen aus den Feldlazaretten wurden zum nächstgelegenen Friedhof gebracht und dort dem nächstbesten Toten beigegeben. Ein Toter mit drei Armen. Mosche traute dem ästhetischen Bild der schön gereihten Gräber nicht, nicht den Rasenflächen im ersten Sommergrün und nicht dem blanken blauen normannischen Himmel. Er blickte unter die dünne Grasdecke, Übelkeit stieg in ihm auf, die nicht vom Calvados herrührte. Es erging ihm, wie es seiner Mutter ergangen war, als sie zum ersten Mal ein Formblatt mit markierten Körperteilen in die Hand bekommen hatte. Seine Mutter, die mehrere Jahre beim ›Volksbund Deutsche Kriegsgräberfürsorge‹ in Kassel gearbeitet hatte und der Aufgabe nicht gewachsen gewesen war, die Toten mittels Zahnprothesen und Knochenbrüchen zu identifizieren. Nicht einen Atemzug lang denkt er an die mühsame, schlechtbezahlte Tätigkeit seiner Mutter, die er nachträglich sinnlos macht; in das Besucherbuch trägt er ein: »Warum hat man die Toten der normannischen Schlachtfelder nicht dort bestattet, wo sie getötet wurden, die Sieger und die Besiegten? Warum hat man sie wieder auseinandersortiert in Amerikaner, Franzosen, Deutsche?« In sein Reisetagebuch notiert er außerdem: »Ewiges Ruherecht in fremder Erde. Die Genfer Konvention setzt erst nach dem Tod ein. ›Morts pour la France‹? Warum steht auf den Ehrenmälern nicht: ›pour la liberté‹? ›pour la fraternité‹? Eine Bruderschaft der Toten. Haben die Alliierten denn nicht auch Deutschland, das halbe Deutschland, vom Terror der Diktatur befreit?«

Sein Reisetagebuch füllt sich mit Fragen statt mit Antworten. Kein Wort über den Vater. Im Gegensatz zu seinem unabkömmlichen Vater ist er auch hier abkömmlich.

Auf der Rückfahrt meidet er Paris nicht. Er erinnert sich an Mirka, seine schöne, kühle Schwester. Von einem Vorstadt-Café aus ruft er bei ihr an, hört die Stimme eines Jungen.

»Ici Pierre Villemain.«

Mosche nennt seinen Namen. »Que fais-tu, Pierre?« fragt er.

»Je lis un livre, mon oncle«, antwortet Pierre.

»Que fait le papa?«

»Papa fait de l'argent.«

Mosche Quint, plötzlich in die ungelernte Rolle eines Onkels versetzt, erinnert sich, daß es einen weiteren Sohn gibt. »Que fait le petit frère?«

»Il fait dodo!«

»Et que fait la maman?«

»Maman fait ce qu'elle veut.«

Damit ist das kleine Telefongespräch beendet. Mosche lächelt. Seine schöne Schwester macht, was sie will! Endlich einmal jemand, der tut, was er will. Er hängt den Hörer ein, trinkt seinen café au lait aus und steuert sein Auto wieder auf die Périphérique. Der Weg, der ihn zu seinem Vater führen soll, duldet keine Umwege. Zumindest deutet er die Abwesenheit seiner Schwester Mirka in diesem Sinne.

Sein nächstes Ziel heißt Berlin. Am Grenzkontrollpunkt Marienborn erweckt der bärtige Fahrer mit dem schwedischen Autokennzeichen die Aufmerksamkeit einer weiblichen Angehörigen der Grenztruppen der DDR. Sie blättert in seinem deutschen Reisepaß, fragt, woher er komme, er antwortet, aus Frankreich. Sie läßt ihn den Kofferraum öffnen, entdeckt das Säckchen in den französischen Nationalfarben. Als sie den Inhalt prüft und den hellen, körnigen Sand sieht, nimmt sie an, daß es sich um Rauschgift handelt.

»Was ist das?« fragt sie mit Schärfe in der Stimme.

»Sand, normannischer Sand«, antwortet Mosche, »Schlachtfeld. So was wie Mutterboden oder Vaterland.« Äußerungen, mit denen er sich erst recht verdächtig macht, da Ironie immer Mißtrauen erweckt.

»Was sind Sie?« Die Frage war schlecht formuliert, aber doch verständlich. Trotzdem antwortet er: »Müde«, was den Tatsachen entspricht. Mit Humor hat auch ein Schwede an der deutsch-deutschen Grenze nicht zu rechnen. Die Frage wird in verschärftem Ton wiederholt, und er antwortet: »Sehr müde.« Er zieht Pfeife und Tabaksbeutel aus der Tasche, da er annimmt, daß die Kontrolle noch längere Zeit in Anspruch nehmen wird, wenn man erst entdeckt, daß sich in der Reisetasche Kriegsabhandlungen und Landkarten befinden. Er fügt hinzu, daß er bereit sei, das Säckchen zu leeren, hier auf der Stelle. Er kippt den Sand aus, läßt ihn auf den Asphalt rieseln. »Normannischer Sand zu märkischem Sand!« sagt er pathetisch. Immerhin scheint die Vertreterin der Grenztruppen nun davon überzeugt zu sein, daß es sich nicht um Rauschgift handeln kann.

»Fahren Sie weiter!« sagt sie und wendet sich dem nächsten Auto zu. Mosche macht bedächtig das Säckchen zu, wirft es wieder in den Kofferraum, stellt die Reisetasche an ihren Platz, klopft die Pfeife aus, setzt sich ans Steuer und fährt weiter.

Die Landschaft wird zur Landwirtschaft, die Gegend weiträumig, eintönig. An den Rändern der Autobahn blüht nichts außer Löwenzahn, der allen Unkrautvertilgungskampagnen gewachsen zu sein scheint. Er sieht keine Dörfer, nur manchmal in der Ferne die Silos der Landwirtschaftlichen Produktionsgenossenschaften. In der Nähe von Brandenburg deckt sich ein Bild der Gegenwart mit einem Bild seiner Kindheit: Auf einem Rübenschlag bewegen sich in den schnurgeraden Reihen der fingerhohen Rübenpflanzen einige Frauen in gebückter Haltung langsam voran. Tag für Tag werden sie Reihe für Reihe des endlosen Schlags abgehen und die Rübenpflanzen, die zu dicht stehen, vereinzeln. Das Wort ›verziehen‹ fällt ihm ein, er kennt es sonst nur im Zusammenhang mit Kindern, die man verzieht, wenn man sie vereinzelt. Für die Tätigkeit des Rübenverziehens sind männliche Arbeitskräfte offenbar immer noch zu schade und landwirtschaftliche Maschinen dazu nicht imstande; Frauen rangieren demnach in der Wertung zwischen Maschinen und Männern. Er fährt an den Rand der Autobahn, hält an, um sich diesen Gedanken zu notieren. Bevor er noch das erste Wort aufgeschrieben hat, hält ein Streifenwagen der Volkspolizei neben ihm an. Es ist verboten, auf der Transitstrecke durch die Deutsche Demokratische Republik anzuhalten! Er wolle etwas aufschreiben, eine Beobachtung, gibt er zur Erklärung an, es dulde keinen Aufschub, sonst ginge ihm der Gedanke verloren. Aber man erwartet keine Erklärung. Man händigt ihm einen Strafzettel aus, er hat zu bezahlen. Er komme aus Frankreich, sagt er, ob er in französischen Francs zahlen könne. Eigentlich lebe er aber in Schweden, auch Schwedenkronen habe er zu bieten, allerdings nicht viele. Mit DM West könne er leider nicht dienen.

Schließlich zahlt er in den genannten Währungen, was einen längeren Rechenvorgang erfordert.

Dann der Berliner Ring. Was für ein Unterschied zur Périphérique! Anziehend Paris, unzugänglich Berlin, ein Ring, der zerbrochen ist, der nicht mehr schließt. Eine moderne Ring-Parabel schwebt ihm vor. Die Anulare, die Rom umkreist, annullieren, annullare. Wieder hat er keine Gelegenheit, sich eine Notiz zu machen. In der Höhe von Potsdam sieht er ein Hinweisschild auf Hermannswerder. Am Grenzkontrollpunkt Drewitz hat er zu warten, wieder erregt der normannische Sand Aufmerksamkeit und Mißtrauen, wieder läßt er ein wenig Sand auf den Asphalt rinnen. Man erkundigt sich nach seinem Beruf. Seine Büchertasche wird hochgehoben. Ob er seine gesammelten Werke bei sich trage? Geburtsort Poenichen. Wo das liege? »In der Volksrepublik Polen.« Gegen diese Antwort wird nichts eingewendet.

Er quartiert sich in der Uhlandstraße ein, das Pensionszimmer ist dunkel, aber verhältnismäßig ruhig. Er nimmt das Buch mit den Aufzeichnungen des Ersten Ordonnanzoffiziers des Führers zur Hand, geht damit zum Fenster, blättert darin und blickt auf den Hinterhof. ›Die letzten zehn Tage‹. Er gedenkt, zehn Tage zu bleiben. Er kennt den Inhalt des Buches, will es aber an Ort und Stelle nochmals lesen; auch sein Vater war Ordonnanzoffizier im Führerbunker unter der Reichskanzlei gewesen. Wilhelmstraße. Es handelte sich also auch um die letzten zehn Tage im Leben seines Vaters. Wieder betrachtet er die Fotos, die er schon viele Male betrachtet hat. Später verläßt er die Pension, geht in Richtung Kurfürstendamm. Die Sommernacht ist warm, heitere Menschen sitzen vor den Cafés, sitzen auf den Treppen, die zur Gedächtniskirche führen. Musik und Gelächter. Ein junger Mann spricht ihn an. Ob er Lust habe, ihm eine Mark zu geben. Nein, er habe keine Lust, sagt Mosche. Der junge Mann wendet sich ab. »Macht auch nichts.« Warum hat er dem jungen Mann die Mark nicht gegeben? fragt er sich. Was will er hier? Was sucht er denn noch? Er kommt Jahrzehnte zu spät.

Den nächsten Vormittag verbringt er auf dem Gelände der ehemaligen südlichen Friedrichstadt, steht lange vor einem mit Schutt und Erde bedeckten Trümmerberg, unter dem der Führerbunker gelegen hat. Er hält einen alten Stadtplan in der Hand. Mehrfach wird er angesprochen und gefragt, ob er etwas suche, wohin er wolle. Er antwortet, daß er am Ziel angekommen sei. Hier wächst kein Gras, statt dessen Trümmerflora aus Unkraut und niederem Buschwerk. Omnibusse mit Touristen halten an. Sightseeing. Der Blick über die Mauer. Man zeigt auf den Fernsehturm, drüben, am Alexanderplatz, zeigt auf die Wachtürme, zeigt auch auf ihn, der sich auf einen Stein gesetzt hat und nach Worten sucht. Er zerreibt Kamillenblüten zwischen den Fingern, riecht daran. Heilpflanzen. Aber er braucht keine Verszeile für ein lyrisches Gedicht mit politischem Einschlag, er braucht Beweismittel. Was will er denn beweisen? Neue Omnibusse kommen an, es wird vorwiegend englisch gesprochen.

Er sitzt lange da. Dann erhebt er sich und zeichnet mit seinem Filzstift ein schwarzes Kreuz auf den Stein, auf dem er gesessen hat. Er geht ein Stück an der Mauer entlang, betrachtet die Graffiti, liest, was man in mehreren Sprachen und vielfarbig an die Mauer geschrieben hat, betrachtet die

Bilder wie vor wenigen Tagen den Teppich von Bayeux. Auch hier ein Stück sinnfällig gemachter Historie, eine einseitig bemalte und einseitig beschriebene Mauer. Er schreibt sich einige Sätze auf. ›Diese Seite ist voll, helft ihr beim Umdrehen?‹ ›I am looking over the wall and they are looking at me.‹

Mit dem Erlebnis der Mauer hatte er nicht gerechnet, die Gegenwart lenkt ihn von der Vergangenheit ab. Er kehrt der Mauer den Rücken, gelangt an eine Baustelle, wo mitten auf dem Trümmerfeld ein historisches Gebäude restauriert wird. Er verschafft sich Zutritt, zeigt seinen schwedischen Presseausweis vor. Eine der Fassaden ist bereits fertiggestellt, die Struktur des klassizistischen Gebäudes trotz der Baugerüste erkenntlich.

Mosche steht im Lichthof, betrachtet die hohen Geschosse, die Ornamentik am Dachfirst. Auf einer Plakatwand liest er, daß es sich um den Gropiusbau handelt, ehemals Kunstgewerbemuseum. In direkter Nachbarschaft befand sich im Dritten Reich der Sitz der SS-Führung. Vermutlich hatte dort sein Vater gearbeitet. Das Reichssippenamt war dem Reichsführer SS unmittelbar unterstellt, vermutlich. Ein paar hundert Meter entfernt liegt sein Vater vermutlich unter den Trümmern. Vermutlich, beweisen läßt sich nichts. Ein Vater ist abhanden gekommen, vor die Hunde gegangen, krepiert, verscharrt. Hier hatte das Verhängnis begonnen, hier hatte es geendet, ein Kreis hatte sich geschlossen. Die Logik eines Lebenslaufes.

Es soll geplant sein, auf dem Todesgelände über den Gestapokellern eine Gedenkstätte zu errichten; ein Wettbewerb zur künstlerischen Gestaltung ist bereits ausgeschrieben. Auch Folterkammern lassen sich künstlerisch bewältigen.

Am nächsten Morgen fährt Joachim Quint nach Hermannswerder. Dieser Abstecher war nicht vorgesehen und nicht vorbereitet. Er parkt sein Auto dort, wo die Mutter seiner Mutter ihren Sportwagen geparkt hatte, wenn sie ihre Tochter abholte, wovon er allerdings nichts weiß, er weiß nur, daß seine Mutter lachte, wenn sie den Namen Hermannswerder hörte.

Die hohen Bäume noch im Frühsommergrün, darunter in weiten Abständen mehrgeschossige Häuser aus rotem Backstein. Eine neugotische Kirche, ebenfalls aus rotem Backstein. Die Glocken beginnen zu läuten, demnach ist Sonntag. Warum nicht in die Kirche gehen? Er schließt sich den Kirchgängern an, sucht einen Platz in einer der letzten Reihen; eine alte Schwester in der Tracht der Diakonissen reicht ihm ein Gesangbuch. Er blickt sich um, blickt zur Kanzel auf und liest das Wort ›Vivet‹, auf eine Kanzeldecke gestickt. Es ist lange her, daß er in Marburg ein kleines Latinum gemacht hat. Was heißt vivet? Vivo, vixi, victum. Leben, am Leben sein oder bleiben, das Leben haben. Er entscheidet sich für die Befehlsform: ›Lebt!‹ Er spürt, daß schon das Wort ihn belebt. Auf dieser Reise hat er die meisten Botschaften auf Teppichen, Mauern und Decken gelesen. Der junge Pfarrer beginnt seine Predigt mit dem Satz: ›Ich rede und tue es auch.‹ Ein Satz, der in Mosche hineinfällt, ob auf fruchtbaren Boden, das ist noch nicht sicher, er hat viel pommersche Beharrlichkeit in sich, er benötigt viele Anstöße, dieser Satz gehört dazu.

Nach dem Gottesdienst stellt er sich der Oberin vor. Sie kennt zwar den Namen seiner Mutter nicht, aber daß sie ein Hermannswerder Kind gewesen sein soll, genügt, ihn an den gemeinsamen Mittagstisch der alten Diakonissen einzuladen. Noch nie ist ein Schwede hier zu Gast gewesen. Jemand aus dem neutralen Ausland! Nach dem Essen begleitet ihn eine der Schwestern zum Bootssteg und erlaubt ihm, das Ruderboot zu benutzen. Wenn er sich dicht am Ufer halte, werde er nicht länger als eine Stunde zur Umrundung der Halbinsel benötigen; durch einen Wassergraben, den Judengraben, werde sie vom Festland getrennt. Er verlaufe unter der weißen Brücke. Der Judengraben! Das Wort erkennt er wieder und hört seine Mutter lachen.

»Judengraben?« fragt er.

»Eigentlich heißt er Jutegraben, aber hier sagen alle Judengraben, keiner denkt sich dabei was.«

Seine Antwort wird von der Schwester nicht verstanden, sie ist schwerhörig, lächelt freundlich und zeigt ihm die Blechdose im Kiel des Bootes, mit der er das Regenwasser ausschöpfen müsse.

Er hebt die Bootsplanken an, schöpft das Wasser aus dem Boot, legt die Ruder ein, gewohnte Hantierungen. Er rudert auf den See hinaus, hält Richtung zur Inselspitze, wo seine Mutter, wie sie oft erzählte, am Lagerfeuer gesessen und Fahrtenlieder gesungen hat. Die Ufer sind verschilft, die Seerosen zeigen bereits dicke gelbe Knospen. Ein Soldat in sowjetischer Uniform steht am Ufer und angelt; Mosche ruft ihm »Hej« zu, bekommt aber keine Antwort. Schwäne fliegen über ihn hinweg. Er sieht die Hochhäuser von Potsdam und erreicht schließlich den Graben, der die Halbinsel vom Land trennt, kaum drei Meter breit. Die Zweige der Weiden und Erlen hängen tief über das moorige Wasser. Er muß sich ducken, er rudert flach, das Wasser ist nicht tief. Die durchsonnten, modrigen Tümpel am Ufer pulsieren: ein Wimmeln, Wirbeln und Zucken. Er sieht, was er nie zuvor gesehen hat: Fischleiber bäumen sich auf, drängen sich aneinander und übereinander, springen hoch, die Schuppen flimmern im Sonnenlicht. Ein brodelnder Fischbottich neben dem anderen. Die Erregung der Fische teilt sich ihm mit. Liebesspiel? Todestrieb? Lust und Ekel steigen in ihm auf. Er zieht die Ruder ein. Um ihn herum wird gelaicht und gebrütet, gezeugt und bestäubt, weißer Pollenstaub liegt auf dem schwarzen Wasser, legt sich auf seine gebräunten Arme. »Vivet!« sagt er. »Vivet!«

Er rudert zum Bootssteg zurück, kettet das Boot an, trägt die Ruder ins Bootshaus, hängt den Schlüssel an einen Haken. Wissen, wo der Schlüssel hängt; er wird seine Mutter fragen, ob der Schlüssel zum Bootshaus früher an derselben Stelle gehangen habe: wahrscheinlich.

Die Oberin hat ihm ›etwas zum Lesen‹ mitgegeben: »Wenn Sie sich für unsere Insel interessieren!« Er setzt sich auf eine Bank am Wasser und liest in den alten, zerlesenen Inselblättern. Was er sucht, findet er nicht. Die Geschichte des Dritten Reiches mitsamt seinen Folgen wird in dem Vermerk ›Die bewegte Geschichte der Hofbauer-Stiftung‹ zusammengefaßt. Wieder einmal greift er ins Leere. Die bewegte Geschichte des Deutschen Reiches! Er liest einen Vers; er paßt zu den Geschichten, die seine Mutter über Hermannswerder erzählt hat: ›Froher Kinder Jugendland / Treuer Schwestern Heimatland / Deutschen Geistes Ackerland / Das ist Hermannswerder-Land.‹ Übriggeblieben vom Hermannswerder-Land war ein Krankenhaus für Infektionskranke, ein Mutterhaus für alte Schwestern und ein Seminar zur Fortbildung künftiger Pastoren der Deutschen Demokratischen Republik. Die übrigen Gebäude wurden als Hospital für Angehörige der sowjetischen Besatzungsmacht genutzt, so steht es auf einem Schild, das ihm den Zugang untersagt: Besatzungsmacht, trotz Völkerfreundschaft und Warschauer Pakt.

Als er am Abend über die weiße Holzbrücke geht und auf den Jutegraben blickt, ist der Spuk vorbei, das Wasser liegt still und dunkel. Er steigt in sein Auto.

Am Grenzübergang ordnet er sich in die Wagenkolonne ein. Man blättert in seinem Paß und findet keinen Einreisestempel.

»Wie sind Sie in die Deutsche Demokratische Republik gekommen?«

Er sagt freundlich: »Mit dem Auto.«

»Wo? Hier? Wann?«

»Heute morgen.«

Man starrt ihn an. Ohne Visum, ohne Aufenthaltsgenehmigung? Nach einem längeren Verhör stellt es sich dann heraus, daß er am frühen Morgen an den wartenden Autos vorübergefahren war, mit dem Paß aus dem Autofenster gewinkt hatte und daß das schwedische ›S‹ am Auto die Aufmerksamkeit der

Grenzposten vermindert haben mußte. Was war zu tun? Jemand, der nicht eingereist war, konnte auch nicht ausreisen.

»Fahren Sie! Los!«

Und Mosche Quint fuhr los und verließ am nächsten Morgen Berlin. Noch einmal ein Stück auf dem Berliner Ring, dann Richtung Saßnitz und mit der nächsten Autofähre nach Trelleborg. Er hatte sich auf dieser Reise, die ihn zu seinem Vater führen sollte, weit von ihm entfernt und immer wieder festgestellt, daß in Deutschland die Zeit weitergegangen war, während er, isoliert, in den schwedischen Wäldern in der Vergangenheit gelebt hatte.

6

›L'ermite est un poisson qui aime la solitude.‹

Eugène Ionesco

Die Provence übt eine starke Anziehungskraft auf alle Weltverbesserer und Entsagungskünstler aus. Auch Viktoria ist dieser Anziehungskraft erlegen. Der Mystifikation der Sonne. Sie liebt die Sonne, wird von der Sonne aber nicht wiedergeliebt, sondern gereizt und verbrannt und verletzt. In ihrem ersten provençalischen Sommer hat sie sich dreimal schmerzhaft gehäutet, die dritte Haut hält der Sonne stand, nimmt die Farbe heller Tonkrüge an.

Sie hat sich den Ort nicht ausgesucht, an dem sie hängengeblieben ist. Alles sah nach Zufall aus. Ein Autofahrer, Monsieur Palustre aus Saint Antoine bei Marseille, hatte sie in Lyon unter der Bedingung mitgenommen, daß sie ihn am Steuer ablöse. Einen Führerschein besaß sie, ein Auto besaß sie nicht mehr, den Anteil an ihrem Wagen hatte sie an den ehemaligen Freund Manfred verkauft, als ihre Beziehung kaputtging. Es war immer dasselbe, es ging ihr alles kaputt. Wenn sie ein Brot strich, brach die Klinge, oder sie hielt beim Trinken plötzlich den Stiel eines Glases in der Hand, und der Kelch zerschellte am Boden.

An Gangschaltung war sie nicht gewöhnt, sie schaltete zu hart und hatte den Schalthebel in der Hand. Monsieur Palustre, der neben ihr eingenickt war, wurde durch das Geräusch geweckt. Er fluchte und schimpfte mit Wörtern, die sie nie gelernt hatte. In ihrem Schulfranzösisch, das nicht schlecht war, aber kaum Ähnlichkeiten mit dem Provençalischen hatte, sagte sie, daß sie zu Fuß zur letzten Tankstelle zurückgehen wolle, um Hilfe zu holen. Monsieur Palustre ließ sich die Reparaturkosten bezahlen. Auf ihre weitere Mitfahrt verzichtete er.

Es war heiß. Sie stand mit ihrer unförmigen Tasche an der Tankstelle. Eine Mitfahrgelegenheit ergab sich nicht, die Straßen waren in den Mittagsstunden kaum befahren. Sie machte sich zu Fuß auf den Weg, bog bei der nächsten Gelegenheit in eine kleinere Seitenstraße ab. Dort erst wurde sie den Hund gewahr, der sich ihr angeschlossen hatte. Sie versuchte, ihn davonzujagen, aber er gehorchte nicht, setzte sich in einiger Entfernung mitten auf die Straße und blickte sie aus seinen schwarzen Augen an. Sobald sie weiterging, lief er hinter ihr her. Sie beschimpfte ihn auf deutsch und auf französisch und benutzte dasselbe Wort, mit dem sie selbst von Monsieur Palustre beschimpft worden war. Sie trat nach dem Tier, es duckte sich und winselte. Ein Auto hielt neben ihr an, wieder wurde sie beschimpft, diesmal, weil sie ihren Hund mißhandelte.

Sie nahm ihre Tasche, ging weiter, irgendwann würde der Hund sich schon davonmachen. Aber das war ein Irrtum. Sie schrie ihn an: »Cochon!«, und immer wieder: »Cochon!« Das wird später sein Name werden. Schweinehund. Man kann das Wort auch zärtlich aussprechen, dann klingt es ähnlich wie ›chouchou‹. Liebling.

Dann hielt ein kleiner Lieferwagen neben ihr an, der Fahrer war bereit, sie ein Stück in Richtung Aix mitzunehmen. Sie stieg ein in der Hoffnung, auf diese Weise den Hund loszuwerden, aber als der Wagen anfuhr, rannte der Hund bellend und jaulend hinterher, stürzte, raffte sich wieder auf. Viktoria zeigte auf den Hund, der Fahrer blickte in den Rückspiegel und ließ sie aussteigen. Die Frau wollte er mitnehmen, den Köter nicht, sagte er, reichte ihr die Tasche und fuhr davon.

»Cochon!« Schon klang es anders. Sie liefen eine Stunde in der Mittagshitze am Straßenrand, dann waren beide erschöpft. In einer menschenleeren Ortschaft entdeckte sie ein Café. Sie fragte nach einem Zimmer, sie könne nicht weiter, sagte sie, heute nicht. Der Wirt zeigte auf den Hund, nirgendwo, in ganz Frankreich nicht, würde man sie mit diesem Vieh ins Haus lassen. Sie erklärte dem Wirt, daß es nicht ihr Hund sei, aber der Hund bewies das Gegenteil, er setzte sich auf ihre Füße und winselte, leckte ihr die Knie.

»Madame«, sagte der Wirt, nachdem er zu der Ansicht gekommen war, daß es sich wohl doch um eine Frau handelte, »wie kann man eine Kreatur derartig vernachlässigen?« Sie selbst sah ebenfalls vernachlässigt aus, das besagte der Blick, mit dem er sie von Kopf bis Fuß musterte.

»Wo gibt es hier Wasser?« fragte Viktoria.

»Am Fluß!« antwortete der Wirt und deutete in die entsprechende Richtung. »La Durance!«

Viktoria machte sich erneut auf den Weg und erreichte nach kurzer Zeit das breite Schotterbett. Sie durchquerte es, bis sie ans Wasser gelangte. Der Hund trank in gierigen Zügen. Sie kramte in ihrer Tasche nach Seife, packte den Hund, tauchte ihn tief ins Wasser, was er sich gefallen ließ, und seifte ihn ein, tauchte ihn wieder unter, seifte ihn ein zweites Mal ein, dann riß er sich los, was besagen sollte, daß es jetzt genug sei. Er schüttelte sich, legte sich zum Trocknen auf einen Stein und beobachtete sie, ließ sie nicht aus den Augen, sprungbereit für den Fall, daß es weiterging. Viktoria wusch sich ebenfalls das Haar, das kurz geschnitten war und rasch trocknete, sich aber nicht lockte wie das blonde Fell und die schöne Rute des

Hundes. Er war jung, und er war klug, er hatte ihre Schwäche erkannt und nutzte sie aus. Sie war wehrlos, wenn sich ihr ein Lebewesen anvertraute. Eine Erfahrung, die sie bisher noch nicht gemacht hatte.

Cochon! Und als nächstes bereits ›armer Cochon‹ und ›kleiner und guter und braver Cochon‹! Sie kämmte ihn mit ihrem Kamm, er leckte ihr die Hand und leckte ihr die Füße, die sie im Flußwasser gekühlt hatte.

Am späten Nachmittag standen sie wieder vor dem Café. Die Frau des Wirts trat hinzu. Die alten Männer auf den Barhockern mischten sich ebenfalls in die Verhandlungen ein. Der Wirt, Monsieur Pascal – »wie der große Philosoph«, erklärte er –, ließ sich den Paß zeigen, las ihn aufmerksam, las den Namen laut vor: »Viktoria Quint!« Er sprach den Namen aus, als handele es sich bei der Person, die in abgetragenen Jeans, T-Shirt und Turnschuhen vor ihm stand, um Victoria die Fünfte. Dann las er laut den Doktortitel vor, machte eine Verbeugung und erklärte seiner Frau und den alten Männern: »Une femme savante!«

Woher sie stamme, was das für ein Ort sei, fragt er. Er sei als Kriegsgefangener in Deutschland gewesen, er kenne sich aus, un peu. Er buchstabiert: Penischän. Wo liegt das? Viktoria, längst ungeduldig geworden, sagt, daß der Ort irgendwo in Polen liege. Polen? Une Polonaise? Sei sie etwa ein Flüchtling? Diese Frau ist eine réfugiée, sagt er zu den alten Männern. Alle diese fünf Männer sind réfugiés, aus Algerien, erklärt er der Frau mit dem Hund, 1962 sind sie im großen Flüchtlingsstrom hierhergekommen. Man hat hier nicht auf sie gewartet, sie haben Probleme gemacht. Die Tüchtigen sind weitergezogen, der Rest ist hier geblieben. Da sitzt er!

Viktoria deutet eine halbe Armlänge an, sie ist damals noch ein kleines Kind gewesen. Dann wiederholt sie das Wort, das Monsieur Pascal gesagt hat, ›reste‹, der Rest. Es klingt im Deutschen wie im Französischen gleich.

Die Algerier leben hier nicht schlecht, sie haben, was sie

brauchen, sagt Monsieur Pascal, sie haben eine Steinmauer, auf der sie sitzen können, ein Boulespiel und einen Barhocker. Sonne und Schatten. Er zeigt auf die Platane, die auf dem kleinen Platz vor dem Café steht. Die Männer auf den Barhokkern murmeln und murren, sie sind keine Algerier, sie sind keine réfugiés, sie sind Franzosen. Sie sind immigrés! Deshalb sind sie geflohen, sie wollten nach Frankreich, in ihr Heimatland. Monsieur Pascal winkt ab, alte Geschichten. Laissezfaire!

Das Zimmer! Sie benötige ein Zimmer, sagt Viktoria, für eine Nacht.

Monsieur Pascal erklärt ihr, daß er kein Hotel besitze, sondern ein Café und eine Bar, in Lourmarin gäbe es ein paar Hotels.

Ob ein Bus dorthin fahre, fragt Viktoria.

»Morgen früh, Madame!«

»Dann bleibe ich«, erklärt Viktoria. »Es gefällt mir hier.«

Es gefällt der Madame hier, sagt Monsieur Pascal zu den Männern. Alle ziehen weg, und dieser Madame savante, der gefällt es bei uns! Das Zimmer, das er ihr schließlich dann doch bieten kann, ist bescheiden; ihre Ansprüche sind ebenfalls bescheiden. Trotzdem muß sie im voraus bezahlen.

Nachdem sie am nächsten Morgen ihren Milchkaffee getrunken und Weißbrot hineingebrockt hatte und auch der Hund einen Napf Wasser und ebenfalls Brotstücke bekommen hatte, erklärte sie, daß sie eine weitere Nacht bleiben wolle. Wieder zahlte sie im voraus. Dabei war es geblieben. An jedem Morgen erklärte sie, daß sie noch bleiben wolle, und zahlte für die nächste Nacht, und am Abend stellte Madame Pascal ihr eine warme Mahlzeit hin, die sie mit dem Hund teilte, das Fleisch für den Hund, das Gemüse für sich, Wasser und Brot für beide. Wein lehnte sie ab. Wenn Monsieur Pascal mit der Rotweinflasche an den Tisch kam, sagte sie nein und kränkte ihn täglich aufs neue.

Tagsüber streifte sie durch die Gassen des Dorfes. Fünfzehn

Häuser schienen noch bewohnt zu sein, vierzig oder fünfzig standen leer oder waren eingestürzt; manche Häuser besaßen noch Türen, Fensterscheiben besaß keines mehr. Der Wind hatte die Ziegel von den Dächern gerissen. Das Dorf lag am Berghang, auf halber Höhe, die Gassen waren steinig und steil. Von einer Kapelle war nicht mehr übriggeblieben als die zum Glockenstuhl hochgezogene Westwand mit einer romanischen Rosette, Brombeergebüsch und Efeu verhinderten den Zutritt. Es gab kein Glockenseil mehr, aber noch eine Glocke, die vom Wind geläutet wurde.

Irgendwann bei Dämmerung geriet Viktoria in eine Schafherde. Ihr Hund scheuchte die Tiere auf und hetzte sie, er wurde vom Hütehund angegriffen, die Tiere verbissen sich. »Cochon! Cochon!« rief sie, aber er gehorchte nicht. Die alte Hirtin stieß ihre Faust in seinen Rachen und trennte die Hunde. Als Viktoria ihren Cochon im Arm hielt, war sein linkes Ohr halb abgerissen und hing blutig herunter. Sie trug ihn auf den Armen zum Brunnen unter der Platane und wusch die Wunde aus. Madame Pascal weichte Kohlblätter in heißem Wasser auf, machte dem Hund einen Umschlag und klebte das Ohr mit einem Heftpflaster wieder an.

Erst nach Tagen entdeckte Viktoria das Ortsschild: Notre-Dame-sur-Durance. Sie las den Namen laut, mehrmals, las ihn ihrem Hund vor, gewöhnte sich.

Eine Durchgangsstraße gab es nicht. Das Dorf lag am Ende der Welt. Nachts verfolgte sie die Lichter der Autos, die in der Ferne von Nord nach Süd und von Süd nach Nord fuhren, hin und her; aber die meisten fuhren zum Meer, alles endete im Meer. Sie fragte Monsieur Pascal, warum er seinem Café einen Weltuntergangsnamen gegeben habe. ›Café du Déluge‹!

Warum? Warum Notre-Dame-sur-Durance? War an diesem gottverlassenen Ort vielleicht Notre Dame zu sehen?

Eines Tages treten die Magenbeschwerden wieder auf, an denen sie oft leidet. Sie verlangt nach Kamillentee. Camomille!

Sie hat im Wörterbuch, das sie immer bei sich trägt, nachgesehen. Sie zeigt auf ihren Magen. Monsieur Pascal legt seine Hand auf seinen Bauch. Kamillentee, Madame? Er besitze ein Café und eine Bar, aber kein Krankenhaus und keine Apotheke. Was will sie überhaupt hier? Hat sie ihren Mann und ihre Kinder im Stich gelassen?

Sie schreit ihn an: »Non! Non!« und hält ihm die Hände hin, an denen kein Ring zu sehen ist. Sie ist allein. Seule! Allein! Hat er das verstanden?

Sie soll sich beruhigen, beschwichtigt Monsieur Pascal sie, es sei ihm ja recht. »Madame seule!« sagt er, und bald darauf werden es auch die anderen Leute im Dorf sagen: Madame seule. Die anderen, das sind die paar alten Männer und alten Frauen. Worüber sollten sie reden, wenn nicht über diese Madame seule.

Warum sie in diesem Dorf bleibe, aus dem alle wegzögen, will Monsieur Pascal wissen, wo es nichts gebe außer der unbarmherzigen Sonne und dem unbarmherzigen Wind.

»Leben«, antwortet Viktoria, »leben lernen! Savoir vivre!«

Monsieur Pascal hat viel gesehen, viel gehört, er hat nicht immer hier gelebt, er war bei der Fremdenlegion und vorher zwei Monate im Krieg und vier Jahre lang in Kriegsgefangenschaft in einer Munitionsfabrik in Essen. Ob sie das kenne? Nein, sagt sie.

Soll sie lernen, was sie will! Laissez-faire, laissez-passer! Seine Frau kann ihr Kamillentee in der Küche kochen, aber ein Pinot wäre besser. Pinot ist gut bei Magenbeschwerden, sie muß noch viel lernen!

Als sich ein deutscher Tourist aus Freiburg mit seinem Auto verfährt und in das Dorf gerät, übersieht er die verrosteten Warnschilder und versucht, die steile Straße hinaufzufahren. Dabei reißen die Steinbrocken, die niemand wegräumt, die Ölwanne seines Autos auf. Er sucht eine Werkstatt, zumindest ein Telefon, mit dem man eine Werkstatt verständigen kann.

Sein Auto muß abgeschleppt werden! Er muß an diesem Tag noch nach Marseille! Versteht ihn hier denn keiner! Er sagt das alles auf deutsch zu den zahnlosen alten Männern im ›Café du Déluge‹, die ihn anstarren und so wenig Deutsch verstehen wie er Französisch. Wo ist Madame seule? Man braucht Madame seule! Man sucht nach ihr und findet sie. Sie spricht mit dem Touristen aus Freiburg, spricht mit Monsieur Pascal, telefoniert mit einer Reparaturwerkstatt in Lourmarin. Eine halbe Stunde später trifft ein Abschleppwagen ein. Viktoria wird für ihre Vermittlung besser entlohnt als der Automechaniker mit dem Abschleppwagen.

Sie macht sich nützlich. Sie wird gebraucht.

Sie sitzt auf Mauern, blickt über Mauern, steigt Treppenstufen hinauf, blickt in zusammengestürzte Häuser; der Cochon immer hinter ihr her. Sie sieht viel, beobachtet viel, denkt auch viel, spricht wenig. Dann entdeckt sie eines Tages einen Garten, über dessen Mauer eine Pinie ihre Zweige streckt. Sie hilft dem Hund über die Mauer, klettert hinterher und fängt an, den Unrat in das Nachbargrundstück zu werfen. Das tut sie tagelang. Dann sammelt sie die losen Steine und schichtet sie auf die meterdicke Mauer, große Steine, kleine Steine, so, daß die Steine sich ineinanderfügen, die Auswahl ist groß. Sie läßt sich Zeit, sie hat Zeit. Die sechzehnstrahlige Sonne steht hoch am Himmel. Im Magazin kauft sie sich einen Strohhut, wie die Bauern ihn bei der Feldarbeit tragen, zwei Hüte stehen zur Auswahl. Sie erwirbt einen Wassernapf für Cochon, das Wasser holt sie am Brunnen. Sie besorgt eine Decke für den Hund, da der Steinboden im Café kalt ist. Erste Anschaffungen. Ihre Hände werden von der ungewohnten Arbeit rauh und rissig, bekommen Schwielen, der Rücken schmerzt. Aber die Mauer wächst. Viktoria ist zufrieden. Die heißen Mittagsstunden verbringt sie im Schatten der Pinie und beobachtet mit halbgeschlossenen Lidern das Haus, zu dem der Garten gehört. Es blickt mit der Frontseite nach Westen, jeder Sonnenuntergang wird ihm zuteil. Die Kaminwand ist noch gut erhalten. Als der

Mistral von Nordwesten her den Berg entlangfegt, merkt sie, daß das Haus auch gut zum Wind steht, die Kapellenwand gibt ihm Schutz.

Als alle herumliegenden Steine und auch das Gestrüpp beseitigt sind, fährt sie früh um sieben Uhr mit dem Bus nach Lourmarin, um dort Geräte zu kaufen, die es im Dorf nicht gibt, Hacke und Schaufel, einen Wassereimer; den Cochon nimmt sie mit. Als sie am Abend zurückkehrt, stehen Monsieur Pascal und die alten Männer an der Bushaltestelle, um zu sehen, ob Madame seule zurückkommt. Sie tippen mit zwei Fingern an die Baskenmützen und ziehen sich ins ›Déluge‹ zurück. Madame seule grüßt mit: »Hé!« Man hat sie erwartet! Sie trägt ihre Gerätschaften die Gasse hinauf und verschwindet in der Hausruine.

In den späten Nachmittagsstunden, wenn es kühler geworden ist, geht sie mit dem Hund in den Maquis und gräbt dort Pflanzen aus, dornig sind sie alle, das ist ihr recht, auch sie ist dornig. Sie gräbt, sie pflanzt, sie wässert. Manches schlägt Wurzeln, anderes verdorrt, es ist kein Pflanzwetter, keine Pflanzzeit, von Gartenbau versteht sie wenig, keiner berät sie. Sie muß lernen. Leben lernen. Noch immer schläft sie im ›Déluge‹, noch immer zahlt sie von Tag zu Tag, zahlt bar. Als sie kein Geld mehr hat, bittet sie Monsieur Pascal, sie im Auto mitzunehmen, wenn er das nächste Mal nach Avignon fährt. Er legt ihr die Hand auf den Arm, in bester Absicht, aber Cochon versteht den Annäherungsversuch falsch, er fährt hoch und packt Monsieur Pascal am Rockkragen. Zum ersten Mal wird Viktoria verteidigt, zum ersten Mal fühlt sie sich beschützt. Der Hund läßt keinen an Madame seule heran, läßt keinen auf das Grundstück, das weiß man von nun an im Dorf. Außerdem weiß man nun, daß sie nur zu einer Bank fahren muß, um an Geld zu kommen. Woher bekommt sie Geld? Un mystère! Ein Mann wird dahinterstecken. Man hat zu reden.

Viktoria dehnt ihre Streifzüge aus, streicht um das Dorf in immer weiteren Kreisen, bis sie die Häuser, die aus den Steinen des Berges gebaut sind, nicht mehr erkennen kann. Aber sie erkennt die Zypresse, die am Rand des Friedhofs oberhalb des Dorfes steht. Ein Ausrufungszeichen. Ici! Dort liegt das Dorf Notre-Dame-sur-Durance. Und im Tal der Fluß, von dessen fünf Armen im Hochsommer drei ausgetrocknet sind. Der Berg ist von schmalen Canyons durchzogen, deren Wände kalkig weiß sind. Weite Flächen, auf denen nichts wächst außer Maquis. Ein paar alte Mandelbäume. Im Tal Gemüsefelder, die Berieselungsanlagen schimmern im Licht der untergehenden Sonne. Der Ginster ist verblüht, duftet nicht mehr, statt dessen betäubender Thymianduft, betäubendes Geschrei der Zikaden. Wenn ihre Beine die blühenden Lavendelsträucher streifen, steigen Duftwolken auf.

Außer der Zypresse auf dem Friedhof und der breitarmigen Pinie im Nachbargrundstück steht nur noch ein dritter erwähnenswerter Baum im Dorf, die Platane vor dem Café, in deren Schatten die Männer Boule spielen. Kein Stuhl und kein Tisch stehen einladend vor dem Haus: Wer einen Pastis trinken will, muß es im Stehen tun oder sich an die Bar setzen. Madame seule ist der einzige weibliche Gast; sie setzt sich an einen der beiden Marmortische, trinkt einen Cynar ohne Eis. Ihr Magen macht weniger Beschwerden als früher, nur noch selten leidet sie unter Übelkeit. Sie hat sich gerundet, wird von Monsieur Pascal gelobt. »Une femme!« sagt er und betrachtet sie eingehend, rührt sie aber nicht mehr an.

Spät am Abend steigt sie noch auf den Berg, streckt sich auf der Erde aus, blickt in die Sterne, hört den Zikaden zu, hört den Sternen zu, aber spürt nicht, daß die Erde sich unter ihr und mit ihr dreht, das spürte nur ihre Mutter. Auf dem Rückweg geht sie über den Friedhof, zündet kleine rote Lichter an, die sie in Lourmarin gekauft hat. Sie muß verrückt sein, sagt man im Dorf, niemand will an die Toten, die dort liegen, erinnert werden. Der Wind wird die Lichter umwerfen, das trockene Gras wird in Brand geraten, sie kennt die Brände nicht, die im späten Sommer die Provence verwüsten. Unter ihren Schritten lösen sich Steine, rollen die Gasse hinunter, dann schlägt ein Hund an, Cochon antwortet, ein Fensterladen wird aufgestoßen, wird wieder zugeschlagen.

Alle paar Tage geht sie hinunter zum Fluß, auch dort räumt sie Steine weg, legt eine Mulde an, die ihren Körpermaßen entspricht. Das Flußwasser erwärmt sich darin, bleibt aber trotzdem erfrischend. Sie legt sich in das flache Wasser, das über sie hinwegfließt. Der Hund trinkt, badet, trocknet sich in der Sonne, schläft im Schatten. Man hört durchs Ufergebüsch den Straßenverkehr. Was für ein Hin und Her, an dem sie nun nicht mehr teilhat.

Madame seule badet im Fluß! Nackt! Auch darüber läßt sich lange reden.

Während eines Gewitters flüchtet sie sich aus dem Garten in den einzigen regensicheren Raum des Hauses, den sie inzwischen enttrümmert hat, in dem sie auch schläft, wenn sie die warmen Nächte nicht im Schlafsack unterm Piniendach verbringt. Blitze zucken, gefolgt vom Donner. Der zitternde Hund flüchtet sich in ihre zitternden Arme, die Mauern des Hauses zittern unter den Windstößen, Mörtel löst sich aus den Fugen, Ziegel lösen sich vom Dach, stürzen auf die Gasse und in den Garten. Als die Gewitterböen nachlassen, setzt Regen ein, sintflutartiger Regen. Sie muß ihre Behausung fluchtartig verlassen und läuft, barfuß, den Cochon auf den Armen, zum Café. Die Gasse hat sich in einen Bach, der Platz vor dem Café in einen Dorfteich verwandelt. Als sie das ›Déluge‹ erreicht, sitzen die alten Männer mit hochgezogenen Beinen auf den Barhockern. Viktoria bleibt unter der Tür stehen, Angst und Aufregung lösen sich in einer Schimpfkanonade. »Ihr bringt es zu nichts!« schreit sie. »So schafft man es nicht, euer Dorf stirbt noch vor euch! Ihr seid – ihr seid –« Das Wort, das sie sucht, fällt ihr nicht ein, laissez-faire fällt ihr ein, sie schreit: »Ihr seid Laissez-fairisten!« Die alten Männer betrachten sie überrascht, sperren die zahnlosen Münder auf und bleiben hocken. Was will diese Madame seule? Dies ist doch nicht das erste Gewitter in Notre-Dame-sur-Durance, nicht das letzte. Das Wasser wird wieder abfließen, dem Steinboden schadet es nicht, den eisernen Beinen der Barhocker und der Marmortische auch nicht. Monsieur Pascal zeigt auf einen der beiden Tische. Sie soll sich setzen, sie kann die Füße auf den Stuhl stellen, das Wasser wird in einer Stunde abgeflossen sein, dann wird es wieder elektrischen Strom geben, und sie kann ihren Milchkaffee bekommen oder einen Kamillentee, was sie will.

»Le déluge!« Jetzt sieht sie die Sintflut mit eigenen Augen.

An jenem denkwürdigen Abend, nach dem Gewitter, faßt sie ihren Entschluß: Sie wird bleiben. Ici! Ici! Sie sagt es mehrmals, zunächst zu sich selbst, dann auch zu Monsieur Pascal. Sie gestikuliert, sie muß Worte benutzen, die ihr nicht geläufig sind. Sie umkreist mit beiden Armen den Erdball, der demnächst explodieren wird. Keine Sintflut, die wieder abfließt. Bis zu diesem Urknall will sie hier bleiben, hier leben. Sie zeigt auf die Platane, unter der der Boden noch feucht ist; der Sturm hat Äste abgerissen und Blätter zerfetzt, niemand räumt sie weg. Dies ist der richtige Ort zum Warten. Sie wird das Haus ausbauen.

Ist sie verrückt geworden? Monsieur Pascal setzt sich zu ihr an den Tisch. »Madame seule! Hier fallen die Häuser zusammen, hier baut man kein Haus auf!« Sie fragt, wem das Grundstück neben der Pinie gehöre. Niemandem. Wem sollte es denn gehören? Die Eigentümerin sei längst tot, die Erben seien schon vor langer Zeit fortgezogen, keiner weiß, wohin. Geld ausgeben für das Grundstück? Für diesen Steinhaufen? Gut! Wenn sie es partout wünscht! Das Grundstück gehöre der Gemeinde. Er wird mit dem Bürgermeister sprechen, er wohnt im Nachbardorf, einen Notar kennt er auch. Laissez-faire!

Nach langen Verhandlungen unterschreibt Viktoria einige Wochen später den Vertrag. Der Kaufpreis ist niedrig, der Aufbau des Hauses wird kostspielig sein, man warnt sie. Sie telefoniert mit dem Verlag in Berlin, in dem die Bücher von

Daniel Green erscheinen. Sie ist von ihrer Mutter inzwischen zur Erbin eingesetzt worden. Das Copyright der Bücher währt siebzig Jahre; wenn sich die lesende Bevölkerung auch in den nächsten Jahren für körpersprachliches Verhalten interessieren sollte, was anzunehmen ist, wird Viktoria noch längere Zeit über Honorareinkünfte verfügen können. Wiedergutmachung bis ins zweite und dritte Glied. Dr. Daniel Green, ehemals Grün, Psychoanalytiker der Wiener Schule, als Therapeut in Berlin tätig, mit ihrer Großmutter Vera in zweiter Ehe verheiratet, emigriert in die Vereinigten Staaten, Verfasser mehrerer Bücher über Körpersprache, längst verstorben, seine Witwe verstorben. Die Geldsummen, die auf Viktorias Bankkonto in Avignon erscheinen, wirken wie ein Wunder. Un mystère! Ein Mann steckt dahinter.

Viktoria hat nicht nur Psychologie und Soziologie studiert, sondern auch ein paar Semester Betriebswirtschaft, das kommt ihr zustatten.

Im Kaufpreis ist der Schatten des Pinienbaums vom Nachbargrundstück inbegriffen, auch Fledermäuse, Eidechsen und die Ratten, die Cochon jagt und seiner Herrin vor die Füße legt. Sie engagiert einen Arbeiter, Monsieur Lalou, von dem Monsieur Pascal behauptet, daß er alles könne. Alles, wirklich alles! Monsieur Lalou kommt mit dem Motorrad aus Lourmarin angefahren, nicht, wie vereinbart, um acht Uhr morgens, sondern um neun. Der Tag ist lang, sagt er, der Sommer ist lang, aber das Leben, Madame seule, das Leben ist kurz! Noch ist Viktoria ungeduldig. Warum arbeitet Lalou nicht schneller? Sie macht ihm Vorhaltungen, wenn er die Kelle hinlegt und ins Café geht, um mit den anderen Männern zu reden. Dann spielt er auch noch eine Partie Boule! Sie stellt sich neben das Spielfeld und sieht zornig zu, greift eine der Kugeln und wirft sie zwischen die anderen, zerstört das Spiel. Am nächsten Morgen bleibt Lalou aus, bleibt fünf Tage lang aus, dann kommt er wieder. Er braucht das Geld, er hat eine Familie. Sie zahlt am Ende des Tages, stundenweise, aber bar. Als er eines Tages unmißverständlich »Madame seule!« sagt und nach ihr greift, hat er den Cochon am Hals. Die Verständigung macht Schwierigkeiten, Lalou ist nicht an einen weiblichen Arbeitgeber gewöhnt, Viktoria nicht an den Umgang mit Arbeitern. Sie muß lernen. Das Baumaterial wird aus anderen verlassenen Grundstücken geholt, Steine und Balken. Alte Häuser dienen als Steinbruch für neue Häuser, das ist überall so. Viktoria als Trümmerfrau, sie karrt das Baumaterial auf ihre Baustelle.

»Ich bleibe«, schreibt sie auf ein paar Ansichtskarten. Als Absender gibt sie ›Poste restante, Avignon‹ an; im näher gelegenen Lourmarin würde man sie auffinden, falls man nach ihr forschte, was keiner tut. Was ist das für eine Mutter, die keine Nachforschungen anstellt? Es liegt Jahre zurück, daß Maximiliane gesagt hat: Ruf, dann werde ich kommen. Sie hält sich an die Bergpredigt. Bittet, so wird euch gegeben. Sie selbst hat keine Mutter gehabt, nach der sie hätte rufen können. »Ich schaffe es!« Dieser kleine Satz ihrer Tochter, mit einem Ausrufungszeichen versehen, mag sie beruhigt haben. Was war das für ein ›es‹, das man schafft oder nicht schafft? Es, das Leben. Takav je život. Savoir vivre. Diese Töchter! Sie wollen werden wie die Mutter oder wollen anders sein als die Mutter, sie benutzen die Mutter als Richtschnur und als Maßstab. Die prägende Kraft dieser Maximiliane ist groß.

Im Umkreis von dreißig Kilometern benutzte man Viktoria als Kompaßpunkt. Wie soll der Ort heißen? Handelt es sich um das verlassene Nest, in dem Madame seule lebt?

7

›Was sind das für Zeiten, wo ein Gespräch über Bäume fast ein
Verbrechen ist?‹

Bert Brecht

›Das sind dieselben Zeiten, wo es fast ein Verbrechen ist, kein
Gespräch über Bäume zu führen.‹

Erich Landgrebe

Als er sein Manuskript so gut wie abgeschlossen hatte, setzte
sich Mosche Quint auf sein Fahrrad und fuhr zur Poststelle
neben dem coop-Laden, telefonierte diesmal aber nicht, sondern gab ein Telegramm an seine Mutter auf. Da Telegramme
nicht mehr zugestellt, sondern zunächst telefonisch übermittelt
werden, hörte Maximiliane den entscheidenden Satz aus dem
Mund einer Postangestellten.

»Ich bin fertig mit meinem Vater.« Sie ließ sich den Satz
wiederholen, sagte an der Rezeption des Hotels Bescheid, daß
sie in den nächsten beiden Stunden nicht zu sprechen sei,
streifte die Schuhe ab, ließ sie neben der Treppe stehen, suchte
ihr Zimmer auf und setzte sich an die Fensterbank, die ihr als
Schreibtisch diente. »Mosche! Mosche!« schrieb sie. »Blick
nach vorn! Nicht zurück!« Jeder Satz ein Ausruf. Jeder Satz
eine Beschwörung. »Du hast Dich immer umgedreht, auch als
wir aus Poenichen fort mußten. Jetzt weißt Du, besser als ich,
wer Dein Vater war und was er getan hat. Er hat seine Fehler
und seine Irrtümer mit dem Tod bezahlt. Ob der Tod ein
zuverlässiges Zahlungsmittel ist, weiß ich nicht. Ich nehme an,
daß Gott es wissen wird. Du bist keinem verantwortlich, keinem Sohn, der eines Tages feststellen könnte, was Du zu tun
unterlassen hast. Wer nichts tut, dem wird auch nichts getan!
Du entziehst Dich, Du verbarrikadierst Dich hinter einem
Schreibtisch, hinter Büchern, hinter Bäumen. Dein Vater hat
das Falsche getan, und Du hast bisher nichts weiter getan, als
über Deinen Vater zu Gericht zu sitzen. Du kannst die Schuld

Deines Vaters nicht abtragen, indem Du eigene Schuld vermeidest. Nichtstun ist nur eine andere Form des Schuldigwerdens! Du hast Deinen Vater abgeschrieben. Ich habe ihn abgelebt. Ich bin müde. Es heißt, aus den pommerschen Quints sei nach dem Krieg nichts Rechtes mehr geworden. Es scheint zu stimmen. Du verweigerst Dich, und das ist das schlimmste. Du bist vierzig Jahre alt. Jetzt muß doch zutage kommen, was Du in die Scheunen gebracht oder eingekellert hast. Ich rede wie jemand, der vom Lande stammt. Blick nach vorn! Mach es anders! Mach es besser!«

Sie setzte ihr ›M‹ unter den Brief, adressierte ihn in dem Gefühl, es sei der letzte, den sie nach Larsgårda schickte. Dann zog sie den Mantel über, verließ ungesehen das Hotel und ging zu den Bäumen, wie es der alte Quindt getan hatte, als man ihm die Nachricht übermittelt hatte, daß sein einziger Sohn gefallen sei. Auch sie handelte es mit den Bäumen ab. Andere Bäume und eine andere Landschaft, daran hatte sie sich gewöhnt, damit hatte sie sich einverstanden erklärt in jener halben Stunde, die sie auf einem der drei Säulenstümpfe im Dickicht des ehemaligen Parks von Peniczyn verbracht hatte. Damals hatte sie ihre unbestimmten Empfindungen in ›Es ist gut so‹ zusammengefaßt. Sie hatte die Zerstörungen und die Veränderungen gesehen, auch das, was geblieben war und bleiben würde, und zu allem genickt.

Ihr Körper reagierte mit einem rheumatischen Anfall. Sie blieb mehrere Tage im Bett liegen, verweigerte die Spritzen, die Dr. Beisser ihr geben wollte. Wenn man sie fragte, was ihr weh tue, sagte sie: »Alles.«

Ihr Brief an Mosche wäre nicht nötig gewesen. Dieser Rheumaanfall hätte vermieden werden können. Maximiliane hatte das Telegramm ihres Sohnes mißverstanden. Ihr Brief wirkte aber als Bekräftigung eines Entschlusses, der bereits gefaßt war.

Quint gedachte Larsgårda zu verlassen. Er trug die Bücher

über das NS-Reich und den Zweiten Weltkrieg, die sich bei ihm angesammelt hatten, neben das Haus und schichtete sie auf, löste die Fotografien Hitlers und seines Untertanen von der Wand, legte die Karten von der Invasionsfront und den Stadtplan von Berlin dazu, betrachtete noch einmal das Kreuz, das er dort eingezeichnet hatte, wo sich das Führerhauptquartier befunden hatte. Dann warf er auch die Feldpostbriefe seines Vaters noch auf den Haufen.

Er veranstaltete eine Bücherverbrennung. Der Tag war windstill und diesig, er mußte das Feuer immer wieder anfachen. Bücher sind keine leicht brennbare Ware. Es entstand weder Wärme noch Befriedigung, statt dessen Qualm und Hustenreiz. Als letztes legte er das eigene abgeschlossene Manuskript ins Feuer.

Ein Ergebnis hatte er nicht erzielt, auch er hatte, indem er den Lebensweg seines Vaters erhellte, kein Licht in dieses dunkle deutsche Kapitel bringen können.

Er wartete ab, bis das Feuer erloschen war, goß, wie er es bei einem Feuer im Freien immer gemacht hatte, Wasser über die schwelende Glut, ging dann ins Haus, setzte sich an den abgeräumten Schreibtisch und teilte dem Verleger mit, daß auch in diesem Jahr mit dem Manuskript nicht zu rechnen sei, in diesem Jahr nicht und in keinem späteren.

Der Verleger reagierte rasch und erwies sich als großzügig, indem er auf die Rückerstattung der Vorauszahlung verzichtete. Seine Großzügigkeit wurde allerdings durch den Hinweis eingeschränkt, daß das Nichterscheinen dieses Buches ihm weniger Kosten verursachen würde als das Erscheinen, da mit einem kostendeckenden Absatz nicht zu rechnen gewesen sei. Der Buchmarkt sei mit Vater-Sohn-Romanen gesättigt, schon habe ein namhafter Kritiker geschrieben: ›Die ungeratenen Söhne lassen sich von den angeklagten Vätern aushalten.‹ Das Wort von der literarischen Prostitution sei gefallen, würde von anderen Kritikern aufgegriffen. Inzwischen hätten sich die Töchter den Fehlern der Mütter zugewandt. Am Ende seines

Briefes versicherte er, daß er weiterhin an der Arbeit seines Autors interessiert bleibe.

Zum letzten Mal fuhr er mit dem Fahrrad zur Poststelle, um einige Telefongespräche zu erledigen. Er traf eine Verabredung mit der Redaktion von ›Dagens Nyheter‹, in regelmäßigen Abständen aus der Bundesrepublik Deutschland zu berichten, vornehmlich über ökologische Fragen.

Das letzte Gespräch führte er mit seiner Mutter, ein Ferngespräch mit langen, kostspieligen Pausen.

»Was hast du vor, Mosche?«

»Ich gedenke mich einzumischen. Ich werde in die Politik gehen.«

Zunächst kam keine Antwort, dann kam eine Frage.

»Kann man das? Kann man in die Politik gehen, wie man in den Wald geht? Willst du wieder einsteigen? Viktoria und du, ihr steigt ein und steigt aus, als wäre das Leben ein Bahnhof, ein einziger großer Verschiebebahnhof.«

»Ich werde den Wagen nehmen, Mutter.«

»Tu das, Joachim!«

Erst auf der Rückfahrt nach Larsgårda fiel ihm auf, daß sie ihn Joachim genannt hatte. Demnach hatte sie ihn verstanden.

Er brauchte nur das Haus abzuschließen. Nichts und niemand war von ihm abhängig, kein Hund, keine Topfpflanze. Einen Garten hatte er nicht angelegt, gepflanzt hatte er nichts, einiges hatte er abgeholzt. Er zog den alten Kahn ans Ufer, drehte ihn um, was er in jedem Herbst getan hatte. Wenn jemand ihn benutzen wollte, mußte er ihn nur in den Fluß schieben, mit Steinen füllen und ihn ein paar Tage lang wässern, damit er wieder dicht wurde; die Steine lagen am Ufer, wo sie immer gelegen hatten. Das Fahrrad stellte er in den Schuppen, schloß es aber nicht ab. Er hakte die Fensterläden ein, stellte die Wasserleitung ab und legte den Hausschlüssel an jenen Platz, an den Stina ihn schon gelegt hatte, Stina, die nackt in den See hinausgelaufen, von ihm weggeschwommen war und ›Kom hit,

Jocke!‹ gerufen hatte, eine Undine, die keine Annäherung suchte. Eine Nachfolgerin hatte es nicht gegeben. Vielleicht würde Stina noch einmal kommen, dann wußte sie, wo der Schlüssel lag.

Es war nicht viel, was er mitnahm. Die alte Segeltuchtasche genügte. Auch die restlichen Bücher blieben zurück. Seine eigenen Veröffentlichungen würde er den Bücherschränken der Geschwister entnehmen können, ohne daß diese die schmalen Bände vermißten, einige Bibliotheken hatten sie vermutlich eingestellt, Restposten lagen beim Verlag. Beim Aufräumen und Packen war ihm das halbleere Sandsäckchen von der Calvados-Küste in die Hände gefallen. Er ging zur Feuerstelle neben dem Haus und streute den Sand über die Asche. Abschiedsrituale. Den kleinen blau-weiß-rot gestreiften Sack faltete er zusammen und legte ihn in das Kästchen, das er mitnahm, wie bei der Flucht aus Poenichen.

Er fuhr bis ans Ende des Graswegs, stellte den Motor ab und wendete sich noch einmal um. Larsgårda sah aus, wie es aussah, als er es vor Jahren übernommen hatte. Der falunrote Anstrich war inzwischen wieder verblaßt. Er hatte keinerlei Spuren hinterlassen. Als Mosche Quint, einer, der Gedichte machte, war er nach Schweden gekommen, als Joachim Quint kehrte er nach Deutschland zurück. Das Politische, das in den Adern des alten Quindt auf Poenichen ›rumorte‹, wie dieser es genannt hatte, rumorte auch in ihm. ›Aufs Blut kommt's an‹, hatte jener gesagt, als er erfahren hatte, daß ihm kein Enkelsohn als Erbe, sondern eine Enkeltochter geboren worden war. Es gab niemanden mehr, der wußte, daß kein Tropfen Quindtschen Blutes in Maximilianes Adern floß. Ihr Großvater war ein polnischer Leutnant gewesen, aber das hatte nur die junge Sophie Charlotte gewußt, und selbst diese hatte es in dem langen Leben an der Seite des alten Quindt vergessen. Es hätte sich um die Quindts auf Poenichen, die keine Quindts mehr waren, eine Legende bilden können, aber auch Legenden müssen übermittelt werden, und das hatte, dank der Verschwiegenheit der Betroffenen, niemand getan. Auch jener polnische Leutnant hatte nicht verhindern können, daß Maximiliane pommersch bis auf die Knochen wurde, wenn schon nicht bis aufs Blut. Durch Umwelt und Erziehung war sie eine echte Quindt geworden.

Kannte der junge Joachim Quint den Ausspruch des alten Joachim von Quindt, die Gerechtigkeit betreffend? ›Wer es am nötigsten hat, bekommt am meisten, das ist unsere Gerechtigkeit.‹ Lassen sich Grundsätze vererben? Werden sie zu erworbenen Eigenschaften? Der alte Quindt hatte sich vom Patrioten zum Pazifisten entwickelt, der junge Quint fing als Pazifist an. Was hatte er, der als Siebenjähriger seine Heimat verließ, mitbekommen? Was hatte er aufgesogen, möglicherweise mit der Muttermilch, mit der er ja bereits Gedichtzeilen zu sich genommen hatte?

Psychologen könnten behaupten, daß er ein Nesthocker sei. Aber es hat kein Nest für dieses Flüchtlingskind gegeben, das einen Flüchter zur Mutter hatte; er hat sich selbst eingenistet, und jetzt endlich wird er flügge. Der Ausdruck ›er geht in die Politik‹ erwies sich sehr bald als falsch gewählt: Er flog in die Politik.

Auch der alte Quindt war mit keinem geringeren Anspruch als dem, die Welt zu verändern, in den Preußischen Landtag gegangen. Bei den Wahlen hatte er sich zunächst auf seine Poenicher Leute stützen können, die zwar nicht in Leibeigenschaft, aber doch in Abhängigkeit von ihrem Gutsherrn lebten; notfalls hatte Quindt im Wahllokal Reumicke die Stimmung mit einem zweietagigen Schnaps aufbessern lassen.

Joachim Quint hatte nicht den geraden, aber mühsamen Weg durch Kommunal- und Landtagswahlen im Sinn, er wählte, seiner Wesensart entsprechend, einen Umweg, der ihn rascher und direkt zum Ziel führen sollte.

Maximiliane war noch immer am schönsten kurz vor dem Aufwachen; kaum einer hat das jemals wahrgenommen. Eines

Morgens saß die Schöne an ihrem Bett und betrachtete sie.

»Wo warst du?« Eine Frage, die kein Liebhaber und schon gar nicht ihr Mann je gestellt hatte.

»Ich habe Blaskorken gehört«, gab Maximiliane zur Antwort. »Das Signal zum Aufbruch!«

»Was ist mit deinem Mosche?«

»Er ist nicht mehr mein Mosche, er ist nicht mehr Mosche. Er geht als Joachim Quint in die Politik.«

»Welche Richtung? Links oder rechts?«

»Ich nehme an, daß er ins Grüne geht.«

»Dort könnte ich mich mit ihm treffen«, sagte die Schöne.

8

›Man muß egoistisch sein.‹
Karl-Heinz Rummenigge, Fußballspieler

Auf der Speisekarte, die im ›Jagdzimmer‹ des Hotels Eyckel auslag, tauchte unter den internationalen Spezialitäten die ›Poenicher Wildpastete‹ ein weiteres Mal auf, hier aber mit dem Hinweis, daß diese Pastete bereits von Bismarck gelobt worden sei, was einige der Gäste zu verwundern schien. Nun hat man nie von Bismarckscher Kennerschaft bei Tisch etwas gehört; das führte Maximiliane zur Entschuldigung an, wenn ein Gast die Qualität der kostspieligen Pastete beanstandete. »Bismarck hatte eine scharfe Zunge, aber keine feine«, sagte sie und lenkte die Aufmerksamkeit von der Pastete auf Bismarck, der mit einem ihrer pommerschen Ahnen korrespondiert hatte.

Wegen dieser ›Poenicher Wildpastete‹ kam es, obwohl die Dosen das Gütesiegel ›hergestellt und geprüft in Schleswig-Holstein‹ trugen, nicht nur zu Beschwerden von seiten der Gäste, es gab auch immer wieder Auseinandersetzungen mit

114

Edda von Quinten, die sich mehr und mehr wie eine Stieftochter aufführte, was sie ja auch war. Im Märchen ist immer nur von den Stiefmüttern die Rede, im alltäglichen Leben gibt es aber auch Stieftöchter. Die Zeiten waren vorbei, in denen Kinder unter strengen Eltern zu leiden hatten. Nachdem die Söhne mit ihren Vätern abgerechnet hatten, rechneten nun die Töchter mit ihren Müttern in Buchform ab. Maximiliane wurde über diesen neuen Trend in der Literatur von ihrem Buchhändler in Nürnberg, Herrn Jakob, unterrichtet. Sie erkundigte sich, ob denn nicht auch die Väter und Mütter mit ihren Söhnen und Töchtern abrechneten. Herr Jakob hatte zugesichert, bei den Neuerscheinungen darauf zu achten.

Maximilianes Umgang mit ihrer Tochter Edda beschränkte sich das Jahr über auf Lieferscheine, Rechnungen und Überweisungsformulare, auf denen ein handschriftlicher Gruß stand: ›In Eile! E.‹ ›In Eile! M.‹ Zweimal im Jahr fuhr ein Lieferwagen mit der Aufschrift ›Holsteinische Fleischwaren, Edda und Marten von Quinten‹ den Burgberg herauf. Die Dosen mit Poenicher Wildpastete und Holsteinischer Putenpastete wurden ausgeladen und eingelagert; eine Rechnung blieb zurück, deren Begleichung mehrmals angemahnt werden mußte. Beide Betriebe befanden sich in wirtschaftlichen Schwierigkeiten, in beiden Fällen mochte man aber nicht auf die Tradition der Poenicher Wildpastete verzichten. Auf dem Hof der holsteinischen Quinten legte vor allem Edda Wert auf Tradition, auf dem Eyckel legte Maximiliane auf alle Erinnerungen an Poenichen Wert. Wenn auf dem Firmenschild Eddas Name vor dem ihres Mannes aufgeführt wurde, so lag das nicht nur am Alphabet und auch nicht an Eddas emanzipatorischen Bestrebungen, es entsprach der Realität. Edda war die Erste auf dem Hof. Bei einem Anlaß, der mehrere Jahre zurücklag, hatte sie versehentlich, aber wahrheitsgemäß gesagt: »Darin sind Marten und ich meiner Meinung.« Marten von Quinten überließ ihr die Leitung der Fleischfabrik, die Leitung des landwirtschaftlichen Betriebes und die Erziehung der Kinder.

Edda war in ihrem Betrieb so unabkömmlich wie Maximiliane in dem ihren. Man sah sich daher selten, entbehrte sich aber auch nicht. Maximiliane hatte frühzeitig ›Lauft!‹ zu ihren Kindern gesagt, aber auch das schien nicht richtig gewesen zu sein und führte zu Vorwürfen. Zu Weihnachten ließ sie durch den Nürnberger Buchhändler ein Paket mit Bilder- und Kinderbüchern, neuerdings auch mit Abenteuer- und Sachbüchern, an die Holsteiner schicken, in der berechtigten Annahme, daß es den Kindern an Büchern fehlte. Sie selbst erhielt pünktlich zum Fest ein Familienfoto in Postkartengröße, dem sie alle Neuigkeiten des vergangenen Jahres entnehmen konnte. Hans-Joachim trug eine Schultüte im Arm! Eva-Maria saß auf einem Pony, schon das zweite Kind, das reiten lernte! Die ganze Familie auf dem Bootssteg am Kulcker See; ein Segelboot war demnach angeschafft worden! Die alte Frau von Quinten fehlte! Alle schickten handschriftliche Grüße an die ›Ahne‹, die Kinder benutzten die zweite Hälfte des Namens Maximiliane als Anrede für die Großmutter. Als Zusatz stand in jedem Jahr auf der Karte: »Du erwartest doch nicht, daß die Kinder Dir etwas zu Weihnachten basteln?«

Seit Maximiliane ihre Tochter Edda auf dem holsteinischen Gut der von Quinten, dem ›Erikshof‹, an den Mann gebracht und den Anstoß und das Startkapital für die Herstellung der Poenicher Wildpastete geliefert hatte, war sie nicht mehr dort gewesen. Warum sie sich jetzt entschloß, zu den Holsteinern zu fahren, wußte niemand. Sie blieb die Erklärung schuldig, verband aber doch wohl noch andere Absichten mit dieser Reise als nur die Teilnahme an einem Taufessen. Mitten im Sommer, mitten in der Ferienzeit hielt sie sich im Hotel für abkömmlich, was wohl mit ›der Schönen‹ zusammenhing.

Maximiliane verwandelte sich für kurze Zeit in eine Seniorin und fuhr verbilligt mit der Eisenbahn, Nachtzug, Liegewagen. Der Entschluß, mit der Bahn und nicht mit dem Auto zu fahren, hatte mit neugewonnenen Erkenntnissen zu tun und hing mit Joachim und Viktoria zusammen. Es war ihr zwar lästig, mit der Bahn zu fahren, aber sie führte den Entschluß durch und erklärte ihn mehrfach, wenn es ihr angebracht erschien. Wo öffentliche Verkehrsmittel zur Verfügung ständen, benutze sie ihr Auto nicht; wenn der Berg für das Fahrrad zu steil sei, nehme sie das Auto; wenn der Weg zu Fuß zu weit sei, steige sie aufs Fahrrad. Die Mitreisenden, die ebenfalls auf Seniorenkarte reisten und denen sie das alles erklärte, besaßen in der Regel kein Auto, fuhren nicht mit dem Fahrrad oder machten sich wenig aus Spaziergängen.

In Lübeck wurde sie von ihrem Schwiegersohn Marten in Empfang genommen. Eine kleine herzhafte Umarmung genügte, daß Maximiliane »Oh« sagte, mehr eine Feststellung als eine Frage. Der Schwiegersohn roch nicht, wie ein Landmann an einem Sommermorgen riechen sollte; sie sprach es nicht aus, aber er hatte ihr ›Oh‹ richtig verstanden und sagte mit gedehnter Stimme: »Ja«, worin die ganze Problematik der Ehe ihrer Tochter enthalten war. Viel mehr als ›Oh‹ und ›Ja‹ wurde auf der Fahrt durch den sonnigen holsteinischen Sommermorgen auch nicht gesprochen. Es herrschte einvernehmliches Schweigen. Maximiliane besah sich das Land und besah sich die Landwirtschaft, drehte das Wagenfenster herunter, um auch die Luft einatmen und die Geräusche hören zu können. Eine kilometerlange Ahornallee, weite Weizenfelder, über die der Wind strich, Viehweiden mit schwarz-weißen Rindern. Marten erläuterte: »Einjährige«, Maximiliane nickte; einstöckige Backsteinhäuser, weit auseinandergerückt. Alles hatte hier Platz. Sie nickte mehrmals zustimmend.

Marten bog in die Stichstraße zum Gut ein, fuhr durch das Tor und über den Hof. Oben auf der Treppe, die ins Haus führte, stand Edda, das Baby auf dem Arm, am Fuß der Treppe standen die vier anderen Kinder, der Größe nach aufgereiht, alle in Jeans, alle in T-Shirts, auch Edda, die der Mutter triumphierend entgegenblickte und Lob erwartete. Aber Maximiliane sah lediglich, was sie nicht sah. »Der Baum? Wo ist der

Baum?« fragte sie, was Edda als Vorwurf empfand. Der alte Lindenbaum war ohne behördliche Genehmigung gefällt worden und hatte bereits genug Ärger und Kosten verursacht; Maximiliane hatte ahnungslos in eine alte Kerbe geschlagen. Statt der erwarteten Umarmungen und Bewunderungen begann nun also eine umständliche Rechtfertigung. »Wer soll denn das Pflaster fegen? Die abgefallenen Lindenblüten im Sommer? Das Laub im Herbst? Wer soll die Bienen denn daran hindern, das Baby zu stechen? Der Kinderwagen muß vorm Haus stehen, damit ich das Kind notfalls schreien höre!« Alle diese Fragen vermochte Maximiliane natürlich nicht zu beantworten, sie beschränkte sich auf das übliche »Ach –«, woraufhin Edda sagte: »Siehst du, du hast eben keine Ahnung!« Nun endlich betrachtete die Ahne in der angebotenen Reihenfolge von rechts nach links die Kinder: Sven-Erik, Eva-Maria, Louisa-Nicole, Hans-Joachim. Sie nannte alle beim richtigen, also beim Doppelnamen, was die Kinderzahl akustisch noch vermehrte. Abschließend sagte sie: »Das ist ja alles ein und dieselbe Sorte.«

Hatte sie etwas anderes erwartet? Helle und dunkle, robuste und zierliche Kinder? Tatsächlich sahen die Kinder einander überraschend ähnlich; alle waren ein wenig stämmig geraten, blond, mit einem Stich ins Rötliche, und sommersprossig; ohne Sommersprossen fehlte einem holsteinischen Kind etwas. Marten ergänzte: »Sie stammen ja auch alle aus demselben Stall!« und legte den Arm um Eddas Hüfte. Und Edda sagte nun doch noch, Triumph in der Stimme: »Du willst doch wohl nicht bestreiten, daß es ein guter Stall ist?«

Maximiliane bestritt nicht, wollte auch nicht streiten; sie war als ›Ahne‹ gekommen, um dieses fünfte Kind zu taufen. Bei unpassender Gelegenheit hatte Marten einmal von freier Marktwirtschaft in den Ställen und Planwirtschaft in den Betten gesprochen; daran erinnerte sich Maximiliane in diesem Augenblick, vermutlich war auch dieses Problem in Alkohol löslich. Sie betrachtete ihre Tochter Edda, die noch immer oben auf der Treppe stand und sich brüstete, blickte dann die Reihe der Kinder entlang und dachte, was sie in letzter Zeit oft dachte: Ich lebe schon so lange. Vor unendlicher Zeit hatte ein Mann namens Viktor Quint sie zur Zucht und Aufzucht von Kindern benutzt, mit denen er den deutschen Osten bevölkern wollte, und jetzt benutzte ihre Tochter Edda einen Mann zur Zucht. Was hatte sie für Pläne mit all den heranwachsenden stämmigen Quinten? Nichts davon sagte sie, atmete tief ein, atmete tief aus und sagte dann: »Nach Schweinen riecht es hier noch immer!«

»Du bist auf einem Gutshof, Mutter, nicht in einem Hotel!«

»Ach, ihr Holsteiner!« sagte Maximiliane, und es klang nach Trakehnern, war wohl auch so gemeint.

Sven-Erik sagte laut und unmißverständlich: »Bullshit!«, woraufhin sich das Gruppenbild auflöste. Edda sagte zur Erklärung: »Er war als Austauschschüler in England.«

Bevor Edda diese wohlgeplante und standesgemäße Ehe mit einem holsteinischen adligen Landwirt eingehen konnte, hatte Maximiliane eine nach ihrer Ansicht geringfügige Urkunden-fälschung begehen müssen. Ohne Korrekturen kam man im Leben nicht durch, das gehörte zu ihren Erfahrungen. Man hatte ihr dieses Kind in Poenichen vors Haus gestellt, und sie hatte den kleinen Fremdling wie ein eigenes Kind aufgezogen. Der alte Quindt hatte ihm den Spitznamen ›Kuckuck‹ gegeben. Ein Kuckucksei, das man Viktor und einer gewissen Hilde Preißing aus Berlin-Pankow verdankte. Edda wußte über ihre illegale Abkunft Bescheid, machte aber von ihrem Wissen keinen Gebrauch, erwähnte ihre wahre Mutter nie, um so mehr den Vater. Und einen Vater zu haben, der einen hohen Posten in der NSDAP bekleidet hatte, war in Holstein keine Selten-heit. Zweihundert Hektar Geest in Holstein galten mehr als zehntausend Morgen pommersche Sandbüchse im Osten; kei-ner sagte mehr ›deutscher Osten‹, viele sagten sogar bereitwil-lig Polen. Eine Tatsache, die von Edda respektiert wurde.

Inzwischen hatte sie hundert Hektar dazugepachtet, von Landwirten, die ihre Höfe aufgeben mußten. Sie selbst hatte den größten Teil ihrer Kindheit in einem Behelfsheim zugebracht, sie wußte, was es hieß, nichts zu besitzen, und hatte daraus die Folgerung gezogen, daß nur Besitz etwas zählt, wenn man nach oben kommen will. Sie brauchte Sicherheit, und sie wollte ihren Kindern etwas vermachen. Sie sagte zu Maximiliane ›Mutter‹, oft und nachdrücklich und meist vorwurfsvoll. Sie lebte jetzt lange genug in Holstein, um sich Anklänge von holsteinischem Platt leisten zu können, ein Missingsch, über das die Nachbarn sich lustig machten. Sie dehnte die ›e‹s und hängte den Sätzen viel zu oft ein ›nich‹ an, das bei ihr aber nicht wie ein laut gewordenes Fragezeichen klang, sondern rechthaberisch. ›Was solln das sein?‹ fragte sie statt: ›Was ist das?‹ Sie fragte nicht, sondern stellte in Frage.

Dieses Kind aus Berlin-Pankow hatte eine steile Karriere gemacht. Am Bratwurststand in Marburg war sie die Tüchtigste der Quints gewesen. Von klein auf hatte sie gewußt, daß zwei mal zwei vier ist, was nicht weiter erwähnenswert wäre, wenn es ihr Mann ebenfalls gewußt hätte. Sie sprach in Zahlen und sprach in Prozenten. Was unterm Strich stand, zählte, und unterm Strich standen jetzt fünf Kinder. Die ›Lübecker Nachrichten‹ veröffentlichten den Jahresabschluß der ›Holsteinischen Fleischwaren‹ im Wirtschaftsteil. Die Zahlen würden auch in diesem Jahr rot sein, wenn man sich im Bankwesen nicht für ein einheitliches Schwarz entschieden hätte, ein Minuszeichen wirkte weniger bedrohlich.

Die alte Frau von Quinten war vor einigen Jahren gestorben, bei der ersten Begegnung hatte sie Eddas Hinterteil mit Wohlgefallen taxiert. Nach ihren Erfahrungen waren Mädchen mit kleinem Hintern unruhig und blieben nicht lange, Mädchen mit einem weichen, breiten Hintern saßen zuviel und zu fest. Eddas Hinterteil hätte auch heute noch den Ansprüchen der Schwiegermutter genügt, war nach fünf Geburten zwar breiter geworden, war aber immer noch fest und energischer denn je.

»Halt du dich da raus!« hatte der alte Quindt noch mit Erfolg zu seiner Frau Sophie Charlotte sagen können. Drei Generationen später sagten die Frauen – Edda konnte als Beispiel dienen: »Laß mich machen!« Schon beim Hochzeitsessen hatte sie ihrem Mann das Tranchiermesser aus der Hand genommen. Auch sie hatte diesen kleinen Satz nicht oft wiederholen müssen. Marten ließ sie machen. Er hatte sich das Heft aus der Hand nehmen lassen, aber nicht das Glas und die Flaschen. Sie hatte ihrem Mann die meisten Sorgen abgenommen, aber leider auch seine Sorglosigkeit. Wenn er nüchtern war, war er schwer zu ertragen; wenn er betrunken war, war er ebenfalls schwer zu ertragen und insofern mit dem Herrn Puntila aus Brechts Stück nicht zu vergleichen. Zwischendurch hatte er in der Regel ein paar gute Stunden. Meist trat Edda in der Öffentlichkeit allein auf, erwähnte aber während der Verhandlungen mit Kunden und Lieferanten, daß sie das Projekt mit ihrem Mann durchsprechen würde; nicht immer reichte ihre Zeit aus, die Fassade zu wahren.

Wie damals bei ihrem ersten Besuch wohnte Maximiliane im Hotel ›Fürst Bismarck‹. Die Aussicht auf den Eutiner See war inzwischen von einem Hotelneubau verdeckt. Natürlich fragte Edda ihre Mutter, warum sie nicht auf dem Hof wohne. Maximiliane begründete die Entscheidung damit, daß sie beobachten wolle, welche Fehler in anderen Hotels gemacht würden, was zumindest der halben Wahrheit entsprach.

»Das Geld hättest du doch sparen können, Mutter!«
»Für wen, Edda?«
»Du mußt abgeholt und zurückgebracht werden! Der Transport gehört zu meinem Aufgabenbereich.«
»Ich werde einen Bus benutzen.«
»Die Busse fahren während der Schulferien nicht!«
»Dann werde ich mir ein Taxi leisten.«
»Unterm Strich . . .« Edda brach ab und sagte: »Du wirkst müde, Mutter.«

Mutter und Tochter standen im Eßzimmer. Maximiliane blickte aus dem Fenster über die Rasenfläche hinweg. Edda folgte ihrem Blick. »Das ist Vater Quinten«, sagte sie. »Er wohnt noch immer im Bungalow. Er gehört zu meinem Aufgabenbereich, wir versorgen ihn mit. Ich habe schon darüber nachgedacht: Wenn Vater Quinten mal nicht mehr ist, könntest du –«

»Langsam, Edda! Vater Quinten ist noch ganz rüstig, und ich arbeite noch.«

»Du mußt doch auch irgendwo bleiben, Mutter.«

»Ich möchte nicht zu deinen Aufgabenbereichen gehören, Edda.«

»Und die anderen, dein Mosche?«

»Joachim sucht nach eurem Vater.«

»Da is doch kein Sinn in!«

Maximiliane sagte im gleichen Tonfall: »Nein, da is kein Sinn in.«

»Und Tora?« fragte Edda weiter. »Was macht Tora?«

»Viktoria lebt in der Provence.«

»Die Provence ist groß, wo denn?«

»Poste restante. Besser als im Schließfach.«

»Dich bringt wohl nichts aus der Ruhe, Mutter?«

»Soll es das?«

»Nach Mirka brauch ich wohl gar nicht erst zu fragen.«

»Sie hat aber eine sehr gute Adresse. Die Nummer des Arrondissements habe ich vergessen, nahe bei den Champs-Elysées.«

»Ich kenne Paris nicht, Mutter!«

»Sie hat zwei Söhne, sie sind im Alter deiner Kinder.«

»Meinst du, daß Sven-Erik einmal in den Ferien hinfahren könnte? Er hat Französisch als zweite Fremdsprache.«

»Merde klingt besser als bullshit.«

»Mutter!«

»Im Sommer sind die Villemains nicht in Paris, sie haben einen Landsitz in Südfrankreich.«

»Einen Landsitz! Sicher am Mittelmeer!«

»Ärgere dich nicht darüber, Edda.«

»Ich ärger mich nich, ich finnes nur ungerecht.«

»Das ist es auch. Ich werde dir die Pariser Adresse aufschreiben.«

Weiterhin wird sie von ihren Kindern als Postleitstelle benutzt.

Für Edda war das Thema noch nicht beendet. »Willst du etwa innen Heim?« fragte sie.

»Wollen wir nicht erst einmal das Kind taufen?« antwortete Maximiliane. »Eins nach dem anderen. Vielleicht hast du recht, vielleicht bin ich wirklich ein wenig müde.«

Von allen Kindern hatte Edda am meisten Ähnlichkeit mit ihrer Mutter, die ihre Mutter nicht war. Eine Ähnlichkeit, die durch Nachahmung entstanden war, nicht durch Vererbung. Tüchtig wie die Mutter, kinderreich wie die Mutter. Aber was von Maximiliane als Schicksal hingenommen worden war, hatte Edda zu ihrem Lebensideal erhoben.

»Fünf Kinder sind für heutige Zeiten viel!« sagte Maximiliane.

»Das ist das einzige, was Marten noch kann. Wenn du es wissen willst!«

Maximiliane wollte es nicht wissen. Sie errötete.

»Neulich hat beim Landfrauentag jemand in meiner Gegenwart gesagt, die Flüchtlinge hätten sich in Holstein wie die Kartoffelkäfer vermehrt.«

»Gibt es immer noch Kartoffelkäfer? Ihr benutzt doch Insektenvertilgungsmittel.«

»Ich rede nicht von Insekten, Mutter, ich rede von uns Flüchtlingen.«

»Irgendwann werden wir aus den Statistiken hinauswachsen. Ich hätte auf deiner Geburtsurkunde besser Berlin angeben sollen als Poenichen.«

Maximiliane zeigte auf ein Gemälde, das an der Wand hing und das Poenicher Herrenhaus darstellte.

»Das Bild ist neu. Woher stammt es?«

»Martha Riepe hat es nach einem Foto malen lassen und mir geschenkt. Irgendwo muß ich doch herstammen, Mutter. Die Quinten wissen alle, wo sie herkommen. Aus Holstein und Dänemark; am schlimmsten sind die Lübecker. Wie findste das Bild? Isses getroffen?«

»Die Vorhalle hatte nur fünf Säulen, keine sechs.«

»Wenn es fünf Säulen gewesen wären, hätte man ja immer um die mittlere Säule herumgehen müssen, wenn man ins Haus wollte. Die stand dann ja im Wege.«

»Vielleicht hatten wir uns daran gewöhnt.«

»Die Nachbarn sollen sehen, daß die pommerschen Gutshäuser aussahen wie Schlösser!«

Nach dem Mittagessen erklärte Maximiliane, sie wolle jetzt ein Stück über die Felder gehen, und Edda beschloß, mitzukommen.

»Du kennst dich hier nicht aus, Mutter, du wirst dich verlaufen.«

»Ich habe mich eigentlich nie verlaufen«, sagte Maximiliane, wartete dann aber doch ab, bis das Baby versorgt war.

Es hätte ein erfreulicher Spaziergang werden können, alle Zutaten waren gegeben. Der leichte Sommerwind, der über die Kornfelder strich. Es fehlte auch nicht an singenden Lerchen. Der Weizen stand gut, makellos, keine unnötigen Kornblumen, keine Kornrade und auch keine Kamille am Wegrand. Im Sonnenlicht erkannte man bereits einen goldenen Schimmer, der sich über die Felder legte.

Wieder erwartete Edda ein Lob, aber das Lob erfolgte nicht. Sie blieb stehen, nahm eine Ähre in die Hand und zählte vor den Augen der Mutter die Reihen der Körner. Immerhin zehn! Sie erklärte, daß sich ein Landwirt in Holstein, wenn es wenigstens neun Reihen wären, eine Badereise leisten könne, und fügte dann ohne eine erkennbare Nebenabsicht hinzu, daß sie das auch bei zehn nicht könne, aber einer der Landarbeiter sei jetzt gerade auf Mallorca, der andere, der aus Stolp in Pommern stamme, sei in Bad Orb zur Kur.

»Stell dir mal vor, das hätte in Poenichen einer gemacht: Ferien mitten im Sommer! Oder eine Kur!«

Sie hatte wirklich die Absicht, der Mutter zuliebe das Gespräch auf Poenichen zu bringen, und später erst, auf dem Rückweg, die Poenicher Wildpastete.

Maximiliane war ebenfalls stehengeblieben. Ihre Hand und ihr Blick waren der sanften Dünung der Felder gefolgt.

»Hast du einmal eine Brahms-Sinfonie gehört? Hier ist alles wie von Brahms.«

»Mutter! Ich rede von Landwirtschaft und nicht von Brahms!«

»Gut, reden wir über die Landwirtschaft. Was habt ihr im vorigen Jahr hier angebaut?«

»Was solln das jetzt? Weizen!«

»Und davor?«

»Weizen, Weizen, Weizen! Das is Weizenland. Das is heute doch nur eine Frage der Düngung und der Unkrautvertilgung. Wir sind hier nicht in Pommern und nicht im neunzehnten Jahrhundert. Du hast keine Ahnung. Das Geld für die Manöverschäden aus'm vorigen Jahr haben wir bis heute nicht.« Die weiteren Sätze fingen alle mit ›Du hast keine Ahnung‹ an. In eine Pause hinein sagte Maximiliane: »Der alte Quindt meinte immer: Wer landwirtschaftet, liebt das Land, das er bewirtschaftet.«

»Mit Liebe kommt man inne Landwirtschaft heute nich mehr durch, Mutter.«

»Ohne Liebe auch nicht. Du liebst nur, was unterm Strich steht.«

»Wir haben genug mit den Schweinen zu tun, das Rotwild macht mehr Arbeit, als ein Laie sich vorstellt, und die Putenmast erst recht. Solln wir auch noch Milchwirtschaft betreiben? Da is doch kein Sinn in!« Maximiliane hatte sich inzwischen gebückt und einen Klumpen Erde in die Hand genommen, ihn zerbröselt und dann gesagt: »Aber von Erde verstehe ich etwas. Euer Boden ist ausgepowert. Ihr holt das Letzte mit eurer Überdüngung heraus. Du hast das Land nicht geerbt, du hast nur eingeheiratet. Das Land ist nicht für dich da. Du bist für das Land da.«

Immer noch bekam Edda rote Ohren, wenn sie sich ärgerte. Sie ballte im Zorn die Hände wie ihr Vater.

»Willst du mich ins Gebet nehmen, Mutter?«

»Ich hätte dich öfter in mein Gebet nehmen müssen«, sagte Maximiliane und wurde nicht verstanden.

Die beiden Frauen gingen schweigend weiter, plötzlich bückte sich Edda und las einen Stein auf.

»Manchmal denke ich, wir hätten hier Steine gesät. Hat es in Pommern auch so viele Steine gegeben wie hier?«

Sie gab sich Mühe, das Gespräch in Gang zu halten, erwähnte immer wieder Pommern und Poenichen. Sie zeigte in eine Senke und sagte: »Das sind alles noch Mulden aus der Eiszeit!«

Maximiliane, die sich für die Folgen der Eiszeit nicht zuständig hielt, nickte trotzdem.

»Die Drainage ist veraltet!« kommentierte Edda.

Maximiliane nickte wieder.

»Hörst du mir überhaupt zu, Mutter?«

»Von Drainage habe ich keine Ahnung, dafür war der Inspektor zuständig, Christian Blaskorken.«

»Siehst du! Ihr hattet einen Inspektor! Heute rechnet man hier nur noch pro hundert Hektar Land zwei Landarbeiter. Marten is nich mal als halbe Kraft einzusetzen. Du hast keine Ahnung! In den ehemaligen Scheunen überwintern jetzt die Wohnwagen der Camper aus Hamburg! Das alte Torhäuschen hat eine Kinderärztin aus Lübeck sich als Zweitwohnung ausgebaut!«

Was die Sorgen anging, hätte sich der Erikshof mit dem Burg-Hotel Eyckel messen können.

Inzwischen waren sie am Kulcker See angekommen, der

nicht mit dem Poenicher See zu vergleichen war, eher mit dem Blaupfuhl. Maximiliane dachte an Christian Blaskorken, der die Trompe de Chasse blies, und Edda redete weiter. Die Kinder mußten standesgemäß aufwachsen, sie hatte ein Segelboot angeschafft, Segeln und Reiten gehörten dazu, vorerst noch auf Ponys, auf dem Nachbarhof wurden Ponys gehalten, aber Sven-Erik sei dafür zu groß, er müsse endlich auf ein Internat. »Die Nachbarn schicken ihre Kinder, zumindest die ältesten, auch auf Internate.«

»Andere Kinder verhungern«, warf Maximiliane ein. »Du orientierst dich immer nach oben. Ach – es ist schön hier!«

»Auch wenn du dich nicht dafür interessierst, Mutter! Unser Hof gehört dem Beratungsring landwirtschaftlicher Betriebe an, obwohl bei uns das Schwergewicht auf der Fleischverarbeitung liegt. Die Erträge pro Hektar und der Reingewinn müssen für alle Angehörigen dieses Beratungsringes einsichtig gemacht werden! Unterm Strich –«

Sie brach ab, bekam rote Ohren und sagte: »Wenn ich wenigstens ein Diplom als Landwirt hätte, damit man mich als Geschäftspartner anerkennen würde. Joachim und Viktoria durften studieren!«

»Wollten studieren«, verbesserte Maximiliane. »Du wolltest Geld verdienen.«

»Mußte ich ja auch!«

Jeder Satz ein Angriff. Die Ausrufungszeichen, die von Edda reichlich verwendet wurden, empfand Maximiliane als Vorwurfszeichen. Sie wehrte die Angriffe ab, so gut es ging. Der Augenblick des wohltuenden Erinnerns war vorüber.

»Mit wem soll ich denn reden? Der alte Quinten ist stocktaub. Was mit Marten los is, haste ja gesehen.« Edda wartete keine Antworten auf ihre Fragen ab, die ja auch nicht so schnell zu beantworten waren. Ohne erkennbaren Übergang redete sie plötzlich von Karpfen, sie hätte schon einmal überlegt, ob man Karpfen in den Teichen züchten könne, hätte den Gedanken aber wieder verworfen. Für Karpfen fehle die Kundschaft. An

Schnecken hätte sie auch schon gedacht, es gebe hier viele Schnecken. Bisher würden sie zur Mast ins Elsaß geschickt. Wenn man nun zusätzlich eine Schneckenmast betriebe? Aber dazu müßte sie Kenntnisse erwerben und andere Betriebe besichtigen. Sie sei hier keinen Tag abkömmlich.

»Schnecken in delikater Soße, aus deutschen Landen. Das wäre doch was für euch, ich meine für das Restaurant, kleine Leckereien zum Wein sind doch gefragt. Die Eßbedürfnisse haben sich doch verfeinert.«

»Also gut, Edda, jetzt bist du, wo du hinkommen wolltest«, sagte Maximiliane, »bei der Fünf-Prozent-Klausel.« Sie war mit friedlichen Absichten zu den Holsteinern gefahren, aber sie hätte damit rechnen müssen, daß es auch dieses Mal Auseinandersetzungen wegen der Poenicher Wildpastete geben würde.

»Warum willst du nicht auf deinen Anteil verzichten? Du hast doch auf das ganze Poenichen verzichtet!«

»Du verwechselst Verzicht mit Einbuße, das tun die meisten. Ohne Bismarcks Lob, das Bild vom alten Quindt und den Namen Poenichen würdet ihr die Wildpastete doch gar nicht los. Poenichen in Dreihundert-Gramm-Dosen und Tausend-Gramm-Dosen: bei einer fünfprozentigen Beteiligung macht das wieviel Gramm – unterm Strich? Ich behalte mir diese fünf Prozent vor. Wer weiß, wozu ich sie noch brauche. Und nun laß mich ein Stück allein weitergehen, Edda.«

Ganz so unerfreulich endete der Spaziergang dann doch nicht. Edda hatte sich bereits umgewandt und war einige Schritte weitergegangen, da kam den beiden Frauen ein Kukkuck zu Hilfe. Dieser Spottvogel! Er rief von weit her. Es war Sommer, da ruft so leicht kein Kuckuck mehr. Der Ruf erreichte Maximilianes Herz, und sie wiederholte ihn, rief den Kinderkosenamen ›Kuckuck‹, und Eddas Fäuste entkrampften sich, sie drehte sich um, und Maximiliane schloß auch diese Tochter in die Arme.

Der zweite Tag war ebenfalls sonnig und windig. Maximiliane kam am späten Vormittag mit einem Taxi auf dem Gutshof an und wurde von Edda mit Vorhaltungen empfangen, sie habe auf den verabredeten Telefonanruf gewartet, sie wäre mit dem Wagen zum Abholen gekommen, nun sei der halbe Tag bereits um.

»Jetzt bin ich da!« sagte Maximiliane, sie war heiter, ausgeschlafen, hatte ausgiebig gefrühstückt und dabei festgestellt, daß zumindest der Kaffee auf dem Eyckel besser war.

Es soll ihr, der Ahne, zuliebe eine Fahrt an die See unternommen werden. Der Kombiwagen, mit Schlauchboot und Badesachen bepackt, steht bereits vor dem Haus, mit sämtlichen Kindern, von Sven-Erik bis zu dem Baby, letzteres in einer Tragetasche. Edda erklärt, daß die Kinder in den Ferien mit im Betrieb arbeiteten, aber heute alle bis zum zweiten Füttern frei hätten. Alles sei nur eine Frage der Organisation. Die Kinder, bereits in Badehosen, sitzen im Laderaum. Marten, auf die Kinder deutend, sagt zu Maximiliane: »Holsteinische Fleischwaren, eigene Herstellung, mit Gütesiegel!« Er lacht sein ansteckendes Lachen. Der alte Charme kommt zum Vorschein. »Katja-Sophie ist neu in der Produktion!«

»Vorerst heißt das Baby noch Baby«, verbessert Edda. »Es bekommt erst am Sonntag seinen Namen.«

Maximiliane muß auf dem Beifahrersitz Platz nehmen. Marten sitzt am Steuer, Edda fragt, ob er denn fahren könne. Ziel der Fahrt ist die Hohwachter Bucht, dort gebe es einen Badeplatz, der auch in der Ferienzeit nicht überfüllt sei. Die Ahne wolle bestimmt lieber an die Ostsee als an die Nordsee, ihretwegen mache man schließlich diesen Ausflug; keine weiteren Debatten, ob nun Nord- oder Ostsee, für die Nordsee sei es jetzt sowieso zu spät. Die größeren Kinder haben sich bereits auf dem Pampers-Karton einen Spieltisch eingerichtet, aber da muß Edda noch einmal aussteigen. Die Puten! Sven-Erik kommentiert: »Alles ist eine Frage der Organisation!« Edda wirft ihrem Sohn einen gereizten Blick zu, den er aber nicht abbekommt, weil er bereits die Karten austeilt. Sie erklärt ihrer Mutter, daß es in der Putenmästerei Probleme gebe, die Puten seien anfällig für Ungeziefer, sie habe keine Ahnung, wie viele Antibiotikums – »Antibiotika!« verbessert Sven-Erik. Edda geht über den Hof in Richtung zu den Ställen, beeilt sich, ohne zu laufen, was ihrem Gang etwas Aufgeregtes gibt.

Bevor es im Laderaum zu einer Revolte kommt, kehrt sie zurück. »Wir halten sie in kleinen Batterien. Ein paar Puten hocken halbtot auf der Stange. Du bist überhaupt noch nicht in der Putenmästerei gewesen! Wir müssen nachher gleich den Tierarzt anrufen, heute abend kommst du mal mit innen Stall.«

»Ich mache mir weder etwas aus Putensteaks noch aus halbtoten Puten in Batterien«, sagt Maximiliane.

»Unterm Strich sind die Putenpasteten –«

Maximiliane unterbricht und fragt über die Schulter: »Kennt ihr das Lied von den Pasteten? Matthias Claudius! Er stammt aus eurer Gegend. ›Pasteten hin, Pasteten her, was kümmern uns Pasteten . . .‹«

Ob es schon wieder Pasteten gebe, weil das Gültigkeitsdatum überschritten sei, fragt Sven-Erik. Der Vater verspricht, daß er persönlich Fritten und Cola besorgen werde. Die zwölfjährige Eva-Maria knallt ein Herz-As auf den Pampers-Karton und sagt: »Scheiße!« Die neunjährige Louisa-Nicole knallt ein Kreuz-As dazu und sagt: »Scheiße!« Sven-Erik nimmt den Stich und sagt ebenfalls: »Scheiße!« Und Edda sagt zu ihrer Mutter: »Die Kinder haben sich so auf ihre Ahne gefreut! Auf ihre Weise natürlich.«

»Ich höre es!«

Die Kinder bestreiten für eine Weile die Unterhaltung mit ihrem dreistimmigen ›Scheiße‹, das von Sven-Erik gelegentlich durch ›bullshit‹ verstärkt wird. Die Karten klatschen auf den Karton. Marten ist bei Laune und nimmt die Kurven scharf, die Tasche mit dem Baby kippt um, die Karten fliegen vom Karton, Edda verliert die Balance und sagt nun ebenfalls: »Scheiße!«

»Ich werde jetzt das Pastetenlied singen«, verkündet Maximiliane, immer noch unverdrossen. Sie hat das Fenster heruntergedreht, hält den Arm ins Freie, genießt die Fahrt. Edda verkneift sich zu sagen, daß es hinten im Laderaum ziehe, und deckt das Baby umständlich mit einem Badetuch zu. Maximiliane erreicht die Zeile ›Schön rötlich die Kartoffeln sind / Und weiß wie Alabaster‹ und bricht ab. Bei den Holsteinern macht sich anscheinend keiner etwas aus Gesang. Edda sagt: »Würdest du bitte die Scheibe etwas hochdrehen, mit Rücksicht auf das Baby«, fügt dann aber hinzu: »Genauso muß es gewesen sein, wenn du mit uns an den Blaupfuhl gezogen bist. Viktoria in der Karre, Joachim und Golo an der Deichsel, und ich mußte schieben. An die Sandwege kann ich mich noch erinnern.«

Maximiliane dreht den Kopf nach hinten, betrachtet den mit Holsteinischen Fleischwaren angefüllten Laderaum, lächelt ihrer Tochter zu und sagt: »So ähnlich.«

»Hattet ihr denn kein Auto? Nur einen Handwagen?« fragt Eva-Maria.

»Die Autos waren im Krieg, und der Vater war auch im Krieg.«

Die Unterhaltung bricht ab, man ist am Ziel angekommen. Marten sucht nach einem Parkplatz und folgt dabei den Anweisungen seiner Frau. Schließlich steht das Auto im Schatten und kann entladen werden, die Badesachen und die Babytasche werden an einen halbschattigen Platz getragen.

»Setzt du dich innen Sand?« fragt Edda ihre Mutter. »Brauchst du keine Luftmatratze?«

Maximiliane lehnt ab, aber Edda hat bereits das Ventil angesetzt und pumpt Luft in die Matratze. Ob er das Aufpumpen nicht übernehmen könne, fragt Maximiliane Marten.

»Meine Frau traut mir nicht zu, daß ich eine Luftmatratze aufpumpen kann.«

»Bitte!« sagt Edda. »Bitte, versuch es doch!«

Beim Wechseln der Hände und Füße löst sich der Schlauch von der Düse, die Luft entweicht, und Marten versucht mit unsicheren Händen, die Verbindung wiederherzustellen, was ihm mißlingt. »Laß mich machen«, der wohlbekannte Satz, ein ›Siehst du‹ schwingt mit, wird aber nicht ausgesprochen. Sven-Erik drängt seine Mutter heftig beiseite und sagt: »Laß den Papa in Ruhe!«

Die Luftmatratze wird aufgepumpt, bleibt aber unbenutzt, Maximiliane sitzt im Sand, das Baby schläft in seiner Tasche. Marten spielt in einiger Entfernung mit den Kindern Fußball, noch immer ein gutaussehender Mann. Edda folgt dem Blick der Mutter und sagt: »Die Kinder nehmen ihn immer in Schutz, auch mir gegenüber.« Und weil Maximiliane schweigt, fügt sie hinzu: »Bei der Zeugung war er nüchtern, dafür habe ich gesorgt.« Und weil auch hierauf keine Reaktion erfolgt, fügt sie noch hinzu: »Ich fühle mich meiner Verantwortung bewußt.«

Maximiliane lächelt ihrer Tochter zu und nickt.

Inzwischen hat Edda sich den Badeanzug angezogen. »Ziehst du dich nicht um? Willst du nich ins Wasser?«

Maximiliane schüttelt den Kopf. »Ich passe auf die Sachen auf. Das ist die Aufgabe der Großmütter.«

»Du kannst dich im Badeanzug noch immer sehen lassen«, meint Edda.

»Man muß nicht alles tun, was man tun könnte.«

Edda betrachtet ihre Mutter mißtrauisch, was meint sie? Sie meint doch immer mehr oder etwas anderes, als sie sagt.

Als Edda vom Schwimmen zurückkommt, blickt Maximiliane ihr entgegen, prüfend, wie Edda meint, daher legt sie die Hände auf die Hüften und sagt: »Bei jeder Schwangerschaft setze ich Speck an, der muß wieder runter.«

»Speck und Stolz. Manche Frauen setzen beides an.«

Edda fährt sich mit den Händen durch das kurzgeschnittene Haar; Maximiliane sieht, daß diese Tochter schon grau wird.

»Alleine käm ich besser zurecht. Was das angeht, hast du es als Witwe leichter gehabt.«

»Ich habe deinen Vater geheiratet, um auf Poenichen bleiben zu können, und er hat Poenichen geheiratet und mich in

Kauf genommen. Du meintest den Erikshof und hast ihn gekriegt und mußt Marten in Kauf nehmen. Alles wiederholt sich.«

»Ich bin es, die den Laden schmeißt!«

»Das tust du. Ich hätte ihn vermutlich hingeschmissen. Ich war immer ein Flüchter. Du bist seßhaft. ›Up ewig ungedeelt‹, hieß es bei eurer Hochzeit, und alle haben es dir geglaubt.«

»Bevor ich gehe, muß Marten gehen!«

Automatisch sagt Maximiliane: »Das wird auch wieder.«

»Glaubst du an Wunder?«

»Das habe ich immer getan.« Inzwischen hat Maximiliane sich Schuhe und Strümpfe ausgezogen und beschlossen, ein Stück am Strand entlangzugehen. »Ich bin so lange nicht barfuß durch Sand gegangen.«

Sie blickt ihre Tochter an und hat Erbarmen mit ihr; dann blickt sie zu Marten hinüber, der gerade im Inneren des Kombi-wagens verschwindet, um zu trinken, und hat Erbarmen mit ihm.

Das Baby ist aufgewacht; bevor es anfängt zu schreien, hat Edda es bereits an die Brust gelegt. Möwen fliegen schreiend über sie hinweg. Maximilianes Augen und Gedanken folgen ihnen. Kein Kuckuck ist den beiden Frauen bei diesem Gespräch zu Hilfe gekommen.

Obwohl das Kind nicht getauft wurde, sprach man am Sonntag dann doch von ›Täufling‹ und ›Taufessen‹.

Als Edda vor Monaten ihre Mutter von der erneuten Schwangerschaft unterrichtet hatte, war die überraschte Frage der Mutter gewesen: »Noch ein Kind?«, und Edda hatte geantwortet: »Du hattest ja auch fünf!« Ein Wortwechsel, den Maximiliane mit der Bemerkung abschloß: »Meinetwegen wäre es nicht nötig gewesen, Edda.« Dann erst stellte Edda die Frage, um die es ging: »Wenn es ein Mädchen wird, würde ich es gern nach dir nennen: Maximiliane von Quinten!« Doch die Inhaberin des Namens hatte abgelehnt. »Meinen Namen brauche ich noch.«

Statt dessen nun also Katja-Sophie. Der Name fand allgemein Anklang, als man am Sonntag vor dem Essen im Stehen einen Sherry trank, und wurde von Edda erläutert: Sophie im Gedenken an Sophie Charlotte von Quindt, die Frau des Freiherrn von Quindt auf Poenichen, die aus Königsberg stammte, was Maximiliane, danach befragt, auch bestätigte, und Katja, weil ein pommerscher Quindt einmal Woiwode in Polen gewesen sein sollte; auch zu dieser Mitteilung holte Edda die Bestätigung der Mutter ein, die allerdings hinzusetzte, daß dies nicht die Voraussetzung sei, ein Kind Katja zu nennen. Auch in Holstein hatte man inzwischen gelernt, Polen mit anderen Augen zu sehen. Von Woiwodschaft las man jetzt ständig in den Zeitungen. Dieser Lech Walesa! Erstaunlich! Ein Werftarbeiter. Vielleicht gelang es ihm sogar, eine Bresche in den Ostblock zu schlagen? Eine Vermutung, die von der Mehrzahl der Gäste als zu optimistisch angesehen wurde.

Bevor man sich zu Tisch setzte, warf man noch einen Blick in das Körbchen, in dem die kleine Katja-Sophie schlief. Auch Maximiliane beugte sich über das Kind und sagte laut und für alle verständlich: »Gott behütet dich!« Edda fühlte sich wegen der unterlassenen Taufe korrigiert und ballte die Hände zu Fäusten, aber die Mutter sagte bereits: »Du wirst ihn daran nicht hindern können. Es wird dem Kind nicht schaden. Vielleicht nützt es ihm sogar. Dafür ist dein Bruder Golo zweimal getauft worden.«

»Hat es ihm was genützt?« fragte Edda.

»Auf den ersten Blick nicht«, erwiderte Maximiliane, »und weiter können wir nicht blicken.«

Marten saß links von Edda, Sven-Erik rechts von ihr, Maximiliane ihr gegenüber, was alles wohlbedacht war. Am Tischende saßen die übrigen Kinder und auch Vater Quinten, schwerhörig und gehbehindert. Edda teilte die Suppe aus und unterrichtete die Gäste davon, daß das Taufessen nicht aus der eigenen Fabrikation, sondern aus der eigenen Küche stamme, und wandte sich dann an Maximiliane: »Eigentlich hatte ich gedacht, daß du mich aus dem heutigen Anlaß mit der Poenicher Taufterrine überraschen würdest!«

Als Maximiliane sich dazu nicht äußerte, fügte sie erklärend hinzu: »Bei meinen Geschwistern ist kein Nachwuchs mehr zu erwarten.«

Wahrheitsgemäß antwortete Maximiliane, daß sie darüber nicht unterrichtet sei.

Der Tierarzt, Dr. Vordemforst, den man ihr als Tischherrn beigegeben hatte, erkundigte sich höflich, was es mit dieser Taufterrine auf sich habe. Das Gespräch ging ins Jahr 1918 zurück, zur Taufe Maximilianes, der ›Ahne‹ des heutigen ungetauften Täuflings, eine Begebenheit, die hier nicht ein weiteres Mal beschrieben werden soll. Edda sagte laut, damit alle Gäste, mit Ausnahme des alten Herrn von Quinten, sie verstehen konnten: »Auf Poenichen benutzten wir bei festlichen Anlässen das Curländer Service!« Ein Hinweis, der zumindest von einigen der weiblichen Gäste mit ›Ah‹ honoriert wurde. Der Zusatz, daß auf der Flucht nur die Taufterrine gerettet werden konnte, wurde dann mit einem bedauernden ›Oh‹ registriert. Die Aufmerksamkeit der Gäste wandte sich dem Service der Quinten vom Erikshof zu, das aus dem dänischen Zweig der Familie stammte. Kopenhagener! In Holstein keine Seltenheit, keiner mußte den Teller umdrehen.

Als Dr. Vordemforst sie zum zweiten Mal mit ›Baronin‹ anredete, verbesserte ihn Maximiliane und sagte: »Quint, ohne weiteren Zusatz!« Sie wollte die Erklärung anfügen, daß sie ausgeheiratet habe, aber Edda griff bereits ein und sagte: »Meine Mutter lebt auf dem Stammsitz der Familie im Fränkischen.«

Wieder verbesserte Maximiliane: »Dort arbeite ich!«

»Aber du lebst doch da!«

»Ich arbeite, also werde ich wohl auch leben«, sagte Maximiliane heiter. »Mein Arbeitsvertrag ist aber nicht lebenslänglich.«

Es entstand eine Gesprächspause, in der Maximiliane zu

hören meinte, wie Edda mit den Zähnen knirschte, was auch Viktor, ihr Vater, getan hatte und was sie seither nie mehr gehört hatte. In ihre Erinnerungen hinein fragte Dr. Vordemforst, ob das vorhin erwähnte Burg-Hotel im ›Varta‹ aufgeführt sei; eine Frage, die verneint werden mußte. Das kleine Tischgespräch wurde fortgesetzt. Fränkische Schweiz? Ob sie wisse, daß die hiesige Gegend ebenfalls als ›Schweiz‹ bezeichnet würde, ›Holsteinische Schweiz‹.

»Und aufgewachsen bin ich in der Pommerschen Schweiz, von einer Schweiz in die andere.«

Ob die pommerschen Quindts Besitzungen in der Schweiz hätten? Sie verneinte. »Zehntausend Morgen Pommern, das hat den Quindts immer genügt.«

Sie blickte Edda an, hatte ihr mit der Größenangabe des Besitzes einen Gefallen erweisen wollen, aber an diesem Tisch wußte natürlich jeder, was zehntausend Morgen pommersche Sandbüchse, in Polen gelegen, wert waren.

Marten fragte nach einem prüfenden Blick in das Gesicht seiner Schwiegermutter: »Wer hat bei euch eigentlich die Sommersprossen eingebracht?«

Maximiliane sah Edda an, dachte einen Augenblick nach, hatte dann das Gesicht von Hilde Preißing aus Berlin-Pankow vor Augen und sagte, was der Wahrheit nahe kam: »Dein Schwiegervater!«, woran niemand zweifelte, da niemand ihn kannte. Marten schenkte, von den Gästen mit Aufmerksamkeit beobachtet, Wein ein. Man sprach über Familienähnlichkeiten. Wer es noch nicht wahrgenommen hatte, wurde darauf aufmerksam gemacht, daß Edda ›ganz die Mutter‹ sei. »Ich möchte meiner Mutter gern in allem ähnlich werden!« Dieses Bekenntnis rührte Maximiliane, aber erfreute sie nicht. Sie nickte trotzdem, und Edda fühlte sich bestätigt. Keiner am Tisch nahm es Martens Frau übel, daß sie tüchtig war; man erkannte auch an, daß sie es mit ihrem Mann schwer hatte, aber diese Frau wollte zu tüchtig sein, und das nimmt man, nicht nur in Holstein, jeder Frau übel.

Edda griff das zweite Mal zum Tranchiermesser. »Ist denn keiner mehr hungrig?« Sie erwähnte, daß Marten das Stück in der Nähe vom Kulcker See ›erlegt‹ habe und sie es lediglich ›zerlege‹, ein Wortspiel, das sie sich schon vor Tagen ausgedacht hatte. Man lachte auch bereitwillig darüber, für Maximilianes Empfinden lauter als anderswo. Man kam auf die Jagd zu sprechen. Maximiliane wurde gefragt, ob sie ebenfalls zur Jagd gehe oder zur Jagd gegangen sei, früher, im Osten, wo es die vielen Sauen gegeben haben sollte. Dr. Vordemforst warf ein: »Und kapitale Hirsche!« Keinen Schuß habe sie abgegeben, sagte Maximiliane, aber sie habe einmal einem kapitalen Hirsch das Leben gerettet, als ihr Großvater gerade mit dem Gewehr zielte und sie es beiseite gestoßen und dafür eine kapitale Ohrfeige bezogen habe. Der Bericht über ihr einziges Jagdabenteuer erheiterte die Tischrunde.

Nicht nur auf dem Erikshof hatte man sich auf die Haltung von Dam- und Rotwild verlegt, andere Landwirte mit Waldbesitz hatten es ihm nachgemacht. Für kurze Zeit bekam das Gespräch EG-Niveau. Das Wort ›Brüssel‹ fiel mehrfach. Man war sich einig darüber, daß ›die in Brüssel‹ keine Ahnung von den wirklichen Problemen der deutschen Landwirtschaft hätten – und schon gar nicht von den besonders gelagerten der holsteinischen.

Dr. Vordemforst war ein Anhänger der Knicks, dieser Hekken aus Buschwerk.

»Sie sollten das Land vor den Winden, die von einem Meer zum anderen hinwegfegen, schützen und wurden von kurzsichtigen Landwirten aus Gründen der Rentabilität entfernt! Der Schneesturm im vorigen Winter hätte nicht so große Schäden anrichten können, wenn es die Knicks noch gegeben hätte.«

Das Wort ›Knicks‹ hatte Vater Quinten verstanden, er erzählte am Tischende lautstark von einem Eichhörnchen, das früher, als es die Knicks noch gab, von Lauenburg bis Flensburg gelangt sei, ohne die Erde zu berühren.

»Was wollte es denn in Flensburg?« fragte Louisa-Nicole.

Allgemeines Gelächter folgte. Das Kind bekam rote Ohren und ballte die Fäuste. Alles wiederholte sich, vererbte sich, die Fäuste, die Knicks, die roten Ohren. Maximiliane wollte dem kleinen Mädchen zu Hilfe kommen und fragte: »Louisa-Nicole! Weißt du, daß ihr südlich der Nachtigallengrenze wohnt? Nördlich von Schleswig singt keine Nachtigall mehr!« Aber außer Louisa-Nicole interessierte sich keiner der Anwesenden für diese Grenzziehung. Doch über die Gegenfrage des Kindes, wiederum arglos gestellt, ob Frau Nachtigall denn nur im Dritten Programm sänge, lachte man dann wieder ausgiebig.

Maximilianes Aufmerksamkeit ließ nach, ihre Gedanken gingen zurück zur Taufe ihres letzten Kindes, im Winter 1945. Als ihr Tischherr, der inzwischen die Anrede gewechselt hatte, fragte: »Gnädigste reiten auch?«, antwortete sie: »Edda ist das einzige meiner Kinder, das vor Hunger geweint hat.« Woraufhin Dr. Vordemforst mit bedeutungsvollem Blick sagte: »Zu lachen hat sie hier ja auch nichts!« Edda nahm ihrem Mann gerade die Weinflasche aus der Hand und reichte sie an Sven-Erik weiter. Auch das war eingeplant, daß der Sohn den inzwischen betrunkenen Vater beim Eingießen ablöste. Marten hatte sich erhoben, hielt sich an der Stuhllehne fest, schien eine Rede halten zu wollen, blickte seiner Schwiegermutter, so gut es ging, fest in die Augen. Maximiliane, an den Umgang mit betrunkenen Hotelgästen gewöhnt, sagte, bevor er selbst etwas herausbringen konnte: »Marten, wenn ich jünger gewesen wäre, hätte ich dich auch genommen. Aber dann gäbe es die Holsteinischen Fleischwaren nicht und die hundert Hektar Pachtland auch nicht. Und nun komm, Marten! Wir beide gehen jetzt mal zu den Schweinen, wo man nur leise sprechen darf, da haben wir schon einmal miteinander geredet!«

»Aber es gibt doch noch rote Grütze!« rief Edda ihnen nach.

Es war bereits dunkel, die Gäste waren längst gegangen, da klingelte endlich das Telefon. Edda nahm den Hörer ab, Maximiliane meldete sich.

»Wo ist Marten?« fragte Edda.

»Wo er hingehört. Bring ihm seine Sachen!« Maximiliane nannte die Anschrift eines Sanatoriums.

»Was soll ich denn den Leuten hier sagen?«

»Er macht eine Badereise. Zehn Reihen Körner!«

»Hast du getrunken, Mutter?«

»Wir haben zusammen getrunken.«

»Was hast du ihm gesagt?«

»Die Wahrheit.«

»Wie lange soll das denn dauern?«

»Wenn es gutgeht, Monate.«

»Das trägt der Hof nicht!«

»Wir haben die Fünf-Prozent-Klausel, Edda.«

»Warum tust du das?«

Maximiliane sagte etwas, das Edda nicht verstand.

»Was sagst du, Mutter, was hat Viktoria gesagt? Keiner von uns – was?«

»Ich kann es dir nicht erklären. Ich will es dir auch nicht erklären. Ich fahre morgen früh zurück. Ich weiß nicht, was bei mir unterm Strich steht.«

9

›Es ist besser, ein Licht anzuzünden, als über die Dunkelheit zu schimpfen.‹

Aus dem Chinesischen

Wenn man Joachim Quint fragte – wozu bisher nicht oft Anlaß gegeben war –, woher er stamme, hatte er lange Zeit ›Marburg‹ gesagt und immer hinzugefügt: ›Marburg an der Lahn‹, als ob man es mit jenem fernen Maribor an der Drava noch verwechseln könnte. Inzwischen hatte er sich angewöhnt zu sagen: »Ob Sie es nun glauben oder nicht, ich stamme aus Pommern!« Er sah nicht so aus, aber wer wußte schon genau, wie ein Pommer aussah oder auszusehen hatte. Seine Mutter entsprach den allgemeinen Vorstellungen schon eher.

Die Leiter der Volkshochschulen und Fortbildungsstätten schienen nur auf diesen Quint gewartet zu haben, die Themen, die er anzubieten hatte, paßten in die Programme. Die Vortragsreise, die er im Herbst antrat, führte ihn nach Marburg. Er stellte seinen Wagen dort ab, wo sich früher der Schlachthof befunden hatte. Marburg war eine Stadt für Fußgänger, das alte Marburg zumindest, das einzige, das er kannte.

Vom Schloß aus überblickte er die Auswüchse der Stadt, Namen fielen ihm ein, Spiegelslust, Frauenberg, Dammühle. Erinnerungen stiegen auf. Er ging den Roten Berg hinunter, blieb kurze Zeit vor jenem Haus stehen, in dem er als Kind gewohnt hatte, zu sechst in ein Zimmer gepfercht, und erinnerte sich, daß seine Mutter die Äußerung der Hausbesitzerin: ›Sie hausen hier‹ verbessert hatte in: ›Wir zimmern hier.‹ Der Name fiel ihm wieder ein, Heynold, Frau Professor Heynold. ›Wer fürchtet sich vor Frau Professor Heynold?‹, solche Spiele hatte seine Schwester Edda erfunden. Er sah, wie sich die Haustür öffnete. Ein Rollstuhl wurde sichtbar, ein junger Mann beförderte ihn die Treppe hinunter, ein Student vermutlich, ein Friedensdienstleistender. Niemand fürchtete sich mehr vor Frau Heynold. Quint gab sich nicht zu erkennen. Was wäre zu sagen gewesen? Die einfachen Fragen nach dem Ergehen waren vom Rollstuhl aus schwer zu beantworten. Vieles mußte vergessen werden, zu vergeben war nichts.

Er suchte nach dem Fußweg am Ufer der Lahn und fand ihn nicht. Er ging über Brücken, die er nicht kannte, verlief sich am Ortenberg, wo er lange gewohnt hatte, entdeckte dann aber doch das Straßenschild ›Im Gefälle‹. Das Behelfsheim der Quints war längst abgerissen, nur die japanischen Kirschbäume, deren Unfruchtbarkeit in jedem Sommer von seiner Mutter beanstandet wurde, hatten alle Veränderungen überlebt.

Für den Spätnachmittag hatte er sich mit einem Reporter der ›Oberhessischen Presse‹, offensichtlich ein Student höheren Semesters, im Café Spangenberg verabredet. Er stellte sich mit ›Uwe‹ vor und redete ihn mit du an. Veränderungen.

Dieser Uwe fragte ihn nach seinen Besuchergefühlen, und er antwortete, ohne lange zu überlegen: »Die Behelfszeiten sind vorüber.«

»Du scheinst das zu bedauern?«

»Ich finde es gut, wenn man sich behilft. Es ist ein schönes Wort, helfen, behelfen, es ist vorläufig und läßt Veränderungen zu.«

Der Reporter notierte sich den Namen, den Jahrgang. Quint ohne d, 1938 geboren.

Den Plan, sich in dem neuen Lebensabschnitt Quint von Quindt zu nennen, hatte ihm seine Mutter ausgeredet. »Einen Namen muß man sich machen, Joachim, den nimmt man nicht an. Verschaff dir damit keinen Vorsprung. Aber sorg dafür, daß der Name nicht ausstirbt.« Ein Wunsch, der wohl biologisch und nicht politisch gemeint war. »Mit deinem Vater hast du abgerechnet, er ist auf der Strecke geblieben, nimm ihm nicht auch noch seinen Namen.«

Das Gespräch hatte telefonisch zwischen Larsgårda und dem Eyckel stattgefunden.

»Meinst du, was du sagst, Mutter?«

»Sonst würde ich es nicht sagen.«

»Weinst du –?«

»Auch dein Vater hat ein paar Tränen verdient, viel mehr habe ich nicht für ihn getan, als manchmal über ihn zu weinen.«

Jener Reporter war übrigens der erste, der Poenichen im Zusammenhang mit dem Namen Quint verwandte. Durch ein Versehen geriet ihm ein Bindestrich zwischen die beiden Worte. Quint-Poenichen.

»Du hast dein Studium der Geschichte, soviel ich weiß, nicht abgeschlossen?«

»Ich hoffe, daß ich meine Studien im Fach und im Fall Geschichte niemals abschließen werde.«

»Du hast lange in Schweden gelebt?«

»Ja, in den schwedischen Wäldern.«

»Und jetzt gedenkst du, den gleichen Weg einzuschlagen wie Böll und Grass und dich für einen Politiker der Linken stark zu machen?«

Quint stellte richtig: Er habe keineswegs vor, sich für einen anderen stark zu machen, nach Art der Wählerinitiative, einer deutschen Einrichtung übrigens, die er mit Überraschung beobachtet habe, die man in Schweden nicht kenne. »Dort halten sich die Schriftsteller nicht für Hilfspolitiker. Ich komme mit eigenen Ideen.«

»Mit welchen?«

Darüber werde er am Abend sprechen, sagte Quint, er wiederhole sich ungern, werde sich aber wohl an die Notwendigkeit von Wiederholungen gewöhnen müssen. Er sei ein Neuling. Ein Erstsemester, gewissermaßen.

»Bisher habe ich . . .«

Während er noch überlegte, wie er seine Tätigkeit umschreiben sollte, nahm ihm der Reporter, der sich informiert hatte, das Wort ab: »Gedichte geschrieben!«

Es folgte die unvermeidliche Feststellung: »Von Gedichten kann man doch nicht leben!«

Aber sie wurde von Joachim mit dem Hinweis abgetan, daß einer seiner Gedichtbände ›Hilfssätze‹ heiße und er der Ansicht sei, daß jeder Satz ein Hilfssatz sein müsse, anderenfalls er besser ungesagt bliebe.

Joachim fühlte sich durch das Wiedersehen mit der Stadt seiner Jugend belebt, war daher gesprächiger als sonst und fügte hinzu: »In den Feldpostbriefen meines gefallenen Vaters habe ich einen Satz gefunden: ›Es ist jetzt keine Zeit für Gedichte.‹ Er hat ihn an meine damals noch sehr junge Mutter gerichtet, die ihrerseits Gedichte brauchte wie das tägliche Brot. Und solche Zeiten darf es nicht wieder geben! Zeiten, die nicht für Gedichte taugen. Es gibt sowohl in der Poesie wie im Leben etwas wie Metrik, ein Versmaß, das einem Lebensmaß entspricht. Mein vorläufig und vielleicht für immer letzter Gedichtband heißt folgerichtig ›Keine Zeit für Gedichte‹, allerdings mit Fragezeichen. Bei meiner Rückkehr nach Deutschland ist mir der ständige Gebrauch von Hilfszeitwörtern, vor allem bei den Politikern, aufgefallen. Wenn ich von Hilfssätzen spreche, meine ich keine Hilfszeitwörter. Den Ausdruck ›ich würde sagen‹ oder ›damit möchte ich zum Ausdruck bringen‹ wird man, wie ich hoffe, von mir nie hören, auch heute abend nicht. Ein Verb ist ein Tätigkeitswort. Was ich zu sagen habe, werde ich sagen, und von ›würde sagen‹ ist dabei nicht die Rede!«

Dem Reporter war diese Abschweifung ins Grammatikalische interessant, zumindest sagte er das, machte sich auch entsprechende Notizen, fragte dann aber, ob da nicht ein Widerspruch bestehe, wenn er, Quint, der von der Notwendigkeit des Gedichts überzeugt sei, dennoch in das Fach des Politikers wechsele, und darauf liefe es doch wohl hinaus. Er sähe darin einen Gegensatz. Schreiben und Reden. Quint bestätigte diese Vermutung. Spruch und Widerspruch. Satz und Gegensatz. »Ich werde die unmittelbare Wirksamkeit von Worten erproben. Ich werde die Lyrik zum Leben erwecken!«

Quint wirkte ausgeruht, und er war auch ausgeruht, unverbraucht. Er ließ den Kaffee kalt werden, aber nicht die Pfeife; er hatte sich das Pfeiferauchen angewöhnt. Als seine Mutter zum ersten Mal eine Pfeife in seiner Hand gewahrte, hatte sie gesagt: »Du hast ja Allüren«, seither sprach er von seinen drei Pfeifen als von seinen ›Allüren‹, auch diesem Uwe gegenüber. Die Frage, wie und wo er seine rhetorische Gewandtheit, über die er augenscheinlich verfüge, erworben habe, beantwortete er mit dem Hinweis auf den alten Quindt – vor dem Ersten Weltkrieg Mitglied des Deutschen Reichstags –, seinen

Urgroßvater, den er noch gekannt habe. Jener Freiherr von Quindt sei ein großer Redner gewesen und ein großer Schweiger geworden. »Als Kind habe ich mich freigeklettert«, sagte Quint, »übrigens auf einem Lindenbaum, der im Fränkischen steht, auf dem Stammsitz der Quindts.« Freigeschwommen habe er sich dann hier, in der Lahn, an den Weißen Steinen, als die Lahn noch ein brauchbarer Fluß gewesen sei; freigeredet habe er sich erst spät, in langen Disputen mit den Bäumen. »Bäume sind schwer zu überzeugen.«

Wen wundert es, daß die nächste Frage der Parteifarbe galt. Man mußte ihn für einen dieser Grünen halten, die neuerdings von sich reden machten. Wer sonst pflegte Bäume und Mütter in ein Interview einzubringen? Aber Joachim ließ diese Frage vorerst noch offen. Er stehe zwischen oder über den Parteien. Wer sich festlege, lege sich Scheuklappen an.

Der Reporter erkundigte sich, ob es aus seiner Marburger Zeit vielleicht noch ein Foto gebe. Quint dachte nach und erinnerte sich an ein Bild, das anläßlich der Eröffnung der Fischbratküche in der Ketzerbach veröffentlicht worden war. Die Zeitung habe damals noch ›Marburger Presse‹ geheißen.

»Welches Jahr?«

Nach einigem Nachdenken kann Quint nicht nur das Jahr, sondern auch den Monat angeben. Die kleine bebilderte Veröffentlichung über die couragierte Flüchtlingsfrau, die sich in Marburg eine Existenz aufgebaut hatte, wird später noch oft zitiert und kopiert werden, ein Dokument der Tüchtigkeit von Heimatvertriebenen. Man sah auf dem Foto Joachim Quint als Schüler des Philippinums neben dem Fischstand sitzen und ein Buch lesen, in einer sowohl für einen künftigen Historiker wie Politiker, aber auch für einen Poeten typischen Haltung. Maximiliane als Kriegswitwe, von ihrer kleinen Hilfstruppe umgeben; Martin Valentin war nicht zu sehen, dabei war es doch jenes Jahr gewesen, in dem die Quints keine vaterlose Familie gewesen waren; diesem Mann hatten sie die bescheidene Existenz zu danken gehabt. Nie vorher und nie nachher hatte ein

144

Mann zu Maximiliane gesagt: »Laß mich machen!« Als er sich als Heiratsschwindler entpuppte, hatte sie um ihn getrauert, die Kinder ebenfalls. Seine Strafe mußte er längst abgebüßt haben, aufgetaucht war er nie wieder, allenfalls einmal im Gedächtnis der Beteiligten wie eben jetzt im Café Spangenberg, aber auch dort wurde er nicht namentlich erwähnt. Am Ende des Gesprächs faßte der Reporter seinen Eindruck in einem einzigen Satz zusammen: »Es gibt nichts Gutes, außer man tut es.« Joachim zuckte zusammen, aus sprachlichen Gründen, noch reagierte er empfindlich, das wird er sich abgewöhnen müssen. Er beschränkte sich darauf, eine seiner Allüren zu stopfen.

Dieser Uwe hatte es eilig, er mußte noch zu einer Sportveranstaltung.

Am Abend hatte Quint in einer Veranstaltung der Volkshochschule zum Thema ›Heimat‹ zu sprechen. Er wurde dem Publikum als ›ein Marburger‹ vorgestellt, der für einen Tag in seine Heimatstadt und vor kurzem erst in sein Vaterland zurückgekehrt sei. Beides, wie Dr. Krafft, der Veranstalter, hervorhob, brisante Worte: Heimat, Vaterland, die lange und zu lange unter Tabu gestanden hätten. Einige Besucher waren gekommen, um Gedichte zu hören, sie hatten sich an den Namen Quint erinnert und waren enttäuscht – ›entzaubert‹, sagte eine ältere Dame –, daß es sich um einen politischen Vortrag handeln würde.

Quint dankte zunächst für die ehrenvolle Einladung, dann auch dafür, daß man ihn als Marburger anerkenne, was, wie er vermute, als Auszeichnung gedacht sei. Er habe am Philippinum die Hochschulreife erlangt, aber nicht die Philipps-Universität habe ihn zu diesem Vortrag eingeladen, sondern die Volkshochschule. Es müsse sich in seinem Falle demnach um eine Volkshochschulreife gehandelt haben, und das sei ihm im Blick auf seine Zukunft recht. Was nun aber das Vaterland anbelange, so habe er mit seinen Vätern Schwierigkeiten gehabt, ebenso wie mit seinen Heimaten, darauf werde er im einzelnen noch zu sprechen kommen. Hier in Marburg habe er mit Mutter und Geschwistern als sogenannte Kriegshinterbliebene, aber auch als Flüchtlinge aus dem ehemals deutschen Osten in einem Behelfsheim gewohnt, im ›Gefälle‹ übrigens; seine Mutter habe dieses Heim ihre Behelfsheimat genannt. Das Wort Heimat habe er, seines Wissens, als erstes im Zusammenhang mit ›heimatvertrieben‹ und ›Behelfsheim‹ gehört, also nicht mit etwas Beständigem oder gar Unverlierbarem. Seine Mutter habe in dem kleinen Garten weder Busch noch Strauch gepflanzt und schon gar keinen Baum, sondern Sonnenblumen; von einer Sonnenblumensaison zur anderen sei das Behelfsheim seine Heimat gewesen, im Herbst habe sie eine Handvoll Sonnenblumenkerne für den nächsten Frühling aufbewahrt.

Er machte eine Pause, lehnte sich dabei leicht gegen die Wand, die schwankte, da es sich nur um eine Stellwand handelte, mit der man den Saal, wenn er sich als zu groß erwies, unterteilen konnte. Das Publikum reagierte mit einem Aufschrei. Quint hielt die Wand, die ihn halten sollte, fest und sagte: »Kaum spricht man Worte wie Heimat und Vaterland aus, gerät man ins Schwanken.« Vereinzeltes Lachen war zu hören. Joachim fuhr fort:

»Ich habe dieses Vaterland verlassen, weil es das Land meines Vaters war, und habe mir ein friedlicheres Land ausgesucht, da oben« – er zeigte dorthin, wo auf einer Landkarte der Norden liegen würde –, »in den schwedischen Wäldern, in Dalarna, das man ganz ohne Ironie das grüne Herz Schwedens nennt. Deutschland hat sein grünes Herz verloren, man hat mir berichtet, daß es in Thüringen gelegen habe. Nicht weit entfernt von dem wasserreichen Fluß Västerdalälven steht ein Haus, das ich von der schwedischen Linie meiner Familie geerbt habe. Ich habe darin gelebt, ich habe darin geschrieben, jetzt habe ich es verlassen, für lange Zeit, vielleicht für immer. Ich habe den Schlüssel hingelegt, wo er immer gelegen hat, in die Gabelung eines Baumes, einer Birke. Es gibt nur diesen einen Schlüssel. Er lag dort zunächst für eine Frau, für den Fall, daß sie wiederkommen würde. Jetzt liegt er auch für andere dort. Jeder Mensch müßte ein paar Plätze auf der Welt haben, an denen er weiß, wo der Schlüssel liegt.«

Diesen letzten Satz, ›wissen, wo der Schlüssel liegt‹, wiederholte Quint; er stammte aus einem seiner letzten Gedichte. Inzwischen hatte er sich in Bewegung gesetzt, zwei Meter Auslauf, mehr Platz bot das Podest nicht, aber er brauchte, wie er seinen Zuhörern erklärte, Auslauf; er war gewohnt, beim Gehen zu denken und beim Denken zu gehen.

»Wenn ich lange nachdenken muß, benutze ich das Fahrrad.«

Es wurde gelacht, es gab vereinzelt auch Beifall, er kam gut an, wie später in der Zeitung stand. Seine Zuhörer waren, wie er vermutete, Hermann-Hesse-Leser, auf der Suche nach einer neuen Romantik. Er wiederholte eine Frage, die ihm am Nachmittag der Reporter – er sah diesen Uwe in der letzten Reihe sitzen und winkte ihm zu – gestellt hatte: ›Was ist nach Ihrer Meinung wichtig?‹ Die Frage nach der Wichtigkeit habe er bereits als Siebenjähriger seiner Mutter gestellt. Die aufkommende Heiterkeit wischte er mit einer flüchtigen Handbewegung weg, kein Grund, jetzt zu lachen, es sei eine der wenigen wichtigen Lebensfragen.

»Was ist wichtig? Lange Zeit mußte meine Mutter alle meine Fragen beantworten, einen Vater gab es nicht, einen Großvater auch nicht, und meine Lehrer wußten noch nicht, was in Zukunft wichtig sein würde. Die Frage stammt aus dem Jahr 1945. Meine Mutter hat geantwortet: ›Wichtig ist, daß man auch noch etwas sieht, wenn man die Augen schließt.‹ Eine bessere Antwort habe ich bis heute nicht gefunden, sie bezieht das Erinnerungsvermögen ein und auch das Vorstellungsvermögen, beide Vermögensarten halte ich für unverlierbaren und unveräußerbaren Besitz.«

Im weiteren Verlauf seiner Rede berief er sich noch einmal

auf den alten Quindt, der zu sagen pflegte: ›Eine Gesinnung muß man sich leisten können.‹

»Sie haben jemanden vor sich, der sich eine Gesinnung leisten kann. Ich habe nichts zu verlieren, keine Wählerstimmen, keine Posten, keine feste Anstellung. Ich bin kein Parlamentarier, habe aber auch nicht der Außerparlamentarischen Opposition angehört. Heute ist Martinsabend. Die alte Geschichte von der Mantelteilung fällt mir ein. Ich hatte als Kind hier in Marburg vorübergehend einen Vater, der Martin hieß, oder richtiger, der sich Martin nennen ließ. Er nahm meine schutzlose Mutter unter seinen Mantel und behauptete, das sei die beste Art, seinen Mantel zu teilen, von Zerschneiden hielt er nichts. Der Mantel des heiligen Martin, Bischof von Tours, wenn mich meine an der hiesigen Philipps-Universität erworbenen Geschichtskenntnisse nicht täuschen. Der Heilige wird den Mantel nicht in zwei gleiche Teile zerschnitten haben. Bettler sind in der Regel magerer als Bischöfe. Selbst Schiller – man hat mir am Philippinum, wenn auch zeitbedingt geringe, Schillerkenntnisse vermittelt –, Schiller hätte vermutlich von der ›kleineren Hälfte‹ für den Bettler gesprochen!« Er machte eine Pause. »Soviel zum sogenannten Sozialismus!« Dann setzte er sich wieder in Bewegung, dachte nach, das Publikum vermutlich auch, die meisten allerdings dachten noch über den ›vorübergehenden Vater‹ des Redners nach.

»Es fällt mir eine Fabel ein«, fuhr Quint fort, »eine kleine, lehrreiche Geschichte, die Sie nicht gleich wieder vergessen sollten: Es war einmal ein reicher Mann mit einem mitleidigen Herzen. Er sammelte elf arme Leute um sich und machte ihnen den Vorschlag, sein Vermögen in zwölf gleiche Teile zu teilen, jeder, auch er selber, sollte die gleiche Menge bekommen. Die Armen willigten ein, holten sich an jedem ersten des Monats ihr Geld ab, alle zwölf lebten einige Zeit in angenehmen Verhältnissen. Eines Tages sah der reiche Mann einen noch ärmeren am Wegrand sitzen und schlug den elf anderen vor, jeder solle nun seinerseits ein Zwölftel hergeben, dann würde es für einen weiteren Menschen reichen. Aus Empörung über ein solches Ansinnen wurde der Mann totgeschlagen.«

Wieder folgte eine Pause, dann fuhr Quint fort: »In der Musik gibt es langsame Sätze, die sind mir die liebsten. Einen solchen langsamen Satz sollte es in einem Vortrag ebenfalls geben. Bei diesem langsamen Satz befinden wir uns jetzt. Es ist mir soeben eingefallen, daß meine Mutter noch etwas anderes gesagt hat auf meine Frage, was wichtig sei. Sie hat gesagt: ›Mut ist wichtig, und Geduld ist wichtig.‹ Ähnlich hat es Fontane ausgedrückt. Da er französischer Herkunft und meine Mutter pommerscher Herkunft war, klingt es bei Fontane anders. ›Courage ist gut, Ausdauer ist besser.‹ Er hatte den Satz nicht von ihr, sie hatte ihn nicht von ihm, aber er stammt aus der gleichen Lebensquelle. Ob Sie nun Fontanes Satz mit nach Hause nehmen oder den Satz der Maximiliane Quint, Hauptsache, Sie nehmen von diesem Abend etwas mit nach Hause.«

Einfache Geschichten, die er vorbringt, sagen die älteren Zuschauer. ›Wenn es so einfach wäre!‹ – das bekommt er später noch oft zu hören. Er entgegnet dann: »Es ist so einfach. Fragen und Antworten werden immer einfacher, wenn es um Leben und Tod geht, und darum geht es. Wir wollen nicht überleben, wir wollen leben.« Dieser letzte Satz wird in Abwandlungen – »Lassen wir andere vom Überleben reden, wir wollen nur leben« – in allen seinen Reden wiederkehren.

Und dann erzählte er, wie er als Kind seine Mutter gefragt hatte: ›Versprichst du mir das?‹ Er sei ein ängstliches Kind gewesen, das Zusicherungen gebraucht habe. Das Kriegsende habe er auf der Flucht erlebt, wenige Kilometer vor Berlin, aus Hinterpommern kommend. Er habe seine Mutter, die damals noch nicht wußte, daß sie eine Kriegswitwe war, und die bereits seit ihrer Taufe eine Kriegswaise gewesen sei, gefragt: ›Wird nun nie mehr geschossen?‹ »Sie hat ›nein‹ gesagt. Ich habe mich vergewissert. ›Versprichst du mir das?‹, und sie hat feierlich gesagt: ›Das verspreche ich dir!‹ Und wenn meine Mutter heute mich, ihren ältesten und einzigen Sohn – mein Bruder

Golo liegt auf dem Friedhof an der Ockershäuser Allee –, der sich entschlossen hat, die Geschichte seines Vaterlandes ein wenig mitzubestimmen, wie es die Quindts lange getan haben, wenn sie, meine Mutter, mich nun heute fragen würde: Wird nie mehr geschossen werden?, dann muß ich ihr das versprechen können. Erst versprechen die Mütter etwas, dann die Söhne. So müßte es doch sein.«

Dieser kleine Fragesatz: ›Versprichst du mir das?‹ wird in Marburg seither zitiert, wie damals im Umkreis von Poenichen die Quindt-Essenzen seines Urgroßvaters zitiert worden waren.

An jenem Abend blieb er noch einen Augenblick mit gesenktem Kopf auf dem Podium stehen, warf ihn dann in der ihm eigenen Weise rasch zurück, sprang leichtfüßig vom Podium und eilte mit weiten Schritten zum Ausgang. Als er den Saal verlassen wollte, stellte sich ihm eine Frau in den Weg. Er lächelte, versuchte an ihr vorbeizukommen, erkannte dann aber Lenchen Priebe, jetzt Lenchen Schnabel, erkannte zuerst den Geruch, dann erst die Person. Sie drückte ihn an sich, er spürte viel weiches Frauenfleisch. Sie sei jetzt auch schon über sechzig, und Joachim drückte ihr seine Anerkennung dafür aus, und sie sei nun schon Witwe, sagte sie weiter, und er drückte ihr sein Beileid aus. Sie beklagte, daß er kein Wort über die Bratwurststube gesagt habe, das wäre doch eine echte Aufbauleistung gewesen. Joachim löste sich aus der Umarmung, legte statt dessen den Arm um die Schultern von Lenchen Priebe. Lenchen Priebe! Als ›deutsches Fräulein‹ in der amerikanischen Besatzungszone hatte sie sich Helene von Jadow genannt. »Komm«, sagte er, »komm, Lenchen, wir setzen uns in unsere alte Bratwurststube, und du sagst mir, was ich hätte sagen müssen!«

Dr. Krafft trat hinzu. Man habe die Absicht, sagte er, in einem kleinen Kreis das Thema Heimat und Vaterland, das vielleicht doch ein wenig zu kurz gekommen sei, noch etwas gründlicher abzuklopfen, bei einem Glas Wein, ob er ein bestimmtes Lokal bevorzuge. ›Die Sonne‹ am Markt gäbe es allerdings nicht mehr.

Joachim lehnte zunächst ab. Er müsse nachsitzen, er wolle in die Ketzerbach gehen. »Vor Ihnen steht die Besitzerin des Lokals. Sie führt die Fischbratküche weiter, die meine Mutter gegründet hat. ›Bei Lenchen Priebe in der Ketzerbach‹, hessische Spezialitäten, Speckkuchen und Grüne Soße.« Aber schließlich ließ er sich überreden, in den ›Ritter‹ mitzukommen. Lenchen Priebe und zwei weitere Zuhörerinnen schlossen sich an; die eine stammte aus Stargard, die andere sogar aus Arnswalde. Er versuchte, den erwartungsvollen Blicken mit freudiger Überraschung zu begegnen; er wiederholte den Ortsnamen und erklärte seinerseits die genaue Lage von Poenichen, sagte allerdings Peniczyn, in der Nähe von Kalisz/Pomorski. Bei solchen Begegnungen, die sich von jetzt an oft wiederholen werden, verstärkte sich sein bisher wenig ausgeprägtes Gefühl, aus Pommern zu stammen.

Bevor Quint Marburg verließ, machte er einen kurzen Besuch in der Buchhandlung Elwert, wo er als Schüler stundenweise für ein kleines Taschengeld gearbeitet hatte. Man erinnerte sich und erinnerte ihn, daß er damals vergeblich versucht habe, den Kunden, die nach Wiechert und Bergengruen verlangt hätten, Gedichte von Gottfried Benn, übrigens auch Gedichte der Ingeborg Bachmann, zu verkaufen. Er erfuhr, daß am Vormittag bereits zweimal nach seinen eigenen frühen Gedichten gefragt worden sei, aber beide Titel wären ja leider nicht mehr lieferbar, was ihren Wert auf gewisse Weise erhöhe. Die Frage, was er jetzt unter der Feder habe, beantwortete er mit einer Handbewegung. Nichts. Nein, er hatte nichts unter der Feder, er hatte einiges im Kopf, das er zunächst sagen und dann in die Tat umsetzen mußte. Das alles sagte er aber dem Buchhändler nicht, er sagte überhaupt nichts, kaufen wollte er ebenfalls nichts. Er wollte sich nur umsehen, an den Büchern riechen. Er fuhr mit der Hand über eine Buchreihe, griff nach einem beliebigen Band, öffnete ihn und atmete den Duft ein. Er lächelte, grüßte und verließ den Laden.

Von einer Telefonzelle aus rief er auf dem Eyckel an. Es dauerte geraume Zeit, bis er die Stimme seiner Mutter hörte. Sie wirkte atemlos.

»Ich bin in Marburg«, sagte Joachim.

»Warst du schon bei Golo?«

»Nein.«

Es trat eine Pause ein.

»Ich bin für einen Tag in Marburg, Mutter. Golo ist immer hier.«

»Aber du lebst!«

»Mach mir das nicht zum Vorwurf!«

»Grüß ihn.«

»Grüß sie.«

Dann nichts mehr, er legte den Hörer auf und machte sich auf den Weg zum Ockershäuser Friedhof, suchte das Grab, fand es auch. Was wußte er von Golo? Sein Bruder, der immer schneller war als er, der überall durchkam, dem die Mädchen nachliefen, der sechzehn Jahre zu leben hatte und auf dessen Grab ein Stein aus Dalarna lag.

Zwei Tage später berichtete ›Die Oberhessische Presse‹ unter der Überschrift ›Politiker und Poet dazu‹ über seinen Vortrag. Er wurde als ein liebenswürdiger, aber versponnener Utopist bezeichnet, ein Kaspar Hauser aus den schwedischen Wäldern, dem man eine gewisse suggestive Kraft nicht absprechen könne. ›Dieser Quint besitzt Sprachbegabung, angeblich von einem pommerschen Vorfahren, einem Freiherrn von und zu, vererbt; vor allem aber die Fähigkeit, abgenutzte Worte und Begriffe in neue Zusammenhänge zu bringen. Hieraus zieht er Wirkungen, weckt für alte Tatbestände neue Aufmerksamkeit, ist auf gewisse Weise sprachschöpferisch, spricht, zum Beispiel, von den »nicht gut genug unterrichteten Kreisen«.‹ Der Schlußsatz bezog sich auf seine Vereinfachungen und lautete:

›So einfach liegen die Dinge nicht, Herr Quint‹, ein Satz, den er bei nächster Gelegenheit aufgreifen wird.

Auf der Weiterfahrt nach Gießen bog er in einen Feldweg ein, um sich auszulaufen, und kam an einer Schafherde vorüber. Die Herde weidete ohne Einzäunung frei auf einer Wiese, wurde nur von einem Schäfer und zwei Hunden bewacht. Ein einzelnes Schaf hatte sich unter dem Stacheldrahtzaun auf die angrenzende, eingezäunte Wiese durchgedrängt und war in die Unfreiheit gelangt. Es lief aufgeregt den Zaun entlang, blökte, fand keinen Durchschlupf, scheute den Stacheldraht. Aber weder die Hunde noch der Schäfer kümmerten sich um das verirrte Tier, das ja eingesperrt war und nicht verlorengehen konnte. Joachim wartete das Ende des kleinen Dramas nicht ab. Im Weitergehen hörte er ein lange nicht mehr gehörtes Geräusch: die Schafe rupften das letzte harte Gras ab. Die leise, aber hundertfach verstärkte Erschütterung teilte sich der Erde mit, seine Füße, dann sein ganzer Körper wurden die Unruhe in der Ruhe gewahr, sein Gedächtnis wurde in Bewegung gesetzt, bis er plötzlich wußte, woher er das Geräusch kannte: die große Schafherde, die am Blaupfuhl in Poenichen weidete.

Schon in Gießen kam er in seinem Vortrag auf jene Schafe zurück, flocht sie in seine Gedankengänge über den einzelnen und die Freiheit ein. Seine Marburger Jugenderinnerungen waren in Gießen bereits nicht mehr zu verwenden, aber auch an Gießen hatte er Erinnerungen: das Auffanglager für Flüchtlinge, in dem er im Herbst 1945 mehrere Tage verbracht hatte. Er stellte Betrachtungen an über das Wort Auffanglager: ein Mensch wird aufgefangen.

Aus Düsseldorf meldete er sich telefonisch bei seiner Mutter.

»Ich rede mich den Rhein rauf und runter«, sagte er. »Erinnerst du dich an eine Quindt aus Königsberg? Eine Marie-Louise? ›Wir Ostpreußen!‹ hat sie nach meinem Vortrag im ›Haus des deutschen Ostens‹ gesagt. Heute morgen war ich in ihrem Geschäft an der Königsallee, da sagte sie dann allerdings: ›Wir Düsseldorfer!‹ Im Ausstellungsraum hängt ein Bild vom alten Quindt. Du hättest es einem Altwarenhändler verkauft? Das Bild stammt angeblich von Leo von König, ist aber unsigniert. Warum hast du es verkauft?«

»Der Mann hatte Geld und brauchte Familie«, antwortete Maximiliane, »und ich hatte Familie und brauchte Geld.«

»Warum hast du das Bild nicht in Marburg aufgehängt?«

»Ich konnte ihm das Behelfsheim nicht zumuten. Hängt er hoch?«

»In Augenhöhe, zu niedrig für das Bild eines Reiters, zu dem man doch aufblicken müßte. Diese Marie-Louise läßt dich übrigens grüßen. Sie sagt, sie hätte lieber weniger Geld und dafür ein Kind. Und du? Was sagst du?«

Was wird Maximiliane sagen? »Ach – «, sagte sie.

Und als letztes wieder: »Grüß die Schöne!«

»Sie steht neben mir. Sag es ihr selbst!«

10

›So wie ein Traum scheint's zu beginnen, und wie ein Schicksal geht es aus.‹

Rainer Maria Rilke

Auf dem Schreibtisch des Firmenchefs Henri Villemain steht eine Fotografie seiner Frau und seiner beiden Söhne, Fotografien, die jährlich ausgewechselt werden, um zu zeigen: die künftigen Chefs wachsen heran, die Nachfolge ist gesichert. In Mirkas Zimmer findet man weder eine Fotografie ihres Mannes noch ihrer Söhne, wohl aber eine Reihe sehr dekorativer Fotografien aus ihrer Mannequin-Zeit.

Aus Anlaß des siebzigsten Geburtstags von Henri Villemain fand ein Empfang in dessen Wohnung statt. Persönlichkeiten aus Politik und Wirtschaft waren anwesend, auch Journalisten und Bildreporter, sogar ein kleines Fernsehteam. Nicht alle kannten die Geschichte dieses französisch-deutschen Bündnisses, das von Monsieur Villemain in einer kurzen Ansprache als krisenfest bezeichnet wurde. Ungezählte Male hatte er, wenn man ihn fragte, wo er diese exotische Schönheit entdeckt habe, berichtet, daß er sie im wahrsten Sinne des Wortes aus dem Straßengraben gezogen habe. Er gab jedesmal, um die Geschichte glaubhaft zu machen, die Nummer der Route Nationale an, ›345‹. Man lachte, Mirka lachte ebenfalls, zeigte ihre schönen, kräftigen Zähne und erwähnte ihre Mutter, die aus einem alten deutschen Adelsgeschlecht stamme, sowie den russischen Vater. Sie erwies sich auch bei diesem Empfang als eine für die Firma geeignete Propagandistin; sie setzte ihre friedlichen Waffen ein. Von den leichten Aufklärungspanzern der französischen Armee, den AMX-13, und von OTAN war in den Gesprächsgruppen die Rede.

Maximiliane, zum festlichen Anlaß angereist, erkundigte sich bei ihrem Enkel Philippe, was es mit OTAN auf sich habe, und wurde von diesem belehrt, daß OTAN soviel wie NATO heiße, dieselbe Sache, nur umgekehrt.

»Bei der Verteilung der Aufträge für den Roland ist die Firma nicht bedacht worden.«

»Wer ist Roland?« erkundigte sich Maximiliane.

»Ein Flugabwehr-Raketen-System, Grandmaman! Ein kleiner Krieg würde der Firma Villemain guttun, wir haben Absatzschwierigkeiten.«

»Philippe! Ihr lebt von der Firma« – sie blickte sich um –, »und nicht zu knapp.«

»Nicht mehr lange, Grandmaman. Riechst du nichts?«

Inzwischen hatte Monsieur Villemain den Umstehenden erklärt, daß Frankreich die Waffen niemals gegen das Vaterland seiner Frau richten werde. Eine junge Journalistin fragte halblaut, ob deren Vaterland denn nicht Rußland sei. Keiner beachtete den unpassenden Einwurf, man war sich einig: Waffen mußten sein. Rüstung mußte sein. Aber man hegte keinerlei feindselige Gefühle, schon gar nicht, wenn man ein Champagnerglas in der Hand hielt. Nationalgefühl breitete sich aus, Pathos.

»Leben wir denn unter der Atombombe nicht in Frieden, seit Jahrzehnten?« sagte Monsieur Villemain. »Wir arbeiten für den Frieden, sind tätig in dem großen Krieg gegen den Krieg.«

Maximiliane, mehrere Jahre jünger als der Jubilar, sah diesen fragend an: »Mußte das alles denn sein, Henri? Du hast deinen Teil vom Krieg abbekommen, dein Bruder ist gefallen, soviel ich weiß.«

»Es muß sein, Belle-mère! Arbeitsbeschaffung. Die Firma braucht Aufträge. Wir müssen Arbeitsplätze erhalten.« Den letzten Satz wiederholte er sogar.

»Das sagt man immer«, setzte Maximiliane dagegen. »Das sagt man bei uns auch. Das hat man auch im Hitler-Reich gesagt!«

»Belle-mère, was für Vergleiche!« Monsieur Villemain füllte Maximilianes Glas. »Trotzdem, santé!«

Maximiliane ließ sich nicht vom Thema abbringen. »Vor 1933 lagen die Deutschen auf der Straße, da waren sie arbeitslos. Hitler hat sie von der Straße weggeholt, so denken heute noch viele. Aber sie hatten wenigstens lebend auf der Straße gelegen. Nachher lagen sie tot neben den Straßen.«

»So einfach ist das nicht! Das läßt sich nicht vergleichen, Belle-mère.«

»Warum kann man Pershing 2 und SS 22 nicht vergleichen? Eure Panzer heißen AMX, das habe ich von deinem Sohn Philippe gerade gelernt, unsere heißen Leopard, das kommt mir alles sehr ähnlich vor. Waffen richten sich immer gegen einen Feind.«

»C'est la vie!«

»C'est la guerre, Beau-fils!«

»Santé, Belle-mère, santé!«

»Der alte Quindt sagte: Schluck's runter –«

»Wer ist der alte –?«

Die Verständigung erwies sich als schwierig, obwohl Maximiliane gut Französisch sprach, besser als ihre Tochter. Falls Henri Villemain in den ersten Jahren seiner Ehe mit Mirka gedacht haben mochte, daß er die falsche Frau aus dem Graben gezogen habe, dann dachte er das jetzt nicht mehr. Mirka äußerte nie eine eigene Meinung.

Monsieur Villemain wirkte müde, auch zerstreut. Er erzählte bereits zum dritten Male an diesem Vormittag denselben Gästen dieselbe Geschichte: Route Nationale 345!

In seinem Arbeitszimmer hatte sich eine kleine Gesprächsrunde zusammengefunden. Man betrachtete ein Gemälde: zwei kreisrunde Bilder in einem Rahmen. Monsieur Villemain erklärte, daß es sich um Augen-Blicke handele.

»Betrachten Sie die Augen von Madame Quint, das sind die Vorbilder! Ich lebe hier sozusagen unter den Augen meiner Schwiegermutter, in denen sich eine ganze Welt gespiegelt hat. Eine Welt der Erinnerungen. Habe ich das richtig dargelegt, Belle-mère – wie hieß der Maler?«

Maximiliane nannte den Namen. Ossian Schiff. Keiner hat ihn je gehört. Für kurze Zeit geriet sie ungewollt in den Mittelpunkt. Man versuchte, ihr in die Augen zu blicken, aber sie nahm die Brille nicht ab. Man drängte sich vor dem Bild, sah auf der linken Seite einen verschilften See mit einem Boot am Ufer.

»Wo ist das? Sehr romantisch! Sehr einsam! Ist das im Osten? Rußland?«

»Meine Heimat«, sagte Maximiliane.

»Und das rechte Bild? Diese mittelalterlichen Planwagen mit Pferden davor?«

»Die Vertreibung aus der Heimat.«

Wie interessant! Sie ist eine réfugiée! Wie die Leute aus Algerien! Oder Vietnam! Es gab viele Namen, die man aufzählen konnte. Jemand fragte Maximiliane nach ihren Vorfahren. Sie sagte, daß ihr Vater in Deutschland geboren, aber in Frankreich begraben sei. »Eine meiner Wurzeln steckt in französischer Erde. Außerdem liegt der rechte Arm meines Mannes in der Normandie.« Keine weiteren Fragen. Man wandte sich ab. Diese Deutschen verstanden sich leider nicht auf eine kleine Konversation.

Philippe fragte seinen Vater, ob er das Bild erben könne.

»Nimm es an dich, Philippe, nimm es mit in dein Zimmer und sage, daß es dir gehört. Es sei ein Geschenk deiner deutschen Großmutter.«

»Wem soll ich das sagen, Papa?«

»Dem, der fragt, Philippe.«

Der Vorschlag, die erste Madame Villemain zu diesem Empfang einzuladen, war von Mirka ausgegangen und von ihrem Mann bereitwillig aufgegriffen worden. Die ungleichen Frauen kannten sich kaum, würden sich wohl auch kaum näher kennenlernen.

Philippe hatte sich bei Maximiliane erkundigt, ob er ›grandmère‹ zu Madame Villemain première sagen solle, und war von ihr dazu ermuntert worden.

»Tu das, sag Großmutter, sie wird sich darüber freuen.«

Simone Villemain freute sich tatsächlich. Eigene Kinder hatte sie nicht gehabt, aber warum sollte sie keine Enkelkinder des Mannes bekommen, den sie geliebt hatte, dem sie noch immer freundschaftlich zugetan war? Simone Villemain stammte ebenso wie ihr Mann aus kleinen Verhältnissen; ihr sah man es noch an, ihm nicht mehr. Im Laufe der Jahrzehnte war sie breithüftig geworden und weißhaarig, sie hatte ein freundliches und aufmerksames Gesicht, das auch freundlich und aufmerksam blieb, wenn sie sich mit ihrer Nachfolgerin unterhielt. Weder Reichtum noch Eleganz, noch Schönheit schienen sie zu beeindrucken, nur Coco, der Papagei, irritierte sie. Sie hatte ein kleines Haus auf dem Land, bei Etampes, südlich von Paris, das sie früher mit ihrem Mann bewohnt hatte. Sie baute Gemüse und Kräuter an, veranstaltete in jedem Herbst ein Erntedankfest für die Nachbarn. Sie lebte bescheiden und hatte es abgelehnt, am wirtschaftlichen Aufstieg der Firma teilzunehmen. Ihre monatlichen Zuwendungen waren seit der Scheidung nicht erhöht worden. Warum hätte sie gegen ihren ersten Mann Haß empfinden sollen? Sie hätte Gott hassen müssen, weil er sie hatte unfruchtbar sein lassen. Auf ihren Mann konnte sie leichter verzichten als auf Gott. Ihrer freundlichen Veranlagung gemäß lebte sie aber mit beiden in Frieden. Allgemein sprach man mit Achtung von ihr, viele auch mit Dankbarkeit. Sie wurde von Frauen und jungen Mädchen aufgesucht, die Rat und Beistand benötigten. Sie wußte nicht Bescheid darüber, was man tun mußte, wenn man ein unwillkommenes Kind erwartete, aber sie wußte, wie es ist, wenn man keine Kinder bekommen konnte und den Platz einer jungen fruchtbaren Frau einräumen mußte. Sie hatte einer Reihe von unerwünschten Kindern das Leben retten können, hatte Patenschaften vermittelt, hatte auch die eine oder andere Patenschaft selbst übernommen. Sie besprach sich mit Ärzten, Priestern, auch mit Behörden.

Für wenige Minuten setzte sich Monsieur Villemain zu ihr in die Bibliothek und erkundigte sich nach ihrem Ergehen. Sie dankte für die Einladung, fügte aber hinzu, daß sie sich wahrscheinlich bei seiner Frau zu bedanken habe. Monsieur Villemain blickte sie fragend an: »Bei wem, Simone?«

»Bei deiner Frau, deiner jetzigen Frau, Henri.«

»Entschuldige, ich war unaufmerksam.«

»Ich merke es, Henri.«

»Merken es alle?«

»Nein, aber ich kenne dich schon länger als die anderen. Deine Söhne gefallen mir gut. Es freut mich für die Firma. Villemain et Fils. Jetzt bedeutet das wieder: Söhne. Als Maurice gefallen war, hieß es nur noch Villemain und Sohn. Philippe sieht deinem Bruder Maurice ähnlich. Trinken wir auf Villemain et Fils!«

»Mein Glas ist leer, Simone.«

Mirka, von Kopf bis Fuß in metallisch glänzendes Leder gekleidet, gesellte sich für kurze Zeit zu ihrer Mutter.

»Nun, Maman, gefällt es dir?«

»Du siehst gut aus, Mirka!«

»Merci, Maman!«

»Du siehst zu gut aus«, setzte Maximiliane dann noch hinzu.

Beide blickten in die Bibliothek, in der Monsieur Villemain mit seiner ersten Frau in schweigendem Einvernehmen zusammensaß. Als er Mirkas Blick wahrnahm, warf er ihr eine Kußhand zu und rief: »Baiser, baiser, ma belle!« Die Kußhand wurde von Mirka wortlos erwidert.

»Ist das alles?« fragte Maximiliane.

»Das ist alles, Maman«, antwortete Mirka.

»Das ist nicht viel.«

»Es genügt.«

»Ihm auch?«

»Frag ihn, Maman!«

»Geht bei dir nichts unter die Haut?«

»Ich trage Leder.« Sie wandte sich dem Buffet zu. »Komm, Maman, iß ein paar Austern, sie sind ganz frisch. Drei verschiedene Sorten. Welche bevorzugst du?« Philippe näherte sich. »Kümmerst du dich um Grandmaman?«

Philippe nickte bereitwillig und stellte sich zu Maximiliane. Diese wandte sich, als Mirka sich entfernt hatte, ihm zu. »Willst du glauben, Philippe, daß ich noch nie eine Auster in der Hand gehalten habe?«

»Wenn du sie erst im Mund haben wirst, Grandmaman! Als ich zwölf wurde, hat Maman mir beigebracht, wie man eine Auster öffnet, ohne sie zu verletzen. Das gehörte zu ihrem Erziehungsprogramm. Vier Vorgänge sind zu beachten: Saugen! Beißen! Kauen! Schlucken! Die Austernsaison ist eben erst eröffnet. Keine Zitrone, Grandmaman! Zitronen dienen nur zur Dekoration. Zu der Galway-Auster trinkt man am besten Guinness-Bier, aber du kannst natürlich auch einen trockenen Chablis trinken, der paßt immer.«

Inzwischen war Monsieur Laroche, der Couturier, zu ihnen getreten.

»Darf ich dir Monsieur Laroche vorstellen, Grandmaman?« sagte Philippe zu Maximiliane, und zu Monsieur Laroche gewandt: »Trifft man sich an den Villemainschen Austernbänken, Monsieur? Sie finden hier Austern japanischer, amerikanischer und nationaler Herkunft. Ich habe mich über das sexuelle Leben der Austern informiert, es findet ausschließlich in den Sommermonaten statt, wenn das Meerwasser sich allmählich erwärmt. Die weiblichen Austern – Grandmaman, frag nicht, woran man eine männliche von einer weiblichen Auster unterscheiden kann, oder sehen Sie das, Monsieur?«

»Hat deine Mutter mit dir darüber gesprochen?«

»Nicht doch! Darüber weiß sie nicht Bescheid. Reif ist eine Auster nach fünf Jahren, aber wenn sie Glück hat, kann sie dreißig Jahre alt werden. Nach der Samen- beziehungsweise Eierabgabe wechseln sie übrigens ihr Geschlecht. Im September laichen manche Austern noch einmal, das Zeug – du weißt, was ich meine? – verdirbt den Geschmack der ersten Austern, sie schmecken direkt nach Sex!«

Monsieur Laroche, der den linken Arm um Philippes Schultern gelegt hatte und das Glas Guinness-Bier in der Rechten hielt, nahm den Arm von Philippes Schultern und legte ihn nie wieder darauf; er griff nach einer Auster. Maximiliane hörte nur noch mit halbem Ohr zu.

»Wußten Sie, Monsieur, daß die südfranzösischen Austern im Gegensatz zu den nördlichen, die ihr Geschlecht nur von einem Jahr zum andern wechseln, mehrere Male in der gleichen Jahreszeit ihr Geschlecht wechseln? Grandmaman, Monsieur Laroche stammt aus Südfrankreich, er ist ein Austernkenner. Er ißt sogar Austern. Maman lobt sie nur. Sie steckt nie einen Bissen in den Mund, ohne ihn vorher und nachher zu loben. ›Ah, das hat mir wohlgetan, sollte ich mir noch eine Portion nehmen? Sie schmecken ja köstlich! Ich könnte mich an Austern gewöhnen!‹« Er ahmte seine Mutter nach und brachte damit Maximiliane und auch Monsieur Laroche zum Lachen.

In diesem Augenblick führte Mirka einen weiteren Gast an die Austernbänke und sagte: »Ob ich mir noch eine Auster leisten sollte?«

»Könnt ihr euch Austern überhaupt leisten?« fragte Maximiliane.

»Das mußt du mich nicht fragen, Maman!«

»Fragst du dich nicht?«

»Die Zeit wird es ausweisen, das hast du doch immer gesagt, Maman.«

»Ich betone es anders, Mirka.« Wenig später, als Maximiliane für einen Augenblick mit Monsieur Villemain allein war, ergab sich die Gelegenheit, die Frage zu wiederholen.

»Stimmt etwas nicht, Beau-fils?«

Man kannte sich wenig, war sich aber sympathisch, hin und wieder redeten die beiden sich mit ›Belle-mère‹ und ›Beau-fils‹ an, was beide immer wieder, auch jetzt, erheiterte.

»Es liegt etwas in der Luft«, sagte Maximiliane, »man riecht es doch.«

»Es wird Mirkas Parfum sein, sie benutzt Moschus, seit sie Leder trägt.«

»Sie ist dünnhäutig, vermutlich trägt sie deshalb Leder. Gibt es Sorgen?«

»Sorgen, Belle-mère? Das ist nicht das richtige Wort.«

Das richtige Wort, Katastrophe, fiel während dieses Empfangs nicht.

Die Paris-Reise wäre überflüssig gewesen, hätte Maximiliane nicht endlich auch Pierre kennengelernt, der kräftiger war als sein Bruder Philippe, auch wilder. Wenige Tage vor dem Fest hatte er sich das rechte Fußgelenk gebrochen; er schwenkte sein Gipsbein geschickt durch die Räume. Er sah aus wie Golo! Gleich nachdem sie eingetroffen war, hatte Maximiliane ihrer Tochter diese Beobachtung mitgeteilt. Mirka hatte bereitwillig und auch aufmerksam Pierre angesehen und dann festgestellt, daß sie sich an Golo nicht erinnern könne.

»Aber du warst beinah zehn Jahre alt, als er ums Leben kam.«

»Ich erinnere mich trotzdem nicht. Ich nehme an, daß Pierre schöner ist.«

»Wahrscheinlich. Er ist schöner gekleidet, er wohnt schöner, Paris ist schöner. Wie bringt er es fertig, sich hier das Bein zu brechen?«

»Entschuldige mich, Maman. Wir haben nur Louisa und das Au-pair-Mädchen zur Hilfe.«

Sie hatte von ›le préparation‹ gesprochen, und Philippe, der daneben stand, hatte sie verbessert: »La préparation, Maman!«

»Merci, Philippe.«

Maximiliane blickte ihrer schönen Tochter nach.

Philippe erfaßte den Blick und bat, worum er schon oft gebeten hatte: »Erzähl, Grandmaman!«

Und Maximiliane erzählte ihm von Golo, der in den Trümmern von Berlin nach Gegenständen gesucht hatte, die er auf dem Schwarzmarkt verkaufen konnte, Gegenstände, die er unter blutigen Verbänden, die er sich selbst anlegte, vor der Polizei versteckt hatte. Später, in Marburg, hatte er nach Waffen aus dem Krieg gesucht, eine Panzerfaust auseinandergenommen und das Behelfsheim in die Luft gesprengt, in dem sie alle gewohnt hatten. Und als er noch kleiner war, da hatte er sich an die Äste der Blutbuche geklammert –.

»In Poenichen?«

»In Poenichen.«

Und dann erzählte Philippe ihr, daß Pierre auf den Brückengeländern der Seine balanciere und daß er mit vier Jahren sein Spielzeug auf dem Rasen im Park des Musée Rodin zum Verkauf angeboten habe.

»Maman mußte den Verkauf rückgängig machen und einen höheren Preis dafür zahlen.«

»Dann eignet Pierre sich also für die Firma?«

»Aber ich nicht, Grandmaman. Von Anfang an war er der kleine Chef.«

»Du paßt anderswo hin, Philippe. Irgendwo passen wir alle hin. Ich passe auch nicht hierher.«

»Was heißt das: passen? Aufpassen? Passé?«

Bei dem Wort ›passen‹ hatten Maximilianes Französisch- und Philippes Deutschkenntnisse ein Ende.

»Ich soll passen?« fragte er.

»Du paßt mir«, sagte Maximiliane und schloß den Jungen, der größer war als sie und der so wenig Zärtlichkeit empfangen hatte, in die Arme.

Bevor sie wieder abreiste, setzte Maximiliane sich mit dem Telefonbuch in die Bibliothek, suchte nach einem Namen, fand ihn auch, las die Anschrift, die sich nicht geändert hatte. Sie hätte anrufen können, aber man mußte nicht alles tun, was man tun könnte.

Sie benutzte das Telefonbuch als Auskunftei, viele Frauen tun das. Wer einen Telefonanschluß besaß, lebte noch. Ossian Schiff.

Es dauerte dann noch ein Vierteljahr, bis der Name Villemain wieder in den Zeitungen auftauchte, diesmal nicht in den Klatschspalten von ›France-Soir‹, sondern im Wirtschaftsteil. Villemain & Fils hatten Konkurs gemacht. Von unwirtschaftlichen Fertigungsmethoden und mangelnder Rentabilität war die Rede. Der monatelange Streik der Metallarbeiter wurde sowohl im ›Figaro‹ als auch im ›Matin de Paris‹, einmal unter linkem, einmal unter rechtem Aspekt, als Ursache genannt, aber auch das hohe Lebensalter des Firmenchefs, der die Leitung des Betriebes nicht rechtzeitig in jüngere Hände gelegt hatte. Der Jahresumsatz habe in guten Jahren immerhin bei dreißig Millionen Francs gelegen. Im ›Matin de Paris‹ hieß es, daß Monsieur Villemain angeblich aus Krankheitsgründen der Hauptversammlung ferngeblieben sei. Von den Fehlern einer kapitalistischen Betriebsführung war die Rede, von zu hohem Eigenverbrauch und vom typischen Beispiel dafür, daß die mittelständischen Betriebe verstaatlicht werden müßten. Über das Schicksal der rund hundertachtzig Arbeitnehmer bestehe weiterhin Ungewißheit. Die Söhne Villemains befänden sich noch im schulpflichtigen Alter. ›Wird es je wieder eine Firma mit dem Namen Villemain & Fils geben?‹ Mit dieser Zeile schloß der Bericht.

Mehrfach hieß es ›une catastrophe‹. Nur Mirka blieb bei ›un catastrophe‹, für sie waren Katastrophen männlichen Geschlechts. Aber sie erwies sich der Katastrophe gewachsen, schien sie sogar vorausgesehen zu haben. Einen Versuch, sie aufzuhalten oder zu verhindern, hatte sie nicht unternommen. Sie war die Tochter ihrer Mutter. Diese Frauen taten das Nötige und nicht mehr und nicht früher als unerläßlich; sie brauchten Schicksalsschläge, sie mußten einen Stoß bekommen, damit sie sich in Bewegung setzten, Frauen für Notfälle, auch für Glücksfälle, aber nicht für alle Fälle.

Die Katastrophe betraf vor allen Dingen die Arbeiter und Angestellten, die beim Konkurs der Firma entlassen wurden. Monsieur Villemain selbst nahm die Katastrophe nicht wahr; im richtigen Augenblick hatte sich sein Geist verwirrt, erste Anzeichen hatte es schon vor Monaten gegeben, seine körperlichen Kräfte hatten ebenfalls nachgelassen. Niemand konnte erwartet haben, daß Mirka sich zur geduldigen Krankenpflegerin eignen würde. Sie telefonierte am Abend desselben Tages mit Simone Villemain. Das Gespräch dauerte nicht länger als fünf Minuten, dann war alles geklärt. Die ländliche Umgebung würde Henri – bereits jetzt war von ›notre mari‹ die Rede – wohltun. Im Grunde war ›notre mari‹ ein bescheidener Mensch geblieben.

Die zweite Madame Villemain lieferte ihren Mann bei der ersten Madame Villemain in Etampes ab. Ein Tausch fand statt, bei dem beide Teile profitierten. Falls es eine gewisse Verwirrung gegeben haben sollte, äußerte sie sich lediglich in einer überraschenden Umarmung der beiden Frauen, unmittelbar bevor Mirka sich wieder in ihr Auto setzte und davonfuhr.

Monsieur Villemain hatte Mirka jenes Landhaus in Südfrankreich, nicht weit von Antibes gelegen, aus Anlaß der Geburt des erwünschten Erben geschenkt; es war ihr Privateigentum, das sie jetzt veräußern konnte. Die Kaufsumme würde ausreichen, die Ausbildung der Söhne zu finanzieren. Als der Notar ihr sein Mitgefühl aussprechen wollte, blickte Mirka ihn überrascht an. Wovon sprach er? In Zukunft würde sie kein Landhaus in Südfrankreich mehr benötigen. Die Zeiten hatten sich geändert.

Die kostspielige Pariser Wohnung in einer der stilleren Nebenstraßen der Champs-Elysées wurde aufgegeben, die Söhne befanden sich ohnedies im Internat, für die Ferien würden sich Lösungen ergeben. Das Au-pair-Mädchen wurde entlassen. Louisa, die schwarze Köchin, fragte: »Müssen wir jetzt hungern, Madame?«, woraufhin Mirka ungerührt sagte: »Ich habe mein Leben lang gehungert, Louisa, und Sie werden eine neue Stelle finden.« Warum sich aufregen? Sie selbst zog wieder zu Jean-Louis Laroche, dem Couturier; nicht Haute Couture, aber auch nicht Konfektion. Er hatte sich im Marais-Viertel, gegenüber dem Centre Pompidou, ein Atelier eingerichtet. Das Telefongespräch mit ihm dauerte kaum länger als jenes mit Simone Villemain. Mirka kehrte in die Welt zurück, aus der ihr Mann sie herausgeholt hatte. Zehn Jahre würde ihre Schönheit noch erhalten bleiben, diese Jahre mußte sie nutzen. Nichts mußte geschieden, kein Gericht mußte bemüht werden. Sie behielt offiziell den Namen Villemain bei, als Mannequin würde sie wie früher nur den Namen Mirka führen. Jean-Louis Laroche war homosexuell, das erleichterte das Zusammenleben.

Monsieur Villemains Geist hatte sich nicht eigentlich umnachtet, es handelte sich eher um eine anhaltende Dämmerung. In der Frühe kleidete er sich sorgfältig an, um in die Firma zu fahren. Simone begleitete ihn zum Bahnhof, sie gingen durch die Unterführung auf jenen Bahnsteig, von dem die Züge nach Paris abfuhren, immer noch auf demselben Gleis wie vor vierzig Jahren. Sie warteten zunächst die Ankunft und dann die Abfahrt des Zuges ab; eine Kehrtwendung genügte, dann gingen sie wieder Arm in Arm die Treppe zur Unterführung hinunter und kehrten nach Hause zurück. Monsieur Villemain legte Hut und Handschuhe ab, setzte sich im Winter in den kleinen Wintergarten, im Sommer auf die kleine Terrasse und trank eine große Tasse Schokolade. Unter Simones Pflege nahm er ein wenig zu, was bisher von Mirka verhindert worden war. Am späteren Nachmittag brachte Simone ihn zur Place de Gaulle, wo man ihn zum Boulespiel erwartete. »Hé, Henri!« – »Salut, Henri!« Man kannte einander von früher, und weil er nicht zu jenen Boulespielern zählte, die auf die Kugeln des Gegenspielers schossen, sondern nur darauf zielten und sich ihnen näherten, war er beliebt. Aus der Art, wie er Boule spielte, hätte man Rückschlüsse auf seine Art, eine Firma und eine Familie zu leiten, ziehen können. Zwei Stunden später lud er dann die Mitspieler auf einen Calvados ins ›Café de Gaulle‹ ein. »Santé, Henri!« – »Merci, Henri!« Der Alkohol erweiterte die alten Arterien. Dr. Montous hatte gegen Calvados nichts einzuwenden. Was Vergnügen machte, war auch gesund. Er selbst bevorzugte allerdings einen Cognac, der ihm hingestellt wurde, wenn er einmal in der Woche zur Visite kam.

Wenn es ihre Zeit erlaubte, was nicht oft der Fall war, rief Mirka an und erkundigte sich, wie es ›notre mari‹ ergehe; hin und wieder machte sie auch einen kurzen Besuch, dann erkundigte sich Monsieur Villemain höflich, wo man einander kennengelernt habe, und sie berichtete ebenso höflich, daß er so freundlich gewesen sei, ihr Auto aus einem Straßengraben zu ziehen, an der Route Nationale 345. Sobald er diese Zahl hörte, erinnerte er sich und wiederholte erfreut: ›Route Nationale 345!‹ Wenn sie dann wieder in ihren Wagen stieg, lichtete

sich die Dämmerung ein weiteres Mal, er warf ihr eine Kußhand zu und rief mit Papageienstimme: ›Baiser! Baiser! Ma
belle!‹ Mirka erwiderte die Kußhand, rief ihrer Vorgängerin
und Nachfolgerin »Merci, Madame!« zu, und Simone rief: »De
rien, Madame!« Bei jedem Besuch brachte Mirka eine Orchi-
dee mit und ließ einen Scheck für die kleinen Extras zurück.
Das Wort Emanzipation hat sie nie mit sich selbst in Zusammenhang gebracht.

Einmal im Monat besuchten die Söhne ihren Vater, dann
erkundigte er sich bei Philippe, wie es an der Front stünde und
ob sich der AMX-13 bewährt habe. Er redete ihn mit Maurice
an, verwechselte Bruder und Sohn und Krieg und Frieden. Zu
Pierre sagte er: »Laß dir von Maurice nichts gefallen!« Dann
ballte Pierre die Hand zur Faust, hielt sie drohend gegen seinen
Bruder und lachte.

Der einzige, der bei jener ›Katastrophe‹ lauthals protestierte,
war Coco. Als man seinen Käfig aus dem Haus trug, krächzte er
›merde, merde!‹, bis sich die Tür des Möbelwagens hinter ihm
schloß.

11

›Die einzige Sache die wichtig ist ist das tägliche Leben.‹
                                                    Gertrude Stein

Die zweite Frau Brandes wartete den von ihrem Mann testa-
mentarisch festgesetzten Termin nicht ab, an dem sie den Eyk-
kel zu verlassen hatte. Sie wählte einen Tag, an dem Herr
Kilian, der Geschäftsführer, zu einem eintägigen Aufenthalt in
die DDR gereist war. Mittags fuhr ein Möbelwagen so nah wie
nur möglich an den Hoteleingang heran. Das Personal war im
Restaurant und in der Küche beschäftigt, die Stubenmädchen

brachten die Zimmer in Ordnung. Der Zeitpunkt war also günstig gewählt. Frau Brandes, von zwei kräftigen Möbelpakkern begleitet, erschien in der Hotelhalle. Ohne Maximiliane, die an der Rezeption stand, zu begrüßen, zeigte sie auf eine alte Truhe und auf den einzigen kostbaren Sessel. Die Packer taxierten das Gewicht.

Maximiliane trat einen Schritt zurück, lehnte sich gegen die Wand und sah zu, tatenlos, wehrlos, wortlos. Aber: Gott ist in den Schwachen mächtig, der Buchhalter, Herr Bräutigam, erschien im richtigen Augenblick, durchschaute die Lage und faßte sie in dem Satz: »Die sahnt ab!« zusammen. Er überwand seine Menschenscheu, eilte ins Restaurant, um Herrn Röthel zu holen, eilte weiter in die Küche, benutzte auch dort das Wort ›absahnen‹, das keiner kannte, das aber, im Zusammenhang mit Frau Brandes, sofort verstanden wurde.

Antonio erschien als erster auf dem Schauplatz, zusammen mit seiner Frau Margherita. Er krempelte die Ärmel der Kochjacke noch höher. Nebeneinander stehend füllten sie die Eingangstür des Hotels, ein gewichtiges, lautstarkes Hindernis aus Fleisch und Empörung. Der Hausbursche Brod kam gerade mit einer Hacke in der Hand über den Hof, Mercedes zog den Staubsauger hinter sich her, schließlich kam auch der Oberkellner Röthel aus dem Restaurant. Eine Phalanx gegen Frau Brandes, die in noch schärferem Ton als gewöhnlich »Frau Quint!« sagte. Diese entgegnete mit fast ruhiger Stimme: »Frau Brandes!«, hielt sich aber mit beiden Händen an den eigenen Ellbogen fest, nachdem sie die Brille ins Haar geschoben hatte, nicht um besser, sondern um weniger zu sehen. Mit der Nennung der Namen war noch nicht viel gesagt, aber der Zweikampf war eröffnet. In diesem Augenblick tat sich die Tür auf, die ins Restaurant führte, ein Hotelgast, eine alte Dame, erschien und fragte erfreut, ob ein Theaterstück eingeübt würde.

Maximiliane wandte sich der Dame zu und sagte freundlich: »Wir sind beim letzten Akt. Dann wird weiterserviert.«

Sie nahm die alte Dame beim Arm, führte sie zurück ins Restaurant und schloß die Tür.

Antonio ging auf den Packer zu, der noch immer den schweren Renaissancestuhl trug, nahm ihm den Stuhl ab, stemmte ihn hoch, rief: »La sedia!« und setzte ihn dort ab, wo er immer gestanden hatte. Er forderte seine Frau auf, ihn zu besetzen, und nahm seinerseits auf der ebenfalls gefährdeten Truhe Platz.

Mittlerweile hatte Herr Bräutigam die Inventarlisten aus dem Büro geholt, hielt sie Frau Brandes vor die Augen und sagte: »Schauns halt!« Die Rechtslage wurde geklärt. Herr Bräutigam variierte seinen Standardsatz ›Was schöi is, is halt schöi‹ und sagte zur allgemeinen Überraschung: »Was schöi is, muß hierbloibn!«

Nach einer halben Stunde waren die Möbel aus dem Appartement der zweiten Frau Brandes im Möbelwagen verstaut und das Personal an seine Arbeitsplätze zurückgekehrt. Maximiliane hatte sich bei den Gästen für die Störung entschuldigt und eigenhändig ein Gläschen vom unbezahlbaren Schlehdorn eingegossen. Poenichen dry.

Kein guter Abgang. Kein gutes Wort. Ein ›Ach‹ von seiten Maximilianes, mehr war nicht zu sagen. Aber: der Wind hatte sich gelegt. Der Platz war frei für Inga Brandes.

Es war höchste Zeit, daß das Hotel in die Hände einer Fachkraft gelegt wurde. Inga Brandes, die Erbin, hatte eine Hotelfachschule in der Schweiz besucht und mehrere Jahre in vergleichbaren Hotels gearbeitet. Bei einem ihrer kurzen Aufenthalte auf dem Eyckel hatte sie zu Maximiliane gesagt: »Wenn ich dir vier Stunden zugesehen habe, habe ich mehr gelernt als in vier Wochen Hotelfachschule.« Eine Frau, die Botschaften auf die Fensterbank legte! Sie hatte, was so selten ist, eine glückliche Hand. Ein paarmal hatten die beiden Frauen abends gemeinsam gesungen, zum Entzücken der betagten Gäste auch Löns-Lieder, zunächst zweistimmig, den Refrain dann gemeinsam. ›Im Schummern, im Schummern‹. Hieß die Liedersammlung nicht ›Der kleine Rosengarten‹?

Mit dem Einzug von Inga Brandes begann für Maximiliane ein glücklicher Lebensabschnitt. Daß er andauern würde, hatte wohl keine von beiden erwartet. Es hatte sich etwas angebahnt. Es wäre richtiger zu sagen, daß sie selbst, Maximiliane, etwas angebahnt hatte. Liebe kam ins Spiel. Warum sonst hätte sie das Foto nach Dalarna geschickt, wo sie doch nie Fotografien verschickte? Es mußte ihrem Sohn auffallen. Er hatte dann ja auch gefragt: ›Wer ist die Schöne?‹ Zunächst hieß sie ›die Schöne‹, als solche tauchte sie in den Briefen auf, bestellte Grüße, erhielt Grüße, einmal hatte sie sogar mit ihrer runden Schrift, die halb so groß war wie die Maximilianes, einen Gruß an den Rand des Briefbogens geschrieben. Wo lebte die Schöne? Wem gehörte die Schöne? Die Antworten der Mutter waren so knapp wie die Fragen des Sohnes, weckten aber seine Neugier. Mehr als ein erklärendes oder auch ein schmückendes Beiwort schickte sie nicht. Sie setzte ihn auf Diät, oder, mit ihren eigenen Worten gesagt, sie legte hie und da ein Scheit nach, hielt das Feuer am Glimmen, mehr nicht. ›Wir sind ein wenig mit ihr verwandt.‹

Maximilianes Zuneigung zu dieser jungen Frau steckte ihren Sohn an. Er mußte nur noch kommen und sie sehen; ihre Stimme kannte er bereits von den Ferngesprächen. War es Maximilianes Absicht, die zwei Menschen zueinander zu führen, die ihr am nächsten standen? Das Wort Absicht hätte einen stärkeren Willen vorausgesetzt, es war ein Versuch. Noch immer sagte sie: Ich kann es versuchen. Oder: Es kann doch auch gutgehen. Lebenserfahrungen, die sie zu Maximen erhoben hatte.

›Ma belle‹ in Frankreich; ›die Schöne‹ in Deutschland. Nicht zu verwechseln, nicht einmal zu vergleichen, der Name verschwand, nachdem Joachim und Inga sich zum ersten Mal gesehen hatten. Von nun an hießen sie: Inga und Joachim. Ich habe dich bei deinem Namen gerufen!

Inga hatte bereits eine kleine Ehe hinter sich, das lag zurück. Sie hatte den Mann und den Namen gleichzeitig abgelegt, wenige Sätze genügten, um Joachim zu unterrichten, warum sie jenen Mann geheiratet und warum sie sich von ihm wieder getrennt hatte.

»Es sollte für immer sein und hat dann nur zwei Jahre gedauert. Er wollte keine Kinder haben, ich wollte eine Familie. Einen Ernährer brauchte ich nicht, ernähren kann ich mich selbst. Und einen Liebhaber muß man nicht heiraten. Mir war, als trieben wir Unzucht. Verstehst du, was ich meine?«

Es war nicht schwer zu verstehen. Sie wollte Kinder haben, nicht irgendwelche Kinder und auch nicht Kinder ›von‹ einem Mann, sondern Kinder ›mit‹ einem Mann.

Darin unterschied sie sich von Maximiliane, die bereits mit zehn Jahren ihrem Großvater gegenüber erklärt hatte, daß sie viele Kinder haben wollte; der Wunsch war in pommerschem Platt geäußert und von dem Großvater mit ›später‹ beantwortet worden. Nur ein einziges Mal, als es dafür zu spät war, hatte sie gesagt, daß sie gern von einem Mann, den sie liebte, ein Kind gehabt hätte.

Und Inga? Sie sagte nicht am ersten Tag, aber doch sehr bald: »Glück muß sich vermehren!«

Diese jungen Frauen! Sie sagen, was sie wollen. Einer der einfachsten Wege zur Verständigung.

»Ich werde nicht viel Zeit haben«, sagte Joachim.

»Ich werde auch nicht viel Zeit haben«, sagte Inga.

»Ich habe viel anderes im Kopf«, sagte Joachim.

»Ich habe auch viel anderes im Kopf«, sagte Inga.

Bei jeder Wiederholung lachte sie. Eine Frau, mit der man lachen konnte.

»Ich kann dir nicht das übliche Familienleben bieten«, sagte Joachim.

»Für einen Politiker ist ein Hotel das angemessene Zuhause!«

»Ich bin nicht mehr jung!«

»Ich bin auch nicht mehr die Jüngste!«

»Dann wollen wir keine Zeit verlieren!«

»Willst du noch eine Wahlrede halten?«

»Würdest du mich wählen?«

»Ich habe dich bereits gewählt.«

Wenn ein Gast die neue Inhaberin des Hotels fragte, ob sie etwa den Grünen nahestehe, antwortete sie heiter: »Ein Grüner steht mir nahe.« Immer häufiger sagte sie zu Maximiliane: »Setz dich! Schon dich! Ruh dich aus!« Mit liebevoller Besorgnis sagte sie das und nahm die Leitung des Hotels in ihre jungen und geschulten Hände.

Mit Rührung las Inga die Sprüche, die Maximiliane so sorgsam ausgewählt und eigenhändig auf die Speisekarten geschrieben hatte.

›Es liegt in der Natur der Menschen, daß sie nicht über einen Berg stolpern, sondern über einen Ameisenhügel.‹

»Das ist chinesisch!«

»Das ist gut, das ist sogar sehr gut. Aber die Sprüche wollen wir weglassen, die Speisekarte muß besser werden!«

Inga ging von Tisch zu Tisch, goß Kaffee ein und sagte nachher zu Maximiliane: »Das habe ich von dir gelernt, das Eigenhändige.«

Wenn sie ans Telefon gerufen wurde, sagte sie lachend: »Das ist Joachim!«

»Grüß ihn«, sagte Maximiliane.

Jetzt war sie es, die ihren Sohn grüßen ließ. So hatte sie es gewollt, so mußte es hingenommen werden. Sie nickte und sagte zu sich selbst: »Nimm es hin, Maximiliane Quint!«

12

In unregelmäßigen Abständen schickte Quint sehr persönlich
gehaltene Berichte nach Stockholm an die Redaktion von
›Dagens Nyheter‹. In seinem ersten Bericht, dem er die Überschrift »Die Bundesrepublik Deutschland – ein Land der
Extreme?« gab, hieß es: »Was ist hier anders? habe ich mich
gefragt, als ich nach Deutschland zurückgekehrt bin, genauer:
in die Bundesrepublik Deutschland. Das Land, aus dem ich
stamme, Pommern, liegt heute in Polen, aber an meiner deutschen Staatsangehörigkeit habe ich nie gezweifelt. Lange Jahre
habe ich wie ein Schwede in Schweden gelebt, in einem demokratischen Land, das keinem der beiden großen Machtblöcke
angehört. Ich sah hier in Deutschland dieselben Schwierigkeiten und Probleme, die ich aus Schweden und auch aus anderen
europäischen Ländern kannte, aber hier werden sie als ›Katastrophen‹ bezeichnet. Man spricht von bildungspolitischer
Katastrophe, von Einwanderungs-Katastrophe. Es wird
gestreikt, es kommt zu Aussperrungen, in einem demokratischen Staat übliche Vorgänge, aber hier wird von ›Terror‹
geredet. Bei Ferienende ergeben sich immer wieder auf den
Autobahnen ›katastrophale Zustände‹. ›Chaos!‹ Müßte man in
einem Staat, der wirkliche Katastrophen hinter sich hat, der
Terror und Mord kennt wie kein anderer, nicht behutsamer mit
diesen Worten umgehen?

Deutschland ist reich an Flüssen und Wäldern wie kaum ein
anderes Land; die Wälder und Flüsse sind krank. Ich habe auf
vielen Reisen die Krankheitssymptome gesehen, aber von
›Tod‹, wie man hier sagt, kann nicht die Rede sein. Was tot ist,
ist nicht zu retten. Es wird hier eine Weltuntergangsprophetie

betrieben, die zu tiefgreifenden, gefährlichen Depressionen führen muß. Was diesem Land fehlt, das sind nicht Kritiker, die hat es zur Genüge, es fehlt ihm an Liebhabern. Man kann an dem Land seiner Herkunft leiden; ich habe es getan und tue es noch. Heinrich Heine hat den Deutschen das passende Zitat geliefert, es wird bis zum Überdruß benutzt: ›Denk ich an Deutschland in der Nacht, so bin ich um den Schlaf gebracht.‹ Denkt man nun aber an beide Deutschlands – wie steht es da mit dem Schlaf? Dieses ganze Volk, soweit es lesen und schreiben kann, lamentiert. Wer Arbeit hat, klagt, daß er zuviel arbeiten muß; wer keine Arbeit hat, klagt, daß er keine hat. Es handelt sich um eines der wohlhabendsten Länder der Welt, aber wer die ›Tagesschau‹ auf dem Bildschirm sieht, wer die Zeitungen liest, könnte denken, es herrsche Not, Gewalt und Terror.

Der Wohlstand ermöglicht es den meisten, in den Ferien ins Ausland zu reisen, aber man bringt Kochrezepte, keine Lebensrezepte mit nach Hause. Da sagt mir ein Hausbesitzer: Wir ›müssen‹ im nächsten Jahr anbauen. Warum müssen Sie das? frage ich ihn. ›Wegen der Steuer‹, antwortet er. Sie sind lebenstüchtig, diese Deutschen, aber sind sie auch lebensfroh? Es gibt im Deutschen ein Hilfszeitwort, das ›müssen‹ heißt. Der Deutsche ›muß‹ alles. Er muß einkaufen, in Läden, die jeden Bedarf und jeden Wunsch im Übermaß erfüllen. Ich habe gehört, daß jemand zu den Festspielen nach Bayreuth fahren ›mußte‹, ein anderer ›mußte‹ zu einer Abendeinladung gehen. Hat man Angst, sich an etwas zu freuen, etwas zum Vergnügen zu tun?

Bei meinen Reisen habe ich immer darauf geachtet, welche Worte ich besonders häufig hörte. In den Vereinigten Staaten von Amerika war es das Wort ›okay‹, in Ordnung, erledigt, das machen wir schon. In Schweden fiel mir zunächst das Wort ›tack‹ auf, das wiederholte ›tack-tack‹, danke, danke. Es klingt außer dem Dank eine gewisse Ablehnung durch, der Wunsch nach Zurückhaltung, Distanz. In Frankreich ›ça va‹ und ›eh bien‹. Einverständnis. Ähnlich wie das italienische ›fa niente‹, macht nichts, nicht so wichtig, ›va bene‹, es geht schon. Im Polnischen kommt das Wort ›prosze‹ so häufig vor wie in Schweden das Wort ›tack‹. Es heißt ›bitte‹. Und in der Bundesrepublik Deutschland? ›Scheiße‹, ›Scheiß drauf‹. Fragt man: Worauf?, so heißt es: Auf alles! – Auf alles? Auch auf sich selber? Scheiße! sagt der Betreffende. Zu keiner Zeit und in keinem anderen Land habe ich dieses Wort so oft gehört. Gedankenlos ausgesprochen? Vermutlich. Also unbewußt und darum ernst zu nehmen. Man scheißt auf sein Vaterland. Der Begriff Vaterland ist verständlicherweise durch die jüngste nationale Geschichte verkommen.

Aber warum fehlt es an Stolz auf diesen gegenwärtigen Staat? Es ist ein Einwanderungsland, ein Land also, in dem andere Zuflucht suchen, vor wenigen Jahrzehnten noch ein Land, aus dem fliehen mußte, wer einer unerwünschten Rasse oder Religion oder Partei angehörte, falls er überhaupt noch fliehen konnte.

Wenn ich im Ausland jemanden deutsch sprechen höre und ihn frage, woher er stamme, sagt er, aus der ›BRD‹ oder ›DDR‹. Warum sagt er nicht ›aus Thüringen‹ oder ›Brandenburg‹? ›Schwaben‹ oder ›Rheinland‹? Frage ich: ›Sie sind Deutscher?‹ – an einer Hotelbar stellt man solche Fragen –, dann kommt die Zustimmung zögernd, beginnt meist mit ›nun ja‹ und ›wenn Sie so wollen‹. ›Meinetwegen, aber eigentlich –‹ Sie sind nicht gern, was sie sind: Deutsche. Manche sprechen über ›die Deutschen‹, als könnten sie sich, wenn sie nur schlecht genug darüber sprächen, entdeutschen, wie man ein Stück Stoff entfärben kann.

Noch ein anderes Wort hört man hier oft: ›glauben‹. ›Ich glaube sagen zu dürfen‹, beginnt man hier seine Festrede. Erkundigt man sich nach einer Ansicht, einer Vermutung, wird ein Glaubensbekenntnis abgelegt. Die Deutschen glauben, wo sie denken sollten, ob es um die Abfahrtszeit eines Zuges geht – ›ich glaube, um 13 Uhr zehn‹ – oder um den Ausgang einer

Bundestagswahl. ›Ich glaube, die Grünen werden es schaffen.‹
In England benutzt man das Wort ›to think‹, denken. In Frankreich ›penser‹.

Die Friedensbewegung ist hier stärker als in anderen Ländern, aber mir scheint, daß alle Bewegungen in diesem Land heftiger verlaufen. Die Nazis fingen als ›Bewegung‹ an, eine braune Bewegung. Die Studentenbewegung wurde hier zum Terrorismus. Selbst die Einführung einer Geschwindigkeitsbegrenzung wird mit einer Heftigkeit diskutiert, als ginge es um Tod und Leben und nicht um die Einsicht in eine notwendige Maßnahme. Sitzt der Lebensnerv der Deutschen im Gaspedal? Ein Appell an die Vernunft führt hier offensichtlich zu nichts; erst wenn das Gesetz es befiehlt und die Autofahrer Geldstrafen zu fürchten haben, benutzen sie den Gurt zu ihrer eigenen Sicherheit. Und dabei handelt es sich um denselben Volksstamm, der unter Hitlers Diktatur bereit war, Stanniol zu sammeln und sonntags Eintopf zu essen. Sie lassen sich belohnen wie Kinder, sie fürchten Strafen wie Kinder.

Wie mit der Geschwindigkeit, so halten die Deutschen es mit dem Verbrauch, mit dem Konsum, sie leben auch hier wie die Verschwender. In den Büros werden die Heizkörper auf die höchste Stufe eingestellt und die Fenster geöffnet; das eine der Annehmlichkeit, das andere der Gesundheit wegen. ›Gestatten Sie, daß ich mir das Jackett ausziehe?‹ Diesen Satz höre ich täglich mehrmals. Man zieht sich das Jackett aus, weil der Raum überheizt ist. Man wird nicht den Heizkörper auf eine niedrigere Temperatur einstellen und einen Pullover überziehen. Man hält sich hier ›Fünf Weise‹, fünf Professoren, die durch den Nachweis eines erworbenen Lehrstuhls als fachkundig gelten und dazu ausersehen sind, die wirtschaftliche Entwicklung der Zukunft zu prophezeien. Sie sagen, Sparsamkeit sei geboten, der einzige Ausweg aus den Schwierigkeiten sei Sparsamkeit! Gleichzeitig haben sie ihren eigenen Etat um fünfzehn Prozent erhöht. Wie das? Ein Narr fragt mehr, als fünf Weise beantworten können.

177

Auch außenpolitisch ist Deutschland ein Land der unberechenbaren Widersprüche. Das Ausland, das westliche ebenso wie das östliche, beobachtet mit Sorge die Beziehungen, die die beiden deutschen Staaten unterhalten. Würde man Frankreich teilen, mitten durch Paris eine Mauer ziehen – schon der Gedanke wird nicht zu Ende gedacht: unmöglich! In Berlin ist es seit Jahrzehnten möglich. Wenn sich ein Staatsmann des einen Deutschland mit einem Staatsmann des anderen Deutschland trifft, was selten vorkommt, dann fürchtet man in der westlichen und in der östlichen Welt, daß die beiden Deutschen sich wie Brüder in die Arme fallen und danach trachten könnten, wieder zueinander zu kommen. Die einzigen, die das nicht denken, sind diese deutschen Staatsmänner selber. Sie stehen sich nicht wie zwei Deutsche gegenüber, sondern wie Vertreter der feindlichen Machtblöcke.

Aber es ist nicht nur die Mauer, die Berlin in eine westliche und eine östliche Hälfte teilt. Es ist nicht nur der Todesstreifen, mit dem sich das eine Deutschland vom anderen abgegrenzt hat. Es geht durch jedes Herz eine Mauer und ein Todesstreifen, die unüberwindlich scheinen. Holocaust-Mittel sind nötig, um dieses Volk zu erschüttern. Man spricht hier vom ›anderen Deutschland‹. Die Bezeichnung hat sich vielfach gewandelt. ›Russisch besetzte Zone‹. ›Brüder und Schwestern im Osten‹. Offiziell: ›DDR‹. ›Drüben‹, sagt man noch immer, Hauptsache, wir sind hier, und die anderen sind drüben, das eine und das andere Deutschland. Die Politik der Machtblöcke treibt das eine immer weiter vom anderen weg. Das einzig Gemeinsame scheint zu sein, daß in einem Ernstfall das eine und das andere Deutschland zu einem gemeinsamen Schlachtfeld würden. Nur eine Katastrophe könnte beide vereinen.

Könnten die Deutschlands wieder Ursache und Anlaß für eine Katastrophe werden? Der sicherste Weg dazu ist, die Welt, die man retten will, vorher schon aufzugeben. Krieg und Frieden, wie es im Titel des Tolstoi-Romans noch heißt, gibt es nicht mehr. Es gibt nur noch Phasen, in denen geschossen wird, und solche, in denen nicht geschossen wird. Frieden und Krieg, auch in der Umkehrung, sind veraltete Begriffe. Man kann nur noch von Leben und Nichtleben sprechen.

Wenn nach Beendigung des Zweiten Weltkriegs der Morgenthau-Plan durchgeführt worden und aus Deutschland ein entmilitarisiertes Agrarland geworden wäre, hätten sich die beiden deutschen Staaten nicht zum Zankapfel der Weltmächte entwickeln können, eine Äußerung, die ich an einer Hotelbar gehört habe. Im Vergleich zu der heute möglichen totalen Vernichtung aller Zivilisation möchte einem der Morgenthau-Plan wie eine Idylle erscheinen.«

13

›Wenn der Tod die einzige Lösung ist, befinden wir uns nicht auf dem richtigen Weg. Der richtige Weg führt zum Leben, an die Sonne . . .‹

Albert Camus

Viktoria trug nicht mehr Jeans und Turnschuhe, sondern Sandalen und weite Röcke. Ihr Gang hatte sich verändert, sie ging durch das Dorf wie jemand, der ein Haus besaß und ein Bankkonto. Sie erteilte Aufträge. Das Dach mußte gedeckt werden, nicht mit Kunststoff und auch nicht mit neuen Ziegeln, sondern mit alten Ziegeln von anderen zerfallenen Dächern. Sie lernte, Anordnungen zu geben, und sie lernte, daß man viel Zeit braucht, um ein Haus zu bauen. Keiner wußte, wie alt ihr Haus war. »Sehr alt«, sagte Monsieur Pascal vom ›Café du Déluge‹. Je älter, desto besser, das wußte man inzwischen auch in Notre-Dame-sur-Durance. In anderen Dörfern wußte man es schon lange, dort hatten sich viele Fremde eingenistet und alte, verlassene Häuser ausgebaut, um ein paar Wochen im Jahr darin zu leben.

Hier hatte man ›Madame seule‹, die ein wenig, aber nicht zuviel Geld besaß und die blieb. Sie hatte gelernt, eine Wand zu tünchen, und sie hatte gelernt, Hammer und Meißel zu handhaben, ohne daß die Werkzeuge kaputtgingen; der erste Meißel war noch abgebrochen, der zweite nicht mehr. Sie hatte gelernt zu arbeiten und hatte gelernt, zu ruhen und weiterzuarbeiten und wieder zu ruhen. Ihr Körper hatte seinen Rhythmus gefunden. Sie trank kein Wasser mehr zum Essen, sondern Wein; sie litt nicht mehr unter Magenbeschwerden, jetzt beschwerten sich der Rücken und die Arme, mahnten zu Ruhepausen.

Die Fensterhöhlen dürfen nicht vergrößert werden! Madame seule mißt mit den Augen und mißt mit dem Arm, eine Armlänge, sagt sie, oder: eine halbe Armlänge. Proportionen! Als Monsieur Lalou einen Zollstock aus der Tasche zieht, wirft sie den Zollstock über die Mauer. Mit den Augen muß man Maß nehmen! Die Treppen aus Steinen, die Fensterrahmen aus Holz. Ici! ruft sie. Ici! Ein Balkon im ersten Stockwerk, von dort aus wird sie die Durance sehen, dort wird sie im Sonnenuntergang sitzen, wenn das Haus fertig ist.

Aber es wird niemals fertig werden. Kaum hat es Fenster, verlangt es nach Fensterläden, kaum hat es ein Dach, verlangt es nach Dachrinnen und Regentraufen. Es ist ein habgieriges Haus. Viktoria steigt auf den Hügel, um das Dach ihres Hauses von oben sehen zu können, es flacht sich nach allen vier Seiten hin ab, damit das Regenwasser abfließen kann, jeder Ziegel hat eine andere Tönung, als hätte man einen Teppich über ihr Haus gebreitet.

Sie war der Verführung des Wortes ›mein‹ erlegen. »Meine Asphodelen blühen«, schrieb sie im Frühling, »mein weißer Oleander blüht«, schreibt sie im Sommer. Eines Tages schrieb sie keine Karten, sondern setzte sich hin und schrieb einen Brief, richtete ihn an ihren Bruder in Dalarna, mit dem sie Jahre zuvor endlose Dispute über das Glück geführt hatte.

»Damals habe ich ein Mehr an Lebensqualität, erfolgreiche Kommunikation, gelungenen Konsens für die legitimen Nachfolger von Glück, Harmonie und Liebe gehalten«, schrieb sie. »Das war Vokabular. Jetzt habe ich erkannt, daß ich mich geirrt hatte wie alle anderen. Eingezwängt zwischen Vergangenheitsbewältigung und no future, konnte ich nicht mehr atmen. Ich führe die altmodischen Begriffe auf ihren ursprünglichen Gehalt zurück. Mein Dorf, mein Haus, mein Hund. Daphne hat sich aus einem Lorbeerstrauch zurückverwandelt.«

Der letzte Satz war an den Lyriker gerichtet. Eine Antwort bekam sie nicht, ihr Bruder hatte Dalarna bereits verlassen.

Als der erste Raum fertig war und das Haus eine Tür besaß, die man abschließen konnte, lieh sie sich beim Besitzer des Magazins den Kombiwagen, zahlte eine Kaution, fuhr nach Lourmarin und kaufte Möbel, einen Tisch mit einer Schublade, einen Stuhl und ein Bett, alles aus rohem Kiefernholz. Außerdem brachte sie Farbtöpfe mit und Kunstpostkarten, die sie Monsieur Lalou hinhielt. Hier waren die Möbel, hier waren die Farben, so sollte es werden, wie auf den Bildern.

»Van Gogh!« sagte Lalou. »Van Gogh war verrückt.«

Diese Madame seule mußte ebenfalls verrückt sein. Aber sie hatte Geld, sie hatte einen Hund, der sie bewachte und der die Schritte auf der Gasse und die Absicht der Schritte kannte.

»Nur ein Bett? Nur einen Stuhl? Nur einen Tisch?« Sie war Lalou keine Erklärung schuldig, wohl aber dem Haus, mit dem sie redete.

Du bist ein Einpersonenhaus! Du hast nur mich!

Sobald sie mit dem Haus redete, bellte der Cochon, und sie schickte ihn weg. Der Hund kniff die schöne Rute ein, ließ das schlappe Ohr noch tiefer hängen und zog sich gekränkt zurück. Am Abend rief sie ihn zu sich.

Während Lalou, der ›alles konnte‹, die Möbel blau und gelb und grün strich, arbeitete sie im Garten, aber sie hackte nicht und wässerte nicht, sondern bearbeitete einen Stein, genauer: die Rückseite eines Steines, den sie unterm Gestrüpp auf dem Friedhof entdeckt hatte. Warum nicht ein Grabstein? Der Tote brauchte ihn nicht mehr. Sie hatte mit Monsieur Pascal gesprochen und den Stein von der Gemeinde für wenig Geld erworben. Lalou hatte ihn auf den Karren geladen und in ihren Garten transportiert, wo er im Schatten der Hauswand lehnte. Stunde um Stunde lag sie vor dem Stein auf den Knien, betrachtete und betastete ihn, dann nahm sie den Hammer und das Spitzeisen und machte sich ans Werk, verließ sich auf ihr Augenmaß und das Maß ihrer Hände, benutzte nicht einmal einen Stift zum Vorzeichnen. Die sechzehnstrahlige Sonne von Les Baux! Dazu benötigte sie mehrere Wochen, in denen Lalou die Türen und die Fensterläden strich, Boule spielte und im Café saß. Keine Sonnenuhr, sondern die Sonne selbst für die Schattenwand des Hauses. Sie zählte nicht die Stunden und nicht die Tage, sie ließ die Zeit vergehen.

Kein Arbeitsvertrag mit Lalou, keinerlei Bindungen. Wenn ihm eine bessere Tätigkeit angeboten würde, sollte er sie annehmen. Wenn sie selber einen besseren Arbeiter fand, würde sie den besseren beschäftigen. Die beiderseitige Unsicherheit des Arbeitsverhältnisses bewährte sich. Sozial war es nicht. Es war lange her, daß sie Soziologie studiert hatte. Aber wenn ihr Arbeiter krank war, fuhr sie nach Lourmarin, besuchte ihn, ging zur Apotheke. Und wenn sie, Madame seule, sich nicht wohl fühlte, öffnete sie die Haustür und schickte den Cochon ins ›Café du Déluge‹; eine Viertelstunde später erschien Madame Pascal und kümmerte sich um sie.

In anderen Dörfern hätten die Fremden sich große Fenster in die alten Häuser setzen lassen, der Sonne und der Aussicht wegen, sagte Lalou, aber sie blieb dabei: ein altes Haus durfte keine neuen Fenster haben. Es sollte aussehen wie früher. Immerhin ließ sie das Haus ans Stromnetz anschließen. Elektrizität war leicht zu bekommen, mit dem Wasser war es schwieriger und kostspieliger. Sie ließ die alte Zisterne ausbauen, wozu eine einzige Arbeitskraft nicht ausreichte; aber Lalou hatte einen Neffen, der arbeitslos war. Notre-Dame-sur-Durance besaß keine Kanalisation, nur wenige Häuser hatten Sickergruben. Die Männer stellten sich an die Hauswände. Wer im Umkreis des Dorfes im Gebüsch hockte, tat es nicht immer mit der Absicht, ein Kaninchen zu schießen; Madame seule hatte gelernt, die Absichten zu unterscheiden. Wasser war kostbar, sie ließ sich Prospekte über Trockenklosetts schicken.

Lalou besaß eine Lebensstellung. Gab es am Haus nichts zu tun, dann besserte er die Gasse aus, zunächst nur das Stück vom Haus bis zum ›Déluge‹.

Wenn Viktoria von ihren Ausflügen zurückkehrte, sagte sie zu dem Haus: Ich habe dir etwas mitgebracht, und legte einen Granatapfel in die Tonschale, die auf der breiten Fensterbank stand. Du wirst das schönste Haus in der Provence werden!

Du kannst nicht einmal fegen! Du wirbelst nur Staub auf.

Ich habe nicht gelernt zu fegen.

Dann lern es! Laß dir von den alten Frauen zeigen, wie man einen Besen in die Hand nimmt.

Du hast mir nichts zu befehlen. Sonst gehe ich weg.

Das kannst du nicht mehr.

Ich bin überall weggegangen.

Aber noch nie aus einem Haus, das dir gehört.

Du willst recht behalten!

Wer bleibt, hat recht. – Ich höre niemals ein Lachen.

Aber es weint auch keiner. Mehr kannst du nicht verlangen.

Früher scharrten hier Hühner. Früher nisteten die Fledermäuse im Gebälk.

Früher hast du nicht einmal ein Dach gehabt!

Dann schwiegen beide.

Nach Tagen sagte das Haus: Sprich wieder mit mir!

Ich habe zu tun. Ich fege. Ich putze. Ich streiche an.

Was hast du mit mir vor, wenn ich deinen Ansprüchen genüge? Willst du mich dann verkaufen? An einen Fremden?

Ich kann jederzeit fortgehen. Ich werde die Tür abschließen und den Schlüssel in die Zisterne werfen!

Schrei mich nicht an! sagte das Haus.

Sie stritten sich, sie versöhnten sich, sie benahmen sich wie ein Ehepaar, waren derselben Sonne, demselben Wind ausgesetzt, atmeten im selben Rhythmus.

Woher diese enge Bindung an ein Haus? Woher diese Ausdauer bei jemandem, der bisher wie ein Spürhund jeder fremden Fährte gefolgt war, bei diesem altgewordenen Suchkind? Was kam da zum Vorschein? Die pommersche Genügsamkeit und die sprichwörtliche pommersche Geduld? Oder kam väterliches, schlesisches Erbe zum Vorschein? Eine Neigung zum Mystischen?

Erklären läßt sich alles. Viktoria ist die Tochter eines Einzelkindes, hat alle Eigenarten und Unarten eines Einzelkindes geerbt. Als sie geboren wurde, gab es auf Poenichen bereits zwei Söhne, denen die Mutter eine kleine Schwester versprochen hatte. Statt dessen hatte eines Tages jenes Berliner Findelkind mit Namen Edda vor der Tür gestanden, war dem ungeborenen Kind zuvorgekommen, hatte die Aufmerksamkeit auf sich gezogen und in Berlin-Pankow bereits gelernt, sich zu behaupten. Das mag einer der Gründe sein. Viktoria hat sich immer zurückgesetzt gefühlt. Von klein auf hatte sie in Betten liegen müssen, die von einem anderen Körper bereits erwärmt waren. Fremde Bettwärme verursacht ihr Übelkeit. Während der langen Flucht von Poenichen nach Berlin hatte sie zwar auf dem Handkarren sitzen dürfen und war gezogen worden, aber nachts war sie von der Mutter angeleint worden wie die übrigen Kinder, damit sie im Schlaf nicht abhanden kam. Später dann, auf dem Eyckel, der Fliehburg aller Quindts und Quints aus dem deutschen Osten, hatte das schwächliche kleine Mädchen das Bett mit der robusten Edda teilen müssen, war an die Wand gedrückt worden. Und dann war auch noch Mirka dazugekommen, von klein auf ihrer exotischen Schönheit wegen bewundert. Eingezwängt zwischen eine tüchtige ältere und eine schöne jüngere Schwester! Nie ein eigenes Bett, nie ein eigenes Zimmer, in Marburg nicht, in Kassel nicht, und später dann alle die Kommunen und Wohngemeinschaften, diese Versuche, neue Formen des Zusammenlebens am eigenen ungeeigneten Leib auszuprobieren, das Bedürfnis nach Absonderung unterdrückend. Die totale Kommune in Berlin-Moabit. Jahre im Untergrund. Keine Terroristin, aber eine Sympathisantin. Sie hatte Flugblätter verfaßt, in Kellern abgezogen und auf den Straßen verteilt, war stundenweise inhaftiert gewesen. Eine Demonstrantin im Hauptberuf, von den Mitdemonstranten ihrer Herkunft wegen als Privilegierte verspottet und ausgenutzt. Sie hatte in einem Kinderladen gearbeitet, wo sie Kleinkinder hüten sollte, ohne deren freie Entwicklung zu beeinflussen. Ihre Abneigung gegen Kleinkinder, die sich bis zu Ekel steigerte, hatte in diesem Moabiter Kinderladen ihre Ursache. Notre-Dame-sur-Durance war ein kinderloser Ort. Sie hat sich ein Kloster für eine einzige Nonne gebaut.

Eine Glücksucherin! Ihre Dissertation hatte das Glück zum Thema, Glück, das es nicht gab. Was hätte sie anderes herausfinden können? Welches Ergebnis wäre Anfang der siebziger Jahre denn zu erwarten gewesen? Sie hatte sich in einem bürgerlichen Beruf versucht, damit ›etwas Rechtes‹ aus ihr würde, und hatte gleichzeitig versucht, mit einem einzigen Mann in einer eheähnlichen Beziehung zusammen zu leben, auch er hatte sie ausgenutzt und ausgebeutet. Und immer diese dominierende Mutter, deren Maximen von den ungleichen Kindern mitgelebt werden mußten. Sie, Tora Flüchtling, hätte ein Zuhause nötig gehabt. Andere Mütter, ebenfalls Kriegswitwen und ebenfalls Heimatvertriebene, hatten für geregelte Lebensumstände gesorgt. Aber Maximiliane hatte den Fluchtblick und zog weiter, immer auf der Suche nach einer verlorenen Heimat, die unerreichbar und von anderen längst abgeschrieben war. Eine Frau, die bei allen Anlässen entschieden hatte: ›Das brauchen wir nicht‹, eine Maxime, die sich unterschiedlich auf ihre Kinder ausgewirkt hatte. Edda hatte sich zur Wehr gesetzt und war auf Besitz aus. Mirka hatte die Besitzverweigerung vermutlich erst gar nicht wahrgenommen. Joachim versuchte diese Devise auf die höhere Ebene der Politik zu übertragen. Und Viktoria, die so lange Zeit nicht gewußt hatte, was man brauchte und was sie selbst brauchte, hatte es endlich gefunden: ein Haus, ein eigenes Dach überm Kopf, Erde unter den Füßen, Mauern zum Schutz, meterdick. Sie war einer Zeitströmung gefolgt, das hatte sie immer getan, das wird sie auch weiterhin tun. Alternatives Leben auf provençalische Art. Die große Zeitströmung hatte zum Besitz geführt; eine Gegenströmung führte vom Besitz weg, aus der schützenden und einengenden staatlichen und sozialen Gemeinschaft heraus in die schutzlose Vereinzelung.

»Es ist gut, wenn der Mensch allein ist!« schrieb sie an ihre Schwester Edda, an eine falsche Adresse also. »Ich werde allein fertig«, schrieb sie an ihre Mutter. Alle ihre Sätze fingen mit ›ich‹ an. »Ich komme zurecht.« Auf eine Ansichtskarte schrieb sie: »Ich gehe barfuß wie du.« Ein Stilleben von Cézanne: drei Orangen, die den Anlaß zu dem Vermerk »Ich lebe vegetarisch« gegeben hatten. War es Absicht, oder war es ein Versehen, daß das Wort ›lebe‹ unterstrichen war? Diese Karte war ein Lebenszeichen und wurde von der Mutter so gewertet; mehr an Zuwendung als die Angabe ›barfuß wie du‹ hatte sie nicht zu erwarten. Jeder Psychologe hätte aus dieser Bekundung bereits geschlossen, daß Viktoria noch immer auf ihre Mutter fixiert war und sie unbewußt nachahmte. Erklären läßt sich alles. Maximiliane war nicht auf Erklärungen bedacht, sie hatte nie angenommen, daß das Leben ihr Erklärungen für all die schwer verständlichen Warums schuldig sei. Sie las ›Deine Viktoria‹ mit Dankbarkeit. Diese Tochter hatte nur selten das Wort ›dein‹ gebraucht. Aufbewahrt hat Maximiliane dieses Lebenszeichen nicht, sie hebt nichts auf. Als Joachim sich telefonisch erkundigte, ob man etwas von Viktoria gehört habe, sagte sie: »Sie geht barfuß auf der Provence.«

»Weißt du überhaupt, daß du immer gesagt hast: ›Lauft‹, als wir noch gar nicht laufen konnten?«

»Aber ich habe nicht gesagt, daß ihr barfuß laufen sollt.«

Barfuß auf der Provence – meist trug Viktoria Sandalen. Im Frühling stach sie den wilden Spargel, Ende August schnitt sie mit der Sichel den wilden Lavendel, der kräftiger duftete als der Lavendel aus der Ebene. Lavendel war gut gegen Rheuma, Lavendel beruhigte das Herz, brauchte wenig Erde, wenig Regen, aber er brauchte Sonne. Die warmen Sternennächte verbrachte sie im Garten, legte ein paar Kissen auf eine der Steinbänke. Bei einem Herbstgewitter hatte ein Blitz die Zypresse getroffen und in Brand gesetzt. Sie loderte wie eine Fackel, aber der Regen rettete sie. Und dann der Mistral, dieser Todeswind, der die Brände anfachte. Die niederen Steineichen, die Korkeichen an den Berghängen, die dürren Tamariskensträucher und die ölhaltigen Sträucher des Maquis, alles brannte wie Zunder. Weiße Asche und verkohlte schwarze Baumstümpfe blieben zurück. Aber immer machte das Feuer halt vor Notre-Dame-sur-Durance.

Er war zu jung für sie. Viktoria war vierzig Jahre alt, wie alt er war, wußte keiner. Er war ein französischer Landarbeiter und sie eine deutsche Akademikerin, das ist richtig. Aber: er las Steine von den Feldern, karrte Erde, bewässerte das Land, streute Pestizide für einen Gemüsebauern in der Ebene. Und was tat sie? Nichts anderes als Steine lesen, Erde karren, Wasser schleppen. Sie hatte ihn ein paarmal gesehen, wenn sie Gemüse einkaufte. Eines Tages war er ihr gefolgt, nachtwandlerisch im gleißenden Mittagslicht, nicht viel anders als damals der Cochon. Sie hatte zunächst versucht, ihn abzuschütteln, nicht viel anders als damals den Cochon. Er stammte aus Algerien, Angehörige besaß er nicht, der Bauer beschäftigte ihn aus Mitleid. Man rief ihn Pierre, Pierre le fou. Er war weder taub noch stumm, aber er sagte nichts, machte den Mund nicht auf. Keiner wußte, was er verstand und was nicht. Er lachte nur und pfiff. Pierre le fou. Kein Mädchen hatte sich bisher mit ihm eingelassen, obwohl er gut gewachsen war. Er war unerfahren. Und Viktoria galt als unbegabt, wenn nicht untauglich. Ein Akt der Befreiung also, für beide. Besondere Leistungen wurden nicht erwartet. Pierre kam über die Felder, benutzte nicht die Wege, brachte ihr eine Melone oder eine Weintraube mit, eine blaublütige Winde. Nach einer Stunde rannte er lachend den steinigen Abhang hinunter, pfiff aus der Ferne, trollte sich davon.

War dies nun das Glück? Le bonheur? La bonne heure – eine gute Stunde im Schatten der alten Mandelbäume oben am Berg, nicht mehr, aber auch nicht weniger. Ein Körper ohne Geist. Die Männer, mit denen Viktoria bisher zu tun gehabt hatte, besaßen eher zuviel an Geist. Diskussionen vorher, Diskussionen nachher, alles zerredet, analysiert, bewertet und bepunktet. Pierre le fou erfüllte Wünsche, küßte sie, wann sie wollte, wohin sie wollte. Ici! und Ici! und hier und da, bis beide lachten. Sie hörte ihr eigenes Lachen. Wenn nicht gerade die Zikaden schrien, hörte man das Lachen unten im Dorf. Wer lachte da? Madame seule? Niemand hatte sie bisher auch nur lächeln sehen. In Notre-Dame-sur-Durance wurde nicht gelacht, worüber sollte man lachen?

An einem Mittag machten sich die alten Männer auf den Weg. Madame seule und Pierre le fou! Wenigstens zuschauen wollten sie. Auch sie wollten ihren Spaß haben. Aber sie kamen nicht weit. Die Gasse war steil und dann noch der Berg. Die Sonne stand hoch. Bis zu den Mandelbäumen kamen sie nicht. Sie kehrten in den Platanenschatten zurück. Laissez-faire!

Mit großer Verspätung lernte Viktoria in jenem Sommer ihren Körper kennen und lernte den Geruch eines fremden Körpers kennen, Erde, Anis, Sonne. Der Cochon ließ sich nicht vertreiben, er folgte ihr überall hin, auch unter die Mandelbäume. Er lag in einiger, nicht einmal angemessener Entfernung und griff mit heftigem Gebell ein, um seine Herrin vor dem Ärgsten zu bewahren. Aber Pierre le fou stieß Laute aus, die den Hund beruhigten und veranlaßten, auf seinen Beobachtungsposten zurückzukehren.

Obwohl Viktoria ihren jungen Liebhaber nicht mit in ihr Haus nahm, erwies das Haus sich als eifersüchtig und nachtragend. Mit bloßen Füßen trat Viktoria gegen die Steinstufen.

Du bist nicht alleinstehend, du lehnst dich an das Nachbarhaus an, den ganzen Tag und die ganze Nacht!

Das Haus ließ nicht mit sich reden.

Viktoria kaufte in Saint Joseph, dem Nachbardorf, bei dem dänischen Töpfer einen großen Krug und stellte ihn, mit Disteln gefüllt, neben das Fenster.

Kein Wort des Dankes.

Eine starke Flamme wird vom Sturm angefacht, eine kleine erlischt, das ist bekannt. Le bonheur war den Herbstgewittern nicht gewachsen. Die beiden suchten noch einmal Unterschlupf in einem der steinernen Bories, in dem es nach Schweiß und Dung der Schafe roch. Sie froren, es regnete. Es fehlte an Worten. Viktoria nahm Pierre le fou bei den Schultern und schüttelte ihn.

»Sag etwas!«

Er sagte nichts. Mehr als ein Lachen hatte er nicht zu geben.

Nachdem die Felder abgeerntet waren, hatte sein Patron keine Arbeit mehr für ihn, er schickte ihn fort. ›C'est la vie!‹ sagte Monsieur Dubois zu Viktoria, die wieder eine Madame seule war; Monsieur Pascal sagte dasselbe: ›C'est la vie!‹ Es ließ sich auf eine einfache Formel bringen.

In Yoga-Haltung saß Viktoria auf dem Steinboden ihres Hauses, Meditationsübungen hatte sie gelernt.

Was soll das? fragte das Haus. Setz dich auf einen Stuhl.

Stör mich nicht!

Das Haus war unersättlich. Als es Winter wurde, verlangte es nach Wärme, nach Büchern, nach Bildern, nach Musik.

Viktoria brauchte Einkünfte. Als der Berliner Verlag ihr ein Belegexemplar der Taschenbuchausgabe der Gesammelten Vorträge von Daniel Green schickte, fiel ihr Blick auf die biographischen Angaben; zum ersten Mal las sie seinen

Lebenslauf mit Aufmerksamkeit. In Galizien geboren, jüdischer Abstammung, Schüler und später Mitarbeiter von Sigmund Freud in Wien, Tätigkeit als Psychotherapeut in Berlin, Emigration in die Vereinigten Staaten von Amerika. Viktoria erinnerte sich, daß er seinerzeit ihr Verhalten beobachtet hatte, erinnerte sich an das Unbehagen, das sie dabei empfand. Körpersprachliches Verhalten war damals noch eine neue, nicht anerkannte Wissenschaft. Der Buchhändler Leclerc in Aix, bei dem sie gelegentlich einkaufte, kannte den Namen Daniel Green, ins Französische war bisher keines seiner Bücher übersetzt worden. Er ermunterte sie, dies nachzuholen, stellte die Verbindung zu französischen Verlegern her. Telefonische Besprechungen fanden statt, mit Lyon, mit Paris, einige auch mit dem Verlag Ullstein in Berlin, mit dem bereits Vera Green, damals noch Vera Grün, als Fotoreporterin zusammengearbeitet hatte. Viktoria erwarb ein psychologisches Wörterbuch und den Larousse; sie setzte sich an ihren blauen Van-Gogh-Tisch und nahm sich ›Die Dialekte der Körpersprache‹ vor, das letzterschienene Werk von Daniel Green, in der deutschen und der englischen Fassung. Ihre Sprachkenntnisse reichten aus. Sie vertiefte sich in die Wissenschaft ihres Stiefgroßvaters.

»Sie brauchen ein Telefon!« sagte Monsieur Pascal.

»Ich werde weiterhin Ihr Telefon benutzen und die Gebühren bezahlen«, sagte Madame seule.

Sie sagte fast so oft wie ihre Mutter: ›Das brauche ich nicht‹; ›avoir besoin‹ gleich ›nötig haben‹. Sie brauchte wenig und verbrauchte wenig. Im Gegensatz zu ihrer Mutter, die immer nur wußte, was sie nicht brauchte, wußte sie, was sie brauchte. Sie machte ihr Haus und ihren Garten zu einem Kunstwerk, das allein ihr gehörte. Einen Beruf übte sie nicht aus, aber sie hatte ihr Auskommen, und sie hatte eine Position im Dorf.

Ein Renault-Vertreter, von Monsieur Pascal geschickt, erschien vor ihrer Tür.

»Sie brauchen einen Wagen für Ihre Fahrten nach Lourmarin und Aix und Avignon und ans Meer!«

Sie wolle nicht wegfahren, sie wolle bleiben, sie würde sich einen Wagen leihen, wenn es nötig wäre. Sie wies auf den Bus hin. Monsieur Ruffe, der Vertreter, der die Verhandlungen noch nicht für abgeschlossen hielt, setzte einen Fuß auf die Treppe, die in ihr Haus führte, und legte die Hand auf ihren Arm. So rasch gab ein Renault-Vertreter nicht auf, sonst wäre er ein schlechter Vertreter. Der Cochon verbellte ihn, an die Kehle sprang er keinem mehr. Niemand konnte Madame seule zu etwas überreden, das sie nicht wollte.

Wenn vor dem Café ein großer ausländischer, zumeist deutscher Wagen parkte und der Besitzer bald darauf heftig an ihrer Hausglocke läutete, kam sie nicht zum Vorschein. Wer keine Zeit hatte und annahm, daß er alles kaufen konnte, nur weil dieses Dorf arm war, der gehörte nicht nach Notre-Dame-sur-Durance. Das ›mein‹, das sie zunächst auf ihren Hund und auf ihr Haus beschränkt hatte, weitete sie nun auf das Dorf aus. ›Mein Dorf‹, sagte sie und schrieb sie. Die Versuche, sich den Zeitströmungen und Weltanschauungen anzupassen, lagen hinter ihr, sie hatte eine überschaubare Welt gefunden, in die sie paßte, in der sie etwas bewirken konnte. Bei jeder Rückkehr ins Dorf wurde sie von der Friedhofszypresse begrüßt. Sie lebte auf eigene Gefahr, aber: sie lebte. Sie brachte ein wenig Geld ins Dorf. Einiges hatte sich verändert, anderes nicht. Zwei- oder dreimal im Jahr verwandelte der sintflutartige Regen den Platz vor dem ›Déluge‹ noch immer in einen Dorfteich. Monsieur Pascal hatte, ohne vorher Madame seule gefragt zu haben, Stühle und Tische angeschafft, die er vor sein Café stellte. Sie waren aus Kunststoff, wie anderswo auch. Madame seule machte ihm Vorwürfe, er würde alles verderben, das ganze Dorf. Sie lud die Stühle und Tische auf den Kombiwagen, fuhr sie zurück und kam mit Holzstühlen und dreibeinigen Blechtischen wieder. Lalou würde sie blau anstreichen, blau paßte am besten. Monsieur Pascal machte eine Verbeugung und sagte: »Victoria la Quinte!« und spendierte ihr einen Pernod.

Lalou malte die Verheißung ›à vendre‹ auf Schilder und brachte sie auf dem Steinhaufen an, der von einem Stall übriggeblieben war. In den Nachbardörfern waren längst ausländische Kolonien entstanden, ein Fremder zog den anderen nach, meist Leute, die ihre Ferien in der Provence verbringen wollten, die malen, schreiben, töpfern, anders leben wollten. ›Savoir vivre‹ im Schnellkurs. Madame seule trat, gegen Gebühr, als Vermittlerin auf, dolmetschte, engagierte Handwerker, lenkte den Fremdenstrom vorerst aber an Notre-Dame-sur-Durance vorbei. Sie wies nachdrücklich auf die Mängel dieses gottverlassenen Ortes hin, auf die fehlende Kanalisation, die Gefahr der Überflutung bei Wolkenbrüchen, die Feuersbrünste.

In der Dämmerung stieg sie manchmal auf den Berg, ging über den Friedhof, blickte nach Osten, auf den Höhenzug des Lubéron. Lalou, der jünger war als sie, sollte den Stein mit der sechzehnstrahligen Sonne hierher auf den Friedhof zurückbringen, wenn es soweit war.

Eines Tages wurde sie im Café von einem Deutschen angesprochen, von einem Herrn Leopolter aus Bayreuth. Der Buchhändler Leclerc in Aix hatte ihm ihre Anschrift gegeben. Er suchte ein Haus, er war wählerisch. Dieses Dorf gefiel ihm. Was vorhanden war, sagte ihm zu, vor allem aber das, was fehlte. Er gedachte, seine Kunstgalerie aufzugeben, und er gedachte, Deutschland aufzugeben. Sein Geld würde reichen, viel brauchte er nicht. Er würde ein wenig schreiben, vielleicht auch malen, vielleicht auch keines von beidem. Zum ersten Mal führte sie einen Fremden durch ihr Dorf, hinauf zur Zypresse, hinunter zur Durance. Sie ließ ihn über ihre Gartenmauer blicken, wo er die sechzehnstrahlige Sonne von Les Baux wiedererkannte. Seit Jahren fuhr er in die Provence, jetzt hatte er gefunden, was er suchte: la tristesse.

Nachdem er, mehrere Monate später, in dem Dorf Einzug gehalten hatte, hielt er es für nötig, zu Viktoria zu sagen, daß er nicht hierhergekommen sei, um eine neue Bindung einzugehen.

»Mich kann man nicht binden«, sagte Viktoria selbstsicher, hochmütig. Zwei Einzelwesen, die sich nicht gesucht hatten, die sich aber auch nicht aus dem Wege gingen.

Inzwischen wußten auch andere, wo Viktoria Quint ›gelandet‹ war; von ›landen‹ war die Rede. Studenten, mit denen sie in Göttingen oder in Berlin studiert oder in Kommunen gelebt hatte. Alle besaßen sie inzwischen Titel, Stellungen, Häuser und Zweithäuser; sie kamen mit Ehefrauen oder Freundinnen, manche hatten ihre Kinder dabei. Sie bewunderten Viktorias alternatives Leben, nannten sie nach wie vor ›Tora‹, benutzten für ein paar Stunden das Vokabular, das ihnen einmal gemeinsam gewesen war. Tora wurde fotografiert, das Haus wurde fotografiert, das Türschild aus Keramik: ›Madame seule‹. Von welcher Seite aus ließ sich das Dorf fotografieren? Es gab nichts her, alles grau in grau, einer sagte: silbergrau. Andreas, der Fotoreporter geworden war, hätte gern das Haus und das Dorf durchfotografiert, schwarz-weiß und exklusiv, vor allem den Blick von ihrem Balkon.

»Ich sehe von dort die Durance«, sagte Viktoria, »den Bergrücken des Lubéron kann ich ebenfalls sehen.« – »Ich«, sagte sie, »kein anderer.« Sie zog den Schlüssel ab. »Gehen wir ins Café! Monsieur Pascal wird uns einen Kaffee kochen.« Sie ließ niemanden in ihr Haus.

Was für ein Titel: ›Madame seule in Notre-Dame-sur-Durance‹! Eine Serie sollte man herausbringen: Die Apos von damals, eine Serie über ›mode de vie‹, diese neue Art und Kunst zu leben, die sich aus dem alten ›savoir vivre‹ entwickelt hatte.

»Wie bist du ausgerechnet hierher gekommen?« fragten die Freunde, als sie auf den Van-Gogh-Stühlen unter der Platane saßen. Und Viktoria erzählte jene Geschichte, wie sie von einem Franzosen aus Lyon in einem Auto mitgenommen worden war und der Schalthebel abbrach, nicht weit von hier, sonst wäre sie vielleicht mit nach Marseille gefahren.

»Es wäre näher am Meer gewesen«, sagten die Freunde. »Von hier aus ist es doch viel zu weit bis zum Meer!«

»Ich war noch nie am Meer«, sagte Viktoria.

»Was tust du im Winter? Und am Abend? Seit wann hältst du es hier aus? Hast du keinen Liebhaber?«

»Die Sonne!« sagte Viktoria.

Zu keinem sagte sie: ›Bleib!‹ Keiner sagte zu ihr: ›Komm mit!‹ Die Zeiten, in denen man gemeinsam alternativ zu leben versuchte, waren vorbei, die Wahl war getroffen. Viktoria hatte sich für die andere, die zweite Möglichkeit entschieden.

»Und was willst du tun, wenn du alt wirst?«

»Alt werden«, sagte sie und erhob sich und kehrte in ihr Haus zurück.

14

›Weiß man denn, wo man wirkt?‹
Maximiliane Quint

In den schweigsamen Jahren von Dalarna mußte in Joachim Quint ein Redestau entstanden sein. Sein schriftstellerischer Drang, der bis dahin nur in Form von Gedichten, in Tropfenform also, zutage gekommen war, sprengte jetzt die Staumauern: er wurde ein begeisterter und begeisternder Redner. Er wechselte vom geschriebenen zum gesprochenen Wort. Schon als Kind hatte er Belastungen nötig, damit ihm Kräfte zuwuchsen. Seine Mutter hatte sich, wenn es erforderlich war, auf diesen kleinen Sohn stützen können, der sich stark machen mußte, weil er es nicht war.

Er gab sich bei seinen Auftritten heiter, locker, ungezwungen; den größeren Teil seines Lebens war er auf leichten Sohlen auf weichem Boden gegangen, auf Sand und Gras. Seine grünen Wurzeln steckten in pommerscher Erde. Man hatte ihn zum Erben von Poenichen erzogen; auf der Flucht hatte ihn eine Frau aus Ostpreußen noch das ›Härrchen‹ genannt, aber das Zeug zu einem ostelbischen Großgrundbesitzer hätte er nicht gehabt, das wußte er, das gab er auch zu. Er hätte Poenichen nicht halten können. Eine Rückeroberung Pommerns war von ihm nicht zu erwarten. Als Eigentümer hatte er sich nirgendwo gefühlt, auch nicht in Larsgårda, als Sachwalter allenfalls. Mußte das Land deutsch sein? Ein Stück Erde, über das man hinweggeht. Vielleicht wird sich ihm die Erinnerung an Poenichen einmal zu einem Vers, zu einer Zeile verdichten.

Es konnte nicht ausbleiben, daß die Partei der Grünen sich für diesen Außenseiter Quint interessierte. War das nicht einer, der, ohne es zu wissen, ihre Ansichten vertrat?

Man suchte in Archiven, der Name Quint mußte doch irgendwo archiviert sein. Es fand sich nichts, Nachfragen bei ›Dagens Nyheter‹ waren ebenfalls nicht ergiebig. Handelte es sich um einen Schweden? Um einen Deutschen? Um einen Politiker oder um einen Umweltschützer? Gedichte werden nicht archiviert, sie haben allenfalls die Aufgabe von Lückenbüßern in Zeitungen zu erfüllen, außerdem hatte er sich als Schriftsteller Mosche Quint genannt.

Er war zunächst ein unbeschriebenes Blatt, aber das wurde bald anders. In den Zeitungsarchiven wurden Berichte über seine Reden gesammelt, Zitate wurden registriert, er tauchte – einmal mit ›d‹, einmal ohne ›d‹, einmal mit, das andere Mal ohne ›von‹ vor dem Namen – in den Überschriften auf.

Man lud ihn zum nächsten Parteitag der Grünen ein, wo er sich lebhaft an den Diskussionen beteiligte. Gleich bei seinen ersten Sätzen war man allerdings irritiert.

»Es ist hier so viel von Umwelt die Rede«, sagte er. »Wo liegt sie? Ich lese von ›politischem Umfeld‹. Wo liegt das? Wo hört ein Feld auf, ein Feld zu sein? Ich sehe kommen, daß man vor das Wort Wald ein ›Um‹ setzen wird, ein Umwald, und vor das Wort See ebenfalls ein ›Um‹. Und eines Tages wird das Meer

195

zum Ummeer. Ich vermisse dagegen das Wort Umsicht, das ist jener Weltausschnitt, den der einzelne sehen kann, wo er Umsicht walten lassen muß, wo er Verantwortung trägt, wo er persönlich mit den Abgasen seines Autos Schaden anrichtet, wo er mit dem Rauch seiner Zigarette – ich spreche als Pfeifenraucher – seinen Mitmenschen Schaden zufügt, wo er mit Putzmitteln die Wohnung reinigt und die Flüsse verunreinigt.«

Man hatte mit einer grundsätzlichen Stellungnahme zu den großen Überlebensfragen der Menschheit gerechnet, Rohstoffraubbau, Bevölkerungsexplosion, atomare Bewaffnung, statt dessen sprach dieser Quint von ›Umwald‹ und Putzmitteln und von den verschwundenen Vorgärten und den ungenutzten Balkonen.

»Wir müssen die kargen, der Luftverschmutzung und dem Straßenlärm ausgesetzten Betonbalkone mit Sonnenblumen, Tomaten und Feuerbohnen zurückerobern! Der Großstadtmensch muß die Freude und die Befriedigung kennenlernen, die ihm aus einer Bohne, die er in Blumenkastenerde gesteckt hat, zuwächst. Zwei Meter hoch! Die Pflanze spendet Schatten und Sichtschutz, blüht und setzt Früchte an, lange Schoten, in jeder einzelnen bis zu zehn Bohnen, weiße Bohnen oder braune Bohnen, die er nur noch aus der serbischen Bohnensuppe kennt, die er in einem jugoslawischen Lokal gelegentlich ißt.«

Und schließlich sprach er, im Zusammenhang mit dem Wasserverbrauch, auch noch von der Klosettspülung, die bei jeder Betätigung bis zu zehn Liter Wasser verbrauche, obwohl in den meisten Fällen, bei den sogenannten ›kleinen Geschäften‹, ein Drittel der Wassermenge ausreiche.

Er verblüffte durch unübliche Formulierungen: ›Die Tatsache, daß es mehrere Parteien gibt, beweist, daß es mehrere Wahrheiten gibt‹; ›jede Generation schafft sich ihre Schwierigkeiten selber‹; ›wer nach dem Staat ruft, muß damit rechnen, daß der Staat zurückruft‹.

Für seine Bemerkung: »Man muß doch auch einmal etwas

falsch machen dürfen« erhielt er Beifall, vornehmlich von den Frauen. Wenn ihn das Geklapper von Stricknadeln allzusehr störte, legte er eine Pause ein. »Kommen Sie mit dem Muster zurecht?«

»Habt ihr denn erwartet, daß ich über SS 20 und Pershing 2 rede? Wir können auch noch über das Übliche reden. Worte wie ›Friedenssicherung‹, ›Wirtschaftswachstum‹, ›Arbeitsplatzbeschaffung‹ rauschen an den Ohren der Zuhörer vorbei. Wenn wir von Wirtschaftssicherung und Friedensbeschaffung redeten, würde es nicht einmal auffallen. Warum sprechen wir nicht von Arbeit, von Arbeitsfreude, die es doch gibt? Sprechen wir doch von Frieden und Frieden halten. Sprechen wir von Besitz und Freude an Besitz und Pflege des Besitzes. Der Mai ist grün! Das Leben ist schön! Der Mensch ist gut! Mit einigen Einschränkungen, was den Menschen angeht, ohne Einschränkungen, was den heutigen Tag angeht.«

In der Schlußdiskussion sagte er dann: »Man sagt den Grünen nach, sie kehrten mit ihrer Forderung nach Nullwachstum zur Steinzeit zurück. Das seien doch alles Hirngespinste! Genau das ist es, genau das will ich! Die Hirngespinste signalisieren die Kehrtwendung. Die Natur wird auf die Dauer den, der sie ausbeutet, abstoßen. Der Triumph der Vernunft muß dem Triumph der Unvernunft weichen. Was ist denn besser: zusammen am Feuer sitzen oder allein in einem zentralbeheizten Raum? Wasser, aus einem Brunnen geholt, ist kostbar; Wasser, das aus einer Dusche strömt, wird verschwendet.«

Die Teilnehmer des Parteitags sprachen unter sich von den Quintschen Stangenbohnen und vom Quintschen WC, auch von seinen ›Allzu-Vereinfachungen‹, hielten ihn für einen Schwärmer, einen Irrationalisten: einen Dichter. Aber man konnte ihn gebrauchen. Er war nicht zu jung und nicht zu alt, war begeisterungsfähig; er hatte Erfahrungen und war bereit, weitere Erfahrungen zu machen; er hatte keinen Posten zu verlieren und schien keinen Posten anzustreben, schien unbestechlich zu sein und wirkte glaubwürdig in dem, was er sagte.

Quints Karriere vollzog sich in raschen und weiten Sprüngen. Das Wort ›überraschend‹ tauchte auf, sobald sein Name auftauchte. Keine Kommunalpolitik, keine Landespolitik. Kein langer Marsch durch die Parteihierarchie. Durch das Nadelöhr einer Wahlkreiskonferenz hatte er nicht schlüpfen müssen.

Er baute keine Luftschlösser vor seinen Zuhörern auf, aber bewohnbare Hütten, in denen man leben konnte. Er prophezeite keine goldenen Zeiten, sprach statt dessen von Verzicht und von der Utopie einer neuen menschlichen Gesellschaft, in der sich ein Gefühl der Zusammengehörigkeit entwickeln könne. ›Toleranz! Selbstverwirklichung! Weniger Arbeit! Mehr Freizeit! Mehr Mitmenschlichkeit! Weniger Neid und weniger Karrieresucht!‹ In seinen Konzepten tauchten viele, auch zu viele Ausrufungszeichen auf. Die Idee einer Neutralisierung der Bundesrepublik gehörte nicht zu seinen Vorstellungen. Außenpolitische Gedanken entwickelte er in der Öffentlichkeit nicht. Innenpolitik begann für ihn beim einzelnen.

»Heinrich Böll hat vor Jahren vom Ende der Bescheidenheit gesprochen. Vermutlich würde er heute diesen Gedanken gern zurücknehmen. Wir müssen eine neue Bescheidenheit aus Vernunft lernen!«

Während einer Veranstaltung in Fulda kam es zu einem Zwischenfall. Er hatte seine Ausführungen über allgemein interessierende Umweltfragen plötzlich unterbrochen, war auf dem Podium, auf dem er wie üblich hin und her ging, stehengeblieben, hatte eine Pause gemacht, in ein paar Frauengesichter geblickt und dann gesagt, daß er am Vorabend im Hotel mit einem Arzt zusammengesessen habe, von dem er erfahren habe, daß Frauen, die die Pille schluckten, eine Scheinschwangerschaft durchmachten. Man sei also ständig von schwangeren Frauen umgeben, ein Gedanke, an den er sich – als Mann – noch gewöhnen müsse.

Es gab einen kleinen Aufruhr, einige Frauen standen auf und verließen den Saal.

Er brachte seine Rede nicht zum vorgesehenen Ende. Der Funke sprang über, die Frauen redeten untereinander, das Gespräch wurde allgemein, wurde auch heftig. Quint nahm die Gelegenheit wahr, unbemerkt zu entschwinden. Er holte sein Gepäck, benutzte die Rhönlinie der Autobahn und bog wenige Stunden später auf den Hotelparkplatz des Eyckels.

Häufig stand am Ausgang des Vortragssaales ein Büchertisch. Die Buchhändler hatten herausbekommen, daß der Politiker Joachim Quint mit Mosche Quint, dem Lyriker, identisch war. Die Restbestände des ersten Bandes mit frühen Gedichten verkauften sich plötzlich gut. Eine neue Generation las die Texte mit anderen Augen. Die Warnung ›Death is so permanent‹, vor Jahrzehnten von amerikanischen Besatzungssoldaten zur Vermeidung von Verkehrsunfällen auf die Mauern geschrieben und von ihm als Gedichtzeile verwendet, hatte eine neue Bedeutung gewonnen. Von der Aktualität zur Allegorie.

Quint gab Autogramme, meist als Joachim Quint, manchmal auch als Mosche Quint, gelegentlich schrieb er eine Quint-Essenz auf das Vorsatzpapier. In den Gedichtband mit dem Titel ›Hilfssätze‹ schrieb er einen weiteren Hilfssatz. ›Wir haben uns an einen halben Frieden gewöhnt, wir müssen einen ganzen Frieden anstreben.‹ Andere hatten das bereits ähnlich gesagt, aber handschriftlich, mit Ortsangabe und Datum und seiner Unterschrift versehen gewann der Satz an Bedeutung.

Kaum ein Politiker wurde in jenem Jahr so oft interviewt wie Quint. Er war fotogen, originell in seinen Äußerungen, machte bereitwillig Angaben über sein privates Leben und zeigte gegenüber Reportern noch keine Ermüdungserscheinungen.

Matinee in der Kieler Universität. Auf dem Parkplatz sprach ihn im Anschluß an die Veranstaltung, als er gerade die Wagentür aufschloß, ein junger Mann an.

»Gibst du mir ein Autogramm? Du siehst nicht aus, als ob ich Onkel zu dir sagen müßte.«

Quint besah sich den jungen Mann. »Bist du einer von den holsteinischen Quinten?«

»Stimmt.«

»Du siehst aus wie ein Tramper.«

»Stimmt.«

Sven-Erik, der Älteste, Kriegsdienstverweigerer, war nach Kiel getrampt, um Joachim Quint reden zu hören. Seine Mutter, deren Wagen er benutzen wollte, hatte gesagt: »Wenn du ein Grüner bist, sieh zu, wie du dich fortbewegst, die Abgase der Autos sind schädlich.«

»Sie hat recht – oder?« fragte Quint.

»Sie hat recht, aber sie hat es nicht aus sachlichen Gründen gesagt, sondern um mich kleinzukriegen.«

»Ich fahr dich nach Hause und sehe mich mal in einem landwirtschaftlichen Betrieb um.«

Als sie mit geöffnetem Fenster vor einer Ampel warteten, sagte Sven-Erik: »Der Erfinder des Verbrennungsmotors hätte doch wissen müssen, daß schädliche Abgase entstehen.«

»Er konnte wohl nicht ahnen, daß eines Tages Millionen Autos fahren würden.«

»Inzwischen haben sie alles zur Erhöhung der Geschwindigkeit und der Bequemlichkeit getan, aber nichts zur Entgiftung der Abgase.«

»Die Vorwürfe müßten sich nicht an die Benutzer, sondern an die Konstrukteure richten.«

Als sie nach einstündiger Fahrt auf den Hof einbogen, sagte Sven-Erik: »Du brauchst nur zu hupen, dann wird sich deine liebe Schwester schon sehen lassen.«

»Eure Beziehung ist wohl nicht die beste?«

»Scheiße! Manchmal steckt sie bei den Puten. Versuch es mal im Stall, letzte Tür rechts, hinter den Schweinen.«

Joachim stieg aus, ging die paar Schritte bis zu der angegebenen Tür, öffnete sie und sah seine Schwester. Sie lehnte untätig an der Wand und beobachtete die Tiere. Er kannte diese Haltung, auch seine Mutter stand gelegentlich so da, abwartend. Edda rührte sich nicht, als sie ihren Bruder in der Tür stehen sah, begrüßte ihn nur mit: »Ach, du bist es!« Joachim stellte sich neben sie, wartete auf eine weitere Reaktion, sah ebenfalls den Puten zu.

»Sie tun nichts anderes als picken, picken, picken. Kopf runter, Kopf rauf, Kopf runter, Kopf rauf, alle dasselbe, immer dasselbe. Ich gehe zu den Puten, um mich zu erholen. Im Haus macht jeder was anderes, jeder, was er will.«

Der Ansatzpunkt für ein Gespräch wäre nicht schlecht gewesen, aber schon redete Edda weiter.

»Was treibt dich denn hierher? Du hast doch nie was von uns wissen wollen.«

»Vielleicht will ich das jetzt? Ich dachte, ich höre mich mal bei den holsteinischen Landwirten um.«

»Dann frag mal lieber die Landwirtinnen. Mit dem Landwirt ist das hier nichts.«

»Reden wird er doch noch können.«

»Das ist aber auch alles.«

»Wenn man was zu sagen hat, ist das viel.«

»Reden! Schreiben! Unser Vater –«

Joachim unterbrach sie: » – der du bist im Himmel! Wollen wir unseren gemeinsamen Vater aus dem Spiel lassen.«

Eine halbe Stunde später setzte sich Joachim wieder in sein Auto. Seinen Schwager Marten hatte er nicht zu Gesicht bekommen. Er sei auf der Jagd. Joachim hatte gefragt, ob denn die Jagd zur Zeit auf sei, und hatte erfahren, daß Marten auf das Wild schoß, das im Gehege gehalten würde, der Poenicher Wildpastete wegen.

»Wo willst du eigentlich hin?« fragte Edda bei der Verabschiedung.

»Nach Bonn.«

»Heute noch?«

»Es wird wohl etwas dauern.«

Und Sven-Erik sagte: »Was hab ich gesagt? Alles Scheiße.«

Es war das letzte Wort, das Joachim von den Holsteinern zu hören bekam.

Am selben Abend setzte sich Joachim in sein Hotelzimmer und schrieb einen Brief an seine Mutter. »Ich war bei den Holsteinern. Edda will zur Hochzeit kommen. Der Älteste, Sven-Erik, ist ein Grüner, folglich ein Kriegsdienstverweigerer. Meine Konflikte beginnen schon bei diesem Punkt. Muß man als Angehöriger einer Partei deren Programm als Ganzes gutheißen? Auch da, wo man nicht überzeugt ist? Verliert man auf diese Weise nicht seine geistige Freiheit? Was für Konflikte! Wenn die Nachrüstung möglicherweise die Auslöschung der Gattung Mensch bedeutet, entscheide ich mit meiner Stimme über Sein und Nichtsein. Eine solche Entscheidung hat noch nie ein Mensch fällen müssen! Für das Leben gibt es keinen Ersatz, keine Alternative. Die Regierung unseres Landes will mit Sicherheit keinen Krieg, und sie ist mit Mehrheit gewählt. Mehrheit bedeutet nicht Wahrheit, das wissen wir seit Hitler. Andererseits: eine Mehrheit kann doch nicht über mein Gewissen entscheiden! Bisweilen muß man den Gehorsam verweigern. Bauern und LKW-Fahrer tun das auch, wenn sie mit Traktoren oder Lastkraftwagen die Straßen blockieren. Ich weiß nicht, welche Entscheidung richtig ist. Nachrüstung ja oder nein. Kann ein Mensch das wissen? Wieviel leichter hatte es da der alte Quindt, der als Parlamentarier über Weizenanbau zu entscheiden hatte. Erinnerst Du Dich? Als der Krieg zu Ende war, habe ich Dich gefragt, ob nun nie wieder geschossen wird. Du hast gesagt: Nie wieder. Und ich habe gefragt: Versprichst du mir das? Du hast es mir versprochen. Begreifst Du, was ich meine? Jetzt müßtest Du mich fragen, und ich müßte zu Dir sagen können: Das verspreche ich Dir, und ich kann es nicht! Als Mosche lebte es sich leichter, aber auch nicht leicht. Danke für Inga!«

15

›Das Glück braucht keinen Mut.‹

Aischylos

Der 17. Juni verlängerte das Wochenende, das Datum bot sich für die Hochzeitsfeier an; die standesamtliche Trauung hatte bereits stattgefunden. Der Ort, an dem die Hochzeit von Inga Brandes und Joachim Quint gefeiert werden sollte, war vorgegeben. Ein Fest, das aber nicht zu einem Familienfest der Quints mit oder ohne ›d‹ auf dem Eyckel ausartete. ›Das hatten wir schon‹, auch von Vera Green haben sich einige Aussprüche vererbt.

Aus Paris war Philippe Villemain angereist, der Grandmaman zuliebe. Und Edda sagte bei der Begrüßung: »Das wollte ich doch mit eigenen Augen sehen, daß du noch heiratest!«

Bevor sie die Mutter begrüßt hatte, erblickte sie das Brillantcollier aus dem Besitz von Sophie Charlotte von Quindt; Maximiliane hatte es zur Feier des Tages angelegt.

»Zu meiner Hochzeit hast du es nicht getragen! Du machst Unterschiede«, sagte Edda.

»Es gibt Unterschiede«, sagte Maximiliane. »Wie geht es Marten?«

»Er trinkt. Hast du gedacht, du hättest ein Wunder vollbracht?«

»Ich habe es versucht. Es ist mir vieles nicht geraten. Unterm Strich. Warum trennt ihr euch nicht? Man kann Ehen schließen, man kann sie auch scheiden.«

»Nicht, bevor er den Hof überschrieben hat!«

Philippe hatte die Unterhaltung verfolgt.

»Was ist das für ein Verb ›überschreiben‹?« fragte er. »Ich kenne: unterschreiben, verschreiben, abschreiben, vorschreiben, mitschreiben, zusammenschreiben, klein schreiben, groß schreiben –«

Er brachte Maximiliane zum Lachen und Edda zum Gehen.

»Wie geht es deiner Mutter?«

»La belle? La belle kümmert sich bereits um den nächsten Sommer. Sie ist uns immer um ein Jahr voraus.«

»Und der arme Papa?«

»Er hält mich für seinen Bruder Maurice, und diesen Bruder wünscht er nicht zu sehen.«

So groß war Philippe noch immer nicht, daß sie ihn nicht hätte in die Arme schließen können.

Das Hochzeitsessen fand im kleinen Kreis statt. Vier Gänge, hatte Inga entschieden, drei wären zu knapp, fünf zu reichlich. Als erstes wurde eine Wildpastete mit Apfelschaum serviert, dann eine Suppe aus frischem Sauerampfer, die Pastete diesmal nach einem Waliser Rezept hergestellt, man konnte geraume Zeit darüber sprechen. Ein Rinderfilet in Blätterteig mit jungem Gemüse.

Als das Geschirr und die Bestecke abgeräumt waren und nur noch kleine Löffel eine Nachspeise ankündigten, von Ingas Berner Großmutter als ›kleine Propheten‹ bezeichnet, erhob Maximiliane sich, stellte sich hinter ihren Stuhl, an dessen Rückenlehne sie sich mit beiden Händen festhielt.

»Ich werde eine Rede halten. Auf Poenichen wurden die Tischreden immer erst nach dem warmen Hauptgericht gehalten, der Küche wegen.«

Edda warf ein, daß man auf eine Hotelküche keine Rücksicht zu nehmen brauche.

»Ich habe mich auch im Restaurant immer an diese Poenicher Regel gehalten«, sagte Maximiliane. »An dieser Tafel fehlen die Väter«, begann sie ihre Rede, »aber ich rede nicht in Stellvertretung eines Vaters, mit Vätern habe ich keine Erfahrung. Mein eigener Vater ist noch vor meiner Taufe den Heldentod, den es damals noch gab, gestorben. Dein Vater, liebe Inga, hat darauf verzichtet, dein Vater zu sein. Und er wollte es auch heute nicht sein. Der Vater meiner Kinder – am besten fange ich mit ihm an. In der Rede, die der alte Quindt bei meinem Hochzeitsessen 1937 auf Poenichen hielt, hat er jenen Viktor Quint – entschuldigt, ich habe mich nie daran gewöhnt, ›mein Mann‹ oder ›mein gefallener Mann‹ zu sagen, er hat mir nicht gehört ... und jetzt habe ich gleich zu Beginn schon den Faden verloren.«

»Der alte Quindt –« wurde ihr zugerufen.

»Richtig! Der alte Quindt hat gesagt, Viktor sei ein Narr in Hitler gewesen. Das wollte ich sagen. Und diese Feststellung hat meine Hochzeit beendet, noch vor dem Nachtisch, Himbeereis. Wir haben unsere Hochzeitsreise, die nach Kolberg an die Ostsee führte, heute Kolobrzeg, angetreten, ohne Abschied zu nehmen. Dieser Narr in Hitler hat seinen Irrtum und seine Schuld mit seinem Leben bezahlt, wir anderen, wir Mitschuldigen, haben mit Poenichen bezahlt. Der Preis war hoch. Joachim hat sich lange mit seinem Vater auseinandergesetzt. Wir wollen heute den, der in normalen Zeiten – falls es je normale Zeiten gegeben hat oder gibt oder geben wird – diese Rede gehalten hätte, nicht auch noch totschweigen. Es ist zuviel geschwiegen und verschwiegen worden bei den Quindts. ›Schluck's runter!‹ hieß es immer und: ›Halt du dich da raus.‹ Die Frauen haben sich herausgehalten, auch ich. Wenn man mich fragte, was ich gelernt hätte, habe ich gesagt: durchkommen. Was anderes habe ich nicht gelernt, allenfalls noch, meine Kinder durchzubringen. Damals, in seiner Tischrede, hat der alte Quindt den Wunsch ausgesprochen, daß alles so bleibe. Der Wunsch ist nicht in Erfüllung gegangen. Nichts ist ›so‹ geblieben. Er hatte seine Hoffnung auf Poenichen gesetzt. Ich habe die Hoffnung auf Poenichen begraben, ob ich sie tief genug begraben habe, weiß ich nicht.«

Sie machte eine Pause, dachte einen Augenblick nach.

»Pfarrer Merzin – Joachim und vielleicht auch Edda werden sich noch an Pfarrer Merzin erinnern können –, er hat mir als Trauspruch ›Einer trage des anderen Last‹ mitgegeben, mag sein, daß er damals schon einiges an Lasten vorausgesehen hat. Ich habe mich mit diesem Satz ein Leben lang auseinandergesetzt. ›Einer trage bei zur Freude des anderen‹, das ist mein Trauspruch für euch beide. Ihr habt auf einen kirchlichen Trauspruch verzichtet, darum sage ich jetzt zu euch, was ich zu meinen Kindern an jedem Abend gesagt habe: Gott behütet euch! Der alte Quindt – entschuldigt, wenn heute von ihm so oft die Rede ist und auch von Poenichen –, er war der Ansicht, daß der, der an Gott glaubt, es leichter habe, weil er sich bei jemandem beklagen könne. Aus diesem Satz kann man schließen, daß er selbst diesen Gott nicht hatte. Nach meinen Erfahrungen braucht man jemanden, bei dem man sich bedanken kann. Zum Danken braucht man nötiger eine Stelle als zum Beklagen. Über meinem Leben hat ein Hauch Frömmigkeit gelegen, der nicht aus Pommern stammte, er wehte auf Hermannswerder. Ob ich diesen Hauch habe weitergeben können, weiß ich nicht.

Als wir noch in Marburg am Rotenberg hausten, hat uns Pfarrer Merzin einmal aufgesucht. Er wollte schon wieder gehen, da hat er mich gefragt, ob ich manchmal mit meinen Kindern über IHN, er meinte Gott, spreche. Ich habe ihm geantwortet, daß ich manchmal mit IHM über meine Kinder spräche. Dazu hatte ich oft nicht genügend Zeit, in Zukunft werde ich mehr Zeit und mehr Gelegenheit dafür haben.

Ich will euch noch von einer Prophezeiung erzählen. Sie wurde im Jahr 1936 hier auf dem Eyckel ausgesprochen… nein, nicht ausgesprochen, sie wurde gesungen. Wir sangen einen Choral des Grafen Zinzendorf, mit dem wir ja alle ein wenig verwandt oder verschwägert sein sollen. Statt nun aber zu singen, wie Zinzendorf das wollte: ›Herz und Herz vereint zusammen‹, sang mir ein junger Mann ins Ohr: ›Quindt und Quint vereint zusammen.‹ Daraus ist nichts geworden, wir waren zu jung. Dieser junge Mann hieß Ingo Brandes, seine Mutter war eine geborene Quint. Er ist als Jagdflieger abgestürzt. Um sein Andenken zu bewahren, hat man seiner Nichte den Namen Inga gegeben. Nach einem weiten Generationssprung, man könnte, analog zum Quantensprung, von einem

Quintensprung reden, geht seine Prophezeiung in Erfüllung. Kein Ahnenforscher hat sich mehr gefunden, um die Verwandtschaft zu klären.«

»Sven-Erik interessiert sich sehr für Familienforschung!« warf Edda ein. Maximiliane blickte sie so lange nachdenklich an, bis sie errötete und nicht weitersprach.

»Aufs Blut kommt's an, hieß es auf Poenichen«, fuhr Maximiliane fort. »Bei dieser Hochzeit kommt es nicht aufs Blut an, sondern auf den Namen. Dein Vater, Joachim« – nach einem Blick auf Edda verbesserte sie sich und sagte »euer Vater« –, »hatte sich in Poenichen verliebt und mich in Kauf genommen. Diesmal ist es umgekehrt. Hier war als erstes Liebe im Spiel, und du, Joachim, nimmst das Hotel in Kauf, weil du Inga nicht ohne das Hotel haben kannst. Die Anziehungskraft des Eyckels war in schlechten und guten Jahren groß. Wenn ich mich nicht täusche, so herrschen jetzt gute Jahre . . .«

Joachim unterbrach die Rede: »Also, für das Politische bin ich zuständig! Aber wer es noch nicht gemerkt haben sollte: in diesem Hotel hat Inga das Sagen, mir bleibt das Reden.« Alle lachten. Maximiliane richtete ihren Blick auf Inga und veranlaßte die Gäste, es ebenfalls zu tun.

»Seht ihr das? Inga leuchtet!«

»Sie leuchtet nicht nur, sie wärmt auch!« rief Joachim über die Tafel hinweg.

Maximiliane sprach weiter. »Zu meinen drei Töchtern, die ich mir nicht aussuchen konnte –« Ein Blick in Eddas Gesicht belehrte sie, daß diese die allgemein gedachte Anmerkung persönlich nahm, weshalb sie, an Edda gewandt, hinzufügte: »Kinder suchen sich ihre Eltern nicht aus und Eltern nicht die Kinder, das wird bei euch Holsteinern nicht anders sein! Ich war mit meiner Brut ganz zufrieden. Aber in Inga habe ich eine Wahltochter gefunden, die ich jetzt an dich, Joachim, weitergeben muß.«

Joachim wollte etwas sagen, aber Maximiliane ließ sich nicht unterbrechen. »Sag jetzt nichts! Du hast ausreichend Gelegenheit zu reden. Für mich ist dies die erste und einzige Tischrede meines Lebens. Ich mußte mich in dieses Hotel einarbeiten, du heiratest ein. Andere mögen sich abmühen, du, glücklicher Quint, heirate!« Es klang nach Trinkspruch, Joachim wollte bereits das Glas erheben, doch Maximiliane winkte ab.

»Stell das Glas wieder hin, Joachim. Ich bin noch nicht fertig. Der alte Quindt war der Ansicht, daß die Quindts lange genug ›dran‹ waren und daß andere ›drankommen‹ mußten. Seitdem sind zwei Generationen vergangen. In beiden sind die Männer gefallen. Nach dieser gewaltsamen Pause scheint nun wieder ein Quint ›dran‹ zu sein. Als unser Behelfsheim im Gefälle – das ist eine Straße in Marburg«, fügte sie erklärend hinzu, »als dieses Haus in die Luft gegangen war und wir vor den Trümmern standen, wie alt magst du damals gewesen sein, Mosche, ich weiß es nicht mehr, aber Golo lebte noch, er hatte eine Panzerfaust zerlegt und bei dieser Explosion zwei Finger eingebüßt –«

Für einen Augenblick verlor sie die Fassung, dann sprach sie weiter.

»Mosche hat mal gesagt: ›Da können wir ja froh sein, daß wir noch haben, was wir noch haben.‹« Sie blickte Joachim an und blickte Edda an.

»Am Poenicher See, wenn ich mit euch am Poenicher See saß, mußte ich immer die Geschichte vom ›Fischer un syne Fru‹ vorlesen. Und du, Joachim, hast mich damals gefragt, was man sich wünschen muß, wenn man schon ein Schloß hat und nicht aus einem Pißputt kommt.«

An dieser Stelle unterbrach Philippe. »Bitte schön! Was ist das, ein Pißputt?« Gelächter als Antwort, dann die Auskunft: ein pot de chambre!

»Die Poenicher sagten ›Schloß‹ zu dem Herrenhaus«, fuhr Maximiliane fort. »Pommersche Antike, von der drei Säulenstümpfe übriggeblieben sind, weniger als ein Pißputt. In Zukunft wird dein Zuhause der Eyckel sein, Joachim. Kein Schloß für wenige, sondern eine schöne Unterkunft für viele.

Ich glaube, daß wir mit diesem Wechsel alle zufrieden sein können, und vielleicht ist es sogar im Sinne des alten Quindt, der meinte, daß die Unterschiede nicht sein dürften. Wenn auf Poenichen ein Fest gefeiert wurde, wurde immer auch in den Leutehäusern gefeiert, aber die einen feierten für sich und die anderen auch. Es war Ingas Wunsch, und es ist auch mein Wunsch, daß heute alle feiern. Die Hochzeitsgäste und die Hotelgäste und das Personal. Das Wetter ist günstig, wir werden im Hof feiern. Du siehst mich an, Edda, als wolltest du fragen, ob wir uns das leisten können. Wenn wenige feiern, dann geht es üppig zu, wenn viele feiern, bescheiden. Soviel an Ökonomie habe ich im Laufe meines Lebens gelernt.« Maximiliane machte eine Pause und schob sich die Brille ins Haar. »Und jetzt ist der Augenblick gekommen, euch mein Hochzeitsgeschenk zu überreichen. Macht eine Tradition daraus! Man kann Traditionen nicht nur weiterreichen, das war mein Irrtum, man kann auch Traditionen schaffen. Das will ich jetzt tun. Daß dieses Geschenk erhalten geblieben ist, verdanken wir Edda. Sie hat es aufbewahrt. Ich wollte immer Ballast abwerfen, ich wollte die Hände frei haben. Pack du es aus, Edda!«

Sie reichte ein leichtgewichtiges Päckchen, das bisher neben ihrem Gedeck gelegen hatte, über den Tisch. Edda knotete das Band auf, wickelte es sich geschickt um die Finger, entfernte das Seidenpapier, strich es glatt und faltete es, Vorgänge, bei denen die Tischrunde ihr amüsiert zusah und lachte. Zornröte stieg ihr ins Gesicht, aber sie sagte nicht, was sie dachte: Wenn ich das nicht zeitlebens so gemacht hätte, hätte ich es zu so wenig gebracht wie ihr. Sie unterdrückte den Satz, hielt den ausgepackten Gegenstand hoch: eine leere Dose aus Weißblech.

Maximiliane gab die notwendige Erklärung. »Golo hat diese Dose im Herbst 1946 in den Ruinen des Kasseler Hauptbahnhofs im Tausch gegen eine Handvoll Feuerzeugsteine erworben. Und nun lies du vor, Joachim, was auf dem Etikett steht!«

Joachim ließ sich von Edda die Büchse geben, hielt sie hoch, drehte sie zwischen den Händen und las: »Only for army dogs.«

Ausrufe der Überraschung. Maximiliane beugte sich über den Tisch, hob die Taufterrine, die mit lilafarbenen Levkojen gefüllt war, hoch und behielt sie in den Händen.

»Stell die Blechdose dort hin, wo die Terrine gestanden hat, Joachim. Wir sind damals alle davon satt geworden. Vergeßt Poenichen und die Flucht nicht! Das wollte ich damit sagen. So ein Menschenleben ist lang. Und nun laßt uns endlich auf alle die eingeheirateten und ausgeheirateten Quints trinken, auf die lebenden und auf die toten!«

Alle standen von ihren Plätzen auf, erhoben das Glas. Maximiliane reichte Philippe die Taufterrine, bat ihn, sie auf den Kaminsims zu stellen, und setzte sich.

»Strengt dich das Reden auch so an?« fragte sie Joachim.

Bevor noch eine Antwort erfolgen konnte, tat sich die Tür auf, und die Nachspeise wurde hereingetragen, eine Cassata in Form des schiefen Turms von Pisa, ein Geschenk von Antonio und Margherita, nach eigenem Rezept hergestellt.

Galt der Beifall der Rede oder der Cassata, die Antonio mit beiden Händen hochhielt? Margherita trug eine Schüssel mit dampfenden, duftenden Himbeeren hinterher.

Man unterhielt sich, man aß, man lachte. Fotos wurden herumgereicht, Nachrichten wurden ausgetauscht, der Raum füllte sich mit abwesenden Verwandten und Freunden. Martha Riepe! Was ist eigentlich aus Martha Riepe geworden? Sie hat die Strickwaren aufgegeben, sie arbeitet in einer Reinigungsanstalt in Flensburg. Kann sich noch einer von euch an den alten Riepe erinnern?

Joachim legte seine Serviette zusammen, erhob sich, wartete das Ende der Gespräche ab und sagte: »Ich will keine Rede halten, ich hätte es schwer nach der Rede meiner Mutter.« Er griff in seine Jackentasche, nahm einen kleinen Gegenstand heraus und hielt ihn hoch: ein goldenes Nilpferd.

»Das Hochzeitsgeschenk für meine Frau!«

Es ging von Hand zu Hand, wurde bewundert und taxiert.

»Für das Geld hätte man ein ganzes Schlafzimmer bekommen können!«

Der Satz kam ausnahmsweise nicht von Edda, er klang nur so. Ingas Großmutter aus Bern hatte die Feststellung getroffen.

»Ich fühle mich in Ingas Einschläfer vorerst recht wohl«, erklärte Joachim, was sich alle vorstellen konnten.

»Wenn ein zweites Bett gebraucht wird, wird es sich finden lassen, an Betten fehlt es in einem Hotel ja nie.«

»An leeren Betten bestimmt nicht«, sagte Edda, die sich bereits im Hotel umgesehen hatte.

Das goldene Nilpferdchen war inzwischen bei Philippe angelangt, der es sachkundig betrachtete. »Ägyptisch, offensichtlich aus dem Zweiten Reich. Das Original befindet sich in den Berliner Museen.«

Maximiliane unterrichtete die Anwesenden, daß ihr Pariser Enkelsohn Archäologie und Philosophie studieren wolle.

»Er hat Glück gehabt«, sagte sie. »Die Firma Villemain ist in Konkurs gegangen.«

»So was erfährt man in einem Nebensatz beim Essen, warum hat mir das denn keiner mitgeteilt?« fragte Edda.

Und die Berner Großmutter fragte: »Was hat es mit dem Nilpferd auf sich?« und brachte damit das Gespräch wieder auf den Ausgangspunkt zurück.

Auch darüber wußte Philippe Bescheid. »Das Nilpferd ist der Schutzpatron der Schwangeren!«

Eddas Blicke setzten sich in Bewegung.

»Das habe ich mir doch gedacht!«

»Wir haben viel nachzuholen«, sagte Inga, während sie das kleine Nilpferd fest in ihre Hand schloß.

Der alte Brod, von Antonio Pino unterstützt, hatte schon am Nachmittag im Hof eine Bratwurstbude aufgebaut. Die Hochzeitsgesellschaft, das Personal und die Hotelgäste nahmen an langen Tischen Platz. Joachim stach das Faß mit dem Brandes-

Bier an, wobei er mehrfach von den Zeitungsreportern, die inzwischen eingetroffen waren, fotografiert wurde; das Anstechen von Bierfässern gehörte zu der Öffentlichkeitsarbeit eines Politikers. Maximiliane, in Schürze und Kopftuch, legte Nürnberger Bratwürstchen auf den Rost, Antonio hielt das Feuer in Gang. Inga und ihre Freundin Vera gingen mit Weinkrügen von Tisch zu Tisch. Joachim schenkte Bier aus. Der letzte Flieder blühte noch. Die Rosenbögen waren verwildert, standen aber in Blüte. Als es dämmrig wurde, zündete Philippe die Fackeln an.

Einer der Gäste sagte zu Maximiliane: »Es ist erstaunlich, daß heutzutage noch jemand den Mut aufbringt zu heiraten.«

»Es kann doch auch gutgehen«, sagte Maximiliane, was sie so oft schon gesagt hatte.

Später am Abend stellten Maximiliane und Inga sich auf die Treppe zum Hoteleingang, von wo aus sie schon einmal miteinander gesungen hatten, einige der Hotelgäste erinnerten sich daran. Man hatte den Stutzflügel aus dem großen Saal in die Nähe des Eingangs gerückt, so daß der Klang des Instruments ins Freie dringen konnte. Ein Herr Schröder aus Berlin, schon zum dritten Mal Gast auf dem Eyckel, übernahm die Begleitung. Antonio, der schon reichlich getrunken hatte, rief: »Una canzone!« und klatschte bereits Beifall, bevor der Gesang begonnen hatte. Joachim stand in einiger Entfernung. So hatte er Inga zum ersten Mal gesehen, auf einem Foto, Schulter an Schulter mit seiner Mutter; an diesem Abend trug sie das Haar offen. Einer der Gäste sagte halblaut, sie sähe aus wie die junge Joan Baez, was stimmen mochte: die Hautfarbe bräunlich, die Haare dunkel, die Augen dunkel, der Berner Großmutter ähnlich, deren Vater aus Genua stammte. Zu Ingas Vorzügen gehörte, daß sie in nichts an Stina erinnerte, die ihn erst in die schwedischen Wälder gelockt und dann verlassen hatte, der die Liebhaber von Lyrik allerdings ein paar schöne Verszeilen verdanken; man darf das nicht zu gering veranschlagen.

Dann sangen die beiden Frauen.

»Ich liebe dich / so wie du mich / am Abend und am Morgen –.«

Beide Frauen meinten ihn, blickten ihn an und blickten einander an, und die Gäste hörten und fühlten etwas von dem, was Beethoven gemeint hatte: ›Gott schütze dich, erhalt dich mir, schütz und erhalt uns beide!‹

Das Lied mochte in Konzertsälen schon kunstvoller gesungen worden sein als an diesem Sommerabend, inniger gewiß nicht.

Es wurde spät, Antonio hatte die Espressomaschine aufgestellt, seine Tochter und Mercedes eilten von Tisch zu Tisch, der alte Brod entzündete neue Fackeln, der Kellner Otto füllte die Gläser nach. Die Hotelgäste, die Hochzeitsgäste, das Personal saßen wieder für sich an getrennten Tischen und waren in die gewohnten Rollen zurückgekehrt, die einen bedienten, die anderen ließen sich bedienen.

Kurz vor Mitternacht vermißte man dann plötzlich Maximiliane.

»Wo ist Mutter?« – »Wo ist Grandmaman?«

Man rief ihren Namen, suchte sie, in der Halle, im Garten, im Hof, schaltete die Scheinwerfer ein, Mercedes eilte, soweit es ihre Fülle zuließ, die Treppen hinauf, um an ihre Zimmertür zu klopfen. Lichter gingen an, gingen aus. Leises Rufen, lauteres Rufen.

Schließlich fand Inga sie im Holzschuppen auf dem Hauklotz sitzen.

»Hier bist du!«

»Hier bin ich. Takav je život.«

Um Mitternacht stand Inga wieder auf der Treppe, diesmal allein, im Scheinwerferlicht, die Haare hochgesteckt, in Jeans, die Gitarre unterm Arm. Sie wartete ab, bis die Gäste verstummt waren.

»Es ist nicht mehr der 16. Juni«, sagte sie. »Es wird nicht mehr Hochzeit gefeiert. Der 17. Juni ist angebrochen. Ich werde ein Lied von Wolf Biermann singen.«

Einige der Gäste gingen, bevor sie angefangen hatte zu singen, Entschuldigungen murmelnd, es sei plötzlich kühl geworden. Unbehagen mischte sich mit Zustimmung.

»›Und was wird aus unseren Träumen / in diesem zerrissenen Land / die Wunden wollen nicht zugehen / unter dem Dreckverband –‹«

Zwei Stunden später dann ein Choral.

»›Nun sich der Tag geendet –‹«

Maximiliane und Inga sangen nicht alle Strophen, nur die erste und die letzte, sie wußten, was man Gästen zumuten konnte und was nicht; Mercedes, Antonio, Margherita und ihre Tochter verstanden den Text nicht, aber den Geist, der für wenige Minuten durch den Hof wehte.

»›Ein Tag, der sagt's dem andern / Mein Leben sei ein Wandern / Zur großen Ewigkeit.‹«

Gäste und Personal zogen sich zurück, einige getröstet, andere befremdet, an Abendlieder und Nachtgebete unterm Himmel nicht gewöhnt.

Am folgenden Tag reisten die Hochzeitsgäste ab. Philippe wußte nun, wo der Schlüssel zu Larsgårda lag, er würde die Ferien mit seinem Vetter Sven-Erik dort verbringen. Auch diesmal waren Fäden geknüpft worden, andere hatten sich gelockert.

Edda, die schon oft im richtigen Augenblick das falsche Wort gefunden hatte, sagte beim Abschied: »Jetzt bist du die alte Frau Quint, Mutter!«

Noch am selben Tag schrieb Maximiliane in einem Brief an Viktoria, poste restante: »Du kannst Dir nicht vorstellen, wer alles nicht da war.«

In drei Regionalzeitungen wurde über die Hochzeit berichtet, jeweils in anderen Sparten; im Kulturteil, weil es sich um einen Lyriker und Essayisten, im politischen Teil, weil es sich um einen Politiker, der neuerdings von sich reden machte, handelte, und ein ausführlicher bebilderter Bericht unter ›Lokales‹, des ›beliebten Ausflugsziels im Pegnitztal‹ wegen.

16

›Es ist eine Regel der Klugen, die Dinge zu verlassen, ehe sie
uns verlassen.‹

Balthasar Gracián

Immer häufiger zog sich Maximiliane in den Holzschuppen
zurück, setzte sich auf den Hauklotz und sah dem alten Franc
Brod zu, wie er seine Jagdflinte auseinandernahm und reinigte.

»Takav je život!« sagte er. »Das Leben!« sagte sie.

Dieser Franc Brod aus Zadar in Jugoslawien gab den Anlaß
zu einem grundsätzlichen Gespräch, das Inga mit Maximiliane
zu führen sich genötigt sah.

»Der Eyckel soll nach dem Krieg ein Altersheim gewesen
sein, das darf er nicht wieder werden«, sagte sie.

»Ich kann doch niemanden aus Altersgründen wegschicken,
der jünger ist als ich«, meinte Maximiliane.

»Dieser Hinderungsgrund fällt bei mir weg.«

»Und was soll aus der Familie Pino werden?«

»Sie werden die Schenke pachten. Konkurrenz innerhalb
eines Betriebes belebt. Wenn zwei Köche da sind, werden sie
um die Wette kochen. Und die drei Pinos werden laufen, wenn
sie wissen, für wen sie es tun.«

»Bisher sind sie für mich gelaufen.«

»Für die eigene Familie werden sie schneller laufen. Für das
Restaurant werde ich eine neue Mannschaft einstellen. Keine
große Speisekarte mehr. Alles wird frisch gekocht, drei Menüs
zur Auswahl, eines vegetarisch. Die Gäste geben ihre Bestel-
lung in der Halle auf, trinken ihren Aperitif, hören ein wenig
Musik, und sobald serviert werden kann, sagt der Ober
Bescheid. Übrigens, dieser Herr Röthel...« Inga legte Maximiliane den Arm um die Schulter. »War er nicht immer etwas
langsam?«

»Aber er war...«

»...unaufmerksam und unliebenswürdig.«

»Man gewöhnte sich an seine Art.«

»So lange bleiben die Gäste in der Regel nicht, daß sie sich an die Eigenheiten eines alten Oberkellners gewöhnen könnten. Auch über deine Mercedes ›mit dem starken Motor‹ müssen wir reden!«

»Ab zehn Uhr ist sie unermüdlich mit dem Staubsauger unterwegs.«

»Der Staubsauger läuft, aber sie nicht. Sie schaltet den Staubsauger ein und legt die Beine hoch. Die Zimmer sind staubig.«

»Das habe ich nie gesehen.«

»Weil du die Brille ins Haar schiebst und nicht vor den Augen trägst.«

»Das Bücken fällt ihr schwer, sie ist ein wenig dick geworden, es geht ihr wie mir.«

»Du bist aber kein Stubenmädchen. Weißt du, wie oft sie die Fenster putzt?«

»Ich werde ihr wohl einmal gesagt haben, die Gäste sollten die Fenster aufmachen, wenn sie hinausschauen wollen.«

»Warum fragst du nicht nach deinem alten Faktotum? Er kommt mit der Gartenschürze in die Halle und spricht noch immer kein Wort Deutsch.«

»Die Kinder der Gäste haben ihn gern. Er kümmert sich um die Hunde...«

»...und um die Ratten! Wir haben kein Altersheim für ehemalige Angestellte, sondern ein Hotel.«

»In Poenichen durften alle alt werden, die Quindts und auch die Priebes und Riepes und Klukas'. In seinem Alter bekommt er keinen Arbeitsplatz mehr.«

»Wir haben ein gut ausgebautes Sozialwesen, er bekommt seine Rente wie die anderen.«

»Du kannst ihn doch nicht nach Zadar zurückschicken. Da hat er doch niemanden.«

»Und wen hat er hier?«

»Wir sitzen manchmal im Schuppen zusammen. Bevor du die anderen entläßt, mußt du mich entlassen!«

»Du bleibst!«

Und als Maximiliane auf diese kategorisch vorgebrachte Aufforderung nichts entgegnete, setzte Inga, jetzt mit heiterer Stimme, hinzu: »Versprichst du mir das?«

»Habe ich hier ewiges Ruherecht?«

Das Gespräch fällt beiden Frauen schwer. Eine Pause folgt der anderen, Inga wischt mit der Hand Staub von einer Konsole. Sie ist es, die das Gespräch immer wieder in Gang bringt.

»In einem Hotelbetrieb müssen sich vor allen Dingen die Gäste wohl fühlen, und du hast immer gewollt, daß sich das Personal wohl fühlt.«

»Beide sollen sich wohl fühlen! Zumindest habe ich das gewollt. Die Gäste bleiben nur kurze Zeit, aber Menschen wie Mercedes und der alte Franc Brod, die müssen doch bleiben, die können doch nicht abreisen, wenn es ihnen nicht mehr paßt.«

Das Gespräch wurde durch das Klingeln des Telefons beendet.

»Grüß ihn!« rief die alte Frau Quint der jungen Frau Quint nach.

Aber es war dann nur die Molkerei, die anrief.

Die Maxime ›Das brauche ich nicht‹, nach der sie so lange gelebt hatte, kehrte sich nun gegen Maximiliane. Sie wurde nicht mehr gebraucht. Bevor ein anderer diese Feststellung hätte treffen können, traf sie sie selbst. Gab es einen Grund zu bleiben? Wollte sie ›die alte Frau Quint‹ werden?

Sie stand am Fenster und blickte ins Tal der Pegnitz. Der kleine Fluß und die Bächlein zu beiden Seiten schlängelten sich weiterhin lieblich durchs Tal und durch die Nebentäler. Berge und Kuppen. Alles, was von den Gästen bewundert wurde, verstellte ihr den Blick, wurde ihr zunehmend beschwerlich, machte sie ungeduldig. Immer häufiger griff sie sich an die

Kehle, fühlte sich beengt, knöpfte die Blusenknöpfe auf, man kennt das schon von früher. Eines Tages hatte sie dann körperliche Beschwerden, die sich als Atemnot und Druck auf der Brust äußerten.

»Albdruck!« sagte Herr Bräutigam, der diese Symptome von seiner Mutter kannte.

»Das fränkische Albdrücken«, sagte Maximiliane lakonisch, suchte dann aber doch Dr. Beisser auf. Er erkundigte sich, ob sie das Gefühl habe, als stecke ihr ein Kloß im Hals?

»Genau dieses Gefühl habe ich. Eine Kugel«, sagte sie und griff sich an die Kehle.

Dr. Beisser tastete den Hals ab, prüfte eingehend die Augen. Was ein Leben lang als ›Kulleraugen‹ bezeichnet und gerühmt worden war, wurde von ihm nun als Basedow gedeutet. Er sprach von einem sogenannten ›Globus-Syndrom‹, auch ›Globus hystericus‹ genannt, es könne organisch bedingt sein, in der Regel sei es aber, wie das Wort anzeige, hysterisch – gerade bei Frauen.

»Wir sollten es mit Psychopharmaka versuchen, Frau Quint.«

Mit dem Rezept, das Dr. Beisser ihr ausstellte, fuhr sie noch am selben Tag zur Apotheke nach Bayreuth. Die Apothekerin, eine promovierte ältere Dame, ebenfalls aus Pommern stammend, allerdings aus Vorpommern, warnte wohlmeinend vor dem Gebrauch und dem Mißbrauch von Psychopharmaka und riet zu autogenem Training.

»Hier ist alles zu eng für Leute wie uns, die aus dem Osten stammen. Die Täler sind eng, die Berge steil, das strengt das Herz an, auch psychisch.«

Herr Bräutigam riet zu Johanniskrautöl, äußerlich angewandt, das habe seiner Mutter auch immer geholfen, und Inga brachte ihr abends noch eine Tasse Kamillentee ans Bett.

»Schon dich! Ich mache das schon!« Von fern her klang Eddas ›Laß mich machen!‹ an.

Inga übernahm in liebevoller Fürsorge ihre Aufgaben, eine

nach der anderen, und versicherte ihr, daß sie der gute Geist des Hauses sei, die Seele vom Ganzen, woraufhin Maximiliane erwiderte, daß der Geist und die Seele nicht mehr in einer brauchbaren Hülle steckten.

»Vielleicht solltest du dir die Haare färben lassen, dann fühlst du dich wieder jünger!« Wie sollte Inga denn bei so viel Arbeit noch Botschaften auf die Fensterbank legen? Sie hatte viel mit der Umorganisation des Hotels zu tun, außerdem machte ihr die Schwangerschaft zu schaffen.

Wenn Maximiliane durch die Halle ging, kam sie sich, was unvermeidlich war, im großen Wandspiegel entgegen, sie sah, was sie ein Leben lang gesehen hatte: ihr Körper war zu schwer für die Beine und für das Herz. An einem Nachmittag ging sie über den Dorffriedhof, auf dem, in Einzelgräbern, die Quints aus Schlesien und die Quindts aus Ostpreußen und die weißen Tanten aus Mecklenburg lagen, das Herkunftsland war jeweils angegeben; nur bei der alten Baronesse Maximiliane von Quindt waren Geburtsort und Sterbeort derselbe.

Nach wie vor stand sie am späten Nachmittag an der Rezeption und empfing die Gäste, von denen sie erkannt wurde, die sie aber nur selten wiedererkannte; alle sahen sich ähnlich, alle trugen Freizeitkleidung, die gleichen Gepäckstücke. Auch was sie sagten, war immer das gleiche. Außerdem waren die meisten Gäste weißhaarig, was die Unterscheidung noch erschwerte. Es ergaben sich gelegentlich peinliche Situationen. Maximiliane erkundigte sich bei neu eingetroffenen Gästen, einem Ehepaar aus Oldenburg, ob sie sich im letzten Herbst, oder war es im Frühling?, im ›Tristan-und-Isolde-Zimmer‹ wohl gefühlt hätten? Der männliche Gast blickte sie eindringlich an und erklärte: »Wir sind zum ersten Mal in Ihrem Hotel!« und betonte das ›wir‹. Maximiliane hatte verstanden und entschuldigte sich für ihre Verwechslung. Im März vergaß sie den Ausflug zu der Märzbecher-Wiese, wurde erst aufmerksam, als ein Gast – wie hieß er doch? Sie konnte sich seinen Namen nicht merken – mit einem Strauß zurückkehrte; sie machte den alten

Herrn darauf aufmerksam, daß Märzenbecher unter Naturschutz stünden. Der Seidelbast! Die Küchenschelle! Die
Herbstzeitlose! Hier stand alles unter Naturschutz. Die Brille
ins Haar geschoben, die Hände auf dem Rücken gefaltet,
lehnte sie an der Wand, eine Haltung, in der ihr das Atmen
leichter fiel. Der Gast betrachtete sie und sagte: »Demnächst
wird man auch Frauen wie Sie unter Naturschutz stellen.«

Sie war und blieb ein Naturkind. Sie brauchte wieder Sand
unter den Füßen und den weiten Blick übers Land, den sie
gehabt hatte, als sie jung war. Keine starren Felsungetüme, die
aus der Erde ragten, sondern runde Findlinge, die unterwegs
waren seit Eiszeitaltern.

Sie unterrichtete Inga davon, daß sie eine Reise machen
wolle; ob sie allein zurechtkommen würde?

»Natürlich«, sagte Inga zu ihrer Beruhigung, aber doch auch
Enttäuschung. »Wen willst du besuchen?« Maximiliane verbesserte das Wort ›besuchen‹ in ›suchen‹, aber Inga war in Eile und
sagte nur noch rasch, aber liebevoll: »Du wirst mir fehlen!«

»Das hoffe ich.«

Die Reise, zu der sie schon bald aufbrach, hatte eine Vorge-
schichte; sie wurde keineswegs so planlos angetreten, wie es
den Anschein hatte.

Ein paar Jahre zuvor hatte Joachim, damals noch Mosche
genannt, einmal am Telefon gesagt: »Wenn du vom alten
Quindt sprichst, denke ich jedesmal, du redest vom alten
Stechlin.«

Sie kannte damals diesen Roman Fontanes noch nicht, aber
bei der nächsten Fahrt nach Nürnberg besorgte sie ihn sich. Es
dauerte dann noch einige Zeit, bis sie zur Lektüre kam, und sie
las immer nur wenige Seiten, da sie ihr Zimmer erst tief in der
Nacht erreichte. Aber: Adelheid, die Schwester des alten
Stechlin, hatte es ihr angetan, mehr als die jungen Offiziere; sie
fühlte sich an ihre Großtante und Namensgeberin Maximiliane
erinnert, beide unverheiratet, beide von ihren Brüdern geach-

tet und gefürchtet; jene Adelheid, Domina in einem Kloster mit Namen Wutz, einem evangelischen Kloster, einem Damenstift. Dieser Domina war die Vorstellung einer Stechlin-losen Welt ein Schrecknis. Maximiliane hatte ihrerseits versucht, sich eine Quindt-lose Welt vorzustellen, ein Gedanke, der ihr bis dahin nicht gekommen war, der sie aber auch nicht schreckte. ›Aufs Blut kommt's an‹, der Satz des alten Quindt war ihr beim Lesen eingefallen. Das Quindtsche Blut hatte sich gemischt und verdünnt. Mirkas Kinder hatten französisches, pommersches und kirgisisches Blut, Eddas Kinder hatten keinen Tropfen Quindtschen Blutes, Viktoria hielt nichts von Vermehrung, und Joachim, der damals gerade den Plan geäußert hatte, in die Politik zu gehen, was war von dem noch zu erwarten? Sie hatte zu dem Buch gegriffen und zu einem Klarapfel, folglich war es August gewesen. Irgendwann war sie dann auf den entscheidenden Satz gestoßen: ›Zu jedem Rittersporn gehört eine Stiftsdame.‹ Der Satz hatte sich ihr eingeprägt; sobald sie blühenden Rittersporn sah, fiel er ihr ein, also nicht häufig. Das Ende des langen Romans hatte sie nicht erreicht, aber er hatte seine, damals noch nicht erkennbare, Aufgabe erfüllt. Ein erster, noch unverstandener Wink des Schicksals.

Wenig später folgte der nächste. In einem der Gästezimmer war ein Blatt der ›Frankfurter Allgemeinen Zeitung‹ liegengeblieben. Mercedes, die Anweisung hatte, alles im Büro abzuliefern, was sie in den Gästezimmern fand, legte das Blatt auf den Schreibtisch der Baronin. Das Schicksal geht willkürlich mit seinen Hilfspersonen und Hilfsmitteln um. Maximilianes Blick fiel erst nach Tagen auf einen ganzseitigen Bericht, in dem einige Sätze angestrichen, andere sogar zweifach unterstrichen waren, es mußte sich demnach um etwas Wichtiges handeln. Am Abend las sie mit wachsendem Interesse den ausführlichen Aufsatz über die Heideklöster, von denen sie bisher nichts gewußt hatte. Ihre Phantasie bepflanzte die Gärten der Stiftsdamen mit Rittersporn. ›Der Kreis der Konventualinnen ist klein‹, las sie. ›Statt unverheirateter Damen jetzt alleinstehende Frauen, die nach Herkunft und Bildung zueinander passen sollen ... Vorbedingung ist der evangelische Glaube.‹ Unterstrichen waren die Sätze: ›Die Wohnungen sind nicht klösterlich karg, aber einfach, stilvoll, oft mit schönen Biedermeiermöbeln ausgestattet.‹ Das Wort ›Biedermeiermöbel‹ war zweifach unterstrichen. ›Gemeinsame Arbeit nach körperlichem und geistigem Vermögen ... Vergnügt und dankbar als Devise.‹

Es ließ sich nicht mehr feststellen, wer das Zeitungsblatt vergessen hatte. Maximiliane legte es in Fontanes ›Stechlin‹. Jener Aufsatz war von einer Kunsthistorikerin geschrieben, aber offensichtlich mit den Augen eines Kunsthändlers gelesen worden, der vielleicht in dem hohen Lebensalter der alleinstehenden Frauen mit den Biedermeiermöbeln eine Chance für sich witterte. Maximiliane entsann sich auch, daß schon zwei- oder dreimal Antiquitätenhändler im Hotel übernachtet hatten, von der Ausstattung der ehemaligen Burg aber vermutlich enttäuscht waren.

Ein dritter Wink war noch nötig gewesen. Er war von den Holsteinern gekommen. Also von Edda. Bei jenem Gang über die Felder, bei dem Maximiliane Edda ›ins Gebet genommen‹ hatte, war das Mutter-Tochter-Gespräch noch weiter gegangen. Nach dem Disput über die Fünf-Prozent-Klausel, aber noch vor dem versöhnenden Kuckucksruf hatte Edda gesagt: »Das läßt sich doch absehen, Mutter! Wenn du nicht mehr im Hotel arbeiten kannst, wo willste denn hin? Es kommt doch sonst keiner in Frage, nich? Viktoria nich, Mirka nich. Dein Mosche etwa? Hier is immer ein Platz für dich. Du hast mich an Kindes Statt aufgenommen, und ich werde dich an Mutters Statt aufnehmen. Auch wenn wir nie darüber gesprochen haben, kenne ich meine Pflichten. Da is Sinn in. Aber das sage ich dir jetzt schon ...«

»Sag es nicht, Edda.« Maximiliane hatte ihre Tochter unterbrochen, und dann erst hatte der Kuckuck gerufen. Was Edda hatte sagen wollen, wissen wir also nicht. Die Vorstellung, im Alter unter Eddas Herrschaft zu geraten, hatte bewirkt, daß Maximiliane anfing, darüber nachzudenken, was werden sollte.

Die Rückfahrt hatte sie über Lüneburg geführt, nicht durch die schönsten Gegenden der Heide, aber dieser erste Eindruck vom Zugfenster aus war nicht ungünstig gewesen: Kiefern, Birken, Sandwege, sogar eine Schafherde.

Inga begleitete Maximiliane zum Auto.

»Du hast etwas vor!« sagte sie, und Maximiliane entgegnete: »Es wird sich ausweisen.« Und auch diesmal fuhr sie davon, drehte sich nicht um und winkte nicht; ihre Art abzureisen mußte Inga noch lernen.

Maximiliane fuhr nach Lüneburg und besorgte sich als erstes Prospekte über die mittelalterlichen Frauenklöster in der Lüneburger Heide, die nach der Reformation zu evangelischen Damenstiften umgewandelt worden waren.

Sie fuhr von Kloster zu Kloster, nahm an den offiziellen Führungen teil und kehrte abends in ihr Hotelzimmer nach Lüneburg zurück. Sie ging durch lichtdurchflutete Kreuzgänge, stand auf einer Nonnenempore, betrachtete gotische Bildteppiche, atmete den warmen Buchsbaumgeruch der Friedhöfe ein, blickte im ›Kapitelsaal‹ in die Gesichter lebenserfahrener Frauen, Domina neben Domina, vom 16. Jahrhundert bis ins 20. Jahrhundert.

›Der ehemalige Speisesaal der Nonnen!‹

›Das Dormitorium!‹

Dann ein Sarggang, von dem die Türen in die ehemaligen Schlafzellen der Nonnen führten, ein einziges Fenster, die Wände der Zellen aus Holz; wäre sie fünf Zentimeter größer gewesen, hätte sie die Höhe des Raumes mit den Händen ausmessen können; immer hatten ihr diese fünf Zentimeter gefehlt. Sie verweilte lange vor der originalgetreuen Kopie einer Weltkarte aus dem 13. Jahrhundert. Ohne den Ausführungen der Klosterfrau zu folgen, vertiefte sie sich in die Bilder, entdeckte die Schauplätze ihres Lebens, aber entdeckte auch die Arche Noah und das Paradies, alles geborgen in den ausgebreiteten Armen des Gottessohns. Sie atmete tief aus, zum ersten Mal war ihr, als löste sich die Kugel im Hals, die ihr das Atmen so schwer machte. Die Besuchergruppe befand sich schon im nächsten Raum, sie wurde aufgefordert, sich anzuschließen, und freundlich befragt, ob ihr dieses mittelalterliche Weltbild gefalle. Sie antwortete, es entspräche weitgehend ihren eigenen Vorstellungen.

Backsteinkirchen, zweigeschossige Klausurgebäude mit hohen Ziegeldächern. Mauern, von Efeu überwuchert. Lindenalleen. Alles stimmte. Maximiliane nickte mehrmals.

Als alle Heideklöster besichtigt waren, fuhr sie noch einmal nach Plummbüttel und bat um eine Unterredung mit der Äbtissin des dortigen Klosters, Frau Hildegart von der Heydt. Sie wurde in das Amtszimmer gebeten, wo sie kurz darauf der Äbtissin, einer großgewachsenen, zurückhaltenden Frau, gegenüberstand. Sie sprach von ihrem Wunsch, in das Kloster einzutreten.

»Ich habe mir sämtliche Heideklöster angesehen. Meine Wahl ist auf Plummbüttel gefallen!«

»Nun«, sagte die Äbtissin kühl, »es handelt sich hier offensichtlich um eine einseitige Wahl! Sie sind es, die gefallen muß, Frau von Quindt. Ist der Name Quindt richtig?«

Maximiliane nickte zustimmend. Die Äbtissin fuhr fort: »Es sind Voraussetzungen zu erfüllen.«

»Wenn ich mich nicht für geeignet hielte, wäre ich nicht hier!«

Der Freimut der Besucherin gefiel der Äbtissin, der Bann war gebrochen. Außerdem schloß sie auf Witz, und an Witz fehlte es im Kloster, wie es überhaupt an manchem fehlte.

Die beiden Frauen standen sich in angemessenem Größenunterschied gegenüber, Maximiliane wie meist die kleinere. Freundliche Zurückhaltung von beiden Seiten.

»Setzen wir uns in mein Wohnzimmer!« sagte die Äbtissin,

hielt die Tür auf, ging aber als erste hindurch, bat, Platz zu nehmen, setzte sich als erste.

Während des Gesprächs, das Maximiliane mit Frau von der Heydt führte, beziehungsweise das jene mit ihr führte, wurde ihr bedeutet, daß eine Klosterstelle ›verliehen‹ werde und einer Auszeichnung gleichkomme.

»Man bekommt Orden, man tritt in Orden ein«, sagte Maximiliane, der der Doppelsinn des Wortes Orden in diesem Augenblick deutlich wurde.

»Gewissermaßen«, sagte die Äbtissin, an Unterbrechungen nicht gewöhnt. Eine Pause trat ein, die von Maximiliane eingehalten wurde.

»Die Aufnahme ins Kloster bedarf nicht nur meiner Zustimmung, sondern auch der Zustimmung aller Klosterfrauen, der Konventualinnen, sowie der Zustimmung des Landeskommissars beim niedersächsischen Kultusministerium, die allerdings mehr formeller Art ist. Alle diese Zustimmungen einmal vorausgesetzt, der Eintritt in unser Kloster bedeutet einen Entschluß auf Lebenszeit, ist Ihnen das klar?«

»Nein«, sagte Maximiliane. »Ich würde gerne länger bleiben, über die Lebenszeit hinaus. Ich brauche einen Platz auf einem Friedhof. Der Friedhof hier entspricht meinen Vorstellungen.«

»Nun«, antwortete die Äbtissin, jetzt lächelnd, »eines nach dem anderen. Unser Kreis ist klein. Fünfzehn Damen, mehr nicht. Es sind zur Zeit in der Tat zwei Plätze frei.«

Maximiliane nickte zu diesen Angaben, auch darüber hatte sie sich bereits unterrichtet.

»Die Klosterordnung besagt, daß sich hier alleinstehende evangelische Frauen zu einer Lebensgemeinschaft auf christlicher Grundlage verbinden, in der sie kulturellen, kirchlichen und sozialen Zwecken dienen können. Auch wenn das Durchschnittsalter der Konventualinnen hoch ist, so handelt es sich doch nicht um ein Altenheim. Sie sind alleinstehend?«

Maximiliane antwortete, ohne zu zögern, mit einem uneingeschränkten ›ja‹.

»Erzählen Sie mir ein wenig aus Ihrem Leben!«

Maximiliane tat, was gefordert wurde. Sie erzählte ›ein wenig‹, traf eine Auswahl, die ihr für ihre Absichten geeignet erschien. Kriegswaise des Ersten Weltkriegs, eine kurze Ehe im Zweiten Weltkrieg.

Die Äbtissin wies darauf hin, daß eine Konventualin bei ihrem Eintritt ins Kloster möglichst nicht älter als sechzig Jahre sein sollte. Sie taxierte die Bewerberin mit einem Blick, der die Pferdekennerin verriet; Maximiliane entblößte denn auch lachend ihre Zähne, die sich noch immer sehen lassen konnten. Ihr Lachen wurde freundlich aufgenommen, auch erwidert und als Bestätigung angesehen, daß die Altersgrenze noch nicht überschritten sei, einer der zahlreichen Irrtümer, die während dieses Gesprächs entstanden. Maximiliane war in guter körperlicher Verfassung, die Hautfarbe frisch, das kräftige graue Haar kurz geschnitten. Das Lodenkostüm machte den Eindruck, als würde es schon längere Zeit bewohnt, auch das wurde von der Äbtissin mit Zustimmung registriert.

»Sie stammen aus dem Osten?«

»Aus Pommern. Hinterpommern!«

»Zwei unserer Konventualinnen stammen ebenfalls aus dem Osten. Die eine aus Mecklenburg, die andere sogar aus dem Baltikum, die Älteste in unserem Konvent, sie geht auf die Neunzig zu.«

Maximiliane bemerkte, daß es offensichtlich Steigerungsmöglichkeiten gab, aus dem Osten zu stammen. Ost, östlich, am östlichsten. Je weiter weg, desto schlimmer.

Damit war das Thema Osten abgeschlossen.

»Wie sind Sie auf unsere Klöster aufmerksam geworden?« fragte Frau von der Heydt weiter.

»Durch Fontane!« antwortete Maximiliane. »Ich habe ein Damenstift gesucht, das dem Kloster Wutz ähnlich ist. So ähnlich wie möglich.«

Sie holte das Buch aus der Tasche und legte es auf den Tisch. Die Äbtissin warf einen Blick darauf.

»Ach, ja! Der alte Stechlin!«

»Ja, der alte Stechlin«, sagte Maximiliane, dachte aber: der alte Quindt. Wieder einmal erleichterte Fontane die Verständigung.

»Wenn Sie mit der Vorstellung hierhergekommen sein sollten, sich in die Stille eines Heideklosters zurückziehen zu wollen, muß ich Sie darauf aufmerksam machen, daß man bei Westwind den Geschützlärm des Truppenübungsplatzes hört.«

Maximiliane wußte Bescheid, auf der Fahrt nach Plummbüttel hatte sie alle die Gebots- und Verbotsschilder gelesen, war an zerschossenem und von Panzerketten aufgewühltem Gelände vorbeigekommen, hatte Munitionskästen am Straßenrand liegen sehen, war Panzerschützen mit umgehängten Gewehren begegnet.

»Man probt den Ernstfall«, sagte sie. »Künftige Ernstfälle.«

»Sind Sie auch in Bergen-Belsen gewesen? Zunächst haben russische Kriegsgefangene dort im Torf gearbeitet.«

»Man hat Immergrün an die Wegemarkierungen gepflanzt!« sagte Maximiliane.

»Haben Sie auch das Mahnmal gesehen?«

»Nein«, sagte Maximiliane wahrheitsgemäß. »Ich bin zum nächsten Heidekrug gefahren und habe Heidschnuckenbraten gegessen und mir den Magen beladen. Mein Herz war schon beladen genug.«

»Neben dem ehemaligen Lagergelände beginnt unmittelbar das NATO-Gelände«, erläuterte die Äbtissin.

»Mahnmale nutzen nichts! Es hat alles nichts genutzt!«

Maximiliane konnte nicht verhindern, daß ihr Tränen in die Augen stiegen.

»Führt Sie etwa Resignation hierher, Frau von Quindt?« Die Äbtissin benutzte zum wiederholten Male das Wort Motivation.

»Es führen viele Wege hierher«, antwortete Maximiliane.

Nach einer kleinen Pause setzte die Äbtissin ihre Befragung fort.

»Wie steht es mit Ihrer christlichen Erziehung?«

Ein Name genügte als Antwort. Hermannswerder! Noch jetzt, nach Jahrzehnten, galt dieser Name als Gewähr für eine gediegene protestantische Erziehung. Auch die Äbtissin war ein Hermannswerder Kind, wie sie sagte. Keine Ausbrüche der Begeisterung mehr wie früher, wenn sich ehemalige Hermannswerder Schülerinnen unvermutet trafen, aber eine gemeinsame Plattform war hergestellt.

»Zu meinen Vorfahren gehört Graf Zinzendorf!« sagte Maximiliane.

Als dieser Hinweis ohne Echo blieb, fügte sie hinzu: »›Jesu, geh voran auf der Lebensbahn‹«, dieser Choral sei bei den Quindts so etwas wie eine Lebenslosung gewesen. »›Und auch in den schwersten Tagen niemals über Lasten klagen.‹«

Die Äbtissin saß abwartend da, schien auf weitere Konfessionen oder auch ›Motivationen‹ zu warten. Maximiliane fand einen Übergang zu ihrer Kusine Roswitha, die unter den Eindrücken des Jahres fünfundvierzig zum katholischen Glauben konvertiert und bereits seit mehr als zehn Jahren Äbtissin einer Benediktinerinnenabtei . . .

Als sie merkte, daß diese Mitteilung der Äbtissin wenig behagte, überlegte sie, wie sie den ungünstigen Eindruck eines Glaubenswechsels wettmachen könne, und sagte: »Ein protestantischer Quindt soll im Mittelalter einen polnischen Bischof erschlagen haben!«, woraufhin die Äbtissin abwehrend beide Hände hob und das Thema wechselte. Sie erkundigte sich, was die Bewerberin gelernt habe, und wieder sagte Maximiliane zusammenfassend: durchkommen. Aus ihren zahlreichen und unterschiedlichen Tätigkeiten wählte sie jene beim ›Volksbund Deutsche Kriegsgräberfürsorge‹ in Kassel aus, die denn auch einen guten Eindruck machte, einen besseren jedenfalls, als es die Erwähnung der Bratwurstbude in Marburg getan haben würde.

»Und wo sind Sie jetzt beheimatet?«

»Sie meinen, wo ich jetzt lebe?«

Immer diese Empfindlichkeiten bei den Ostdeutschen, wenn es um den Begriff Heimat ging!

Der unausgesprochene Tadel wurde von Maximiliane wahrgenommen und hingenommen.

»Ich lebe zur Zeit auf dem Stammsitz der Quindts, Burg Eyckel, im Fränkischen«, sagte sie und erwähnte nicht, daß es sich um ein Hotel handelte.

Die Adresse war gut, offensichtlich zu gut. Die Äbtissin fühlte sich jedenfalls zu einer Erklärung veranlaßt.

»Es handelt sich bei den Konventualinnen der Heideklöster heute nicht mehr um ›vaterlose, unverheiratete Damen adliger Herkunft‹, auch nicht unbedingt um Töchter von Männern, die sich um das Gemeinwohl verdient gemacht haben; die Damen sollen nur nach Herkunft und Bildung zueinander passen.«

In erklärendem, aber doch auch in mißbilligendem Ton setzte sie dann noch hinzu, daß unter den veränderten Zeitumständen heute nicht nur verwitwete, sondern sogar geschiedene Frauen aufgenommen werden könnten.

»Es weht auch in den Heideklöstern ein neuer, frischer Wind.«

So frisch schien der Wind allerdings nicht zu sein, daß Maximiliane von ihrer zweiten Ehe mit Martin Valentin hätte berichten mögen; nach ungültig erklärten Ehen wurde nirgendwo gefragt, kein Gesetzgeber tat das. Den flüchtigen Gedanken an Ossian Schiff, ihren Pariser Maler, schob sie beiseite, er hatte hier nichts zu suchen, hatte nirgendwo mehr etwas zu suchen. Das Kapitel Männer war abgetan.

In das kurze, eindringliche Schweigen hinein sagte die Äbtissin, die Klosterordnung zitierend: »Sollte eine Konventualin den Wunsch nach einer Eheschließung haben –« Die beiden grauhaarigen Frauen blickten sich lächelnd an.

»Wir leben ohne Klausur und ohne ewige Gelübde beieinander, aber auch ohne persönlichen Ehrgeiz. Sollten Sie anstreben, eines Tages selbst Äbtissin in einem unserer Heideklöster zu werden –«

Ein prüfender Blick. Diese Absicht bestand nicht.

»Eine Mitgift, wie sie früher üblich war und von der noch die alten Eichentruhen in den Klostergängen Zeugnis ablegen, wird nicht mehr erwartet, statt dessen aber Mitarbeit. Niemand erwartet persönliche Armut. Wer nicht über ausreichende Einkünfte verfügt, erhält ein kleines Gehalt von der Klosterkammer.«

Maximiliane verfügte, wie sie angab, über eigene Einkünfte, ihre Angestelltenrente sei nicht groß, aber, bei mietfreier Wohnung, ausreichend.

»Hin und wieder mache ich eine kleine Erbschaft«, sagte sie wahrheitsgemäß und erwähnte bei dieser Gelegenheit ihren Stiefvater, jenen Dr. Daniel Green, namentlich; daß sie dieses Erbe an ihre Tochter Viktoria abgegeben hatte, erwähnte sie dann nicht. Bevor sie über weitere Erbschaften berichten konnte, erkundigte sich die Äbtissin mit Interesse, ob es sich bei jenem Psychologen etwa um den Verfasser der wegweisenden Bücher über körpersprachliches Verhalten des Menschen handle?

Maximiliane nickte und hatte einen weiteren Pluspunkt gewonnen.

»Wie steht es mit der Musik, Frau von Quindt? Wir reden uns untereinander übrigens nur mit dem Namen an, ohne Titel und Prädikate, um ein wenig Gleichheit herzustellen. Wir haben eine Prinzessin unter uns! In anderen Klöstern reden sich die Konventualinnen beim Vornamen an, wir in Plummbüttel haben uns für freundschaftliche Distanz entschieden und gebrauchen den Nachnamen. Im Dorf spricht man noch immer von den ›Stiftfräuleins‹. Wir hätten es lieber, wenn man von ›Konventualinnen‹ spräche, aber das Wort ist für die ländliche Bevölkerung zu ungebräuchlich.«

Maximiliane erwähnte, daß ein Junge, den sie nach dem Weg gefragt hatte, von ›Konziliantinnen‹ gesprochen hatte: »Wollen Sie zu den Konziliantinnen?« Er sprach Platt. Es klang fast wie in Pommern.

Die Äbtissin wiederholte ihre Frage: »Wie steht es mit Ihrer Stimme? Unser Chor ist ein wenig dünn geworden.«

Maximiliane blickte aus dem Fenster, es dämmerte. Sie beantwortete die Frage nicht, sondern trat den Beweis an, sie sang.

»›Hinunter ist der Sonnen Schein / Die finstre Nacht bricht stark herein / Leucht uns, Herr Christ, du wahres Licht / Laß uns im Finstern tappen nicht!‹«

Das Abendlied aus Hermannswerder, in politisch dunkler Zeit oft gesungen. Die Äbtissin erinnerte sich, nicht ohne Rührung, aber auch nicht ohne Nüchternheit. Sie nahm das Lied als Wink und schaltete die schöne Biedermeierlampe ein.

»Stilvoll, aber praktisch«, sagte sie, »auf diese Devise könnte man unser Klosterleben bringen. Sie haben eine sichere und kräftige Altstimme. Machen Sie auch Gebrauch davon? Manche Menschen können singen, tun es aber nicht. Den umgekehrten Fall haben wir leider auch.«

»Ich habe mich durchgesungen«, sagte Maximiliane und wurde verstanden; einiges ließ sich besser singen als sagen.

»Das allerdings muß ich im Hinblick auf das Hermannswerder Abendlied doch erwähnen, liebe Frau von Quindt, wir sind hier keine Frauen von Traurigkeit.«

Maximiliane nickte zustimmend und zitierte: ›vergnügt und dankbar‹.

Sie wurde prüfend angesehen. »Sie lesen demnach die ›Frankfurter Allgemeine Zeitung‹?«

»Dort habe ich den Satz gefunden.«

Womit die Frage nach ihrer Zeitungslektüre, die Aufschluß über ihren Bildungsstand und ihre politische Richtung geben sollte, erledigt war.

»Sie werden noch andere Motivationen gehabt haben?«

»Die Lüneburger Heide erinnert an die Poenicher Heide.«

»Wo liegt diese Poenicher Heide?«

»In Hinterpommern. Die Alleen, die Sandwege, das Moor, sogar der Truppenübungsplatz. Eine Lindenallee führte zum

Schloß. Gropius, Martin Gropius, der Berliner Architekt, soll es erbaut haben.« Sie täuschte Kunstkenntnisse vor, die sie nicht besaß, die hier aber erwünscht waren. »Drei Säulenstümpfe sind übriggeblieben.« Diese bemoosten Säulenstümpfe hatte sie jetzt vor Augen, vor Ohren die Abschüsse der Panzerkanonen.

»Es werden doch nicht nur sentimentale Motivationen sein?« fragte die Äbtissin weiter.

»Die Backsteingebäude erinnern mich an Hermannswerder.«

»Mit dem Unterschied, daß es sich hier um Gotik handelt, in Hermannswerder handelt es sich um Neugotik.«

»Mein Großvater nannte es ›preußische Zuspätgotik‹, er war übrigens Mitglied des Preußischen Landtags.«

Dieser Hinweis, von dem Maximiliane sich viel versprochen hatte, wurde mit Nachsicht aufgenommen.

»Dies hier ist altes Welfenland. Es ist noch nicht lange her, da hätte man eine Preußin, gleich welchen Standes, niemals in einem der Heideklöster aufgenommen.« Die Äbtissin blickte Maximiliane abwartend, aber auch erwartungsvoll an. Hatte die Bewerberin keine weiteren Motivationen vorzubringen?

»Die Buchsbaumrabatten! Die Kartoffeln, die schwarzen Heidekartoffeln!«

Die Aufzählung überraschte und erheiterte die Äbtissin. Diese Frau von Quindt schien Originalität zu besitzen.

»Wie sind Sie hierhergekommen? Mit der Bahn?«

»Mit dem Wagen.«

»Dem eigenen Wagen?«

»Ja!« sagte Maximiliane. Eine Antwort, die offensichtlich willkommen war.

Das Gespräch war beendet. Die Äbtissin erhob sich. Die Frauen gingen zur Tür. Man verabschiedete sich in der Überzeugung, daß man sich wiedersehen würde. Der Fall Quindt mußte nur noch dem Konvent vorgetragen werden, eine mehrmonatige Probezeit sei üblich. Noch einmal wurde der Charakter einer Auszeichnung, eines Ordens, hervorgehoben. Von dem geistlichen Leben möge sie sich keine übertriebenen Vorstellungen machen. In einem der anderen Klöster sei eine gemeinsame tägliche Morgenandacht eingeführt worden, hier in Plummbüttel habe sich, bei entsprechendem Lebenswandel, der sonntägliche Gottesdienst als ausreichend und angemessen erwiesen. Gut evangelisch, sechs Tage lang Alltagspflichten, der Sonntag als der Tag des Herrn. Führungen durch die Klostergebäude müßten, den Bedürfnissen der Besucher entsprechend, allerdings auch sonntags, sogar verstärkt, stattfinden. Man sitze während des Gottesdienstes im Nonnenchor, diese Bezeichnung sei der Tradition wegen beibehalten worden; zum Gottesdienst trage man dann auch die Ordenstracht, ähnlich der Tracht der Beginen, eine bebänderte Haube, ein Schultertuch und eine Schürze als Zeichen des Dienens.

»Das Wort ›dienen‹ soll Sie nicht abschrecken, es ist in einem weiteren oder auch höheren . . .«

Maximiliane sah die Äbtissin aufmerksam an, woraufhin diese den Raumbegriff ›tiefer‹ noch hinzufügte.

»Ich diene gern«, sagte Maximiliane.

Während die beiden Frauen durch die Flure gingen, erkundigte sich Maximiliane nach den weiteren Gemeinsamkeiten, den gemeinsamen Mahlzeiten, der Freizeitgestaltung; Fragen, die von der Äbtissin mit Verwunderung aufgenommen wurden.

»Jede Konventualin hat das Bedürfnis und das Recht, für sich zu sein, einen eigenen Haushalt zu führen.«

»Jede rührt in ihrem eigenen Kochtopf?«

»So kann man das ausdrücken.«

»Ich habe lange nicht mehr selber gekocht«, sagte Maximiliane, sagte aber nicht, daß sie noch nie für sich allein gekocht habe, und erwähnte auch nicht, daß sie nicht einmal einen Kochtopf besaß.

»Man trifft sich bei Spaziergängen und in den Gärten, die zu jeder Wohnung gehören. Bei kleineren Erkrankungen pflegen wir einander.« Die Äbtissin hatte im Verlauf des Gesprächs vom Konjunktiv zum Indikativ gewechselt, von der Möglichkeit zur Gewißheit, so wurde es jedenfalls von Maximiliane verstanden. Die beiden Frauen hatten die Klosterpforte erreicht, die Äbtissin kam auf die Hausordnung zu sprechen.

»Zwei Monate Ferien im Jahr, möglichst im Winter. Bei einer Abwesenheit von mehr als vierundzwanzig Stunden muß ich unterrichtet werden . . .«

Die Äbtissin begleitete Maximiliane bis zum Parkplatz, sie pflege in der Dämmerung ihren kleinen täglichen Spaziergang zu machen. Maximiliane ging auf das einzige auf dem Parkplatz stehende Auto zu, die ›Karre‹.

»Ist das Ihr Wagen, Frau von Quindt?«

»Ja!« sagte Maximiliane. Kaum eine ihrer Antworten hatte so vollkommen den Tatsachen entsprochen.

»Ist er nicht ein wenig jugendlich?«

»Ich bin ein wenig zu alt für das Auto«, gab Maximiliane zur Antwort. »Aber das Ein- und Aussteigen ist weniger beschwerlich als bei einem niedrigen Fahrgestell.«

»Das ist richtig«, gab die Äbtissin zu, erkundigte sich aber vorsorglich nach den Beschwerden.

»Das Quindtsche Rheuma!«

Sie wurde vor den kalten Fluren und Treppenhäusern der alten Gebäude gewarnt, woraufhin sie sagte, daß sie an kalte Flure von klein auf gewöhnt sei.

»Wohltemperiert war mein Leben nie.«

Alle Wohnungen würden mit Speicherheizungen versorgt, erläuterte die Äbtissin, die sanitären Anlagen seien modernisiert, der Wechsel aus den geheizten in die ungeheizten Räume wirke abhärtend und ganz offensichtlich lebensverlängernd. Die Wohnungen seien nicht groß, aber angemessen. ›Angemessen‹ war eines der meistbenutzten Wörter der Äbtissin.

»Werden Sie sich an eine Reduzierung Ihres Lebensraumes und Ihres Besitzes gewöhnen können?«

Maximiliane lächelte zuversichtlich. Sie sah keinen Grund

zu erwähnen, daß sie keine eigenen Möbel besaß, schon gar keine ›angemessenen‹.

»Haben Sie Ihrerseits noch Fragen, Frau von Quindt?«

»Wohin fließt die Plümme?«

Die Äbtissin hatte andere abschließende Fragen erwartet, mutmaßte dann, daß die Plümme in die Ilmenau und dann irgendwo in die Elbe fließe.

»Dann wird es die Nordsee sein. Die Ostsee wäre mir lieber gewesen.«

Inzwischen war Maximiliane in ihr Auto eingestiegen. »Es gefällt mir bei Ihnen«, sagte sie und setzte ebenso freimütig hinzu: »Sie gefallen mir auch!«

Die Äbtissin hob abwehrend die Hände, unterdrückte das Lächeln aber nicht, lächelte sogar noch eine Weile, als Maximiliane schon davongefahren war.

Während ihrer einwöchigen Abwesenheit hatte man den alten Franc Brod auf dem Dorffriedhof begraben. Sein Tod sah nach Unfall aus, war vielleicht auch ein Unfall, er war ja nie sehr vorsichtig mit seiner Flinte umgegangen. In der Dämmerung hatte er sich wieder einmal auf die Rattenjagd begeben, vielleicht war er gestolpert, und dabei hatte sich der Schuß gelöst. So war es jedenfalls von der Polizei protokolliert worden. Maximiliane sah es anders. Er hatte auf dem Eyckel bleiben wollen. Niemand hatte gefragt, wie es zu dem Unfall hatte kommen können; man hatte den alten Mann auch erst am nächsten Mittag vermißt.

Maximiliane ging nicht auf den Friedhof, sie ging statt dessen in den Holzschuppen, saß lange auf dem Hauklotz und redete mit dem anderen Hauklotz, auf dem keiner mehr saß.

»Život!« Das Wort für Tod kannte sie nicht, aber das Wort Leben schloß vermutlich den Tod mit ein.

»Es tut mir sehr leid!« sagte Inga. Man sah ihr an, daß es ihr wirklich leid tat. »Es kann nicht meine Schuld sein, er wußte noch nicht, daß ich ihm kündigen wollte. Warum sagst du kein Wort?«

»Weil ich keines weiß.«

Die Kinder mußten von dem Entschluß ihrer Mutter unterrichtet werden. Wenn sie an alle Kinder auf einmal dachte, benutzte sie den pommerschen Ausdruck ›Brut‹; wenn sie zu Dritten von ihnen sprach, was selten vorkam, benutzte sie ›die Nachkommen‹ als Oberbegriff.

Sie hätte ihre Brut aufsuchen, von einem zum andern fahren können, ein Gedanke, der die alte Reiselust noch einmal in ihr aufkommen ließ. Noch einmal Paris? Oder hielt sich Mirka in dem bretonischen Dorf auf? Noch einmal die Provence? Mit Ossian Schiff hatte sie ein paar Wochen lang in Antibes gelebt. Ein Abschiedsbesuch bei Golo in Marburg? Die Holsteinische Schweiz? Aber sie scheute den Flug nach Paris, sie scheute sich. Das war es! Sie scheute, wie ein Pferd scheut.

Seit ihre Brut ausgeflogen war, hatte sie kaum noch Ratschläge erteilt und nur selten Einfluß genommen. Sie wünschte auch jetzt keine Auseinandersetzungen, wollte auch keine Erklärungen abgeben. Sie mußte ihre Absicht lediglich schriftlich mitteilen. An vier aufeinanderfolgenden Abenden schrieb sie je einen Brief, brauchte für jeden mehrere Briefbogen, was nicht bedeutete, daß sie ihren Entschluß ausführlich begründet hätte; sie schrieb noch größer als sonst und verwechselte leserlich mit verständlich. Sechs Zeilen füllten einen Bogen, sechs Worte eine Zeile, für Graphologen sicher aufschlußreich, aber auch für die Empfänger der Briefe. Die Größe der Buchstaben entsprach der Größe ihres Vorhabens.

Vier Variationen zum Thema: Ich ziehe mich jetzt zurück. ›Nimm es hin, Viktoria!‹ ›Nimm es hin, Edda!‹ Dieser Satz kehrte wörtlich wieder.

Als sie, mit den Briefen in der Hand, zum Parkplatz ging, traf sie Inga, hielt die Briefe hoch und sagte: »Ich habe es ihnen mitgeteilt.«

»Wir werden dich vermissen!« Wenn Inga jetzt ›wir‹ sagte, meinte sie Joachim und sich.

»Tut das!« sagte Maximiliane.

»Du möchtest keinem zur Last fallen?«

»Die Lasten! Wie das ist, wenn einer die Last des anderen mitträgt, das habe ich nie erfahren. Manchmal kommt es mir vor, als hätte ich vom Tragen lange Arme gekriegt.«

Inga hielt ihren Arm an Maximilianes Arm und lachte. »Man sieht es nicht.«

»Man spürt es.«

»Hättest du die Geburt des Kindes nicht abwarten können?«

»Nein! Ich kann auch nicht abwarten, bis Joachim in den Bundestag kommt, und ich kann nicht abwarten – ich kann nichts mehr abwarten.«

»Versprich mir –!«

»Das verspreche ich dir!«

Beide lachten die Feierlichkeit des unausgesprochenen Versprechens weg.

Die Nachkommen reagierten unterschiedlich. Mirka mit keiner Silbe. Zustimmung von Viktoria, Bedauern von Joachim, der der Ansicht war, daß auf dem Eyckel Platz für mehrere Generationen von Quints sei. ›Wir würden dich gern behalten!‹

Aber sie wollte nicht teilen, auch nicht mit dem Sohn; sie wollte nicht im Wege stehen, auch nicht am Rande des Weges.

Edda fragte – telefonisch –, warum solche entscheidenden Fragen nicht auch mit ihr besprochen würden. »Wenn du die Rentenanträge stellst, mußt du angeben, daß du fünf Kinder großgezogen hast; nach den neuen Gesetzen soll pro Kind ein weiteres Jahr Rente angerechnet werden!«

War es Absicht, daß das Wort Plummbüttel in keinem der Briefe stand? Maximiliane zog sich zurück, aber sie war nicht aus der Welt. Ihre Lösung des Generationskonflikts ist kein übertragbares Rezept, war auch nicht so gedacht.

17

›Besonders in Kurven habt acht, ihr Gradlinigen!‹
                                           Stanislaw Jerzy Lec

Bevor er seine Rede anfing, hob Quint den Blick, wandte ihn
nach links, dann nach rechts, warf noch einen Blick auf die
dichtbeschriebenen Seiten seines Manuskriptes, schob sie in
die Tasche und setzte ein.

»Meine Damen«, eine kleine Verbeugung, »meine Herren!«
Er hob den Kopf. »Jean Jacques Rousseau – ein Name, bei dem
Ihnen vermutlich nichts weiter als ›zurück zur Natur‹ einfällt.
Als dieser Rousseau unterwegs war von Paris nach Vincennes,
wo er Diderot besuchen wollte, hielt er Rast unter einem
einsamen Baum und hatte dort eine Erleuchtung, die einer
Verzückung gleichkam. Ich selbst konnte auf dem Weg nach
Bonn keinen lebenden Philosophen oder Literaten vom Rang
eines Diderot aufsuchen, aber vor geraumer Zeit saß auch ich
unter einem Baum, er steht in Dalarna, in Schweden, wo ich
lange gelebt habe. Keine Erleuchtung, keine Verzückung, aber
doch eine Erkenntnis. Ich sah plötzlich, daß die Baumkrone
über mir schütter war. Ich saß neben einem See mit hellem
Wasser, in dem kein Fisch mehr zu sehen war. Ich habe nicht
gedacht: Es muß etwas geschehen. Ich dachte auch nicht: Man
muß etwas tun! Ich dachte: Ich muß etwas tun. Ich, Joachim
Quint, deutscher Staatsangehöriger, Jahrgang 1938, Joachim
Quint, wenn Sie sich den Namen bitte merken wollen. Einer
meiner pommerschen Vorfahren, ebenfalls ein Joachim
Quindt, aber noch mit dem Freiherrntitel ausgestattet, war
Mitglied des Deutschen Reichstags; er hat sein Mandat nieder-
gelegt, als seine persönlichen Ansichten nicht mehr mit denen
seiner Partei übereinstimmten. Ich verspreche Ihnen, daß ich
mich ebenso verhalten werde. Von jenem Quindt stammt der
Satz: ›Ein Politiker muß nicht unbedingt reden können, aber er
muß es lassen können, wenn er nichts zu sagen hat.‹ Ich füge

hinzu: Ein Politiker muß auch von sich reden machen. Genau das will ich erreichen.

Mein Nachbar in Dalarna, Anders Brolund, einer der Gründer der schwedischen Umweltpartei, von manchen auch ›Unzufriedenheitspartei‹ genannt, mit dem ich manchmal geredet habe ...« Quint blickte nach rechts, machte eine Pause und fuhr dann fort: »Meine Geschichten haben in der Regel eine Pointe, die Sie sich nicht entgehen lassen sollten! Mein Nachbar Anders Brolund hat gesagt: ›An dir ist ein Politiker verlorengegangen.‹ Das wollen wir doch einmal sehen, ob dieser Politiker wirklich verlorengehen muß! Oder ob man später sagen wird: An dem Politiker Quint ist ein Lyriker verlorengegangen. Oder ob es eine Zwischenform gibt. Eine poetische, oder sagen wir ruhig: lyrische Weltsicht, wie Herbert Marcuse es nennt, eine Weltsicht der Sinneswahrnehmung, des Körperlichen, des Schöpferischen, der Lebensfreude. In den nächsten beiden Jahren müssen Sie mich kennenlernen; das Rotationsprinzip meiner Partei kommt meinen Wünschen entgegen: zwei Jahre lang reden, zwei Jahre lang schreiben. In jedem Falle werde ich, was ich rede oder schreibe, auch zu leben versuchen.«

Er machte wieder eine kleine Pause, kam dann übergangslos zur Sache:

»Sie werfen den Grünen vor, daß sie nicht immer einer Meinung seien. Die Natur bietet viele Möglichkeiten in Grün an. Noch handelt es sich um Maiengrün, Lärchen, Eichen, Akazien. Sollte es eines Tages ein dunkles Grün werden, aus dem sich keine Schattierung heraushebt, wo man eine Birke nicht mehr von einer Esche unterscheiden kann, wird die Partei farblos wie andere sein.

Habe ich Ihren Zuruf richtig verstanden? Dieser Quint sei ein kleines Kaliber? Falls dem einen oder anderen die genaue Bedeutung des Wortes Kaliber nicht geläufig sein sollte: Es handelt sich um die lichte Weite eines Geschosses. Mein

Durchmesser, meine lichte Weite läßt sich mit der Ihren nicht vergleichen. Da haben Sie recht. Das Durchschnittsalter der Grünen ist niedriger, das Durchschnittsgewicht ebenfalls, auch das Durchschnittseinkommen.

Sie finden unter den Grünen mehr Frauen als in den etablierten Parteien. Etablieren heißt laut Wörterbuch, ›einen sicheren gesellschaftlichen‹ – das Wort gesellschaftlich steht in Klammern – ›Platz gewinnen‹. Was ich an Frauen von jeher bewundert habe, ist, daß sie das Pulver nicht erfunden haben. Womit das Thema Nachrüstung angesprochen wäre. Seit der Erfindung des Faustkeils ist jede weitergehende Bewaffnung eine Nachrüstung. Keinen dieser sogenannten Fortschritte in der Wehrtechnik verdanken wir einer Frau. Dafür sollten wir den Frauen Beifall spenden.«

Quint klatschte, schaute abwartend nach links, dann nach rechts und hob den Blick.

»Ich hatte mit Beifall oder zumindest mit einem kurzen Gelächter gerechnet. Ich spreche zu erfahrenen – ich vermeide das Adjektiv ›routinierten‹ – Politikern. Eines Tages werde ich ebenfalls ein erfahrener Politiker sein, bis dahin sollten Sie sich meine Unerfahrenheit zunutze machen.

Auf der Flucht von Ost nach West habe ich schreiben gelernt, die Übungssätze standen an den Mauern und Häuserruinen: ›Wir leben alle, sind in der Laube‹. Ich zitiere einen freundlichen Text; von einigen der Grünen heißt es, daß sie auf Taubenfüßen daherkämen. Sollten Sie mich für blauäugig halten: das mag an der pommerschen Herkunft liegen. Halten Sie mich aber für einäugig, dann bedenken Sie, daß unter den Blinden der Einäugige König ist.

Die Alternativen leben unter einem großen Dach zusammen! Alternative sind jene, die nach einer anderen, zweiten Möglichkeit suchen. Leider halten sich auch die Alternativen nicht immer an die Definition, daß nämlich auch die andere Entscheidung möglich und möglicherweise sogar richtig sein könnte. Alle, die sich in den letzten Jahren unter dem Fremdwort alternativ aufgemacht, zusammengefunden und zusammengerauft haben, sind Frager. Sie stellen in Frage, ohne daß sie gültige oder gar allgemeingültige Antworten zu geben hätten. Sie sind der Sand im Getriebe, sie sind vielleicht aber auch das Salz der Erde.

Eine allein gültige, alle anderen ausschließende Wahrheit gibt es nicht. Das ist Utopie. Wenn wir das eingesehen haben, werden wir miteinander reden können.

Kürzlich habe ich in der Zeitung gelesen, daß die Menschenrechte vor über dreißig Jahren verabschiedet worden sind. Niemand weiß, wo sie sich heute aufhalten.

Immerhin einer, der lacht! Ich hoffe, daß ich in Zukunft häufiger Gelegenheit haben werde, die Lacher auf meiner Seite zu haben.

Zu den Vorwürfen, die Sie den Alternativen machen, zählt auch der, daß sie über das Ziel hinausschössen. Gut so! Wenn schon geschossen werden muß, dann lieber ins Blaue als ins Schwarze. Sie haben sich auf einen Feind, das Bild eines Feindes, eingeschossen. Heute noch verbal, eines Tages vielleicht nuklear!

Man hat mich ›einen alternativen Traumtänzer‹ genannt. Ich erkläre hier ausdrücklich, daß ich in einem Land zu leben wünsche, in dem sowohl getanzt als auch geträumt werden darf. Ein Land, in dem gelacht wird. Reden wir doch nicht immer von überleben! Reden wir vom Leben. Wie man das macht: leben, lebendig sein. Es gibt Lebensfreude, und es gibt Lebenskraft und Lebensmut. Das Wort muß wieder von der Vorsilbe ›über‹ befreit werden. Überlebensfreude? Überlebenskraft? Überlebensmut? Jedes ›über‹ ist gefährlich. Halten Sie mich für einen Weltverbesserer? Davon kann es gar nicht genug geben. Setzen Sie aber bitte nicht das Beiwort ›hoffnungslos‹ vor das Hauptwort. Ich bin kein hoffnungsloser Weltverbesserer, sonst wäre ich in den schwedischen Wäldern geblieben und hätte Weltuntergangslyrik geschrieben, von der es genug gibt. Zwischen Umweltproblemen auf der einen und

Weltraumprojekten auf der anderen Seite geht uns das verloren, was man einmal als eine Weltanschauung verstanden hat. Ohne Weltanschauung lassen sich aber weder Weltraumprobleme noch Umweltprobleme lösen.

Ernst Bloch sagt: Es kommt darauf an, das Hoffen zu lernen. Es ist ins Gelingen verliebt, nicht ins Scheitern.

Wir müssen wie Liebhaber der Welt leben. Für das, was man liebt, sorgt man, bewahrt es für die Nachkommen. Wir, ich meine jetzt nicht das große Wir, sondern das kleine, persönliche Wir, meine Frau und ich, wir erwarten unser erstes Kind. Es soll leben. Nicht überleben. Die Staatsmänner und Volksvertreter aller Welt müßten bei der Erörterung von Fragen der Rüstung und der Abrüstung ihre Kinder und Enkelkinder in die Parlamente mitbringen. Zumindest die Frauen scheinen meiner Ansicht zu sein. Ich danke für Ihre Zustimmung!«

Quint blickt auf die Uhr.

»Es bleiben mir noch genau vierzig Sekunden. Meine Mutter, falls sie diese Rede hören könnte, würde sagen: Du hast als Kind zu lange die rote Perücke von Pfarrer Merzin auf dem Kopf getragen, du predigst! Von den Kanzeln hört man viel über Politik, dann wird ein Politiker auch predigen dürfen. Für die Römer hing das Wort Frieden, pax, mit dem Wort pactum, Übereinkunft, zusammen, es ist ein durch Verträge gesicherter, darin aber auch brüchiger Frieden. Frieden ist auch eine Übereinkunft mit dem Weltschöpfer, ein Pakt mit Gott, den wir in allen Ost-West-Verhandlungen als dritte Kraft mit einbeziehen sollten! Soviel noch: mein Menschenverstand sagt mir, auf die Dauer gibt es keinen bewaffneten Frieden. Noch schweigen die Waffen. Aber was ist, wenn sie sich ausgeschwiegen haben? Reden sie dann? Wo Waffen sind, kann geschossen werden.«

Quint beendet seine Rede.

Er sagt: »Amen!« und bleibt vor Inga stehen, die im Liegestuhl liegt, im Schatten des alten Apfelbaums.

»Kein Zeichen der Zustimmung? Hätte ich noch weiter

gehen sollen und auch noch sagen, was ja meine Überzeugung ist: Es ist besser, erschossen zu werden als zu erschießen.«

»Selig sind die Sanftmütigen! Du willst in den Bundestag, Joachim, aber du bist noch nicht drin. Setz dich zu mir! Deine Standhaftigkeit hast du bewiesen. Weißt du, daß deine Rede einen entscheidenden sachlichen Fehler enthielt?«

»Ich habe mich doch eher unsachlich, also grundsätzlich ausgedrückt.«

»Deine von dir freundlicherweise erwähnte Frau erwartet nicht ein Kind, sondern zwei Kinder.«

»Und das erfahre ich jetzt erst?«

»Du warst unterwegs, und ich war erst jetzt bei Dr. Beisser!«

»Du denkst doch immer rentabel – aber jetzt übertreibst du es.«

»Weißt du, was meine Berner Großmutter am Telefon gesagt hat, als ich sie unterrichtet habe? ›Pfui!‹ hat sie gesagt, nachdrücklich: ›Pfui!‹«

Joachim lacht, greift ins Gras, hebt einen Apfel auf, reibt ihn an Ingas Rock blank und beißt hinein.

»Ich habe ins Paradies eingeheiratet, sogar die Äpfel hast du eingebracht.«

Inga lächelt, blickt in den Baum, in dessen Schatten sie jetzt beide liegen, und zitiert: »›Wie ein Apfelbaum unter den / wilden Bäumen, bist / du. Ich sitze im Schatten deines / Laubes und pflücke deine / Früchte, die Früchte des / Gartens. / Die Süße drängt nach / Reife. Der / Baum der Erkenntnis wächst / in den Himmel.‹«

»Die Zeile ›Früchte des Gartens‹ ist zuviel. Das hätte man knapper sagen müssen, je knapper, desto besser.«

»Das Gedicht stammt von einem gewissen Mosche Quint, es steht in deinem zweiten Gedichtband. Der Gegenstand des Gedichtes war deine Schwedin!«

»Alles ist anders geworden, nicht mal die Äpfel sind noch die gleichen. Aber die Erkenntnis stimmt! Du stimmst!«

»Äpfel! Wir müssen Äpfel nach Plummbüttel schicken. Wenn deine Mutter keine Äpfel hat, kann sie nicht lesen.«

»Wieso weiß ich das nicht?«

»Weil du größere Dinge in deinem Kopf hast.«

»Im Arm habe ich dich!«

»Zieh mich hoch, zieh uns hoch!«

»Du wirst nicht auf die Leiter steigen, Inga! Auch nicht in meiner Abwesenheit!«

»Ich tue alles, was du willst, sogar, was du nicht willst – so haben es die Quindtschen Frauen doch immer gehalten.«

»Versprich mir –!«

Joachim zieht Inga die kleine Steigung hinauf, bleibt dann noch einmal stehen. »Einen Gedanken hätte ich noch unterbringen sollen.«

»Im Gedicht oder in der Bundestagsrede?«

»Du nimmst mich nicht ernst! Lenk mich nicht ab, auch nicht mit Äpfeln! Ich erbitte mir Aufmerksamkeit für Ludwig den Vierzehnten. Er hat gesagt: ›L'Etat c'est moi!‹ In einer Demokratie muß es statt dessen heißen: Der Staat, das sind wir! Außerdem hätte ich auf die Ähnlichkeit des Wortes Etat gleich Staat im Französischen mit dem Wort Etat gleich Haushalt im Deutschen hinweisen sollen. Wenn wir hierzulande von Etat reden, meinen wir Geld und nicht den Staat. Die Hälfte des Geldes, das für Forschungszwecke zur Verfügung steht, wird für die Erforschung immer perfekterer Tötungsmittel verwendet und nicht für ökologische Projekte, es dient nicht dem Leben, sondern der erfolgreichen Vernichtung des Lebens.«

»Erschrick deine Kinder nicht. Du mußt noch viele Reden halten, Joachim. Spar dir ein paar Themen auf!«

»Als ich in Hermannswerder war, hat der Pfarrer gesagt: ›Ich rede und tue es auch.‹ Ein sehr wichtiger Satz für mich.«

Inga blickt auf die Uhr. »Meine Mittagspause ist vorbei. Komm mit an die Rezeption, damit die Gäste sehen: Es gibt dich, und ich bin keine ledige Mutter. Wie heißt der Satz? ›Du redest, und ich tue es auch‹?«

18

›Wir sind zum Zusammenwirken geboren wie die Füße, Hände,
die Augen, die Lider, die Reihe der oberen und der unteren
Zähne.‹

Marc Aurel

Jean-Louis Laroche war kein Christian Dior, kein Jacques
Fath, kein Pierre Cardin, aber in der zweiten Reihe der Pariser
Couturiers gehörte er zu den ersten.

Wenn er zweimal im Jahr seine Kollektionen vorführte, blieb
er im Hintergrund, verfolgte aber die Wirkung seiner Kreatio-
nen mit Hilfe von unauffällig angebrachten Spiegeln und kon-
trollierte den Beifall mit einer Stoppuhr. Er beschäftigte sich
hauptberuflich mit weiblichen Körpern, deren Formen und
Verformungen seinen künstlerischen Intentionen im Wege
waren. Seine Mannequins waren noch magerer als andere.
Männliche Körper übten eine stärkere Anziehungskraft auf ihn
aus. Nun ist Homosexualität in der Modebranche nichts Unüb-
liches, es muß auf die Zusammenhänge hier nicht näher einge-
gangen werden. Mit Liebenswürdigkeiten und jenen ›unge-
nauen Zärtlichkeiten‹ – eine Rilkesche Formulierung, die sich
Mirka eingeprägt hatte –, aber auch mit kleinen Geschenken
entschädigte er die Frauen seiner Umgebung dafür, daß er sie
zu seinem Glück nicht nötig hatte. Keinem seiner Mannequins
konnte man nachsagen, daß es seine Karriere im Bett des Jean-
Louis Laroche begonnen hätte. Er stand in dem Ruf, aus einer
Frau eine Dame machen zu können. Gelegentlich wurde er
zitiert, allerdings ohne Namensnennung: Ein Kleid muß so eng
anliegen, daß man sieht: Voilà, eine Frau! Aber nicht zu eng,
damit man sieht: Voilà, eine Dame!

Mirka kam dem Ideal eines Mannequins nahe. Als sie zwei
Jahre alt war, hatte ihre Mutter sie auf einen leeren Jutesack
amerikanischer Herkunft gelegt und mit einer Schere die Konturen des Kindes herausgeschnitten. Das kleine Mädchen hatte

nicht einmal gezuckt, wenn die kalte Schere seinen Körper berührte. Mit diesem ersten Kleidungsstück, das zwei Seitennähte und zwei Schulternähte besaß, eine Öffnung für den Kopf und zwei Öffnungen für die Arme, hatte Mirkas Karriere begonnen. Genauso ruhig, wie sie damals auf dem Fußboden gelegen hatte, stand sie später viele Stunden, wenn Laroche ein Modell entwarf. Er fertigte nie eine Skizze an, arbeitete immer am lebendigen Leib. Mirka war eine Frau, die nie ausfiel, sie war ebenso kälte- wie hitzeunempfindlich, bekam nie Migräne, hatte nie hysterische Anfälle, war eine angenehme, wenn auch langweilige Mitarbeiterin, aber Unterhaltung wurde von ihr nicht erwartet. Ihre stoische Ruhe und ihre Zähigkeit gingen weit über pommersche Eigenschaften hinaus, mußten asiatischer, also väterlicher Herkunft sein.

Es ist keine Schande, ein Mannequin zu sein, schon gar nicht in Paris. Jedes Mannequin hat seine großen Vorbilder, sie heißen Begum, sie heißen auch Frau Karajan. Viele moderne Märchen fangen so an. ›Maman tut, was sie will‹, das hatte ihr Sohn Philippe schon frühzeitig erkannt und damit recht behalten. Zur großen Karriere war sie bei ihrer Rückkehr in die Welt der Mode zu alt. Es fehlte ihr auch an Ehrgeiz. Sie verließ die Schutzzone, die ihr Laroche bot, nicht. In jeder Kollektion gab es mehrere Modelle, die ›Mirka‹ hießen und ausschließlich von ihr vorgeführt wurden. Noch immer war sie es, die bei den Vorführungen den stärksten Beifall erhielt. Andere Couturiers arbeiteten mit schwarzhäutigen Mannequins, aber das Halbfremde, das Halbexotische schien erregender auf das Publikum zu wirken. Nur selten bekam man ein Stück von Mirkas schöner Haut zu sehen, aber der Kenner erriet, daß sie unter ihrem Kleid nackt war; ihre Erscheinung wirkte erotisierend, nicht sexy. Laroche verhüllte sie und enthüllte sie nicht. Wo ein Rock geschlitzt war, wurde nicht gleich Haut sichtbar, sondern eine weitere Hülle, die ebenfalls geschlitzt war. Man mußte zweimal und öfter hinsehen, wenn man etwas vom Naturzustand dieses Mannequins zu sehen bekommen wollte. Die Eleganz war ihr

angeboren, sie war auf einem ›Castel‹ geboren, in Deutschland, wie es hieß. Wie ihre Mutter wohnte sie in ihren Kleidern,
benötigte allerdings weniger Raum darin als jene, die nie ele-
gant gewesen war, die eine Frau und keine Dame war. Durch
Hungerkuren, Make-up und den Kauf des vorgeführten Klei-
des hofften die Kundinnen, dieser exotischen Mirka ähnlich zu
werden. Aber wer hätte ihren Gang nachahmen können? Ob
sie nun durch die Fabrikhallen von Villemain & Fils, durch eine
Flugzeughalle oder über den Laufsteg ging, sie vermittelte den
Eindruck von Weite, Ungebundenheit, Steppe; ein Modebe-
richterstatter hatte es so ausgedrückt. Sie kam auf absatzlosen
Ballerinenschuhen daher, schien traumwandlerisch über ein
Seil zu gehen, setzte nach Art der Panther einen Fuß vor den
anderen, schob sich voran, der Körper geriet in Schwingungen.

Laroche hatte, wie andere Couturiers auch, eine Parfum-
Serie herausgegeben, die den Namen seines Starmannequins
trug: Mirka, kostspielig, des hohen Moschusgehaltes wegen.
Für ›Harpers Bazaar‹ oder für ›Vogue‹ reichte es nicht, ohne
Neid, aber mit Interesse betrachtete Mirka in den berühmten
Journalen ihre berühmten Konkurrentinnen.

Damit kein Modell vorzeitig an die Öffentlichkeit kam,
streifte man ihr ein Nesselhemd über, bevor sie den Raum
verließ und den Flur überquerte; nicht einmal die Näherinnen
bekamen das unfertige Modell zu sehen. Barfuß ging sie durchs
Atelier, raffte ihr Büßerhemd. Laroche entdeckte den Nessel
als Material für seine nächste Kollektion. Aber es stellte sich
heraus, daß andere Mannequins in diesen weißen Gewändern
aussahen, als wären sie Möbelstücke, deren Bezüge man vor
dem Sonnenlicht schützen wollte. Mirka war die einzige, die
aus einem Büßerhemd ein erotisierendes Kleidungsstück
machte. Was für ein Eros, den sie mit den Kleidern an- und
ablegte! Die Nessel-Kollektion erregte Aufsehen, schockierte,
war ein Protest gegen den Luxus, ein Risiko auf Gedeih und
Verderb, in diesem Fall eher auf Verderb. Es sah zunächst so
aus, als ob Mirka von einem Konkurs in den nächsten geraten

wäre. Une nouvelle vague, die im Sande verlief. Wieder hieß es: ›catastrophe‹. Man hätte auf Coco hören sollen, der ›merde, merde!‹ geschrien hatte. Seine Zustimmung pflegte er durch Flügelschlag und Tanz auf der Stange kundzutun.

Pelzmode unter marokkanischer Wüstensonne; Strandkleidung im verschneiten Gestänge des Eiffelturms; Brautkleider in einer gotischen Kapelle. Extravaganzen. Pokerspiel der Couturiers. Mirka arbeitete wie ein Medium, reagierte auf den kleinsten Wink des Fotografen, der ›Allons‹ genannt wurde, weil er die Fotomodelle mit ›allons, enfants!‹ antrieb. Allons war klein und dicklich, lief in verwaschenen T-Shirts und ausgebeulten Hosen herum, seine Arme waren tätowiert. Kein erfreulicher Anblick, den man aber sofort vergaß, wenn man seine Fotos zu sehen bekam. Er holte aus den Modellen heraus, was nur an Möglichkeiten in ihnen steckte; wer bei Allons gearbeitet hatte, konnte in Zukunft höhere Gagen verlangen. Er war top class. Allons, enfants! Was ihn für Laroche anziehend machte, ging Mirka nichts an. Jahrelang arbeiteten sie zu dritt, waren aufeinander eingespielt, lebten zusammen.

Zweimal im Jahr zogen sie sich, die Autos voller Stoffballen, in ein bretonisches Fischerdorf zurück, Allons führte den Haushalt, machte die ersten Probeaufnahmen. Mirka diente als Puppe, über die man Stoffe hängen, um die man Stoffe drapieren konnte. Laroche arbeitete mit Schere und Stecknadeln. Ohne Blutvergießen verliefen diese Proben nicht; er tupfte die Blutstropfen mit einem Seidentuch ab, küßte sie wohl auch weg, je nachdem, wo sie sich befanden. Er hatte Ideen! Oder er hatte keine. Dann schrie er Mirka an. Warum brachte sie nichts? Warum fiel ihr nichts ein? Eine Kreatur weiblichen Geschlechts, ohne Kreativität! Dann warf Mirka ihre Sachen in den Koffer, trug den Koffer zum Auto, an dem Laroche bereits wartete, um sich zu entschuldigen. Sie blieb. Sie hatte keine Wahl. Sie arbeitete ohne Vertrag, wurde stundenweise bezahlt, gut bezahlt. Laroche trug eine dünne Kette um den Hals, an dem eine winzige goldene Schere hing, ein

Geschenk Mirkas. Von allen Reisen schickte sie Karten an ihre Söhne, manchmal auch an Simone Villemain, mit Grüßen an ›notre mari‹. Sie gab sich Mühe, nicht zu viele grammatikalische Fehler zu machen, was zur Folge hatte, daß außer Grüßen und Wünschen nichts auf den Karten stand. Falls das Haus, in dem sie wohnte, auf der Ansichtskarte zu sehen war, stach sie mit einer Stecknadel an der betreffenden Stelle ein Loch durch den Karton; jeder, der eine Karte von ihr bekam, hielt sie als erstes gegen das Licht.

Am späten Nachmittag machten die drei Jogging am Strand, Mirka mit ihren langen Beinen voraus. Den Abend verbrachte man bei Kerzenlicht und Debussy, Abend für Abend Debussy. Man aß Artischocken und aß Langusten, Erdbeeren aus der zweiten Ernte. Mirka versicherte, daß die Langusten köstlich seien, noch besser als im vorigen Jahr. Wenn die beiden Männer den Langusten die Gelenke brachen, die Schwänze ausschlürften, Weinflaschen leerten, sich miteinander beschäftigten, zog sie sich zurück, was nicht wahrgenommen wurde.

Als man bereits die zweite Woche an der neuen Kollektion arbeitete, für die Laroche Stoffe mit alten provençalischen Mustern in Musselin und in Baumwolle eingekauft hatte, erwähnte Mirka, daß ihre Schwester in der Provence wohne, in einem kleinen verlassenen Dorf mit Namen Notre-Dame-sur-Durance. Was für ein Einfall: provençalische Kleider in der Provence vorzuführen, an Ort und Stelle! Eine dörfliche Kulisse, ohne Touristen, ohne Attraktionen. Zurück zur Natur! Man fuhr unverzüglich in die Provence, über Paris, wo man zwei weitere Mannequins, Claire und Albertine, mitnahm.

Das ›Café du Déluge‹ als Schauplatz und Monsieur Pascal als Statist, der sich weder durch Scheinwerfer noch durch Filmkameras aus der Ruhe bringen läßt. Die alten Männer beim Boulespiel. Die Farben der Kleider wiederholen die Farben der Landschaft: Steingrau, Olivgrün, Lavendelblau. Das Orts-schild darf nicht fotografiert werden, das hat Madame seule zur Bedingung gemacht. Tagelang war der Himmel wolkenlos, aber der Himmel interessiert Allons nicht, nur Laien brauchen Himmel und Wolken. Er fotografiert junge, helle Füße auf alten grauen Steintreppen, einen Ellenbogen, der sich auf eine Mauer stützt. Allons! Allons, enfants! Die jungen Frauen ste-hen atemlos und erhitzt im Schatten der Friedhofszypresse, beugen sich über Grabinschriften. Erhitzt und atemlos will er sie haben, kein Puder! Schweißtröpfchen soll man sehen! In den Nachbardörfern heißt es, in Notre-Dame-sur-Durance werde ein Film gedreht. Neugierige kommen in immer größe-ren Scharen, die alten immigrés treten in Aktion, halten sie fern, sperren die Straße, werden entlohnt.

Unter den Schaulustigen ist auch Pierre le fou. Er kommt quer über die Felder, geht lachend auf Mirka zu, der Cochon begrüßt ihn bellend. Allons wird auf ihn aufmerksam, schickt Claire und Albertine weg: Allons! Allons! Er wird die ernste, schöne Mirka mit diesem lachenden Strolch zusammenbrin-gen, vor einem der Bories in dem Maquis. Allons! Worauf wartet man noch? Wenn man sich beeilt, hat man die unterge-hende Sonne im Gegenlicht. Viktoria sieht zunächst tatenlos zu. Pierre le fou hat sie nicht wiedererkannt, ein Gedächtnis besitzt er nicht. Monsieur Pascal muß vermitteln. Schick ihn weg, befiehlt sie, und Monsieur Pascal keucht hinter den ande-ren her die Gasse hinauf, packt Pierre le fou bei den Schultern, dreht ihn um und versetzt ihm einen Stoß, daß er sich davon-macht. Was ist los? Laroche tobt, Allons tobt. Derweil geht die Sonne unter. Die Männer beruhigen sich. Wozu die Aufre-gung! Morgen früh wird man ein anderes Motiv suchen. Lais-sez-faire! Madame Pascal hat bereits den Tisch unter der Pla-tane gedeckt. Knoblauchsuppe und Kaninchenragout. Der Rosé ist hier, an diesem Berg, gewachsen! Monsieur Pascal bedient seine Gäste, die alten Männer bekommen ihren Per-nod. So müßte man leben! Spät am Abend fahren alle nach Aix zurück, kommen früh am Morgen wieder, Möglichkeiten zu übernachten gibt es im Dorf noch immer nicht, auch für Mirka bleibt Viktorias Haus verschlossen.

Nach einer Woche war das Küchenprogramm von Madame Pascal beendet, aber da waren auch die Filme und Standfotos fertig. Allons hatte unbemerkt die ungleichen Schwestern fotografiert, Viktoria warf einen Blick auf die Fotos und zerriß sie.

»Was verdienst du eigentlich?« fragte sie Mirka.

»Ich werde stundenweise bezahlt.«

»Wie Lalou, der für mich arbeitet. Aber seine Stunden sind weniger wert als deine.«

»Er hat noch mehr Arbeitsstunden vor sich als ich.«

Mirka hielt ihrer Schwester einen Musselinrock und eine Bluse aus der neuen Kollektion hin: »Das schenke ich dir!«

»Deine abgelegten Kleider?«

»Ich habe als Kind immer die Kleider tragen müssen, aus denen du herausgewachsen warst.«

Die Schwestern hatten sich nicht viel zu sagen, konnten sich aber doch ertragen. Viktoria beantwortete die ungestellte Frage mit ›Hier bin ich jemand.‹ Und Mirka sagte: ›Ich bin nur auf Bildern jemand.‹

Am Ende umarmte eine Schwester die andere, und beide sagten: »Bleib so.«

Keiner hatte in dieser Woche Schaden genommen, alle hatten ein wenig profitiert, es hatte im Dorf eine Abwechslung gegeben, man sprach noch eine Weile im ›Déluge‹ von ›Madame la sœur‹, einen anderen Namen hatte man sich nicht gemerkt. Madame seule als Bezugsperson. Was für eine schöne Schwester! Auch das konnte Viktoria jetzt ertragen, eine Schwester, nach der man sich umdrehte.

Die Schwester war weg, sie wird bleiben.

Immer neue Looks und neue Trends; die Amerikanismen waren auch in die Pariser Modeateliers eingedrungen. Mirka würde vermutlich noch weitere zehn Jahre eine schöne und begehrenswerte Frau sein, die nicht zu haben war. Philippe hatte bereits sein Urteil über sie abgegeben: ›Ihr ist nichts zu vergeben, sie hat wenig geliebt.‹ Diese Abwandlung eines Verses aus dem Lukas-Evangelium, die große Sünderin betreffend, klang, im Französischen an die Grandmaman gerichtet, besser.

Schon als Kind fingen seine Fragen mit ›Warum hat –?‹ an. ›Warum haben wir zwei Autos, und Louisa hat keines?‹ Einfache Fragen, die von der Grandmaman mit: ›Das mußt du mich nicht fragen‹ beantwortet worden waren.

›Wen muß man fragen?‹

›Am besten, du fragst Gott.‹

›Kann man seine Antworten verstehen?‹

›Manchmal.‹

Philippe war entschlossen, Philosophie zu studieren, Philosophie und Geschichte. Er wird lernen, die Fragen nach dem Sinn des Lebens richtig zu stellen, vor allem die Frage nach dem Sinn des Todes. Ob er Antworten finden wird, ist ungewiß. Lange Zeit hat jener Spruch von Sigmund Freud, der im Wartezimmer von Dr. Green in San Diego an der Wand hing und sich auf ihn vererbt hatte, an der Innenseite seines Schrankes im Internat gehangen: ›Why live, if you can be buried for ten dollars?‹ Die Zahl 10 war mehrfach durchgestrichen und der Währung angepaßt worden. Inzwischen las er Glucksmann, André Glucksmann, den Philosophen. ›Wenn man gegen den Totalitarismus ist, kann man nicht pazifistisch sein‹, stand als erster Satz in seinem Tagebuch. Er hatte seine Gesinnung geändert, der ehemaligen Firma Villemain & Fils nutzte es nichts.

Sein Bruder Pierre machte eine Lehre bei Renault; noch besaß er keinen Führerschein für ein schweres Motorrad. Auf einem Mofa fuhr er ins Marais-Viertel und tauchte bei seiner Mutter auf. Da Mirka nichts von König Artus' Tafelrunde wußte, konnte sie nicht erkennen, daß er aussah wie der junge Lanzelot. Ohne seine Montur abzulegen, ging er durch die

Räume des Ateliers, begrüßte Coco, hielt seiner Mutter den Motorradhelm wie eine Opferschale hin, in die sie den Inhalt ihres Portemonnaies entleerte. Manchmal sagte Pierre dann ›olàlà‹, und manchmal sagte Mirka ›olàlà‹, und dann zog er ab. Wenn er wieder pleite war, würde er wiederkommen.

Laroche ging weiterhin aufmerksam und behutsam mit seinem Starmannequin um. Er behandelte sie wie einen kostbaren Gegenstand, hauchte einen Kuß dorthin, wo das Rückendekolleté endete. Sie zog sich an, sie zog sich aus. Très belle! Er lobte sie und lobte damit zugleich sich selbst, seine eigene Person, die er pflegte und in gutem Zustand hielt, halten mußte; noch waren seine Freunde gleichaltrig, aber bald würde er sich nach jungen und anspruchsloseren Partnern umsehen müssen. Wie findest du mich? fragte er Mirka. Sie betrachtete ihn aus ihren hellen, starren Taubenaugen und stellte fest, daß er attraktiv sei. Und Coco krächzte, wenn Laroches Freund kam: ›Baiser, ma belle! Baiser!‹, was noch immer Anlaß zu Gelächter gab.

»Warum machst du Mode in Paris? In Bochum wäre es nötiger.«

Mirka hatte die Frage ihrer Mutter mit einer Gegenfrage beantwortet.

»Wie kommst du gerade auf Bochum? Ich habe an Kassel gedacht oder Marburg, daher stamme ich doch. Vielleicht mache ich später eine Boutique dort auf, ›Chez Mirka‹. Eigentlich wollte ich doch tanzen. Nun bin ich eine Anziehpuppe geworden.«

Keine Klage, eine Feststellung, und von Maximiliane auch so verstanden.

19

›Auch wer gegen den Strom schwimmt, schwimmt im Strom.‹
Manès Sperber

Fragebogen der ›Frankfurter Allgemeinen Zeitung‹
Joachim Quint
Politiker und Lyriker

Was ist für Sie das größte Unglück? Nichts bewirken zu
können.
Wo möchten Sie leben? Wo ich frei reden, schreiben und
leben kann.
Was ist für Sie das vollkommene irdische Glück? Die richtige
Anwendung des Konjunktivs.
Welche Fehler entschuldigen Sie am ehesten? Die aus Angst
begangenen.
Ihre liebsten Romanhelden? N. N., aus dem Roman, den ich
eines Tages zu schreiben gedenke.
Ihre Lieblingsgestalt in der Geschichte? Kaiser Augustus, der
zum Zeichen seines Friedenswillens langsam wachsende
Ölbäume pflanzen ließ. 40 Jahre lang war Frieden in seinem
Reich.
Ihre Lieblingsheldinnen in der Wirklichkeit? Meine Frau, die
es auf sich genommen hat, einen Politiker zu heiraten und
mit ihm Kinder zu haben.
Ihre Lieblingsheldinnen in der Dichtung? Suleika, die dem
Dichter antwortet.
Ihre Lieblingsmaler? Die untergehende Sonne.
Ihr Lieblingskomponist? Die Amsel.
*Welche Eigenschaften schätzen Sie bei einem Mann am
meisten?* Wenn er nicht alles tut, was er tun könnte.
*Welche Eigenschaften schätzen Sie bei einer Frau am
meisten?* Daß man mit ihr lachen kann.

Ihre Lieblingstugend?   Verzichten können.

Ihre Lieblingsbeschäftigung? Träumen. Denken. Reden. Schreiben.

Wer oder was hätten Sie sein mögen?   Ein Baum.

Ihr Hauptcharakterzug?   Das müssen Sie andere fragen.

Was schätzen Sie bei Ihren Freunden am meisten?   Ihre Freundschaft.

Ihr größter Fehler?   Eine Tugend: Leichtgläubigkeit.

Ihr Traum vom Glück?   Diesen Traum verwirklichen zu können.

Was wäre für Sie das größte Unglück?   Wenn einträfe, was durch Nachrüstung vermieden werden soll.

Was möchten Sie sein?   Ein zweiter Baum.

Ihre Lieblingsfarbe?   Das Silberweiß der Mondviole, auch Judastaler genannt.

Ihre Lieblingsblume?   Der blühende Apfelbaum.

Ihr Lieblingsvogel?   Die Feldlerche.

Ihr Lieblingsschriftsteller?   Der Prediger Salomo.

Ihr Lieblingslyriker?   Der Dichter des Hohenlieds.

Ihre Helden in der Wirklichkeit?   Der Politiker, der sagt: Die Gegenpartei hat recht.

Ihre Heldinnen in der Geschichte?   Die Freiheitsstatue.

Ihre Lieblingsnamen?   Meine Kinder sind noch nicht getauft.

Was verabscheuen Sie am meisten?   Ich verabscheue nicht.

Welche geschichtlichen Gestalten verachten Sie am meisten?   Die Machthaber und Machtausüber.

Welche militärischen Leistungen bewundern Sie am meisten?   Die verhinderten.

Welche Reform bewundern Sie am meisten?   Die (fiktive) Aufteilung der Großmächte in viele kleine, selbständige Staaten.

Welche natürliche Gabe möchten Sie besitzen?   Beleben und beglücken zu können.

Wie möchten Sie sterben?   Nachdem ich gelebt habe.

Ihre gegenwärtige Geistesverfassung? Morgens zuversichtlich,
abends besorgt. Manchmal umgekehrt.
Ihr Motto? ›Mich wundert's, daß ich fröhlich bin.‹

20

›Man muß immer das Ganze im Auge behalten.‹

Der alte Quindt

Wieviel Zeit war vergangen, seit Maximiliane Quint damals
nach Düsseldorf gefahren war, um die geretteten Ahnenbilder
zu verkaufen? Dreißig Jahre? Und jetzt fuhr sie wieder nach
Düsseldorf, um eines der beiden Bilder zurückzuholen. Daß es
bei ihrer Kusine Marie-Louise im ›Studio für modernes Design‹
in der Königsallee hing, hatte sie von Joachim erfahren.

Sie betrat das Geschäft, schob den jungen Mitinhaber, der sie
offenbar nicht als Kundin einstufte und sie daher aufhalten
wollte, beiseite und sah sich um. Ein Blick genügte, und sie
sagte: »Da seid ihr ja!«

Sie begrüßte die Bilder und begrüßte ihre Vorfahren, die in
wertvollen Jugendstilrahmen an der Wand hingen mit der Aufgabe zu beweisen, daß sich spätimpressionistische Bilder
mit moderner Wohnform durchaus vertrugen. Sie blickte sich
nochmals um, suchte nach einem Hocker, auf den sie steigen
könnte, entdeckte eine kleine Trittleiter, stellte sie unter das
Bild des alten Quindt und stieg hinauf, so daß Marie-Louise,
die inzwischen verständigt worden war, zu ihr aufblicken
mußte. Trotzdem wurde sie von ihrer Kusine herablassend
begrüßt.

Es fand eine kurze Auseinandersetzung darüber statt, wem
ein Gegenstand gehöre – dem ursprünglichen Eigentümer oder
dem, der ihn als letzter käuflich erworben habe. Beide Frauen
pochten auf ihre Rechte.

»Es handelt sich um pommersche Quindts!« sagte Maximiliane. »Ihr stammt aus Ostpreußen!«

»Du hast die Bilder verkauft«, entgegnete Marie-Louise, »und ich habe sie zurückgekauft!«

»Damals brauchte ich Geld, und heute brauche ich Ahnen. Ich habe die Bilder auf der Flucht gerettet!«

Das entsprach nicht der Wahrheit. Die Bilder hatten sich, aufgerollt, auf einem der Wagen des Poenicher Trecks befunden und waren von Martha Riepe gerettet worden, aber während Maximiliane es sagte, glaubte sie an ihre Behauptung.

»Ich brauche nur den alten Quindt! Meinen Vater habe ich sowieso nicht gekannt. De Jong! Erinnerst du dich, daß der Käufer – wie hieß er doch? Wasser wie Wasser aus Hilden – immer ›de Jong‹ gesagt hat? Erinnerst du dich an den Abend in der Altstadt und an die Mutter Courage im Theater? Am besten war der Karren!«

»Komm runter!« Marie-Louise gedachte nicht, Erinnerungen auszutauschen. Und Maximiliane dachte nicht daran, ohne das Bild von der Leiter herunterzukommen.

»Laß das Bild da hängen!«

»Ich brauche es!« Mit diesem Argument nahm sie den alten Quindt vom Nagel, stieg von der Leiter und trug ihn unverpackt aus dem Laden. Der junge Mitinhaber wollte ihr folgen, wurde aber von Marie-Louise zurückgehalten.

Im Parkhochhaus wickelte Maximiliane das Bild in die mitgebrachte Decke, verstaute es auf dem Rücksitz und fuhr nach Hilden. In einem Telefonbuch fand sie den Namen Wasser, Alt- und Abfallstoffe. Die Branchenbezeichnung hatte sich geändert, vor drei Jahrzehnten war von Buntmetall die Rede gewesen. An einer Tankstelle erkundigte sie sich nach dem Weg, fand schließlich den Lagerplatz und parkte neben einer Baracke, die als Büro diente. Herr Wasser erkannte sie nicht wieder, erinnerte sich aber an den verkauften Großvater.

»Das waren noch Zeiten! Als es den anderen schlecht ging, ging es den Schrotthändlern bon. Mal sind die einen dran, mal die anderen. Hauptsache, man kommt auch mal dran. Sie sind auch älter geworden!«

Gegen diese Feststellung war nichts einzuwenden.

»Was is mit de Jong?« fragte er dann.

»De Jong hängt noch in einem Geschäft an der Königsallee, aber den anderen, meinen Großvater, habe ich wieder. Ich habe ihn mir geholt. Zur Dekoration ist er zu schade.«

Herr Wasser goß Schnaps in zwei kleine Gläser.

»Na denn prost auf den Großvater! Sie haben mich ganz schön reingelegt mit den Bildern, geschah mir aber recht. Meine Frau wollte, daß eine Expertise angefertigt würde. Die war teurer, als die Bilder wert waren. Als mich meine Frau verlassen hat, habe ich die Bilder zum Gerümpel gestellt.«

Maximiliane fragte teilnahmsvoll: »Sie haben Ihre Frau verloren?« und dachte an Tod.

»Ja«, sagte Herr Wasser, »an meinen Prokuristen. Die beiden haben sich selbständig gemacht, das Betriebskapital hatte ich ihr in den guten Jahren um den Hals gehängt.«

Als Maximiliane ihn fragend ansah, fügte er hinzu: »Und an die Arme! Und an die Finger! Und jetzt habe ich wieder einen kleinen Laden für kleine Leute. Jetzt stimmt's wieder. Abends ein Bier in der Eckkneipe und zwischendurch immer mal ein Klarer. Wollen Sie noch einen? Eine passende Freundin gibt's auch.«

Maximiliane war aufgestanden und hatte sich umgeblickt.

»Hier hat der alte Quindt also mal eine Weile gelebt.«

»Hier nicht! Damals hat es anders bei mir ausgesehen. Mein Büro – picobello!«

Sie unterhielten sich noch eine Weile über jenen Abend in der Düsseldorfer Altstadt, dann blickte Maximiliane auf die Uhr und sagte, daß sie jetzt gehen müsse.

»Na denn!« sagte Herr Wasser zum Abschied, und Maximiliane sagte ebenfalls: »Na denn!«

»Wo haben Sie ihn denn?«

»Im Fond! Wie sich das für einen Freiherrn schickt!«

»Sie sind gut! Dat warn Sie damals schon. Hat sich denn keiner gefunden?«

»Ich hab nicht gesucht«, sagte sie, stieg in ihr Auto und fuhr davon.

Vier Wochen später hing das Bild über einem grün-weiß gestreiften Biedermeiersofa. Mit dem Blick der Pferdekennerin hatte die Äbtissin bei ihrem ersten Besuch die falsche Beinstellung des Pferdes erkannt und »Oh!« gesagt, und Maximiliane hatte den Maler in Schutz genommen, er habe aus Düsseldorf gestammt und von Pferden nichts verstanden. »Es soll ein Quindtscher Traber sein!«

Sie hatte sich ihre Aussteuer für das Kloster bei Auktionen zusammengekauft, immer darauf bedacht, nur das anzuschaffen, was sie nötig hatte. ›Stilvoll und schlicht.‹ Im Gedenken an ihre Untermieter-Vergangenheit in Marburg hatte sie sich entschlossen, die Tischplatte und die Kommodenplatte mit einem Polyesterlack präparieren zu lassen, damit man sie feucht abwischen konnte. Über der Kommode hing die Silberstiftzeichnung von Caspar David Friedrich, die nach dem Tod ihrer Mutter in ihren Besitz übergegangen war. Fräulein Kerssenich, eine ihrer Zimmernachbarinnen, betrachtete das Bild mit kritischem Kunstverstand.

»C. D. F.! Aber gar nicht typisch! Man spürt nichts von der Tragödie der Landschaft, es ist zu pommersch!« Pommersch schien nur ein anderes Wort für langweilig zu sein. An der dritten Wand des Wohnzimmers hing jenes Bild, das sie auf der Vernissage in Paris erworben hatte, ein Bild von Ossian Schiff. Sein Ruhm hatte nicht lange gewährt, der große Durchbruch war ihm nicht gelungen, aber aus dem Bilderzyklus ›Les yeux‹ befanden sich einige Bilder in Privatbesitz, einige waren von kleineren Museen angekauft worden.

»Der Treck aus dem Osten!« sagte sie zu Fräulein Kerssenich.

Das Wort von der Tragödie der Landschaft, das jetzt gepaßt hätte, fiel nicht.

»Sechshundert Francs habe ich dafür gezahlt!« sagte Maximiliane und dachte an das Atelier, in dem sie mit Ossian Schiff gelebt hatte.

Ob das nicht ein bißchen viel gewesen sei für einen unbekannten Maler?

Maximiliane antwortete, daß ihr der Maler nicht unbekannt gewesen sei.

Sie bot ihren Gästen einen trockenen Sherry an und stellte ihr Glas auf die Kommode.

»Vorsicht!« sagte Fräulein Kerssenich. »Es wäre schade, wenn diese schöne alte Kommode Ringe bekäme.«

»Die Oberfläche ist präpariert«, antwortete Maximiliane.

Fräulein Kerssenich strich mit der Hand über die Kommode und sagte bedauernd: »So ein schönes altes Stück.« Sie sah, daß ein Buch aufgeschlagen, mit dem Rücken nach oben, neben dem Schaukelstuhl auf dem Boden lag, und sagte: »Ich werde Ihnen ein Lesezeichen sticken!«

»Ich habe immer auf der Seite der Benutzer gestanden und nicht auf der Seite der Gegenstände«, sagte Maximiliane.

Und dann natürlich die Taufterrine, der Rest der Poenicher Herrlichkeit. Sie stand auf der hellen Kirschholzkommode, wurde im Sommer mit Blumen gefüllt und im Winter mit gutgelagerten Boskop-Äpfeln. Die kleine Anekdote, daß ihre schöne Mutter Vera, eine von Jadow aus Berlin, sie, den Täufling, in die geleerte Suppenterrine gelegt hatte, war zur Wiedergabe hochgeeignet.

Auch über Porzellan wußte Fräulein Kerssenich Bescheid: Preußische Manufaktur. Das sogenannte Curländer!

Der Teppich aus Poenichen, der als Plane über einem der Pferdewagen gelegen hatte, erwies sich auch in Plummbüttel als zu groß und mußte umgeschlagen werden, aber die wenigen Möbelstücke kamen darauf vorteilhaft zur Geltung. Ein Schaukelstuhl, in Erinnerung an den Poenicher Schaukelstuhl erworben, stand vor der geöffneten oder vor der geschlossenen Glastür, die in den kleinen Garten führte.

Auch die kleine Küche wurde besichtigt und gelobt. »Das ist ja alles wie neu!« hieß es von den Geschirrtüchern und den kleinen Kochtöpfen. Und: »Mehr braucht man hier ja auch wirklich nicht.«

In der ersten Nacht, die Maximiliane im Kloster verbrachte, träumte sie, in ihrem Garten stand ein Baum, der sich vor ihren Augen entblätterte. Sie hatte die Blätter eingesammelt, sich hingesetzt und sie mit leichter Hand zu Ketten aneinandergenäht und dann mit großen Stichen die Ketten zu einem Blätterkleid verbunden, war dann zu dem kahlen Baum gegangen und hatte ihm das Kleid übergestreift.

Sie war heiter und zuversichtlich erwacht. Es wurde Herbst. Sie sah den Laubvögeln zu, die der Wind durch die Luft trieb.

21

›Die Denker bewegen sich in himmlischen Gefilden, und auf der Erde findet man nur Grenadiere.‹

Madame de Staël

Dieser Quint schien ein Querdenker zu sein, ein Risikogast vermutlich; bei einem alternativen Grünen mußte man damit rechnen. Trotzdem wollte man es wagen, das ›Sonntagsgespräch‹ live zu senden.

Den Vorschlag, ihn am Hauptportal abholen zu lassen, hatte er mit der Begründung abgelehnt, er sei gewöhnt, sich seinen Weg selbst zu suchen. Man hatte ihm die richtungweisenden Orientierungsfarben angeben wollen, damit er sich in dem Gebäudekomplex des Funkhauses zurechtfände. Er orientiere sich nach Himmelsrichtungen und Höhen, gab er zur Antwort, nicht nach Farben.

Die Sekretärin, die dieses Telefongespräch führte, bat, daß

er einen Augenblick warten möge, da sie weder über die Höhe noch über die Himmelsrichtung Bescheid wisse. Quint wartete. Eine andere, eine männliche Stimme meldete sich und fragte: »Mit Höhe meinen Sie das Stockwerk?« Er vermute, sagte die Stimme, daß man sich in dem angegebenen Stockwerk südwestlich halten müsse.

Als Quint beim Pförtner des ›Zweiten Deutschen Fernsehens‹ auf dem Lerchenberg in Mainz eintraf, wurde er, was er nicht wußte, von einem Monitor erfaßt und begleitet. Er machte sich auf den Weg, besichtigte zunächst den Gebäudekomplex von außen, was längere Zeit in Anspruch nahm, begab sich dann zu einer Glasschleuse, von wo aus sein Eintreffen durch Monitor weitergemeldet wurde. Er überwand den Höhenunterschied mit Hilfe der Treppen, nicht mit Hilfe des Fahrstuhls, trat an eines der Gangfenster und blickte über die Vorberge des Taunus, verweilte einige Minuten lang, kam dann aber doch zum richtigen Zeitpunkt im angegebenen Aufnahmestudio an. Er wurde mit Erleichterung begrüßt.

»Hat man dieses Kolosseum zur Einschüchterung gebaut?« fragte er. »Ist beabsichtigt, daß der Besucher sich seiner Kleinheit bewußt wird? Was für ein Lebensgefühl –?«

Als der Gastgeber des ›Sonntagsgesprächs‹, Herr Leroi, ihn unterbrechen wollte, fragte Quint: »Unterhalten wir uns während der Sendung darüber?«

Herr Leroi hob abwehrend die Hände. »Ich werde es sein, der die Fragen stellt.«

»Soll es sich nicht um ein Gespräch handeln? Zwei Männer derselben Generation unterhalten sich am Sonntagmittag miteinander. Es ist doch ein Unterschied, ob man an einem Donnerstagabend oder an einem Sonntagmittag miteinander spricht, zur Essenszeit. Unbekömmliche Kost darf man da nicht anbieten. Verträgliches, gut Verdauliches.«

Zunächst begaben die Herren sich in den Schminkraum. Man sei noch in der Zeit, bedeutete man Quint, aber eine gewisse Eile sei dennoch geboten, ohne daß man ihn nervös machen wolle, aber bei Live-Sendungen handele es sich um Sekunden.

Man ging durch einige Flure, Herr Leroi zögerte an einer Stelle, sein Orientierungssinn war nicht gut entwickelt, außerdem hatte man das Gebäude erst vor wenigen Wochen bezogen.

»Ein Labyrinth! Farben statt Ariadnefäden!«

Er entschied sich für einen falschen Gang, dann für einen anderen und stand schließlich vor der richtigen Tür.

Quint nahm vor einem der großen Spiegel Platz und wurde mit einer Puderquaste behandelt, dann zog er eine Krawatte aus der Tasche, die er für den Fall mitgenommen hatte, daß sonntagmittags eine Krawatte erwünscht sein sollte. Herr Leroi, der aus ähnlichen Erwägungen heraus ebenfalls eine Krawatte mitgebracht hatte, tat dasselbe und erkundigte sich bei Quint, ob er grundsätzlich etwas gegen Krawatten –

»Ich lege mir nicht gern jeden Morgen selbst einen Strick um den Hals«, antwortete Quint, »aber das ist auch alles, was an einer Krawatte an Weltanschauung aufzuhängen ist. Es ist wie mit Pullovern. Einfacher ist es natürlich, Wolle zu Pullovern zu verstricken und sie nicht zu Stoffen zu verweben, die zugeschnitten und genäht werden müssen. Pullover sind wärmer, allerdings nicht immer kleidsamer. Um Pullover tragen zu können, muß man breitschultrig sein und einen guten Kopf haben.«

Quint trug ein Jackett, Herr Leroi ebenfalls. Noch immer hielten beide Herren unschlüssig die mitgebrachten Krawatten in der Hand. Aus dem Aufnahmestudio wurde angerufen. Die Beleuchtung warte, der Toningenieur warte, die Kameraleute ... Man mußte sich schnell einigen und entschied sich, um nicht vorzeitigen Spekulationen Raum zu geben, für Krawatte.

Auf dem Rückweg ins Studio gab es die ersten Verständigungsschwierigkeiten, die aus dem beiderseitigen Wunsch nach Anpassung entstanden.

»Möchten Sie, daß wir den Verlauf des Gesprächs festlegen?«

»Kann man das?«

»Würde es Sie beruhigen, einige der Fragen vorher zu kennen?«

»Ich bin nicht beunruhigt, wenn wir davon absehen, daß Leben immer beunruhigend ist.«

»Wir müssen diese neunundzwanzig Sendeminuten durchhalten! Wir senden live!«

»Von klein auf lebe ich live, jede halbe Stunde meines Lebens.«

Dieser Quint war offensichtlich kamerasicher. Daß er fotogen war, stellten die Kameraleute bei den ersten Probeeinstellungen bereits fest; die rechte Gesichtshälfte war markanter als die linke, das würde zu beachten sein.

Er wurde aufgefordert, Platz zu nehmen, was er aber nicht tat. Zunächst einmal ging er zu den Mitarbeitern des Aufnahmeteams, begrüßte die Kameramänner, die Toningenieure, die Beleuchter, gab ihnen die Hand und ließ sich die Monitore erklären. Die Zeit wurde knapper. Er nahm Platz, wurde aufgefordert, sich ganz ungezwungen, aber wenig zu bewegen, um nicht an das unauffällig installierte hochempfindliche Mikrophon zu stoßen.

Er zog die Pfeife aus der Tasche, legte sie auf den Glastisch, legte den Tabaksbeutel daneben und richtete sich auf eine längere Verweildauer ein. Demnach wünsche er zu rauchen? Also: ein Aschenbecher! Vielleicht würde er rauchen, vielleicht auch nicht. Was wünsche er zu trinken? Um diese Zeit pflege er gar nichts zu trinken. Herr Leroi sagte mehrmals: »Gut, gut, trinken wir gar nichts!« Er erklärte seinem Gast ein weiteres Mal die Abfolge der Sendung: Unmittelbar nach den Kurznachrichten wird ein kleines Motiv von Bach erklingen. Die Kamera fängt die beiden sich drehenden Plastikköpfe, die die Gesprächssituation symbolisieren, ein.

Quint erkundigte sich, ob es sich bei den Köpfen um Arbeiten von Horst Antes handele, er habe außerhalb des Gebäudes weitere derartige Köpfe, wenn auch ungleich größere, gesehen.

»Wenn wir darüber später reden könnten, Herr Quint? Wir sind in wenigen Sekunden auf Sendung!«

Er sortierte noch einmal seine Notizzettel, stieß sie mit ihren Kanten auf den Tisch, strich sie glatt und legte sie vor sich hin. Die Wanduhr im Blick, griff er noch einmal nach der Krawatte und gab das Handzeichen, die Sendung lief. Die erste Frage.

»Herr Quint! Joachim Quint. Sie haben sich in ungewöhnlich kurzer Zeit einen Namen gemacht. Ich habe einige Formulierungen notiert, die ich über Sie gelesen oder gehört habe: ›Politiker und Poet dazu‹, ›Der Mann, der aus den Wäldern kam‹ oder ›So einfach liegen die Dinge nicht, Herr Baron‹. Fangen wir mit der Herkunft an. Gelegentlich liest man vor Ihrem Namen ein kleines v.«

»Hin und wieder werde ich von einem Journalisten geadelt. Ein Zeitungsadel, der im Gegensatz zum Briefadel nicht erblich, aber offensichtlich übertragbar ist. Die Quindts, allerdings mit ›d‹ geschrieben, waren mehr als dreihundert Jahre in Hinterpommern ansässig.«

»Sie sind Jahrgang 1938. Wir sind also etwa gleichaltrig.«

»Wenn ich richtig informiert bin, stammen Sie aus Westdeutschland, Herr Leroi? Im Gegensatz zu Ihnen habe ich meine Heimat verlassen müssen, bereits mit sechs Jahren, zu Fuß, weitgehend zu Fuß.«

»Ihre Lebensgeschichte spiegelt ein Stück Zeitgeschichte.«

»Ein vergleichsweise kleiner Spiegel für ein so großes Gegenüber.«

Es entstand eine Pause.

»Sie tragen einen Ring. Ein Wappenring?«

Quint legte seine Linke auf den Glastisch, damit die Kamera einen Blick darauf werfen konnte, und erklärte: »Fünf Blätter, daher der Name, Quint gleich fünf, darüber drei Vögel mit gereckten Hälsen, Gänse vermutlich. In Pommern spielten Gänse eine große Rolle. Ich ziehe übrigens die Gans den üblichen Wappentieren vor. Lieber ein Hase als ein Löwe im Panier.«

»Man hat Sie als ›grünen Baron‹ bezeichnet.«

»Von Haupt- und Beiwort stimmt jeweils nur die Hälfte. Zur Hälfte ein Baron, aber welche Hälfte? Welches ist die mütterliche Hälfte? Und grün mit allerlei Einsprengseln, ein wenig rot, auch ein wenig schwarz –«

»Wie steht es mit braun?«

»Sie meinen meinen Vater? Er war Hitler gehorsam. Ich habe viele Jahre in nachträglichem stellvertretenden Ungehorsam verbracht. Ich habe versucht, mich zu entdeutschen, was man aber nach meinen Erfahrungen nicht kann. Ich bitte mir einige weiße Einsprengsel im Gefieder aus.«

»Man hat also recht, wenn man Sie einen bunten Vogel nennt?«

»Ich ziehe den Namen Quint vor, der Name Vogel ist bereits besetzt.«

»Sie werden Federn lassen müssen!«

Eine entsprechende Handbewegung Quints deutete an, daß er damit rechne.

»Auf den Fotos, die von Ihnen im Umlauf sind, tragen Sie einen Bart. Der Bart ist ab – kann man das so sagen?«

»Als ich einen Bart trug, lebte ich in den schwedischen Wäldern. Für wen hätte ich mich rasieren sollen? Für die Bäume? Einmal im Leben läßt jeder Mann sich einen Bart stehen. Aber es ist ein Irrtum zu glauben, daß Bartträger in der Zeit, in der andere Männer sich rasieren, Bedeutendes denken oder tun würden. Es gibt Gesichter, denen ein Bart gut steht. Nicht immer treffen Männer die richtige Entscheidung.«

»Sie haben sich entschieden.«

»Meine Frau hat mich entschieden. Sie hat gesagt: ›Du weißt doch, was du willst, also zeig dein Kinn vor.‹«

Herr Leroi, seinerseits ein Bartträger, griff sich ans Kinn und versuchte ein Lächeln.

»Kommen wir doch noch einmal auf Schweden zurück. Aus welchem Grund haben Sie Deutschland verlassen, und aus welchem Grund sind Sie zurückgekehrt?«

»Als junger Deutscher bin ich nach Schweden gegangen, als alter Schwede zurückgekehrt.«

»Sie empfinden es demnach als eine Rückkehr? Welche Richtung haben Sie eingeschlagen? Was ist Ihr Ziel?«

»Der Bundestag. Ich gedenke, mich einzumischen, Einfluß zu nehmen. Noch lieber wäre mir allerdings: kein Staat, keine Macht.«

»Sind das nicht Träume?«

»Das Grundgesetz sollte einen Passus enthalten, der dem Bürger das Recht auf Träume zugesteht. ›If you can't dream, you cannot win‹, ›wenn du nicht träumen kannst, kannst du nicht siegen‹. Ich habe diesen Satz nicht in einem Buch gelesen, sondern auf einer Mauer, auf der Berliner Mauer, in der Nähe des Checkpoint Charlie. Zu Ihrer Frage! Ich strebe keinen Regierungsposten an, ich meine auch nicht, daß die Bundesregierung so bald schon einen grünen Kopf haben sollte. Grün wächst von unten her; wir müssen kräftiges und gesundes Wurzelwerk bilden, keine ungesunden Schößlinge.«

»Sie benutzen das Vokabular eines Umweltschützers. Könnten Sie sich – für einen späteren Zeitpunkt – ein Umweltministerium . . .«

Quint unterbrach seinen Gastgeber mit einer Handbewegung.

»Wir sind in Gefahr, über den Umweltproblemen die Weltprobleme aus den Augen zu verlieren. Wo hört Umwelt auf? Wo fängt Welt an? Wo ist die Grenze zu ziehen? Die Grenze der Eigenverantwortung, meine ich. Wir sind dabei, uns eine Umweltanschauung zuzulegen. Woran es aber fehlt, das ist eine Weltanschauung.« Quint war bei seinem Lieblingsthema angelangt.

»Meine Vorfahren konnten mir ihren Grundbesitz im Osten nicht vererben, statt dessen haben sie mir eine Reihe von Grundsätzen vererbt. Wenn es hier« – er machte eine Handbewegung, die über die Ausmaße des Studios weit hinausging und das Mikrophon in Gefahr brachte –, »wenn es hier an etwas fehlt, dann sind es Grundsätze. Es fehlt auch an Vorsätzen. Das Wort ›Satz‹ kommt in diesem Land vornehmlich im Zusammenhang mit ›Absatz‹ vor, sinkender Absatz, steigender Absatz, sehr selten nur als Vorsatz.«

An dieser Stelle gelang es Herrn Leroi, einen Satz einzuwerfen.

»Für einen Politiker, wenn er erst einmal auf der Abgeordnetenbank in Bonn angelangt ist, geht es selten um Vorsätze und Grundsätze, da geht es tatsächlich sehr oft um Absatz, ganz konkret etwa um Milchabsatz.«

Quint griff zur Pfeife, legte sie aber wieder hin, lehnte sich zurück, blickte ins Weite, durch Kameras und Scheinwerfer hindurch.

»Milch!« sagte er. »Reden wir über Milch, ein Naturprodukt! Ich müßte jetzt mit ›Es war einmal . . .‹ anfangen. Ein deutsches Märchen. Als Kind habe ich etwas gesehen, was man heute nicht mehr zu sehen bekommt. Ein Kalb. Ein Kälbchen am Euter seiner Mutter. Eine Kuh produzierte in früheren Zeiten Milch nur zu dem Zweck, ihr Kälbchen so lange zu ernähren, bis es sich selbst mit Gras oder Heu ernähren konnte. Heute nimmt man dem Muttertier das milchverbrauchende Kalb weg, züchtet die Kuh auf Milch. Dem Kalb gibt man statt dessen hormonhaltige Nahrung, damit es rascher wächst und sein Fleisch weiß bleibt. Dieses Fleisch ist nachweislich ungesund. Umsichtige Hausfrauen wissen das und kaufen es nicht. Der Kalbsnierenbraten . . .« – Quint warf einen Blick in die nächststehende Kamera – »fehlt sonntags auf dem Mittagstisch. Die einfachste Lösung wäre nun, daß das Kalb wieder die ihm zustehende Milch bekäme, Kuh und Kalb miteinander auf der Weide. Das Kälbchen wächst langsam heran, sein Fleisch wird rosig, gesund und schmackhaft. Allerdings kostspielig! Also ißt man nur selten einen Kalbsnierenbraten, ißt nur ein kleines Stück Fleisch, ißt es dafür aber mit Genuß, bleibt schlank. Solange ich in Schweden lebte, pflegte ich an jedem Tag einen halben Liter Milch zu trinken, das ist dort üblich. Eine ebenfalls einfache Lösung wäre also, man tränke die Milch, bevor man daraus Butter für die Butterberge herstellt und...«

Herr Leroi fiel ihm ins Wort.

»Lassen wir jetzt einmal die Milch beiseite, sonst machen uns Weinbauern und Bierbrauer Schwierigkeiten!«

So leicht ließ Quint sich nicht unterbrechen. Er bat um Geduld, er könne eine passende Anekdote anbringen. Er habe einen Brief aus Polen bekommen. Dort sei es so: Wenn zwei Arbeiter in einer Fabrik arbeiten, von denen der eine nur Milch trinke, der andere aber viel Alkohol, dann wird der Milchtrinker durch den Alkoholtrinker erhalten, denn der Staat verdiene eine Menge Geld durch den Alkohol, die Milch müsse er subventionieren.

Herr Leroi hatte nur mit halbem Ohr hingehört und statt dessen einen Blick auf seine Notizzettel geworfen. Das Thema Milch war abgeschlossen.

»Sie haben uns da ein sehr anschauliches Beispiel der ›einfachen Lösungen des Herrn Quint‹ gegeben. Vor kurzem haben Sie sich in einer Zeitschrift zum Thema ›Heimat‹ geäußert, zusammen mit vielen anderen. Sind Sie der Ansicht, daß ein solches Sammelsurium der unterschiedlichsten Ansichten wirklich zur Meinungsbildung der Leser beitragen kann?«

»Ist es Ihnen recht, Herr Leroi, wenn wir nicht von ›Sammelsurium‹, sondern von ›Eintopf‹ sprechen? Wenn die Zutaten gut sind, ist das Ganze gut. Man darf einen guten Eintopf nur nicht umrühren. Meine Frau leitet ein kleines Hotel, das Burg-Hotel Eyckel, ich beziehe ihre Erfahrungen mit ein, und sie bezieht meine politischen Erfahrungen ebenfalls mit ein. Da wir räumlich oft getrennt sein müssen, überwinden wir gedanklich die Entfernungen.«

»Sie haben ein enges Verhältnis zur Frau schlechthin?«

»Schlechthin? – Ich habe eine Mutter, die machen konnte, daß die Sonne dreimal unterging.«

»Könnten Sie das etwas näher erklären?«

Nach kurzem Nachdenken sagte Quint: »Erklären läßt sich das schwer. Es war während der Flucht aus Pommern. Wir gingen zu Fuß und zogen unseren Handkarren hinter uns her. Immer wenn wir wieder eine Steigung geschafft hatten, ging die Sonne ein weiteres Mal unter –«

Herr Leroi schien keinen Sinn für die Symbolik und Poesie dieser Kindheitserinnerung zu haben. Er wechselte das Thema.

»Werden wir doch noch einmal grundsätzlich! Haben Sie so etwas wie ein politisches Konzept?«

Quint nickte mehrmals und änderte den Ton.

»Der Politiker ist ein Fachmann, der seinen Wählern die politische Verantwortung abnimmt. Was ich anstrebe, ist eine Entpolitisierung des Alltags. Der Idealzustand wäre, daß der größere Teil der Bevölkerung nicht weiß, von wem er unauffällig und reibungslos regiert wird. Statt der Politiker sollten Philosophen, Dichter, Theologen gehört und gelesen werden. Wie man leben soll, wie man sterben kann. Das sind Fragen, die nicht die Politiker beantworten können. Sie sind nur ausführende Organe im Dienst der Denker.«

»Verstehe ich Sie recht? Der Politiker Quint will zwar gewählt, aber nicht weiter beachtet werden?«

»Für meine Gedichte, meine Essays erbitte ich mir Aufmerksamkeit. Ganz werde ich meine beiden Tätigkeiten nicht voneinander trennen können. Ich muß damit rechnen, daß meine politischen Anhänger, aber auch meine Gegner, einmal ein Gedicht von mir lesen, und ich rechne damit, daß die Leser meiner Gedichte auch meine politischen Reden lesen, oder, wie in diesem Fall: hören.«

»Sie spielen zwei Rollen!«

»Ich spiele nicht, ich lebe, allerdings auf zwei Ebenen. Auf meine Glaubwürdigkeit, auf meinen Freimut kommt es beim Reden an und kommt es auch beim Schreiben an. Beides hat Konsequenzen und muß sich auf mein Tun auswirken, auch auf das Lassen.«

»Die Partei der Grünen sei der Lumpensammler aller außerparlamentarischen Oppositionen, hieß es einmal, es sammelten sich dort sowohl die Ex-Anarchisten als auch die Neo-Romantiker einer neuen Jugendbewegung. Wie sind Sie einzuordnen? Für eine ›Jugendbewegung‹ sind Sie doch wohl nicht mehr jung genug?«

»Ich lasse mich nicht gern einordnen. Die Grünen haben ein weitgespanntes und hohes Dach, vorerst fühle ich mich dort nicht eingemauert. Wenn sie aber eines Tages ein unumstößliches Programm entwickelt haben, wird es nicht mehr meine Partei sein. Programme müssen lebendig bleiben, weil sie mit lebendigen Menschen zu tun haben.«

»Zurück zu Ihrer Hypothese: Sie erreichen Ihr Ziel, die Abgeordnetenbank. Wie stellen Sie sich Ihre Aufgaben vor?«

»Das Mögliche zu erreichen und nicht zu lamentieren, wenn das Unmögliche noch nicht erreicht werden kann.«

»Was bezeichnen Sie als möglich, was als unmöglich?«

»Die ökologische und radikale demokratische Reform, die nur durch eine tiefgreifende Änderung zu erreichen ist; die etablierten Parteien halten das für unmöglich, die Alternativen für möglich und nötig.«

»Also doch ein Reformator!«

»Ein geduldiger.«

»Das Rotationsprinzip beunruhigt Sie nicht?«

»Ein Pommer ist nicht so leicht zu beunruhigen. Wenn er sich erst einmal in Bewegung gesetzt hat, ist er auch nicht so leicht zum Halten zu bringen. Zum Reden oder zum Schreiben wird immer Gelegenheit sein.«

»Sie würden also gegebenenfalls über Ihre Erfahrungen in Bonn schreiben wollen?«

»Wenn die Erfahrungen danach sind.«

»Leben Sie gern, Herr Quint? Falls diese Frage überraschend ...«

Quint beugte sich vor und fiel Herrn Leroi ins Wort: »Im Gegenteil! Diese Frage müßte viel häufiger gestellt werden. Ich habe sie vor kurzem einem Abgeordneten gestellt, einem, der bereits Verantwortung trägt; vergleichsweise bin ich noch ein verantwortungsloser Mensch. Er sitzt bereits in Bonn, ich befinde mich noch auf dem Wege dorthin, vielleicht sogar auf einem Umweg. Wir saßen zusammen im Auto, er steuerte. Er fuhr seinen schnellen Wagen sehr schnell. Ich fragte ihn, ob er gern lebe. Er sagte, er wisse es nicht. Das genügte mir. Ich bat ihn, mich bei nächster Gelegenheit aussteigen zu lassen, und wies ihn darauf hin, daß ich meine Frau und meine Kinder liebe.«

»Sie sind mit der Bahn gekommen?«

»Ja. Und unterwegs habe ich Chesterton gelesen! Ich hatte gehofft, daß sich im Laufe unseres Gesprächs die Möglichkeit ergäbe, ihn zu zitieren.«

Quint hatte inzwischen das betreffende Buch aus der Jackentasche gezogen und darin geblättert.

»Hier steht es: ›Der Optimist ist ein besserer Reformer als der Pessimist. Wen das Leben herrlich dünkt, der gestaltet es am gründlichsten um. Der Pessimist vermag über das Böse in Wut zu geraten, aber nur der Optimist kann darüber staunen. Zum Weltverbesserer gehört die Gabe schlichten, keuschen Staunenkönnens, es genügt nicht, daß er das Unrecht beklagenswert findet, er muß es auch für absurd halten, für eine Anomalie –‹«

Herr Leroi fiel ihm wieder ins Wort: »Quint ist dran, nicht Chesterton! Ich habe gelesen, daß Sie Ihren Zuhörern gern etwas zu lachen gäben.«

»Und zu kauen! Für den Heimweg.«

»Sollten Sie es auf den ›Orden wider den tierischen Ernst‹ abgesehen haben?«

Nach einer kurzen Denkpause sagte Quint, daß er eines Tages einen ›Orden wider den tierischen Humor‹ zu stiften gedenke.

»Man wird sich fragen, ob Sie mit dem nötigen Ernst an die Politik herangehen.«

»Mit dem nötigen ja, nicht mit dem unnötigen. So ernst wie nötig und so heiter wie möglich.«

»Ist das die Quint-Essenz?«

»Eine davon. Bei all diesen Abrüstungsverhandlungen, das heißt, bei diesen Verhandlungen über den Abbau von Waffen, macht man von einer Möglichkeit nie Gebrauch.«

»Das wäre?«

»Die entwaffnende Heiterkeit!«

»Ist das nun Ihr Ernst?«

»Es ist mir mit der Heiterkeit ernst. Man muß sich der Absurdität jeder Nachrüstung bewußt sein. Ein Bürger hat Anspruch darauf, daß sein Leben verteidigt wird. Das ist die übliche Annahme, an die er sich gewöhnt hat. Aber er läßt sich nicht einreden, daß der Angreifer zehnmal oder gar zwanzigmal getötet werden muß. Die Überlebenschancen für den einzelnen in einem nuklearen Krieg sind gleich Null. Er hat nur ein einziges Leben, das muß man ihm nicht zwanzigmal nehmen. Sie sehen mich an, als hielten Sie mich in Abrüstungsfragen nicht für kompetent. Das ist richtig. Das ist auch gut so. Trotzdem mache ich mir meine Gedanken, trotzdem spreche ich sie aus, wo ich nur kann.«

»Wenn man Sie fragen würde, Herr Quint, diese Generalfrage oder auch Gretchenfrage, die man jedem Politiker, zumal jedem Politiker der grünen Couleur, stellen muß: Lieber rot als tot?«

»Ich bin kein General, ich bin aber auch kein Gretchen. Meine Antwort heißt: weder noch. So darf man keinen Menschen fragen, auch keinen Politiker. Das ist keine Alternative, auch nicht für einen der sogenannten Alternativen.«

Herr Leroi, der den Zeiger der Uhr unauffällig, aber fest im

Auge gehabt hatte, sagte: »Ich danke Ihnen, Herr Quint, diese letzte Äußerung eignet sich gut als Schlußwort. Unsere Zeit ist um!«

Die Zeit reichte gerade noch aus, daß Quint sagen konnte: »Meine hoffentlich noch nicht.«

Als man im Anschluß an das ›Sonntagsgespräch‹ im Kasino noch eine kleine Mahlzeit einnahm, sagte Dr. Bartsch, der zuständige Abteilungsleiter, zu Quint: »Ich habe die Sendung in meinem Büro mitverfolgt. Wenn es mit der Politik nichts werden sollte, fragen Sie einmal bei uns an. Sie haben das Zeug zum Fernsehmoderator. Die Einschaltquote muß allerdings noch ermittelt werden. Aber ich könnte mir denken, daß Sie ankommen.«

Quint, der nun endlich seine Pfeife in Brand gesetzt hatte, erkundigte sich: »Was habe ich eigentlich gesagt? Ich habe mir nicht zugehört.«

22

›»Alter schließt also jede Möglichkeit von Glück aus?«
»Nein, das Glück schließt das Alter aus.«‹

Franz Kafka

Frau von der Heydt, die Äbtissin, hatte mehrere Kunstbände und Nachschlagewerke in die Wohnung der neuen Konventualin legen lassen. Es handelte sich um Bücher über die Backsteingotik in Niedersachsen und über das klösterliche Leben zur Zeit der Reformation, in denen sich Maximiliane unterrichten sollte. Sie gab sich auch redlich Mühe, sie zu lesen, vor allem, den kleinen Klosterführer auswendig zu lernen, zumindest hatte sie das Gefühl, sich redlich Mühe gegeben zu haben. Aber ihr Gedächtnis wurde von Gedichten, Chorälen und Lie-

dern besetzt gehalten, die sie von ihren ›Fräuleins‹ in Poenichen, den Diakonissen in Hermannswerder und auch im ›Bund
Deutscher Mädel‹ gelernt hatte; es weigerte sich, Neues aufzu-
nehmen.

Nach einer gewissen Spanne des Einlebens wurde auch sie in
den Dienstplan der Konventualinnen eingesetzt: dreimal
wöchentlich zwei Führungen, dadurch würde sie nicht überfor-
dert sein.

In Plummbüttel vermißte Maximiliane das ›Grüß Gott‹ als
Grußform, das sie im Fränkischen zu hören gewohnt war. In
einem ehemaligen Kloster schien es ihr eher am Platz zu sein als
in einem Hotel, also begrüßte sie die zwanzig Landfrauen aus
dem Kreis Elze, die sie durch das Kloster führen sollte, mit
einem freundlichen ›Grüß Gott!‹, was von den Frauen als
übertrieben empfunden und mit sachlichem ›Guten Tag‹ beantwortet wurde. Sie öffnete die schweren Türen, schloß sie wieder, hielt den vorgesehenen Rundgang ein, führte die Besucherinnen in den Chorraum der Kirche, zeigte den Altar und sagte:
»Das ist ein schöner Altar!«, fügte dann noch hinzu: »Das ist
ein sehr schöner Altar«, und als letzte Steigerung: »Das ist ein
sehr schöner gotischer Flügelaltar!« Das stimmte zwar, entsprach auch ihren Empfindungen, aber war zuwenig an Belehrung. Im Kreuzgang lehnte sie sich mit dem Rücken an einen
der Pfeiler, blickte zum gotischen Netzgewölbe auf und sagte
wieder nichts anderes als: »Das ist ein schöner alter Kreuzgang.«

Wenn sie gefragt wurde, gab sie bereitwillig Auskunft. Unge-
fragt sagte sie nichts, sondern überließ die Besucher den eigenen Eindrücken. Ihr Schweigen wirkte ansteckend, keine der
Gruppen ging so gesammelt und aufmerksam durch die Klo-
steranlagen wie die ihren.

An einer der nächsten Führungen nahm dann die Äbtissin
teil. Maximiliane lächelte ihr zu, verhielt sich aber nicht anders
als sonst. Im Anschluß an die Führung bat die Äbtissin die neue
Konventualin zu einem Gespräch in ihr Arbeitszimmer.

»Fühlen Sie sich bitte nicht kritisiert, liebe Frau von Quindt.«

Maximiliane hörte zu, nickte auch zustimmend zu dem, was die Äbtissin ihr ›um unserer guten Sache willen‹ zu sagen hatte. Sie war nicht uneinsichtig. Ihre Antwort klang in den Ohren der Äbtissin allerdings widersetzlich, zumindest eigenwillig.

»Warum soll ich den Besuchern etwas erzählen, das sie doch wieder vergessen werden? Wenn ich sage: ›Das ist ein sehr schöner Altar‹, dann werden sie behalten, daß wir hier im Kloster Plummbüttel einen sehr schönen Altar haben.«

Zum ersten Mal hatte sie ›wir‹ gesagt, ›wir in Plummbüttel‹. Aber der Äbtissin war es nicht aufgefallen, da sie immer in der Wir-Form dachte und sprach.

»Was Sie da vorgebracht haben, Frau von Quindt, ist nicht ohne Logik, entspricht aber nicht den Aufgaben einer Konventualin. Wir werden Sie in Zukunft wohl nur noch in Ausnahmefällen einsetzen können.«

Die Ausnahmefälle mehrten sich. Ausgerechnet dieses schweigsame Klosterfräulein war bei den Besuchern besonders beliebt. Bei der telefonischen Anmeldung wurde bereits gefragt, wer die Führung der Gruppe übernehmen würde. Anonymität war erwünscht, aber bei dem kleinen Kreis der zur Verfügung stehenden Konventualinnen nicht durchzuführen.

Maximiliane hatte sich die Namen der Heiligen eingeprägt, die in den weitgehend zerstörten Glasfenstern des Kreuzgangs noch kenntlich waren.

»Die heilige Birgitta von Schweden! Die Patronin der Pilger und Touristen!«

Nach jeder Mitteilung machte sie eine kleine Pause.

»Sie ist dargestellt als reisende Nonne mit Pilgerhut. Und mit Herz und Schwert! Sie ist zuständig für die Vorhersage der Todesstunde!« Fünf Schritte weiter, im nächsten Fenster, war der heilige Kilian zu sehen.

»Der vielbeschäftigte Schutzpatron der Gichtkranken und Rheumatiker!« erklärte sie.

Wieder machte sie eine lange Pause, in der man sich zuflüsterte, daß man kalte Füße bekommen habe.

Der nächste Heilige, für den sie um Aufmerksamkeit bat, war der heilige Cyprian von Karthago.

»Der Schutzpatron gegen die Pest! Er ist unterbeschäftigt, es wird wohl kaum mehr jemand zu ihm beten. Die Pestkrankheit ist ausgestorben. Wenn also jemand von Ihnen etwas zu erbitten hat –?«

Die Besucher blickten einander fragend an. Meinte sie das ernst? Die Nonnen des Klosters Plummbüttel waren zwar als letzte zum protestantischen Glauben übergetreten, aber es war seit Jahrhunderten kein Nonnenkloster mehr, sondern ein protestantisches Damenstift. Sie meinte es nicht ernst: die Besucher lachten denn auch. Die kleine Geschichte vom unterbeschäftigten Heiligen wurde weitererzählt, kam vor die Ohren der Äbtissin, die klug genug war, kein Aufhebens davon zu machen. Ein Lachen konnte nicht schaden.

Wand an Wand, an der entgegengesetzten Seite von Fräulein Kerssenich, wohnte ein Fräulein von Pahlen, aus dem Westfälischen stammend. Während des Krieges und in den schwierigen Nachkriegsjahren hatte sie den elterlichen Gutshof geleitet, dann war der Bruder aus russischer Kriegsgefangenschaft zurückgekehrt und hatte die Führung des Hofes in seine erbberechtigten männlichen Hände genommen. Fräulein von Pahlen hatte nicht ins zweite Glied zurücktreten wollen, was andere Frauen in der gleichen Situation bereitwillig getan hatten, sondern hatte sich zum Eintritt ins Kloster Plummbüttel entschlossen. Sie lebte schon seit drei Jahrzehnten hier. An einem der ersten Tage erkundigte sie sich bereits bei ihrer Nachbarin, ob sie Bridge spiele. Maximiliane mußte verneinen, auch mit Canasta konnte sie nicht dienen. Sie spürte, daß das Interesse an ihr sank, und erwähnte, daß sie Skat spielen könne. Zunächst war Fräulein von Pahlen befremdet, dann aber erfreut; es stellte sich heraus, daß eine weitere Konventualin in einem dunkleren Kapitel ihres Lebens auch Skat gespielt hatte.

In Zukunft traf man sich einmal wöchentlich zum Skatspiel, was man aber für sich behielt.

Das Kloster Plummbüttel lag weniger verkehrsgünstig als das Kloster Lüne bei Lüneburg, seine Kunstschätze konnten sich nicht mit jenen der Klöster Ebstorf und Medingen messen, schon gar nicht mit den berühmten Teppichen des Klosters von Wienhausen. Der Besucherstrom, der die Heideklöster verband, kam im Kloster Plummbüttel als Flüßchen an, eher noch als Bach. Neuerdings führte ein Rundweg für Radfahrer in der Nähe der Klostergebäude über die Plümme; sportliche, aber trotzdem kunstbeflissene Damen mittleren Alters baten um Zutritt und hielten sich nur ungern an die vorgesehenen Öffnungszeiten.

Mehr als vier verschiedene Ansichtskarten – dazu der kleine bebilderte Führer aus der Reihe ›Große Baudenkmäler‹ – waren am Verkaufstisch an der Pforte nicht zu erwerben: eine Luftaufnahme der gesamten Klosteranlage in Farbe; der gotische Flügelaltar, ebenfalls farbig; die heilige Brigitta von Schweden und die Schwarzweißfotografie eines der Bankkissen aus dem ehemaligen Nonnenchor, in Wolle und Seide gestickt, zusätzlich mit Flußperlen geschmückt, die man im Mittelalter aus der ehemals wasserreichen Plümme gefischt hatte. Es stellte ein Einhorn dar, was die Besucher immer wieder zu der Frage veranlaßte, wie ein Einhorn in einen Nonnenchor käme.

Maximiliane sah sich die Fragesteller an, meist handelte es sich um Frauen, und entschied sich, je nachdem, entweder für die abendländische oder für die orientalische Version der schönen Legende. Meist begann sie mit ›O dieses Tier, das es nicht gibt!‹, ohne Rilkes ›Sonette an Orpheus‹, aus der die Zeile stammte, zu kennen; ein Beweis für ihre Gültigkeit. Sie berichtete, wenn eine christliche Version am Platz schien, daß das Einhorn die jungfräuliche Gottesmutter begleitet habe.

Aber es gab auch Tage, meist waren es solche, an denen sie

noch mit niemandem gesprochen hatte, dann wählte sie die orientalische, wortreiche Legende.

»Das Einhorn ist kraftvoll und wild und schnellfüßig, kein Speer eines Jägers kann ihm etwas antun. Nur eine unberührte Königstochter vermag es zu zähmen, dann wird es in ihrem Schoß ruhen, an ihren Brüsten saugen, und sie wird sein Horn liebkosen. Aber: sie wird das Einhorn töten! Liebe ist tödlich! Das Einhorn ist nur unverletzlich, solange niemand es zähmt. Sobald sie eine Königin geworden ist, legt die Königstochter ihr Einhorn an eine goldene Kette. Das Sinnbild der Ehe ist die Kette! Das Pulver, das man vom weißen Horn des Tieres reibt, ist ein Liebesmittel, darum heißen so viele Apotheken noch heute Einhorn-Apotheken.«

Nichts davon stand im Klosterführer. An manchen Tagen fragte sie, ob von den Besucherinnen jemand die schönen Teppiche aus dem Cluny-Museum in Paris kenne. Sie habe, berichtete sie, die Dame mit dem Einhorn – ›La dame à la licorne‹ – oft besucht, als sie noch in Paris lebte, ganz in der Nähe des Cluny-Museums. Ihre Pariser Jahre erwiesen sich im Kloster als eine Bereicherung. Sie konnte über Paris sprechen, ohne an ihre Tochter Mirka oder an den Geliebten jener Jahre zu denken. Ihr Gedächtnis hatte das Einhorn für diese Klosterführungen aufgespart.

»Unser Plummbütteler Einhorn ist von einfacherer Herkunft, aber wir haben es alle sehr gern!«

»Wie groß ist ein Einhorn?« wurde sie bisweilen gefragt.

Dann wiederholte sie: »O dieses Tier, das es nicht gibt!«, lachte und sagte: »Wie ein Pferd, denke ich, ein kleines Pferd. Hin und wieder taucht es in den Morgenstunden in der Heide auf, zwischen den Wacholderbäumen, die man hier Machandelbäume nennt.« Waren ihre Geschichten vom weißen Einhorn gut erzählt, verkaufte sie anschließend bis zu zwanzig Ansichtskarten des Einhorns. Die Konventualinnen hatten auch die Geschäfte einer Kassiererin zu besorgen. Maximiliane zählte Geldstücke, wechselte Geldscheine, trug die Zahl der verkauften Eintrittskarten und die erzielte Summe aus dem Ansichtskartenverkauf in das Kontobuch ein und bemühte sich, ihre große Schrift den zierlichen Schriftzügen der anderen Konventualinnen anzupassen, paßte sich an, wo es nur ging.

Keine Steigungen mehr, die Stockwerke der Klostergebäude niedriger als die hohen Geschosse des Eyckels, der Tagesablauf geregelt. Maximilianes Herz wurde weniger beansprucht und beruhigte sich, das Gefühl der Beklemmung wich. Sie unternahm kleine Spaziergänge am Ufer der Plümme, nur das Wasser des Flüßchens als Begleiter, niemand, der ihr dort begegnete. Einmal wöchentlich besuchte sie im Dorf eine polnische Aussiedlerfamilie, deren Betreuung man ihr überantwortet hatte, weil die Leute aus Pommern stammten, aus der Gegend von Arnswalde, heute Choszczno. Sie hießen Demel, wurden im Dorf aber nur ›die Polen‹ genannt. Seit der alte Josef Demel den ersten Ausreiseantrag bei der Woiwodschaft Koszalin gestellt hatte, waren zwei Jahrzehnte vergangen, seine Frau – derentwegen sie nach Deutschland hatten ausreisen wollen – war inzwischen gestorben, sein Sohn, nach dem Vater Josef genannt, aber Józio gerufen, hatte inzwischen eine Polin geheiratet und besaß drei Kinder. Als die Ausreisegenehmigung endlich eintraf, war sie der Familie Demel wie ein Ausreisebefehl erschienen. Laut Grundgesetz galt Josef Demel als Deutscher, er sprach noch pommersches Platt, aber mit vielen polnischen Zutaten; sein Sohn Józio sprach Polnisch mit ein paar deutschen Bruchstükken, seine Frau Krystyna und die Kinder sprachen nur Polnisch. Man hatte der Familie Demel das seit Jahren leerstehende Schulgebäude als Wohnung angewiesen, sie lebten von Sozialhilfe. Wenn im Dorf von ›den Polen‹ die Rede war, hieß es: Die sollen nur nicht denken, uns wäre hier alles in den Schoß gefallen! Diese Feststellung war richtig, aber sie hätte ergänzt werden müssen; wenn in den Heidedörfern ein gewisser Wohlstand herrschte, dann hatte man diesen nicht nur der eigenen Tüchtigkeit, sondern vor allem dem Kunstdünger zu danken.

Maximiliane benutzte bei ihren Besuchen die wenigen polnischen Wörter, die sie noch kannte, sang den Kindern das Liedchen vom Bären, den man nicht wecken darf, auf polnisch vor und sagte beim Abschied: ›Powodzenia‹, viel Glück! Beim nächsten Besuch brachte sie eine Flasche Schnaps mit. Man trank einander zu, sagte ›Na zdrowie‹, kam sich ein wenig näher. Es stellte sich heraus, daß Herr Demel zu Anfang des Krieges seine Kartoffeln in die Schnapsbrennerei des Gutes Poenichen gebracht hatte. ›Im Harwst‹, sagte er, und ›mit de Peer‹. Zwischen seinen Sätzen dehnte sich oft ein pommersches ›jao‹. Zwischendurch sagte er immer wieder: ›Bi us in Polska‹. Er erinnerte sich noch an den Brennmeister von Poenichen, an den Maximiliane keine Erinnerungen mehr hatte, dafür kannte Herr Demel den Namen der Herrschaften auf Poenichen nicht mehr. ›So'n Baron‹, sagte er. Und daß es eine junge Frau mit kleinen Kindern gegeben habe. Der Mann sollte ein Nazi gewesen sein.

»Alle sind draufgegangen. Keiner ist durchgekommen!«

Maximiliane verschaffte dem jungen Demel eine Tätigkeit im Kloster, wo man nach dem Ausfall des Hausmeisters jemanden nötig hatte, der sich auf die Reparatur der alten Strom- und Wasserleitungen verstand und der auch ein Dach ausbessern konnte. Wer aus Polen kam, verstand sich aufs Ausbessern. Seine Frau Krystyna fegte und putzte im Kloster die Treppen und Flure und die Kirche. Wenn sie am Altar vorbeiging, kniete sie, das Putztuch in der Hand, jedes Mal nieder und schlug das Kreuz. Maximiliane blieb, wenn sie Krystyna sah, einen Augenblick lang stehen und beobachtete sie. Sie lehnte sich an eine der Säulen, schloß die Augen und erinnerte sich. So hatte auch sie auf den Knien gelegen und Treppenstufen geputzt, damals in Marburg, im Haus am Rotenberg.

»Powodzenia!« sagte sie zu Krystyna und ging weiter. Diese Frau mit ihren drei kleinen Kindern mußte noch viel Glück haben.

›manche meinen / lechts und rinks / kann man nicht / velwech-
sern. / werch ein illtum!‹

Ernst Jandl

Eines Tages war er dann am Ziel angelangt. Die ökologischen,
aber auch die Wellen der Friedensbewegung hatten Joachim
Quint dahin getragen, wohin er hatte gelangen wollen, nach
Bonn. Quint war ein Nachrücker, kein Parteimitglied, er blieb
›nahestehend‹. Paragraph 12, Absatz 4 des Abgeordnetenge-
setzes sicherte ihm ein eingerichtetes Büro zu. Er hatte Glück,
der Blick aus seinem Dienstzimmer ging über den Rhein hinweg zum Siebengebirge. Quint führte seine Besucher als erstes
ans Fenster und erklärte: ›Wie du siehst‹ – oder: ›Wie Sie
sehen‹ –, ›habe ich einen aussichtsreichen Posten.‹ Er hatte
gelernt, das ›Du‹ der Grünen vom ›Du‹ der Sozialdemokraten
zu unterscheiden.

Der Raum, der ihm zum Denken zur Verfügung stand, war
klein, Quint war an längere Meditierwege gewöhnt; vier
Schritte hin, vier Schritte her. Er verrückte die Möbelstücke,
damit er im Oval gehen konnte, was ihm die Vorstellung
ermöglichte, voranzukommen. Keine Blattpflanzen am Fenster, keine Fotos auf dem Schreibtisch. Dies war ein Dienstzimmer und kein behaglicher Aufenthaltsraum. Die Zimmerlinde,
die ihm die Kolleginnen zum Einzug geschenkt hatten, stellte
er über Mittag in die pralle Sonne und beschleunigte damit den
Prozeß ihres Vergehens. Ein Plakat von Horst Janssen, ›Das
Wiedensahler Totentänzchen‹, als einziger Wandschmuck: Der
Tod eilt mit einer Sense durch einen Birkenwald. Wer wollte,
konnte darin die künstlerische Umsetzung eines ökologischen
Problems sehen. Die Sekretärin, Frau Hild, hätte er sich, wäre
sie dagewesen, mit einem anderen Abgeordneten teilen müssen; aber sie war auf Mutterschaftsurlaub, was in dieser unbür-
gerlichen Partei häufiger vorkam als in den bürgerlichen Par-

teien. Kein Wort über einen Vaterschaftsurlaub für ihn, obwohl die Zwillinge nicht immer ausreichend versorgt waren. Quint überspannte den ohnehin gespannten Bogen nicht, tippte seine Reden selbst, erledigte seine Korrespondenz eigenhändig, das Schreiben ging ihm leicht von der Hand. Das Diktiergerät blieb ungenutzt, er benutzte seine eigene Schreibmaschine, ein schwedisches Modell.

Sein Schreibtischstuhl lief auf Rollen, eine Vierteldrehung, und er wurde vom Bundestagsabgeordneten zur Schreibkraft. Er war sich nicht darüber im klaren, ob die Einsparung einer halben Schreibkraft vorteilhaft, weil kostendämpfend war oder schädlich im Sinne der Arbeitsplatzerhaltung. Er war sich über vieles nicht im klaren. Gelegentlich arbeitete er bei geöffneter Tür, was den Meinungsaustausch mit den Zimmernachbarn förderte. Er war bei den Fraktionskollegen nicht unbeliebt, besonders bei den weiblichen nicht, für die er Kaffee kochte, womit er ihnen zweimal täglich die Vorstellung vermittelte, auf dem Weg der Emanzipation vorangekommen zu sein.

In Abständen von wenigen Wochen zog er die neuesten Fotos der Zwillinge aus der Tasche.

»Keinen Tag dürfte man sie unbeobachtet lassen«, sagte er dazu. »Sie verändern sich stündlich!«

Bei Frauen kommt er besser an als bei Männern, das weiß er, das nutzt er auch aus. Quint ist ein Frühaufsteher. Wenn die Straßen noch leer sind, oft noch bei Dunkelheit, fährt er mit dem Rad zum Abgeordnetenhaus am Tulpenfeld. Wenn sich gegen neun Uhr dann die Fahrstühle und Flure beleben, hat er die dringlichsten Arbeiten bereits in Ruhe erledigt. Hin und wieder braucht er Auslauf, dann verläßt er sein Büro, geht die hundert Meter zum Rhein, wendet sich nach rechts, geht gegen den Strom, was ihm Genugtuung verschafft; dann macht er kehrt, kommt mit beschleunigten Schritten, die sich der Geschwindigkeit des Stromes anpassen, zurück und setzt sich erfrischt an den Schreibtisch. Mehr als drei Zigarettenlängen benötigt er für diese Ausflüge nicht, aber er läßt Dampf ab, wie er es nennt. Als einer der ersten geht er am späten Nachmittag aus dem Abgeordnetenhaus, schaut in die Nachbarzimmer, verabschiedet sich und läßt sich von den Fraktionskollegen vorführen, was sich noch alles auf ihren Schreibtischen türmt. Er zeigt sich beeindruckt, setzt sich mit dem Fahrrad dem Berufsverkehr aus und fährt von seinem möblierten Dienstzimmer in sein möbliertes Einzimmer-Appartement, das kaum größer ist.

Am Abend fährt er, ebenfalls mit dem Rad, von einer Landesvertretung zur anderen; spätestens im Presse-Club trifft er mit Sicherheit jemanden, der mit sich reden läßt, mit dem er sich im Diskutieren üben kann. Er macht sich bekannt und macht sich auch beliebt. Von seinen Fraktionskollegen trifft er nur selten jemanden. Wenn man ihn mit ›Herr Kollege‹ anredet, nennt er seinen Namen, der einprägsam ist. ›Ein frischer Wind mit Namen Quint.‹ ›Ein Quint gewinnt.‹ Für Reimereien war der Name gut geeignet, was für ihn, der Reime vermied, nicht angenehm war. Als von seinem ersten Gedichtband unter dem geänderten Titel ›Death is so permanent‹ ein Raubdruck im Umlauf ist, benutzt er ihn gelegentlich als Visitenkarte. ›Ich lebe auf Bundesebene‹, pflegt er zu sagen. Wenn man ihn nach dem ›Bonner Klima‹ fragt, gibt er die Wärme- oder Kältegrade in Celsius an.

Früh am Morgen ruft er Inga an, zu immer derselben Uhrzeit. Er weckt sie auf, sie schläft tief, verläßt sich auf das Klingeln des Telefons. Manchmal sagt sie: »Hallo!«, dann sagt er: »Sag guten Morgen! Es ist schon viel, wenn dieser Morgen gut wird.« Welche Überraschung, als eines Morgens ein Stimmchen »Papa!« ruft, und dann das zweite, vom ersten kaum zu unterscheiden: »Papa!«, und einige Wochen später dann: »Papa doll!« Der Wortschatz der Kinder war klein, der Ausdruck Schatz traf den Sachverhalt genau; im Abstand von einer Woche kam eine weitere Kostbarkeit dazu.

Die Versuche, Inga am Abend zu verbilligten Telefongebühren noch einmal anzurufen, hat er aufgegeben, sie war nie zu erreichen. War sie im Jagdzimmer? In der Halle? In den Vorratsräumen? Bei den Kindern? Man bat ihn zu warten, bis sie dann schließlich atemlos ans Telefon kam.

»Entschuldige!« sagte sie.

»Entschuldige!« sagte er.

»Gibt es etwas Wichtiges?«

»Ich liebe dich!«

»Das ist wichtig!«

Solche Gespräche duldeten keine Wiederholung. Wichtig war, daß der Hotel- und Restaurationsbetrieb lief, und nicht, daß die Inhaberin ans Telefon lief.

Arbeitsgruppen, Klausurtagungen, Vollsitzungen, Pressegespräche, Auslandsreisen. Nach Israel reist er nicht; die Unbefangenheit seiner jüngeren Kollegen vermag er nicht zu teilen, Ratschläge zu geben fühlt er sich nicht befugt, weder bei den Israelis noch bei den Palästinensern.

Auf seinem Schreibtisch häufen sich die ›Drucksachen‹, von einigen fortschrittlichen Abgeordneten auch ›papers‹ genannt; am Wochenende spielen dann für ihn ›Pampers‹ eine größere Rolle. Die Drucksachen tragen mehrstellige Nummern. Am Telefon sagt er: »Frau Kollegin, ich lese da gerade mit großem Interesse neun-sechs-siebzig.«

Wird er die Dauertagungen aushalten? Wird er nicht bald ermüden und seine Frische verlieren? Wird er sich durch die ablehnende Haltung und den Spott der Altparlamentarier nicht zermürben lassen? Wird er auf die Dauer die ständige Aufsicht durch Fernsehkameras und Bildreporter ertragen? Gilt auch für ihn, daß dem Tempo des Aufstiegs das Tempo des Abstiegs entspricht?

In den Tageszeitungen war zu lesen, daß die Grünen nur deshalb das Prinzip der Rotation verfolgten, um die Abfindung zu erhalten, und daß sie öffentlich gegen die Erhöhung der Diäten protestierten, aber nur allzu gern davon profitierten. Quint fragte sich, ob dieses Mißtrauen daher rührte, daß man selbst anfällig dem Geld gegenüber war. Er litt unter der öffentlichen Anfeindung. Jemand empfahl ihm, eine andere Zeitung zu lesen, die ›taz‹ zum Beispiel. Woraufhin Quint entgegnete, daß er die Ansichten der eigenen Leute hinreichend kenne, die der Gegner seien wichtiger. Daraus könne man lernen. Die eine Zeitung sei zu links, die andere zu rechts.

Wieder stieß sich ein Quint – wie seinerzeit der alte Quindt – am deutschen ›zu‹.

»Worum ging es denn?« fragte Inga am Telefon.

»Um Diäten«, antwortete er.

Und Inga lachte, lachte ihr Lachen, das er so liebte.

»Bei mir geht es um Diät!«

Einer unter 520 Bundestagsabgeordneten! Quint hat sich Visitenkarten und Briefpapier drucken lassen. Neben seinem Namen steht ›MdB‹, Mitglied des Bundestags. Wie viele hundert wird er davon benötigen? Wie viele übrigbehalten? Man erinnert sich an den alten Quindt, der noch 1934 eine Visitenkarte aus Kaisers Zeiten mit dem Aufdruck ›M.d.R.‹, Mitglied des Reichstags, benutzt und sie bei einem Juden mit Namen Dr. Daniel Grün in einer Villa am Teltowkanal in den Briefkasten geworfen hatte.

Würde Joachim Quint der Umgang mit den jungen und undisziplinierten Gleichgesinnten noch schwerer werden als der Umgang mit den Andersdenkenden? Wie grün war er überhaupt? Würde er sich noch mausern? Einige schienen darauf zu warten. Unter den Etablierten wäre er einer der jüngsten, unter den Grünen war er einer der ältesten. Er führte ein Tagebuch. Was ungesagt bleiben mußte, notierte er. Das Buch schrieb sich von selbst. ›Die grüne Kladde‹.

Er hatte nicht vor, als Zuschauer und Zuhörer in den hinteren Reihen zu sitzen, er gedachte sich einzumischen, mit dieser Absicht war er nach Bonn aufgebrochen. Als in einer Plenarsitzung ein Abgeordneter sagte: ›Man muß den Karren aus dem

Dreck ziehen‹, mit dem ›Karren‹ die gegenwärtige Bundesregierung und mit dem ›Dreck‹ offensichtlich die Versäumnisse der vorigen Regierung meinte, lächelte er wie einer, der weiß, wovon die Rede ist. Er erinnerte sich an den blaugestrichenen Karren, den seine Mutter mit Kindern, Äpfeln und Märchenbüchern gefüllt hatte und den sie auf Sandwegen zum Blaupfuhl zogen, er und sein Bruder Golo an der Deichsel, derselbe Karren, den sie hochbepackt durch Schnee und Eis und Schlamm gezogen hatten. Mit einer kleinen Verspätung meldete er sich zu Wort, um sich zu erkundigen, an wen da gedacht sei. Wer sollte an die Deichsel? Wer sollte schieben? Bei diesem anonymen ›man‹ wüßte er gern, um wen es sich handeln sollte. Ob da die Wähler, die Steuerzahler gemeint seien?

In derselben Bundestagsdebatte sagte der Wirtschaftsexperte der Regierungspartei: »Wir sind über den Berg!«

Quint meldete sich wieder zu Wort und fragte lächelnd, aber in besorgtem Ton: »Habe ich Sie richtig verstanden? Geht es schon wieder bergab?«

Es geriet ihm, daß auf beiden Seiten gelacht wurde, dieses befreiende Lachen, mit dem man sich Luft macht, ohne etwas sagen zu müssen, ein Lachen, das die Abgeordneten, unabhängig von ihrer Parteizugehörigkeit, verband.

Wegen seiner rhetorischen Begabung hatte man ihn zum Fraktionssprecher gewählt. Er sprach gelegentlich von Fundamenten, aber konnte man ihn deshalb zu den Fundamentalisten zählen? Er wehrte sich gegen jede Einordnung. Er sagte weder ›man‹, noch sagte er ›wir‹, er sagte ›ich‹. Ich, der Fraktionssprecher der Grünen. Wenn er doch einmal ›wir‹ sagte, dann meinte er seine Familie.

Als er zum ersten Mal am Rednerpult stand, war er sich des Unterhaltungswertes bewußt, den ein Politiker haben muß.

»Die Begriffe links und rechts in der Politik leiten sich vom menschlichen Körper ab. Rechte Hand, linke Hand, eine Hand wäscht die andere. Linker Fuß, rechter Fuß, wo der eine hingeht, geht der andere hin, es geht nicht der eine zum Bahnhof, der andere zum Parkplatz. Wer nicht mit beiden Augen in die gleiche Richtung blicken will, schielt oder muß ein Auge schließen, wird einäugig. Es müßten sich jetzt die Blicke von links und die Blicke von rechts auf meiner Person treffen. Wie ich sehe, ist das nicht der Fall. Ich weise darauf hin, daß eine Form von angeborener Eintracht zwischen rechts und links herrschen sollte. Es scheint mir keineswegs sträflich zu sein, wenn man hin und wieder in Sachfragen rechts und links verwechselt, ›lechts‹ und ›rinks‹, um mit einem modernen Lyriker zu sprechen. Ich sehe, daß ich Sie wenigstens zum Lachen gebracht habe, und die Heiterkeit, so sagt es Wilhelm von Humboldt, macht die Menschen zu allem Guten aufgelegter! Ein brauchbares Sozialprogramm, das ich Ihnen empfehle ...«

Quint mußte ermahnt werden, zur Sache zu kommen.

Als in der anschließenden Debatte mehrmals von innerer Sicherheit die Rede war, unterließ Quint es, von ›innerer Unsicherheit‹ zu sprechen, um nicht erneut ermahnt zu werden. Er notierte sich später den Gedanken in seiner ›grünen Kladde‹.

Was kann er bewirken? Vielleicht wird man bei Fraktionssitzungen, vielleicht sogar bei Bundestagssitzungen in seiner Gegenwart etwas sorgfältiger mit der Sprache umgehen. Es kommt vor, daß ein Ausschußmitglied sagt: ›Würden Sie diese Formulierung durchgehen lassen, Herr Quint?‹ Er entspannt die oft gespannte Atmosphäre, tut etwas für die deutsche Sprache, das ist nicht viel, aber doch mehr, als die meisten Abgeordneten erreichen. Genauigkeit beim Sprechen bedeutet Genauigkeit beim Denken, er zitiert Wittgenstein. ›Wovon man nicht sprechen kann, darüber muß man schweigen.‹

Die Reporter lauern ihm auf, sie rechnen mit einem geistreichen Kommentar, wenn er den Plenarsaal verläßt.

»Mit einem frischen Hemd kann ich dienen, mit einer frischen Meinung nicht.«

»Sie können von Glück sagen ...«

Quint unterbricht und bestätigt die Feststellung – er kann von Glück sagen, und er tut es auch, bei jeder Gelegenheit.

Sprachlos ist er nie, gelegentlich aber ahnungslos. Er gilt als ein Parzival unter den Grünen. Von Quint-Essenzen wird geredet. ›Ich zitiere mich, um mich nicht zu wiederholen.‹ ›Ich kann nicht meine Meinung ändern, nur um originell zu sein.‹ ›Laut Aristoteles ist eine Quintessenz das eigentliche Wesen einer Sache – der Äther als fünftes Element!‹ Das waren Formulierungen, die sich ein Schriftsteller leisten konnte, ein Politiker nicht. Er hielt sich nicht an die ungeschriebenen Bonner Spielregeln, fügte sich nicht ins Bonner Parlamentsensemble. Auf die Dauer wird man ihn wohl nicht ertragen. Aber rechnet er denn mit Dauer? Er rotiert, was heißen soll, er dreht sich um die eigene Achse, es geht alles sehr schnell.

Am ersten Tag der Frankfurter Buchmesse läßt Quint sich am Stand seines Verlages sehen. Es gibt keinen neuen Gedichtband von ihm, aber die früheren sind, mit neuen Schutzumschlägen versehen, wieder auf dem Buchmarkt zu haben. ›Death is so permanent‹, das Foto einer Raketenabschußbasis auf dem Umschlag, auf der Rückseite ein Foto des Autors am Rednerpult des Bundestages.

Quint hält sich im Hintergrund, abwartend, aber bereit zu Gesprächen. Man kommt auf ihn zu, Verleger, Buchhändler, auch Leser. Es werden einige Fotos gemacht. Dann erscheint ein Fernsehteam. Ein Politiker, der Gedichte schreibt, das hat es bisher noch nicht gegeben, zumindest keine ernstzunehmende Lyrik, von Reimereien konnte man absehen. Die Verlagslektorin war bereit, vor der Kamera einen kleinen Dialog mit ihm zu führen.

»Tolstoi hat einmal gesagt, daß das Politische das Künstlerische ausschließe.«

»Wenn Tolstoi das sagt, wird es stimmen!«

»Auch Goethe sagt einmal, sinngemäß, wenn man sich als Künstler einer bestimmten Partei verschreibe, verliere man seine geistige Freiheit.«

»Dann wollen wir diesen Satz als Goethes geistiges Eigentum respektieren und keinen Diebstahl begehen.«

»Haben Sie literarische Pläne, Herr Quint, oder soll es bei den ›Hilfssätzen‹ bleiben?«

»Zur Zeit brauche ich meine Sätze zum Reden, aber ich denke an einen Band mit ›Satz-Zeichen‹. Graphisch sehr reizvoll. Was alles ist mit einem Gedankenstrich zu bewirken. Beim Leser. Mit einem Fragezeichen. Einem Ausrufungszeichen.«

»Nun machen Sie aber mal einen Punkt, Herr Quint!«

Als die Gesprächspartnerin die Rede darauf bringt, daß auf dieser Buchmesse mehrere Bücher deutscher Politiker vorlägen, reagiert er – was bei ihm selten ist – gereizt.

»Hier kümmern sich die Schriftsteller um die Politik und die Politiker schreiben Bücher.«

Man trinkt ein Glas Sekt. Publikum hat sich angesammelt. Wo das Fernsehen ist, muß etwas los sein.

Quint blickt auf die Uhr. Später – später wird er wieder schreiben, wenn er nichts mehr zu sagen hat.

»Ausrufungszeichen!«

Wer war das? Quint? Ist das ein Autor? Ist das nicht ein Grüner? So sieht er doch gar nicht aus! Man notiert sich die Titel seiner Bücher.

Er verläßt das Messegelände, fährt mit der Straßenbahn zum Bahnhof und mit dem Intercity-Zug zurück nach Bonn. Noch zwei Tage, dann wird er nach Hause fahren, nach Hause, ins Hotel.

Da es zu den Sonderrechten eines Bundestagsabgeordneten gehört, die Maschinen der Lufthansa sowie die Züge der Bundesbahn kostenlos benutzen zu dürfen, hat Quint seinen Wagen verkauft. Er steigt in Bonn in einen Intercity-Zug, packt seine Akten aus, packt sie kurz vor Frankfurt wieder ein, wechselt den Zug und arbeitet unter angenehmen Bedingungen weiter bis Nürnberg, wo ihn Inga mit dem Auto abholt; am Montagmorgen bringt sie ihn wieder nach Nürnberg zur Bahn.

Falls sie im Hotel abkömmlich ist. Oft muß er in Nürnberg auf den Eilzug warten, der für seine Ungeduld nicht eilig genug durchs liebliche Pegnitztal fährt. In Hersbruck wartet dann nicht Inga, sondern der neue Oberkellner, Herr Lutz, der ihm während der Fahrt sämtliche Schwierigkeiten auftischt, die es im Laufe der vergangenen Woche im Hotel gegeben hat.

Nach der Ankunft sagt Quint zu ihm: »Wenn Sie meine Frau irgendwo sehen, bestellen Sie ihr, daß ich mich für eine Stunde hinlegen werde.«

Die Kinder schlafen bereits, er betrachtet sie und sagt: »Könnt ihr bald Auto fahren? Dann holt gefälligst euren müden Vater am Bahnhof ab.«

Am Montagmittag, wieder in Bonn, fährt er mit der U-Bahn zu seiner Wohnung, holt sein Fahrrad aus dem Abstellraum, klemmt die Aktentasche auf den Gepäckträger und fährt zum Abgeordnetenhaus am Tulpenfeld.

Die Partei der Grünen sah sich nicht immer gern, aber sie sah sich gut durch diesen Quint vertreten. Man schob ihn vor, wenn es um ›Gesprächsrunden‹ ging oder um ›Streitfragen‹; sein Name und sein Kopf waren beim Fernsehpublikum bekannt. Er würde ein paar Kastanien ins Feuer werfen, herausholen mußten sie dann andere.

Um den Tisch saßen die Vertreter der Parteien, dazu ein Historiker, ein Wirtschaftsexperte, auch ein Vertreter der Vertriebenenverbände. Eine Männer-Runde, diesmal ohne Alibi-Frau. Es ging um Arbeitszeitverkürzung zum Zweck der Arbeitsplatzbeschaffung. Quint schwieg zunächst. Nur daran, daß er unruhig auf seinem Drehsessel saß, merkte der Gesprächsleiter, daß er etwas zum Thema zu sagen hatte. Quint vertrat dann die Ansicht, daß die Arbeiter in den Gewerkschaften eine gute, wenn nicht sogar zu gute Lobby besäßen; anders sehe es in den Chefetagen aus, da ginge es nicht nur um eine Wochenarbeitsstunde wie bei den Arbeitern, sondern um fünf oder sechs zusätzliche am Tag. Diese Spitzenpositionen müßten aufgeteilt werden, sowohl was die Verantwortung als auch was die Stundenzahl anginge, das Gehalt wäre noch am leichtesten zu teilen. Aufstiegsmöglichkeiten aus den unteren Rängen ergäben sich, es käme Bewegung und Leben in die Rangordnung, zur Erklärung fügte er das Fremdwort ›Hierarchie‹ an.

Der Diskussionsleiter versuchte, ihm in die Rede zu fallen. Es ginge hier um die Interessen der Arbeitnehmer, nicht um die der Arbeitgeber. Quint meinte, daß diese Belange nicht getrennt werden dürften, und führte als Beispiel seine Frau an, die ein kleines Hotel – »übrigens im hübschen Pegnitztal« – leite. Die Arbeitszeit für alle Mitarbeiter sei befriedigend, wenn auch oft durch Zahlung von Überstundengeldern, geregelt. Nur die Arbeitszeit der Hotelbesitzerin nicht.

Eine weitere Frage galt dann dem 8. Mai, dem Tag des Kriegsendes. Vierzig Jahre danach! Quint, als Vertreter der kleinsten Partei, wurde als letzter befragt. Ob dieses Datum für ihn persönlich Befreiung vom Nationalsozialismus oder Kapitulation vor den Feinden bedeute.

»Welche Gefühle . . .«

Quint meinte, daß man die Gefühle einmal beiseite lassen solle. Er sei zu dem Zeitpunkt gerade sieben Jahre alt gewesen. Es habe von jenem Tage an nicht mehr geschossen. In diesem Teil der Welt habe es seit nun vier Jahrzehnten nicht mehr geschossen! An diese Tatsache habe man sich zu halten.

Er, als Betroffener, sollte sich dann auch noch zur Frage der Vertreibung aus dem Osten äußern. Warum er sich dazu äußern solle, fragte er zurück. Es gäbe Fragen, die ruhen müßten, auf die es zur Zeit keine Antwort gäbe. Warum sie ständig neu stellen?

»Aber Sie sind ein Heimatvertriebener, ein Pommer!«

Pommern sei richtig, sagte Quint, aber er selbst habe nur über zehntausend Morgen Pommern zu verfügen, deren Erbe er sei. Wenn er damit zur Befriedung der Welt beitragen könne, sei er bereit, auf dieses irreale Anrecht auf Heimat zu verzichten. Er würde lieber auf einen anderen Jahrestag zu sprechen kommen. Dreihundert Jahre lang Hugenotten in Deutschland! Es habe auch damals grausame Verfolgungen gegeben, Entbehrungen, Flucht, Vertreibung. Vergleiche seien statthaft. Die Hugenotten hätten in Deutschland, vornehmlich in Preußen und auch in Hessen, eine Heimat gefunden, seien zur Bereicherung geworden.

»Bei unseren Gesprächen über Flucht und Vertreibung ist immer nur von Verlust die Rede«, sagte er in heftigem Ton. »Warum wird nicht deutlich erkannt und gesagt – wie im Falle der Hugenotten –, daß die Ostdeutschen wesentlich zum Wiederaufbau des westlichen Teiles des zerschlagenen Deutschen Reiches beigetragen haben?«

In ruhigerem Ton fuhr er dann fort. Die Bevölkerung der damals deutschen Ostgebiete habe die Lücken aufgefüllt, die der Krieg in Westdeutschland hinterlassen habe; Polen hätten die Lücken aufgefüllt, die in den ostdeutschen Gebieten durch Flucht und Vertreibung entstanden seien; die Russen hätten die polnischen Gebiete aufgefüllt. Diese Entwicklung sei von Churchill vorausgesehen worden. Ihm selbst fiele die Vorstellung nicht schwer, daß man zu einem späteren Zeitpunkt den Jahrestag des Waffenstillstands unter dem Leitwort ›Fünfzig Jahre Ostdeutsche in Westdeutschland‹ begehen könne . . .

Die vorgesehene Sendezeit war überschritten, der Gesprächsleiter sagte mit gequältem Lächeln: »Ich muß jetzt die Hugenotten ein weiteres Mal vertreiben.«

Beim Hinausgehen erkundigte sich der Vertreter der bayerischen Christlich-Sozialen nach dem Namen und der Anschrift des Hotels, es könne nicht weit von seinem Wahlkreis entfernt sein. Er suche schon längere Zeit nach einem ruhigen Hotel für Wochenendseminare.

Zu Beginn seiner politischen Laufbahn hatte Quint sich neu eingekleidet. Da er viel unterwegs sein würde, auch auf Auslandsreisen, benötigte er leichtes Gepäck. Wenn ihn ein Verkäufer nach seinen Wünschen fragte, sagte er, daß er einen leichten Pullover brauche, ein paar leichte Schuhe, eine leichte Reisetasche. Er fühlte sich in den leichten Sachen wohl, sie paßten zu ihm, er wirkte leicht und auch leichtfüßig. Von den Jeans hatte er sich spät, aber noch rechtzeitig getrennt.

Die Grünen ließen sich nur selten bei festlichen Anlässen in Bonn sehen. Parkettboden war nicht der richtige Boden für sie. Quint tanzte wieder einmal aus der Reihe. Er hatte sich einen leichten Blazer angeschafft und trug ihn anstelle eines Smokings. Er ließ sich bei Gala-Abenden und Empfängen sehen, konnte sich auch sehen lassen, ein guter Kopf und auch ein guter Tänzer. Er hatte auf dem Parkett viel nachzuholen.

Bei seinen abendlichen Spaziergängen durch die Fußgänger- und Hundezone der Bonner Innenstadt hatte er sich mit einer der Puppen, die im Schaufenster eines Modesalons stand, angefreundet, deren Figur Ingas Figur entsprach. Nach mehrmaligen Besuchen hatte das Gesicht der Puppe dann Ingas Züge angenommen; er grüßte sie im Vorübergehen. Am Telefon sagte er zu Inga, daß er ein bezaubernd schönes Wesen kennengelernt habe. »Sie sieht dir ähnlich, aber sie hat nicht dein Temperament. Sie verhält sich ruhig, du hast nichts zu befürchten!« Es war Ende Juni, die Legislaturperiode ging zu Ende: die Zeit der Feste in Bonn. Quint lud Inga zum Sommerfest des Bundeskanzlers ein und ging, noch bevor sie geantwortet hatte, in den Modesalon, um das nachtblaue Abendkleid der Konkurrentin zu erwerben.

»Die Dekoration wird erst in zwei Wochen gewechselt«, hieß es.

Quint erwähnte, daß das Kleid beim Kanzlerfest getragen werden sollte.

Die Verkäuferin wurde entgegenkommender und fragte, ob die Dame nicht zur Anprobe kommen könne.

»Ich kenne die Maße meiner Frau.« Quint unterstrich diese Aussage mit einer anschaulichen Geste.

»Aber ich muß Sie darauf hinweisen: Das Kleid ist sehr teuer.«

»Meine Frau ist mir auch teuer«, antwortete Quint.

Schließlich packte man ihm das Kleid in viele Schichten Seidenpapier, legte es sorgsam in einen Karton, den Quint gleich darauf auf den Gepäckträger seines Fahrrades klemmte.

Inga kam nicht zum Kanzlerfest.

»Was soll ich in Bonn?« fragte sie.

»Tanzen!« gab Quint zur Antwort.

»Das Hotel ist ausgebucht. Endlich einmal eine Hochzeit. Die Tochter eines Professors von der Medizinischen Hochschule in Hannover.«

»Wo ein Wille ist . . .«

». . . ist auch ein Sprichwort.«

». . . ist auch ein Ausweg, wollte ich sagen.«

»Was ist mit der ruhigen Frau, die mir ähnlich sieht? Nimm sie mit! Mich kennt in Bonn keiner.«

»Ich habe die Frau aus den Augen verloren.«

»Du tanzt in Bonn, und ich tanze auf dem Eyckel.«

Es war kein gutes Gespräch.

Quint ging allein zum Sommerfest des Bundeskanzlers. Kurz vor Beginn gab es das zu erwartende Gewitter. Man drängte sich in den überdachten Räumen und unter den Zeltdächern. Quint hielt nach einer Tänzerin Ausschau, aber alle Damen befanden sich bereits im Besitz der Herren, von denen sie mitgebracht worden waren. Er stand herum, hatte das Gefühl, keine andere Funktion zu erfüllen, als Publikum zu bilden. Er hörte Ansprachen und Gespräche; die Kapellen spielten gegeneinander an, überspielten den Donner des Gewitters. Dann ließ der Regen nach, die Luft war erfrischt, Quint ging ins Freie. Er wurde auf eine Frau aufmerksam, die allein an einem Weinausschank stand, ging auf sie zu und bat sie nicht um einen Tanz, sondern um einen kleinen Spaziergang. Er wolle ihr den Park zeigen. Sie willigte ein. Sie unterhielten sich über das Baumsterben, das übliche Thema, aber Quint wußte besser

Bescheid über Bäume als andere, er beendete das Gespräch mit einem Scherz: »Ich sah Sie allein stehen, bei Gewitter ist das gefährlich. Die Blitze bevorzugen nicht nur alleinstehende Bäume –«

Die Fremde lachte, nicht wie Inga, sondern heller. Sie ließ sich anstandslos am Ellenbogen fassen und auf dem vom Regen aufgeweichten Boden um die großen Pfützen geleiten. Sie gingen, um den Weg abzukürzen, über den Rasen zum Rhein hinunter. Eine Hecke versperrte den Weg. »Wollen wir es wagen?« fragte Quint. Als Antwort kam wieder das helle Lachen. Quint hob die Fremde über die Hecke; er selbst folgte mit einer Flanke. Diesen Augenblick, in dem Quint die Dame über die Hecke hob, hatte ein zufällig in der Nähe stehender Bildreporter geknipst: Er schoß das Bild des Abends.

Am nächsten Morgen sah man es in mehreren Boulevardzeitungen, am übernächsten dann in den Lokalzeitungen, einige Male sogar auf der Titelseite. ›Ein Parlamentarier faßt zu‹ – ›Ein Grüner bemächtigt sich der Gattin des Kanzlers‹, die Bildunterschriften wechselten. Die holsteinischen Quinten betrachteten das Bild mit Mißfallen. Lenchen Schnabel, geborene Priebe, schnitt es aus der ›Oberhessischen Presse‹ aus und schickte es an Inga Quint. Sie war nicht die einzige, die es für nötig hielt, die Ehefrau zu unterrichten.

Auch dieses Foto trug zu Quints Popularität bei. Die Haarfarbe und die Farbe des Abendkleides mochten zu der Verwechslung geführt haben; außerdem war es unter den Bäumen dämmrig gewesen.

Die Richtigstellung, daß es sich nicht um die Gattin des Bundeskanzlers, sondern um eine unbekannte Besucherin des Sommerfestes gehandelt habe, wurde von den Zeitungen nicht gebracht; so bedeutend war dieser Quint nun auch wieder nicht.

24

›Higgelti Piggelti Pop! Oder Es muß im Leben mehr als alles geben.‹

Maurice Sendak

Der erste Gast, der Maximiliane im Kloster Plummbüttel besuchte, war Inga.

»Die Kinder haben schließlich einen Vater«, sagte sie, »und das Hotel hat einen Geschäftsführer. Es muß auch mal ohne mich gehen. Ich hatte Sehnsucht nach dir! Wie lebst du? Ich will hören, was du hörst, und riechen, was du riechst.«

Sie unternahmen, Arm in Arm, kleine Spaziergänge, machten aber auch Fahrten in die Heide. Als es einen Tag lang regnete, gingen sie im Kreuzgang spazieren. Inga logierte im Gästehaus und wurde als ›Wahltochter‹ vorgestellt, gegen Wahltöchter war nichts einzuwenden, andere hatten ebenfalls ihre Wahlverwandtschaften, wenn auch nicht so innige.

Im Frühling ließ Edda es sich dann nicht nehmen, der ›Ahne‹ ebenfalls einen Besuch abzustatten; sie waren sich jetzt näher gekommen, wenn auch nur geographisch.

»Verkehrsmäßig liegt ihr sehr ungünstig! Ich habe für die hundert Kilometer fast zwei Stunden gebraucht!«

Vorwürfe, die von Maximiliane nicht entkräftet werden konnten. Fräulein von Pahlen, der sie auf dem Flur begegneten, fragte, ob es sich um eine weitere Wahltochter handele.

»Diese habe ich nicht ausgewählt, sie ist mir zugelaufen«, antwortete Maximiliane, wandte sich an Edda und sagte: »Laufen konntest du schon!«

Statt eine Antwort zu geben, richtete Edda die Grüße der Kinder aus, der Reihe nach, mit sämtlichen Vornamen.

»Sven-Erik, Eva-Maria, Hans-Joachim, Louisa-Nicole und Katja-Sophie lassen ihre Ahne schön grüßen!«

An Fräulein von Pahlen gewandt, erläuterte Maximiliane, daß sie von diesen Kindern mit dem zweiten Teil ihres zu langen Vornamens angeredet werde.

Und Edda ergänzte: »Ich habe fünf Kinder!« Nur jemand, der ihre Breslauer Großmutter kannte, hätte den Nebensatz, ›mir ist das Lachen vergangen‹, dazuhören können.

Fräulein von Pahlen fragte, ob trotz des Besuches am Abend Skat gespielt würde. Maximiliane sagte zu, und Edda sagte: »Ich begreife dich nicht, bist du ins Kloster gegangen, um Skat zu spielen?«

Maximiliane zeigte ihr die Klosterkirche, den Kreuzgang und das ehemalige Dormitorium, sie saßen in ihrer kleinen Wohnung, und Edda sagte in Abständen: »Ich begreife dich nicht!« Beim ersten Mal hatte Maximiliane noch gesagt: »Das mußt du auch nicht«; die Wiederholungen beantwortete sie nicht mehr.

Edda war auf dem Gutshof unabkömmlich, sie wurde daher von Maximiliane auch nicht zum Bleiben aufgefordert. Auf dem Weg zum Parkplatz kam Edda auf den Anlaß des Besuchs zu sprechen.

»Sven-Erik will im Sommer nach Poenichen fahren. Hast du etwas dagegen?«

»Poenichen gehört mir nicht«, sagte Maximiliane.

»Sven-Erik hat eine Kehrtwende gemacht«, erläuterte Edda, »er gehört jetzt zur Jungen Union, vielleicht geht er sogar in die Politik, das hat doch bei uns Tradition. Keiner kann ihm verbieten, in die ehemaligen Ostgebiete zu fahren. Schreib ihm auf, wie man hinkommt. Er fährt mit dem Rad, aber er sagt, daß er nach Poenichen ›pilgern‹ will. Stettin und dann weiter? Wie heißt das überhaupt? Hast du von deiner Reise noch Karten? Wie hieß denn der Ort, wo wir das Obst hingeliefert haben?«

»Kallies, heute Kalisz/Pomorski.«

Maximiliane erteilte bereitwillig alle Auskünfte, sprach allenfalls ein wenig leiser als sonst.

»Sag ihm, daß er nichts finden wird.«

»Martha Riepe hat ihm aufgezeichnet, wo ihr damals das Silberzeug und den Schmuck vergraben habt.«

»Ich habe die Sachen vergraben lassen, und Martha hat sie wieder ausgraben lassen. Alles geschah im Dunkeln, wir durften kein Licht machen. Die Jagdgewehre haben wir auch vergraben, hat sie das auch gesagt? Es ist schon einmal jemand aufgebrochen, um nach den ›bleibenden Werten‹ zu graben. Sie haben ihn festgenommen, er ist nie wiedergekehrt.«

»Wer soll denn das gewesen sein?«

»Martin Valentin.«

»Den hatte ich ganz vergessen.«

»Ich auch.«

»Er hat immer gesagt: ›Laß mich machen.‹«

»Das sagst du auch. Das einzige, was von ihm übriggeblieben ist. Sven-Erik braucht nicht bis nach Kalisz zu fahren. Wenn er von Dramburg kommt, Drawsko heißt das heute, kann er auf dem Sandweg durch den Wald fahren. Falls es nicht militärisches Sperrgebiet geworden ist.«

»Kannst du es nicht aufzeichnen?«

Maximiliane zog einen Heideprospekt aus der Tasche, legte ihn aufs Wagendach und versuchte, auf der Rückseite eine Skizze anzufertigen.

»Hier ist eine Wegegabelung. Mit dem Auto konnte man dort nicht fahren. Im Krieg haben wir meist ›den Karierten‹ genommen. Zuerst kommt ein Stück Sandweg, dann geht es über Bohlen, es ist dort sumpfig –«

Der Regen wurde heftiger. Maximiliane knüllte das Papier zusammen.

»Ich weiß es nicht mehr. Sag ihm, er muß es suchen.«

Edda öffnete die Wagentür und stieg ein.

»Jetzt hast du überhaupt nicht gefragt, wie es den anderen Kindern geht.«

»Wie geht es den anderen Kindern?«

»Hans-Joachim hat von seinem Vater einen Computer geschenkt bekommen, seitdem hockt er davor. ›Mein Sklave!‹

sagt er. ›Er tut alles, was ich will, er haut hier noch mal alles kurz und klein.‹ Eva-Maria nimmt an sämtlichen Friedens-Demonstrationen teil, sie schwebt wie ein Friedensengel durchs Haus, und Louisa-Nicole schreit in holsteinischem Platt: ›Ich kannas Wort Frieden nich mehr ab.‹«

»Und du gehst dann zu den Puten?«

»Du hast mir Marten ausgesucht!«

»Es geht vorüber, Edda!«

»Aber es ist mein Leben!«

»Ja, es ist dein Leben, und es geht vorüber.« Maximiliane zog ihren Regenumhang enger um sich und ging zurück zum Kloster.

Bald darauf rief Sven-Erik an. Er wolle sie besuchen, er käme zum ›Tag der Heimat‹ nach Fallingbostel. Dann sei es doch nicht mehr weit.

»Ich werde nach Fallingbostel kommen«, sagte Maximiliane; ein Enkel ließ sich noch schlechter rechtfertigen als die Kinder.

Sie traf früher als verabredet ein, geriet in eine der ersten Kundgebungen, bekam ein Flugblatt aufgenötigt, auf dem alle drei Strophen des Deutschland-Liedes abgedruckt waren, die dritte sollte am Schluß gesungen werden. Sie hörte halbe Sätze und Wortfetzen, die Mikrophone dröhnten, es brüllte und heulte ihr in die Ohren. ›Recht auf Heimat‹, ›Sehnsucht nach Wiedervereinigung‹, ›die verlorenen Ostgebiete werden ein Teil eines künftigen Europas werden‹. Ein Pfarrer verkündete, daß die wahre Heimat im Himmel sei. Sie geriet in ein Menschengedränge, die Stimmen wurden immer lauter, Gesichter schoben sich übereinander und verschwammen, sie griff sich an die Kehle, schwankte, jemand geleitete sie in ein Zelt des Roten Kreuzes. Eine Tasse Tee belebte sie wieder.

Dort, in dem Zelt, fand Sven-Erik sie. Er war einen Kopf größer als sie, mit kurzgeschnittenen Haaren, Jackett und Krawatte. Er führte sie aus dem Zelt, hielt ihr ein Papier hin.

»Otto von Habsburg hat mir ein Autogramm gegeben! Weißt

du, was er gesagt hat? ›Was jetzt ist, muß morgen keineswegs mehr sein!‹ Hat er wörtlich gesagt.«

»Der Satz stimmt immer«, meinte Maximiliane.

»Hast du deinen Vertriebenenausweis noch? Und die Quartierscheine von der Flucht und die Unterlagen vom Lastenausgleich? Was hattet ihr für Weihnachtsbräuche in Poenichen? Ich plane ein Familienmuseum aller Quints aus dem Osten! Zum Erntedank, was habt ihr –«

Maximiliane beantwortete alle seine Fragen mit: »Frag Martha Riepe!«

Eines Tages befand sich dann Joachim Quint in einer der Besuchergruppen, die durch das Kloster Plummbüttel geführt wurden. Da er häufig auf dem Bildschirm zu sehen war, erkannte man ihn, machte sich untereinander auf den prominenten Gast aufmerksam, flüsterte seinen Namen. Er sei an alten und neuen Formen des Zusammenlebens, die über die Kleinfamilie hinausgingen, interessiert, sagte er zu der Führerin der Gruppe.

Maximiliane schloß die Tür auf, die zum Kreuzgang führte, ließ die Besucher eintreten, schloß wieder ab, Quint fragte, wie die korrekte Anrede sei, er wolle nichts falsch machen. Schwester? Oder Mutter? In diesem Augenblick wurde an die Tür gepocht, Maximiliane schloß sie auf. Krystyna sagte in gebrochenem Deutsch, aber deutlich vernehmbar: »Frau Äbtissin bittet Fräulein von Quindt anschließend zu sich.«

Die Blicke von Mutter und Sohn begegneten einander, Joachim lächelte dem ›Fräulein‹ zu. Im Weitergehen erkundigte er sich bei ihr, ob es möglich sei, die Wohnung einer der Konventualinnen zu besichtigen.

Bevor Maximiliane antworten konnte, wurde er von einer Besucherin darauf hingewiesen, daß es sich hier um ein Frauen-Refugium handele und nicht um ein Museum.

Nach dem Rundgang blieb Quint als einziger der Gruppe im Flur zurück, bis Maximiliane die Türen verschlossen und abgerechnet hatte. Er hörte dieselbe Besucherin sagen: »Diese grünen Politiker sind doch von einer infamen Aufdringlichkeit. Nicht einmal vor einem Kloster schrecken sie zurück!«

In ihrer Wohnung bot Maximiliane ihrem Sohn einen Apfel an und sagte: »›Die Sanftmütigen nähren sich vom Duft eines Apfels.‹« Joachim roch an dem Apfel, legte ihn in die Taufterrine zurück und nahm statt dessen den Satz mit.

Als sie durch den Garten gingen, fragte er: »Was ist das für ein Stein? Ein Findling?«

»In Poenichen mußte man anspannen lassen, wenn man zum Poenicher Berg wollte, wo die Findlinge auf den Gräbern lagen. Golos Findling habe ich von Dalarna nach Marburg gefahren und das letzte Stück getragen. Eiszeitgeröll. Es ist nicht wichtig, ob es nun in Pommern oder in Dalarna oder in der Plummbütteler Heide liegengeblieben ist.«

»Du hast dich weit von uns entfernt, Mutter!«

»Deshalb bin ich hier.«

»Ich habe in der vorigen Nacht von dir geträumt«, sagte Joachim, »dir wuchsen Wurzeln. Ich sah in die Erde hinein und sah, wie diese Wurzeln in die Tiefe drangen und kräftiger wurden, und oben, über der Erde, schrumpftest du. Bevor du völlig verschwunden warst, bin ich aufgewacht. Ein paar Stunden später saß ich im Zug, um nachzusehen, ob du überhaupt noch da bist!«

»Der alte Quindt hat immer gesagt: ›Ein Stück pommersche Erde, das ist auch was.‹ Aber jetzt denke ich, ob es nun pommersche Erde ist oder diese hier, Sandboden ist überall leicht. Vielleicht ist das alles gar nicht so wichtig.«

Und Joachim fragte, was er bereits mit sieben Jahren gefragt hat: »Was ist wichtig?«

Maximiliane stand jetzt dicht vor ihm, blickte zu ihm auf und sagte: »Daß dich ein Traum zu mir führt, das ist wichtig.«

Joachim hatte nicht viel Zeit, war in Eile. Maximiliane bot sich an, ihn mit dem Auto nach Lüneburg zum Bahnhof zu bringen. Auf dem Weg zum Parkplatz gingen sie, um ein Stück abzukürzen, über den Rasen. Dabei wurden sie von der Äbtissin beobachtet, die sich bemühte, keinen Verweis zu erteilen. Sie stand abwartend auf dem Weg und fragte, als die beiden sich näherten, mit liebenswürdiger Zurückhaltung: »Ein Namensvetter? Eine Nebenlinie? Ein Verwandter wohl gar?«

Und Maximiliane sagte zu ihrer eigenen Überraschung und natürlich auch zur Überraschung der Äbtissin: »Es ist mein Sohn.«

Ein leichtes Heben der Augenbrauen als einzige Reaktion, aber eine Unterredung stand bevor, der Maximiliane mit Unbehagen entgegensah.

Als sie bereits im Auto saßen, erkundigte sich Joachim, ob sie die Unterordnung ertragen könne, und wurde belehrt, daß es sich um Ordnung, nicht um Unterordnung handele.

»Ich halte nur die entsprechenden Paragraphen der Klosterordnung ein. ›In Auftreten und Wandel auf den Zweck und das Ansehen des Klosters Bedacht zu nehmen.‹ Es geht demokratisch bei uns zu. Regelmäßig finden Beratungen im Konvent statt. Die Entscheidungen trifft dann allerdings die Äbtissin. Ist es in der Politik so viel anders?«

»Auf der Herfahrt habe ich viele Bienenhäuser gesehen«, sagte Joachim. »Sie standen alle noch leer, obwohl die Akazien doch schon blühen.«

»Aber die Heide blüht noch nicht«, belehrte ihn Maximiliane. »Du kennst nur den Bienenfleiß der Bienen und nicht die Bienentreue. Hier sagt man Immen, sie fliegen nicht von einer Erikablüte zur nächsten Akazienblüte, sie befruchten nur, was nach Naturgesetzen zueinander gehört. Sie tragen keine Birnenblütenpollen zu Apfelblütenstempeln und fliegen nicht vom blühenden Klee zum blühenden Raps. Vierfruchthonig gibt es nicht.«

»Ich hab's verstanden!« Joachim bedankte sich und gedachte, seine neuen Kenntnisse bei einer Ansprache zu verwenden, die er vor jungen Entwicklungshelfern, die nach Afrika aufbrachen, zu halten hatte.

Mehr wurde auf der Fahrt nach Lüneburg nicht gesprochen.

Maximiliane war in Plummbüttel noch wortkarger geworden. Beim Abschied blieb sie im Auto sitzen.

»Ich werde meine drei Frauen von dir grüßen!« sagte Joachim. »Am Wochenende bin ich wieder zu Hause. Als wir klein waren, hast du oft, wenn wir uns etwas wünschten, gesagt: ›Später‹, das sagst du nicht mehr.«

»Es ist spät«, antwortete Maximiliane, wiederholte ihre Antwort sogar: »Es ist spät.«

Meinte sie diesen Tag, der zu Ende ging, meinte sie die Abfahrt des Zuges, meinte sie ihr Leben?

Am Abend desselben Tages machte sie noch einen Besuch bei Fräulein von Pahlen, die ihre Stickarbeit zur Seite legte. Aber Maximiliane wollte nichts weiter als sich ein Zentimetermaß ausleihen. Wieder in ihrem Zimmer, stellte sie sich in die Türöffnung, legte sich ein Buch auf den Kopf, machte, so gut es ging, mit dem Bleistift einen Strich auf den Türrahmen und maß dann die Entfernung zum Fußboden. Es waren fünf Zentimeter weniger. Jene fünf Zentimeter, die sie nach Joachims Geburt noch gewachsen war. Wo waren sie geblieben? Sie streifte die Strümpfe ab, ging barfuß in den Garten. Es fiel schon Tau. Sie krallte die Zehen fest in die Erde.

Am nächsten Morgen konnte sie wegen eines rheumatischen Anfalls nicht aufstehen. Sie wurde von ihren Nachbarinnen freundlich und schwesterlich betreut.

Das Gespräch mit der Äbtissin mußte verschoben werden, wurde dann vergessen.

25

›Glücklich ist nicht, wer anderen so vorkommt, sondern wer
sich selbst dafür hält.‹

Seneca

Noch immer wurde auf den Lampen, die den Parkplatz, die
Auffahrt und den Hof des Hotels Eyckel erleuchteten, für
Brandes-Bier geworben, aber die Brauerei in Bamberg, die
Herr Brandes mit Geschick durch gute und schlechte Jahre
geleitet hatte, war nach seinem Tod in Schwierigkeiten geraten,
von Fusion mit einer größeren Brauerei war die Rede. Man
würde die Lampen auswechseln müssen. Der Name Brandes
hatte in der langen, abwechslungsreichen Geschichte des Eyk-
kels nur eine kleine Rolle gespielt.

Manchmal fragte noch einer der Stammgäste nach ›der Baronin‹, dann leuchtete Ingas Gesicht auf, und sie sagte: »Ich
versuche, es so gut zu machen wie sie!«

Um der Wahrheit die Ehre zu geben: Inga machte es besser.
Eine junge, gutaussehende Wirtin war schon immer das beste
Betriebskapital und sparte Kosten für die Werbung. Zunächst
hieß es, ›die junge Frau Quint‹, auch ›die andere Frau Quint‹.
Aber da es nur diese eine gab, blieb es schon bald bei ›Frau
Quint‹. Sie setzte, in gemäßigter Form, die ökologischen Theo-
rien ihres Mannes in die Praxis um. Sie schwamm auf der
Gesundheitswelle mit. Man konnte zum Frühstück frischge-
schrotetes Korn essen. »Dreikorn oder Sechskorn?« fragten
gesundheitsbewußte Gäste, und dann sagte Inga lachend:
»Tausende!« Das Brot war selbstgebacken, das einzige, was es
auszeichnete, war das Prädikat ›selbstgebacken‹; diese Tatsache entkräftete jede Kritik. Zweimal wöchentlich fuhr Inga mit
dem Kombiwagen in eine biologisch-dynamische Gärtnerei bei
Pegnitz und kaufte Gemüse und Obst ein. Man konnte nach
einer ›grünen Karte‹ vegetarisch essen: Gemüsesäfte, Salat-
platten, Hirse und Buchweizen. Die Zugabe, ein Glas Milch,

wurde nicht berechnet, auch nicht das erste Glas Wein oder das erste Glas Bier. Wenn ein Gast abends zu lange an der Bar sitzen blieb, weil er sich vor der schlaflosen Nacht fürchtete, machte Inga ihm eigenhändig Milch heiß, gab einen Löffel Honig dazu, aber auch einen Schuß Rum; ein Hausgetränk, es konnte nicht schaden und nutzte manchmal. Wer auf Reisen war, mußte verwöhnt werden, auch das hatte Inga von Maximiliane gelernt.

An jenem Morgen, an dem Maximiliane den Eyckel für immer verließ, hatte sich Inga neben sie ins Auto gesetzt, um ein letztes Gespräch mit ihr zu führen.

»Manchmal fürchte ich mich. In was für einer Welt werden unsere Kinder leben?«

»Fürchten darfst du dich nicht!«

»Du hast fünf Kinder gehabt, und es war Krieg. Und jetzt ist Frieden, und ich habe einen Mann, der mich liebt, da werde ich es doch auch schaffen.«

»Ich hatte Poenichen. Und ich habe ein Kind nach dem anderen bekommen.«

»Soviel Zeit habe ich nicht!«

Joachim hatte mit den Worten: »Meine Mutter hat keines ihrer Kinder in einer Klinik zur Welt gebracht!« eine Hausgeburt vorgeschlagen.

»Vergleich mich bitte nicht mit deiner Mutter. Sie ist kein Maßstab. Ein Hotel ist kein Zuhause! Eine grüne Geburt wird es nicht geben.«

Seit Viktoria mit einem Plakat ›Mein Bauch gehört mir‹ durch die Straßen von Berlin gezogen war, hatte sich viel geändert. Inga entschied sich für eine Nürnberger Klinik. Man mußte sie dann mit Blaulicht zur Entbindung fahren, sie hielt sich nicht an die übliche Austragungszeit. Sie brachte innerhalb einer halben Stunde zwei Siebenmonatskinder zur Welt, denen es im Inneren ihrer Mutter offenbar zu eng geworden war. Inga war erleichtert, im wahrsten Sinne des Wortes. Der Arzt war zufrieden. Und Joachim erfuhr erst drei Tage nach der Entbindung, daß er inzwischen Vater von Zwillingen geworden war; er befand sich mit einer Delegation in Dänemark. Es dauerte noch zwei weitere Tage, bis er seine drei Frauen besichtigen konnte.

Bei der Geburt fing es bereits an: Dieser Vater verpaßte alles, das erste Lächeln, den ersten Zahn, die ersten Schritte. Daß es Mädchen waren, entsprach seinen Wünschen, er war an den Umgang mit Frauen gewöhnt, war mit drei Schwestern aufgewachsen. Der Vorschlag, sie auf die Namen Sophie und Charlotte zu taufen, stammte von ihm. Inga erklärte sich einverstanden, erkundigte sich aber, ob es sich bei der Namensgeberin um jene Frau von Quindt handele, ›die sich aus allem heraushielt‹.

»Sie werden sich in alles teilen müssen, warum nicht in diesen schönen Doppelnamen? Die Erstgeborene Sophie, die zweite Charlotte.«

Es erwies sich als unnötig, zwei Kinderbetten anzuschaffen. Die Neugeborenen waren aneinander gewöhnt, suchten die Nähe und Wärme des anderen, krochen zueinander, zwitscherten und plapperten in ihrer Zwillingssprache, die ihnen genügte, die keiner verstand. Sie schienen weder die Mutter noch den Vater zu entbehren; sie waren sich selbst genug und machten sich unabhängig. Wenn Inga die beiden in den Schlaf singen wollte, schliefen sie längst. Sie strich über die Decke und über die kleinen, feuchten Köpfe; wichtig war, daß sie schliefen, nicht, daß sie von der Mutter in den Schlaf gesungen wurden. Die Kinder waren zierlich und leichtgewichtig. Sie hatten, was sie benötigten: Ruhe, frische Luft und frische Windeln. Sie waren still, schliefen viel. Wenn Inga Stille brauchte, zog sie sich zu ihnen zurück. »Die Kinder stillen mich«, sagte sie dann. Wenn sie in ihrer Gegenwart anfingen zu weinen, erst die eine, dann die andere, sagte sie: »Weinen könnt ihr auch allein, dazu braucht ihr mich nicht« und verließ das Zimmer.

Eine Rabenmutter, aber der Erfolg sprach für die Methode. Die Kinder merkten frühzeitig, daß mit Schreien nichts zu erreichen war. Das erste Lächeln galt nicht der Mutter, sondern dem anderen Zwilling. Eines Tages sah es Inga. Die Kinder lächelten einander zu. Sie waren anpassungsfähig, lebten in voller Gütergemeinschaft. Ihr Sinn für mein und dein blieb noch lange Zeit unterentwickelt, sie zeigten keinerlei Anzeichen von Eifersucht. Ein Kind lutschte am Zeh des anderen, eine Beobachtung des Vaters, falls er sich nicht im Durcheinander der Arme und Beine getäuscht hatte. Als dann doch ein weiteres Kinderbett ins Zimmer gestellt wurde, weinten beide so lange, bis man sie wieder in einem Bett zusammenlegte, wo sie zueinander kriechen konnten. Vater und Mutter lagen ebenfalls in einem Bett beieinander. »Kleine Proletarierinnen!« sagte der Vater. »Vielleicht wird die eine der beiden sich später beklagen und sagen: Ich hatte nicht einmal ein eigenes Bett!« Aber welche der beiden? Sophie, die hellere? Nur am Grad der Helligkeit ließen sie sich unterscheiden, die hellere Sophie, die dunklere Charlotte. Kein Kinderwagen, kein Sportwagen. Wer hätte die Kinder spazierenfahren sollen? Und warum? Und wohin? Eine Ausgehmutter hatten sie nicht.

Als die Kinder zum ersten Mal in der Hotelhalle auftauchten, konnten sie bereits auf Ingas Armen sitzen, das eine links, das andere rechts. Halbe Portionen. Sie hatten gerade ein Wort aus der Menschensprache gelernt: ›Papa‹. Aber sie riefen es bei jedem Mann, den sie sahen, und riefen es auch, wenn sie eine Frau in Hosen sahen. Eine Decke wurde auf dem Rasen ausgebreitet, auf der sie herumkriechen konnten, aber es drängte sie ins Grüne, sie verließen die Decke. ›Den Drang ins Grüne haben sie von ihrem Vater‹, sagten die Hotelgäste, verglichen die Kinder mit kleinen Hunden und Katzen. Die weiblichen Gäste sagten: ›Die armen Kinder!‹, die männlichen Gäste sagten, wenn Inga mit den Kindern auf den Armen durch die Halle ging: ›Solch einen Platz hätte man als Kind haben sollen!‹

Im Hotelbetrieb hatte sich manches verändert, aber weiterhin durften Hunde mitgebracht werden, und Kinder waren nicht nur geduldet, sondern sogar erwünscht, übernachteten umsonst. Die Zwillinge wurden von den Gästen erzieherisch eingesetzt. ›Nehmt euch ein Beispiel an denen! Sie sind kleiner als ihr und benehmen sich schon viel besser!‹ Die Kinder durften mit den Zwillingen spielen, mit lebenden Puppen.

Inga liebte ihren Beruf, liebte ihren Mann, liebte ihre Kinder, bemühte sich, allen gerecht zu werden. »Ich rotiere auch‹, sagte sie zu Joachim und drehte sich dabei um ihre eigene Achse, nahm das Wort ›rotieren‹ wörtlich. Wenn Joachim am Freitagabend eintraf, hatte er sein Arbeitspensum in der Bahn erledigt, den Rest würde er am Montagmorgen auf der Rückfahrt noch durchsehen. Für beide Strecken benutzte er den Ausdruck ›Rückfahrt‹. Er fuhr von Bonn zurück zum Eyckel und fuhr vom Eyckel zurück nach Bonn.

»Würdest du bitte?« fragte Inga und drückte ihm ein Tablett in die Hand, die Rosenschere oder den Holzkorb. Er wurde als Aushilfskellner eingesetzt, als Hausbursche und als Babysitter. Wenn von einer neuen Rollenverteilung in der Familie die Rede war, konnte er mitreden, er war ein mitarbeitendes Familienmitglied. Holzhacken befriedigte ihn. Er nahm sich die dicksten Holzkloben vor, hälftete sie, hälftete die Hälften und viertelte die Viertel und achtelte. Bei nächster Gelegenheit benutzte er diese Tätigkeit als Beispiel: Große Probleme in lösbare, kleinere Probleme zu teilen. Im Mai schickte Inga Maiglöckchen, die sie in feuchtes Moos gepackt hatte, nach Plummbüttel und im richtigen Zeitpunkt einen Korb mit den richtigen Äpfeln. Der Schlüsselsatz für sie ist an anderer Stelle bereits gefallen. ›Du redest, und ich tue es auch.‹ Sie benötigte keine Worte, um sich zu verständigen. Mit Botschaften, die sie auf Maximilianes Fensterbank legte, hatte es angefangen. Sie fragte mit den Augen, den lebhaften dunklen Augen, sie sprach mit ebenso lebhaften Händen. Sie setzte ihre Gedanken unmittelbar, ohne Einschaltung der Sprache, in die Tat um. Was für eine Frau für einen redenden und schreibenden Mann, der im Intercity-Zug von Nürnberg nach Frankfurt bereits den ersten Brief an sie schrieb: »Ich entferne mich von Dir mit einer Spitzengeschwindigkeit von 160 Kilometern in der Stunde! Um mit der gleichen Geschwindigkeit zu Dir zurückzukehren!« Er benutzte Buchstaben und Papier, und sie benutzte Walderdbeeren und eine Fensterbank. Nichts, was man von ihr nachlesen könnte. Es ist nicht einmal sicher, ob sie seine Briefe mit der nötigen Aufmerksamkeit las. Dabei waren es schöne, liebevolle Briefe. Inga legte ihre Arme um den, den sie liebte, sagte aber nicht: ›Ich liebe dich.‹ Sie tröstete die Kinder mit den Händen, mit der Wärme ihres Körpers, schaffte Nähe. Vielleicht lag es an ihrer Schweigsamkeit, daß diese Kinder miteinander zwitscherten, aber keine verständlichen Worte zustande brachten.

Nie hört man aus Ingas Mund den üblichen Fragesatz, der an jeder Hotelrezeption ständig zu hören ist: ›Was kann ich für Sie tun?‹ Sie sieht, was zu tun ist, und tut es. Sie benutzt nur selten das Telefon, es genügt ihr, daß sie morgens als erstes die Stimme ihres Mannes hört, daß er am Wochenende wieder in ihren Armen liegt, aus denen er allerdings zunächst Sophie-Charlotte, die Unzertrennlichen, wegräumen muß, die diesen Platz an vier Abenden der Woche für sich beanspruchen. Sie lassen es sich gefallen, ein Kind bleibt beim anderen, vermutlich werden sie keinen Schaden erleiden.

Das dunkle, gelockte Haar und die dunklen Augen verdankte Inga dem Großvater, mit dem die Berner Großmutter kurze Zeit verheiratet gewesen und der eines Tages spurlos verschwunden war. Morgens steckte sie das Haar hoch, abends trug sie es offen. Joachim hatte gelernt, ihre Stimmung an ihrer Frisur abzulesen. Wenn er abends die Kämme aus dem Haar ziehen mußte, fragte er: »Was fehlt dir?«

Die kleidsame altfränkische Tracht, die das Hotelpersonal trug, stand auch ihr gut, ihre Ausschnitte waren weiträumig; engherzig durfte eine Wirtin nicht sein. Sie drehte sich rasch, und der Rock drehte sich mit einer kleinen Verzögerung mit. Einen Ehering trug sie nicht, aber sie trug das goldene Nilpferd an einem Kettchen um den Hals; das Kettchen sah man, das Nilpferdchen nicht. ›Ich weiß, wem ich gehöre‹, sagte sie, ›dazu brauche ich keinen Ring.‹ An den Wochenenden, wenn Joachim im Restaurant saß, setzte sie sich so oft wie möglich zu ihm an den Tisch, woraufhin der eine oder der andere Gast fragte, ob er der ›Chef vom Ganzen‹ sei.

Quint verneinte dann und sagte: »Das Hotel führt meine Frau!«

Und meist ergänzte dann Inga: »Und er führt mich!«

Sie hatte eine glückliche Hand! Aber eine einzige glückliche Hand wäre zuwenig gewesen für das, was sie zu tun hatte. Sie besaß zwei glückliche Hände.

An einem Freitagabend, als gerade viel Betrieb im Hotel herrschte, durchquerte Quint, den Aktenkoffer in der Hand, die Hotelhalle und wurde, als er bereits einen Fuß auf die Treppe gesetzt hatte, von einer Angestellten, die erst seit wenigen Tagen an der Rezeption saß, zurückgerufen. Ob er vorbestellt habe? Und ob er den Anmeldezettel bereits ausgefüllt habe?

»Wie ist Ihr Name? Waren Sie schon einmal unser Gast?«

Gegen keine der Fragen war etwas einzuwenden. Quint setzte seine Tasche ab, griff zur Brille, die er seit kurzem trug, um den Namen der jungen Dame zu lesen, der auf einem Schildchen gutplaziert an ihrem Mieder steckte.

»Ah, Fräulein Funke!«

Er griff zum Stift und füllte das Anmeldeformular aus.

»Muß ich den Personalausweis vorzeigen?«

»Nein, müssen Sie nicht. Haben Sie besondere Wünsche, das Zimmer betreffend?«

»Ich ziehe es vor, im Bett der Inhaberin dieses Hotels zu schlafen. Nur am Wochenende, dann aber so regelmäßig wie möglich.«

Ein Blick auf das Formular, ein Blick in das Gesicht ihres Gegenübers. Quint stellte mit Wohlgefallen fest, daß es noch junge Damen gab, die die Fähigkeit zu erröten besaßen. Dieser Vorfall an der Rezeption gab den Anstoß: Er brauchte ein Zuhause, auf die Dauer konnte und wollte er nicht mehr im Hotel wohnen, auch nicht im Hotel seiner Frau.

Er stellte seine Reisetasche ab, verließ noch einmal das Hotel und besichtigte im letzten Tageslicht die ungenutzten Gebäudeteile des Eyckels. Er stand lange vor dem Torhaus, betrachtete es vom Hof her, dann von der Auffahrt her, prüfte die Lage zur Sonne, beobachtete die Tauben, die ein- und ausflogen und das alte Torhaus belebten.

»Wollen wir diese Hotelehe fortführen?« fragte er nachts, als er neben Inga im Bett lag.

»Du wirst als Gast sehr bevorzugt behandelt!«

»Lenk bitte nicht ab! Ich habe zu reden!«

»Hast du in der vergangenen Woche keine Gelegenheit zum Reden gehabt?«

»Ich brauche hier ein Refugium! Ich habe etwas gesucht und auch gefunden, jetzt muß ich dich nur noch davon überzeugen.«

»Wenn du es nicht nötig hättest, hättest du nicht gesucht. Aber haben wir genügend Geld dazu?«

»Genügend Geld gibt es nicht, also bauen wir mit weniger Geld. Ein Dach überm Kopf, ein Fenster, ein Tisch, ein Stuhl. Wenn schon kein Burgschreiber, dann eben ein Torhausschreiber.«

»Wenn ihr Grünen die Abfindung für die ausscheidenden Abgeordneten nicht abgelehnt hättet ...«

»... hätten wir unsere Prinzipien verraten! Ich würde vorschlagen: Den großen Mittelraum bekommen die Kinder, du bekommst das Eckzimmer, des Überblicks wegen.«

»Und wo sollen wir schlafen?«

»Die einfachste Lösung wäre –«, antwortete Joachim, doch Inga nahm ihm das Wort aus dem Mund.

»Die einfachste Lösung wäre, du überläßt den Ausbau mir. Wenn das Kapitel Bonn abgeschlossen ist . . .«

». . . schreibe ich das nächste Kapitel hier.«

Diese Unterhaltung war bezeichnend für ihr Verhältnis. Das eine Mal stammte der Hauptsatz von Inga, das andere Mal der Nebensatz von ihr. Beiden war es recht so. ›Du hast das Sagen, ich habe das Reden.‹ In diesem Sinne endete auch das Gespräch über den Ausbau einer Wohnung.

»Der erste Schritt, der jetzt zu tun wäre . . .«, sagte Joachim, und Inga fuhr fort: ». . . ist der, daß wir mit dem Koch reden müssen. Antonio hält sich Tauben im Torhaus, das hat Maximiliane ihm erlaubt.«

Die Verständigung mit dem Koch war weniger schwierig als die mit den Tauben, die sich an ihren Taubenschlag gewöhnt hatten. Die Fluglöcher wurden abgedichtet, aber die Tauben nahmen auf den nahe gelegenen Mauervorsprüngen Platz, gurrten und murrten und kleckerten in die Toreinfahrt, durch die die Hotelgäste kommen und gehen mußten. Taubenlärm und Taubendreck. Antonio streute Futter an einer anderen Stelle aus, aber die Tauben beharrten auf ihrem Wohnrecht. Schließlich griff er zur Flinte, die er von Franc Brod übernommen hatte, und verbrachte den glücklichsten Morgen seines Lebens auf der Vogeljagd. Gebratene Tauben für die Hotelgäste. Eine Spezialität, die von nun an nicht mehr auf der Speisekarte erscheinen würde. Ein Problem war vertilgt worden.

Am Ende der Legislaturperiode, als in Bonn große Pause und auf dem Eyckel Hochbetrieb herrschte, fand Inga, daß den Kindern Seeluft guttäte.

»Ich bin unabkömmlich, du bist abkömmlich«, sagte sie zu Joachim.

»Traust du mir das denn zu?« fragte er.

»Dir nicht, aber den Kindern. Am besten, ihr fahrt nach Juist. Juist ist eine Kinderinsel. Ohne Autoverkehr, der Strand flach. Du brauchst sie nur in Ruhe zu lassen. Je hilfloser du dich anstellst, desto mehr Hilfe bekommst du. Alleinreisende Väter sind immer noch eine Rarität, und Männer, die aussehen wie du, und kleine Mädchen, die aussehen wie Sophie-Charlotte, sind am Strand unwiderstehlich.«

»Versprichst du mir das?«

»Das verspreche ich dir!«

Zwei Kindersitze für das Auto wurden angeschafft, auf denen die Zwillinge festgeschnallt werden konnten. Die beiden erwiesen sich auch für lange Autofahrten als durchaus geeignet. Mit nur wenigen Unterbrechungen erreichten die drei am Abend die Nordseeküste.

Als Quint in Norddeich auf der Mole stand, auf jedem Arm ein Kind, rief Sophie angesichts des Meeres: »Doll!«, und Charlotte rief ebenfalls: »Doll!«, und als er am nächsten Mittag in den Speiseraum der Pension trat, inzwischen auf Juist angelangt, wieder ein Kind rechts, ein Kind links auf dem Arm, kam ihnen eine üppige Strandschöne entgegen, mehr aus- als angezogen, und beide Kinder riefen wieder laut und freudig: »Doll!« Die drei Quints erregten Aufmerksamkeit und Heiterkeit, erhielten Hilfsangebote von allen Seiten, wie Inga es vorausgesehen hatte. Er benötigte einen Karren, um Kinder und Badezeug an den Strand zu befördern, und schon bekam er von Frau Jankowski, der Pensionsbesitzerin, für die Dauer seines Inselaufenthaltes einen Karren ausgeliehen. Quint engte den Kindern kein Vergnügen durch Verbote ein. Sie krochen im Speiseraum zwischen fremden Beinen herum, bekamen Wurstscheiben und Kuchenstücke zugesteckt, sie krochen im Sand, planschten im Wasser, schaufelten Sand von hier nach dort und zwitscherten in ihrer Zwillingssprache. Als Sophie ein Bächlein in den Sand rieseln ließ, sagte eine vorwurfsvolle weibliche Stimme: »Aber! Aber!« Der Wortschatz der Kinder erweiterte sich um das Wort ›aber‹. Quint rieb die beiden mit Sonnenmilch und Sonnenöl ein, die ihm von den umliegenden Müttern zugereicht wurden. ›Der Wind ist die Sonne von Juist!‹ Er salbte Arme, Beine, Bäuche und Hinterbacken, und wenn er damit bei Sophie fertig war, kam Charlotte an die Reihe, während sich Sophie im Sand wälzte und panierte. Quint trug sie zum Wasser und tauchte sie unter, Charlotte kroch im Sand hinterher. Die Kinder bekamen Sonnenbrände, Quint bestäubte sie mit dem Puder der nächstliegenden Mutter und kaufte schließlich sogar die kleinen Strandkittel, die man ihm empfahl. Sobald die Kinder ›Mama‹ riefen, zog er ein Bild Ingas aus der Tasche, und sie beruhigten sich wieder, wurden für ihr Wohlverhalten von anderen Gästen gelobt, der Vater wurde ebenfalls gelobt.

»Wir haben eine mittlere Hotelreife«, sagte er zur Erklärung.

»Können Sie die Kinder überhaupt unterscheiden?«

Die unausbleibliche Frage an die Eltern von Zwillingen.

Quint antwortete wahrheitsgemäß: »Nicht immer, aber die beiden können es.«

Wenn er versehentlich Sophie an die rechte Hand nehmen wollte und Charlotte an die linke, protestierten beide und wechselten die Seiten, ein linkes Kind, ein rechtes Kind. Dann betrachtete er sie aufmerksam und stellte fest: sie hatten recht.

Als er die beiden am Strand gerade in ihre Windeln packte, blieb eine Frau, dem Dialekt nach eine Süddeutsche, stehen und sagte, daß ihre Kinder in dem Alter bereits sauber gewesen seien.

Quint, mit den Windelhosen beschäftigt, blickte hoch.

»Sie meinen, das sei das Wichtigste im Leben eines Kleinkindes?«

»Zwillinge sind ja immer später dran.«

»Auf dem Klo können sie noch lange genug sitzen«, sagte Quint.

»Sprechen können die Kinder wohl auch noch nicht?«

In diesem Augenblick sagte Charlotte, die ihre schmutzige Windel betrachtet hatte: »Aber! Aber!« und bewies, daß sie sich verständlich machen konnte.

Das Wetter war freundlich, wenn auch nicht hochsommerlich.

Die Kinder bekamen Schnupfen, auch Durchfall, alles in doppelter Ausfertigung. Er hätte keine Pommes frites für sie kaufen sollen, die Fütterung der Kinder war ihm einfach und billig erschienen. Das Ergebnis war es nicht.

Frau Jankowski kam ihm zu Hilfe, bezog das Bett, brachte Wärmflaschen, badete die Kinder, hüllte sie in Frotteetücher, fütterte sie mit zerdrückten Kartoffeln und ließ sie warmes, gesalzenes Kartoffelwasser trinken.

»Was tut denn Ihre Frau?« fragte sie.

»Dasselbe wie Sie«, gab Quint zur Antwort. »Sie kümmert sich um die Kleinkinder ihrer Hotelgäste.«

Quint unterbrach die lange Rückfahrt in Kassel und besuchte die Internatsfreundin seiner Mutter, Bella von Fredell, bei der er als Junge oft zu Besuch gewesen war.

»Natürlich könnt ihr bei uns wohnen!« sagte sie. »Das Haus ist ohnedies viel zu groß. Ich meine, ihr könnt bei ›mir‹ wohnen, ich sage immer noch ›uns‹, aus Gewohnheit. Im Hotel müßt ihr ja ohnehin ständig leben!«

Als die Kinder im Bett lagen, zog Frau von Fredell sich einen hellen Morgenmantel über und deckte den Tisch auf der Terrasse.

»Ich werde weiterhin ›Mosche‹ und ›du‹ sagen, aber sag bitte nicht ›Tante‹ zu mir! Was meinst du, wie mein Mann reagiert hätte, wenn einer von den Grünen ins Haus gekommen wäre! Er hielt sie alle für Kommunisten. Er hat dafür gesorgt, daß meine Söhne ›spuren‹.«

Quint reagierte nicht. Er war in den Anblick der Landschaft versunken. Sonnenuntergang hinterm Habichtswald, der Herkules angestrahlt, das hatte er lange nicht erlebt; er berichtete dann von seinem Besuch in Hermannswerder, berichtete von seiner Mutter im Kloster Plummbüttel. Frau von Fredell hatte seit Jahren nichts von ihr gehört.

»Maximiliane!« sagte sie. »Sie hat immer das Gegenteil von dem getan, was man erwartet hat. Und ich habe immer getan, was man erwartet hat. Seit ich allein lebe, denke ich immer: Was haste gemacht mit deinem Leben? Fußmatte haste gemacht! Weißt du, was ich meine?«

»Ich kenne den ›Hauptmann von Köpenick‹! Hast du keine Enkelkinder?«

»Eines. Das wird von der anderen Großmutter beansprucht. Von mir erwartest du, daß ich die Großmutter-Rolle spiele, von deiner Mutter nicht. Immer waren die anderen dran. Alles hat sich um meinen Mann und die Söhne gedreht.«

»Mit ›alles‹ meinst du dich? Du hast dich gedreht? Warum drehst du dich nicht weiter? Um dich selbst? Mach dich auf! Hol nach!«

Ein Juli-Abend, an dem Bella von Fredell aufblühte. Gegen Mitternacht erloschen die Scheinwerfer, die den Herkules angestrahlt hatten. Und am nächsten Morgen legte Frau von Fredell wieder Trauer an, so formulierte Joachim es später in einem Brief an seine Mutter: »Bella ist eine Witwe, die an jedem Morgen aufs neue Trauer anlegt.«

Am späten Vormittag machte er einen Besuch in der Redaktion der ›Hessischen/Niedersächsischen Allgemeinen‹, deren Chefredakteur er von einem Presseempfang in Bonn her kannte.

»Wo kommen Sie her? Sie sehen glänzend aus!«

»Es war doll!« antwortete Quint. »Wir waren an der See!«

Das Adjektiv ›doll‹ schien Verwunderung auszulösen, Quint zog ein Foto aus der Tasche, das der Strandfotograf von den kleinen Mädchen gemacht hatte.

»Als die beiden zum ersten Mal das Meer sahen, riefen sie nicht etwa das berühmte ›Thalatta, Thalatta!‹, sondern: ›Doll!‹ Bei allem, was ihre Bewunderung erregt, rufen sie ›doll‹, und bei allem, was ihr Mißfallen hervorruft, sagen sie ›aber, aber!‹. Nach meinen dreiwöchigen Beobachtungen genügen diese zwei Worte zur Verständigung. Für einen Politiker eine sehr wichtige Erkenntnis!«

Am nächsten Morgen konnten die Leser der einzigen und größten Tageszeitung Nordhessens diese kleine Episode unter der Rubrik ›Zu Gast in Kassel‹ lesen.

26

›Es gibt Menschen, die haben nie ein Poenichen besessen.‹
Maximiliane von Quindt

Zu jedem Rittersporn gehört eine Stiftsdame!

Eine Vegetationsperiode reichte aus, dann blühte Rittersporn in ihrem kleinen Garten, den sie ›mein grünes Zimmer‹ nannte; vielfarbiger Rittersporn von unterschiedlicher Höhe vor dem dunklen Hintergrund einiger Nadelhölzer. ›Eine Sinfonie!‹ sagten die Besucherinnen und Bewundrerinnen. ›Eine Blütenorgel!‹ Jede der Konventualinnen, die sie besuchten, fand einen weiteren Vergleich. Maximiliane hatte sich verkleinert, von den Bäumen zu den Blumen. Es genügte ihr die Nähe der Lindenbäume. Wenn sie blühten, drang der Duft in ihr Zimmer, und dann mischten sich wieder die Düfte mit den Erinnerungen: Die Lindenallee in Poenichen, die blühenden Linden im Quartier Latin in Paris, die alten Linden am Parkplatz des Eyckels, die Linden am Marburger Schloß. Hermannswerder, natürlich auch Hermannswerder. Lindenbäume als Wegbegleiter.

Sie lebte unter Aufsicht, aber das hatte sie von Kindheit an getan, in Poenichen, in Hermannswerder, auf dem Eyckel, Plummbüttel. In den dazwischenliegenden Zeitabschnitten hatte sie unter der Aufsicht ihrer Kinder gestanden. Es fror sie oft in den kühlen Klosterräumen, dann hüllte sie sich in den Chormantel, den die Konventualinnen nur zum Kirchgang am

Sonntag trugen, den sie ständig trug. Ihr Geist verwirrte sich, so erschien es jedenfalls den Außenstehenden, in Wahrheit gewann sie aber an Klarheit und Übersicht. Man ließ sie in Ruhe – auch die anderen Damen hatten ihre Eigenheiten. Die Toleranz, die man für sich beanspruchte, mußte man auch anderen gewähren.

Maximiliane, dieses Einzelkind, entwickelte sich wieder zu einem Einzelwesen. Sie selbst hatte nie eine Mutter besessen und sie auch nie entbehrt. Vielleicht lag es daran, daß sie die Rolle der Mutter nie als eine lebenslange Rolle angesehen hatte; sie löste sich aus ihren Bindungen.

Im Frühling die Sumpfdotterblumen am Ufer der Plümme, im Sommer die gelben Schwertlilien, die Birken im Herbst. Geordnete Tage. Keine Improvisationen mehr. Sie muß sich nichts mehr einfallen lassen. Sie fügt sich in ein seit Jahrhunderten eingeübtes Gefüge.

Neben den siebzig-, achtzig- und neunzigjährigen Konventualinnen wirkte dieses Fräulein von Quindt jung, tatsächlich war sie lange Zeit die Jüngste, wenn man von der Äbtissin absah. Sie erklärte sich zu Ausflugs- und Einkaufsfahrten mit dem Auto bereit. Sie konnte mehrstrophige Choräle auswendig singen. Im Gespräch war sie nicht ergiebig, aber sie war bereit zuzuhören. Sie tat auch nichts anderes, als zuzuhören, griff nicht nach einer unnützen Handarbeit, sondern legte die Hände in den Schoß, noch immer erwartungsvoll zu Schalen geöffnet. Das Untätigsein war von den pommerschen Quindts in Generationen eingeübt, mußte nicht erlernt werden; lange genug hatte sie mit beiden Händen gearbeitet, was oft bewundert worden war.

Innerhalb von kurzer Zeit ließ sie, gesprächsweise, ein Kind nach dem anderen auftauchen, ähnlich, wie sie vor Jahrzehnten in Marburg verfahren war, als sie im Haus des Professors Heynold zur Untermiete wohnte und ein Kind nach dem anderen aus der Kinderklinik holte, wo sie, wegen Erkrankung an Masern, gelegen hatten. Die Empörung, die das Auftauchen ihrer Kinder im Hause Heynold verursacht hatte, war nicht mit der ungläubigen Heiterkeit der Konventualinnen zu vergleichen, mit der die Erwähnung eines weiteren Kindes hingenommen wurde. Schon den Politiker Quint hatte man ihr nicht geglaubt, auch Golo nicht, an dessen frühem Tod ein Apfelbaum schuld sein sollte. ›Der Apfelbaum ist inzwischen gefällt‹, hatte sie berichtet. Man hörte ihr aufmerksam und lächelnd zu: Was dieses Fräulein von Quindt sich alles einfallen ließ! Unglaublich! Als sie dann anfing, von Mirka zu erzählen, deren Vater ein Kirgise gewesen sein sollte, hob die Äbtissin abwehrend beide Hände: »Jetzt muß aber Schluß sein, meine Liebe!«

»Ja, mit Mirka war dann auch Schluß«, sagte Maximiliane.

Ihre Sätze wurden immer kürzer, aber nicht nur die Sätze, auch die Worte.

Sie wurde einsilbig.

Als Maximiliane bereits mehrere Jahre im Kloster Plummbüttel gelebt hatte und die Konventualinnen sich untereinander gut kannten oder doch zu kennen meinten, stellte Fräulein von Pahlen bei einem Zusammensein im Konvent fest: »Ich könnte Sie mir gut als Mutter einer Reihe von Kindern vorstellen.«

Und die Äbtissin sagte: »Das könnten wir wohl alle.«

Eine Feststellung, die keiner Antwort bedurfte, nur eines Lächelns.